흑산도 하늘길

흑산도 하늘길

한 승 원 장편소설

문이당

작가의 말

자기 가둬놓기와 풀어놓기의 간극

전남 장흥 안양 바닷가에 허름한 '해산토굴'을 짓고 그 속에 나를 가두기 시작한 지 십 년째이다.

스스로를 한 시공 속에 잘 가두고 살면 영원을 살 수 있다는 확신을 나는 다산 정약용과 손암 정약전 형제를 통해서 얻었다. 타의에 의해 강진과 흑산도에 각각 갇혀 산 그분들이 스스로의 몸뚱이를 가두고 영혼을 자유자재하게 풀어놓는 지혜에 따라 살지 않았다면 오늘의 수미산 같은 다산과 손암이 있었을까.

흑산도에 가서 하늘길을 보았다.

그 섬에 갇혀 살다가, 그 섬 밖으로 한 발짝도 내디디지 못한 채 죽어 간 정약전 선생이 찾아낸 자유의 길은 하늘로 가는 길뿐이었다. 통곡하지 않고는 따라 밟아 갈 수 없는 그 길, 그 하늘길이 좋아 선생이 밟아 다닌 족적을 찾아 흑산도와 우이도(소흑산도)엘 부지런히 드나들고 그 참담한 갇힘과 슬프도록 아름다운 자유자재의 길을 동경한 결과가 이 소설이다.

타의에 의해서 갇히거나 자의에 의해서 갇히되 스스로의 영혼을 자유자재하게 풀어놓는 지혜를 터득하여 실천하는 자는 영원을 살 수 있고, 그렇지 못한 자는 노예의 삶을 살다가 소멸될 수밖에 없다.

이것은 정약전 선생의 갇혀 산 삶의 끝자락에 내 삶을 투영한 나의 이야기이다.

어려운 때에 책을 출판해 준 문이당 여러분께 감사한다.

2005년 3월

해산토굴에서

한 승 원

차례

흑산도행

하늘과 바다가 내통하더니
넘을 수 없는 선을 그었구나

나 이제 어디서 널 그리워하지

– 김형영의 「수평선1」

약전은 나주 다경포에 이르러 배를 탔다. 유배살이 할 흑산도로 건너가기 위해서였다. 배는 고물을 모래톱에 대 붙이고 있음에도 먼바다에서 달려온 황소 떼 같은 파도들로 말미암아 뱃머리를 상하좌우로 흔들어 댔다. 배에 오르자마자 느껴진 어지럼증 때문에 이물의 덕판 옆 갑판에 주저앉아 눈을 감았다.

전라도로 열이틀 동안이나 이어 걸어온 유배 길이 너비를 해량할 수 없도록 아득한 암청색의 험한 바다 저쪽 언덕으로 건너가는 여행인 듯싶었다. 어린 시절, 아버지의 임지인 전라도 화순과 경기도 마현 사이를 왕래하면서 무수히 느끼곤 했다. 멀고 먼 여행의 끝자락에서 돌아보면, 굽이굽이 발 닿는 곳에서 만나 본 하늘이나 구름이나 산이나 들이나 강이나 마을이나 사람이나 나락밭이나 콩밭이나 무성한 풀숲들이 어지러운 꿈속에서의 일처럼 아물아물 녹아내리다가 암청색의 꺼끌꺼끌하고 울퉁불퉁한 물너울로 꿈틀거리며 살아났다.

얼마 전, 한양에서 신지도까지의 유배 길과 이번 한양에서 나주 다경포까지의 유배 길에서도 그는 마찬가지 느낌을 맛보았다.

무엇인가가 스쳐 지나가는 듯싶어 눈을 뜨니 새 한 마리가 머리 위를 선회하고 있었다. 점박이 갈매기였다. 저놈은 맵찬 바람 몰아치는 초겨울의 거친 바다 어느 구석에서 살고 있을까. 갈매기가 그를 알아보고 그러는 듯싶어 그놈과 눈길을 맞추기 위해 고개를 쳐들었다. 선회하는 그놈을 따라잡기 위해 고개를 돌리다가 다시 어지럼을 느꼈다. 먼바다에서 달려와 뱃전을 치는 파도와 그로 말미암아 기우뚱거리는 배가 그를 더욱 어지럽게 했으므로 두 손으로 뱃전 시울을 붙잡았다.

두어 평 넓이의 정자亭子 서넛을 잇대어 놓은 크기에 황포 돛이 둘인 목선이었다. 영산포와 흑산도 사이를 왕래하면서 홍어 장사를 주로 하지만, 가끔 가오리나 멸치젓, 새우젓 따위를 싣기도 하는 배였다. 배 안에서는 홍어와 각종 젓갈들의 고리고리하게 곰삭은 비린내와 갯내가 물씬 코를 찌르며 비위를 거스르게 했다.

하얗게 뒤집힌 바다가 무서웠다. 줄줄이 밀려와서 갯바위와 모래밭을 들이받으며 물보라를 일으키는 파도의 등성이에 얹힌 흰 누엣결과 파도들 사이사이의 깊은 골짜기들이 물지옥으로 들어가는 어귀인 듯싶었다. 흑산도라는 섬 이름에 담겨 있는 '검은 산' 또한 무섭게 느껴졌다.

새는 아까보다 더 낮게 날면서 그의 머리 위를 스쳐 지나갔다. 공중으로 솟구쳐 올라가 잠시 날개를 펼친 채 바람을 타면서 그를 내려다보고 도둑고양이처럼 '끼랴아!' 하고 울고는 한 바퀴 재주를 넘었다.

배가 돛폭에 바람을 가득 담은 채 포구를 뒤로하고 큰 바다로 나왔을 때 새는 공중을 선회하면서 따라왔다. 저놈이 흑산도까지 따라올 작정일까. 그와 새 사이에 보이지 않는 끈이 묶여 있고, 그 끈의 양쪽 끄트머리에 원심력과 구심력이 작용하고 있는 듯싶었다. 내가 외롭고 고통스러울 때면 언제든지 그 끈을 통해 내 영혼을 저놈의 몸으로 옮겨 넣을 수 있으면 좋겠다. 그러면 내 몸은 비록 섬 안에 갇혀 있을지라도 자유로운 저놈에게 마음을 실어 강진의 아우에게도 보내고, 경기도의 가족들에게도 보내 교통 교감을 할 수 있을 것이다.

앞 돛대 옆에 선 나이 지긋한 뱃사람이 "암만 따라와도 오늘은 너한테 줄 것이 암것도 없다이!" 하고 말했고, 오래지 않아 새는 그의 머리 위를 한 바퀴 더 선회한 다음 배를 등 뒤로 하고 포구로 되돌아갔다. 포구 모퉁이의 흰 거품에 휩싸이곤 하는 암초 꼭대기에 앉아 떠나가는 배를 보고 있었다. 그 새가 시야에서 사라질 때까지 바라보았다. 새는 흰나비만 해졌다가 흰 오랑캐꽃잎만 해졌다가 가뭇없이 사라졌다.

뱃사람들은 넷이었다. 키 땅딸막하고 얼굴의 주름살이 깊은 나이 지긋한 사람이 하나이고 젊은 사람이 셋이었다. 겉에 희끗희끗한 소금꽃이 피어 있는 두꺼운 갯두루마기를 입고 머리에 누더기 같은 투거리를 쓴 그들은 약전이 자기들 사는 섬으로 유배되는 죄인임에도 불구하고 배에 오르는 그를 향해 무릎을 꿇고 엎드리며 머리를 깊이 조아려 절을 했었다.

제일 먼저 절을 한 사람은 체구는 자그마하지만 매우 강단져 보이고 얼굴이 앳되고 동글납작한 젊은이였다. 그 젊은이가 약전의 얼굴을 흘긋 바라보고는 공손하게 절을 하자, 다른 뱃사람들이 그 젊은이를 따라서 한 것이었다.

약전의 뒤를 따라 배에 오른 키 호리호리한 나장이 사마귀 같은 세모꼴 얼굴을 모로 외틀면서 송곳 끝처럼 날카로운 눈으로 뱃사람들을 한 차례 죽 둘러보고 나서 나이 지긋한 뱃사람을 향해 거만스럽게 "이렇게 바람이 심한데 갈 수 있겄느냐?" 하고 물었다. 죄인인 약전에게는 절을 하고 장교인 자기에게는 허리만 조금 굽실한 것을 불쾌해하고 있었다.

나이 지긋한 뱃사람은 얼른 대답하려 하지 않고 옆의 앳된 젊은이의 눈치를 살폈다. 앳된 젊은이의 까만 눈과 굳게 다물고 있는 입에서는 알 수 없는 힘이 느껴졌다. 그 젊은이가 "염려 안 해도 되겄소이. 대흑산까지는 어렵겄소마는, 우리 소흑산까지는 괜찮겄구만이라우." 하고 대답했다.

"너한테 묻지 않았느니라!"

나장이 눈살을 찌푸리고 앳된 젊은이를 쏘아보며 퉁명스럽게 말했다. 나이 지긋한 뱃사람이 나장을 향해 "오해하고 있구만이라우. 소인은 그냥 따라댕기는 사람이고, 저 젊은 사람이 선주요이." 하고 말했다. 앳된 젊은이는 나장을 향해 돌아서지 않고 까치파도들이 내달리고 있는 바다를 바라보며 말했다.

"조깐 머시기하기는 하겄소마는…… 까딱없이 갈 것인께 염려 붙들어 매도 되겄소이."

그 말의 억양은 경망하고 유연한 듯하지만 강철처럼 단단한 오기를 내포하고 있었다. 나장은 그 말이 비위에 거슬린 듯 앳된 젊은이의 옆얼굴을 쏘아보았다.

"머시기하다니, 그게 무슨 소리냐?"

"조깐 울렁거리겄다는 것이라우. 우리는 보통 쓰는 말인께 혹시라도 맘 거시기하게 잡수시지 마씨요이."

그 대답을 한 것은 나이 지긋한 뱃사람이었다. 나장은 눈살을 찌푸리고 앳된 젊은이와 나이 지긋한 뱃사람을 번갈아 보다가 덕판 옆의 갑판에 주저앉았다. 생각 같아서는 당장 물고를 내놓고 싶은데 그들에게 얹히어 가는 험한 뱃길을 생각하여 내색 않고 꿀꺽 참아 버리는 눈치였다.

약전은 나장의 마음을 이해할 수 있었다. 앳된 젊은이가 나장에게 '조깐 머시기하기는 하겄소마는…… 까딱없이 갈 것인께 염려 붙들어 매도 되겄소이.' 하고 뱉은 말은 몇 가지 불온한 뜻을 품고 있었다. 그 하나는 '배가 많이 기우뚱거릴 것이므로 뱃길에 숙련되지 않은 사람은 멀미를 심하게 하게 될 것'이라는 뜻이고, 다른 하나는 '잘난 체하며 건방 떠는 네놈, 미친바람으로 뒤집힌 까치파도 속에서 되게 혼 한번 나봐라' 하는 뜻이었다.

또 하나, 나장의 속을 홍어의 얼큰한 냄새처럼 메스껍게 한 것이 그들의 말끝에 따라붙곤 하는 말꼬리 '~이'일 터였다. 끝부분이 처지면서 길게 늘어지는 그 말꼬리의 억양 속에는 어리광이 담겨 있는 듯싶으면서도 상대를 억지스럽게 어르고 달래는 설득의 의지와 기어이 자기 의지대로 일을 밀고 나가겠다는 은근한 오기가 들어 있었다.

그보다 더욱 나장의 비위를 거스르게 한 것이, 앳된 젊은이가 쓴 '머시기'란 말일 터였다. 그 '머시기'와 나이 지긋한 뱃사람이 쓴 '거시기'란 말은, 깊은 배움 없는 뱃사람들의 표현 미숙으로 말미암은 어눌함이나 떠듬거림이 아니었다. 머시기와 거시기는 그들의 애매하고 어둑어둑한 무지와 울퉁불퉁하고 꺼끌꺼끌한 야만의 성정을 함축하고 있었다.

험한 뱃길을 무사히 가기 위해 꿀꺽 참아 버린 나장이 지혜롭다고 약전은 생각했다. 신지도까지의 유배 경험으로 미루어 볼 때, 멀고 험한 바닷길에서는 배를 몰고 가는 뱃사공이 왕인 것이었다.

약전은 진저리를 치면서 몸을 움츠렸다. 그 뱃사람들이 뿌리 내리고 있는 흑산도가 바로 그 '머시기'하고 '거시기'한 섬일 듯싶었다. '검을흑(黑)' 자가 들어가 있는 그 섬의 시공은 그가 상식으로 알고 있는 이승과는 전혀 다른 우중충하고 새까맣고 울퉁불퉁하고 꺼끌꺼끌한 시공이고, 그 시공으로 가는 배의 선원들은 그 알 수 없는 음험한 세상의 사자들일 듯싶었다. 아우 약용의 통찰력은 놀랍다 싶었다. 나주 율정점에서 헤어질 때, "저는 형님께서 가시는 흑산을 흑산이라고 부르지 않고 현산玆山이라고 부르겠습니다." 하고 말했던 것이다.

으르렁거리는 까치파도와 알 수 없는 검은 섬의 시공에 대한 두려움과 추위로 말미암아 그의 몸이 떨렸다. 아아, 이것은 지옥행이다.

다도해의 11월 하순 날씨는 매서웠다. 바늘 끝으로 에는 듯한 높바람이 불었다. 그 고추알 바람에 내몰린 까치 파도들이 줄줄이 내달렸다. 머리 꽁지로 하얀 거품을 일으키면서 달려가는 파도. 그것들은 악귀들인 듯싶었고, 유배지로 가는 그를 향해 아우성치면서 수면을 더욱 껄끄럽고 울퉁불퉁하게 만들어 놓고 있었다.

배는 뒷바람을 돛폭에 담은 채 까치 파도들을 헤치며 뜀박질을 하기도 하고 기우뚱거리기도 하면서 나아갔다. 양쪽 뱃전의 시울이 번갈아 가며 반물색의 수면에 닿을락 말락 하게 기울어지곤 했다. 바람이 더 세차게 불면 바닷물이 뱃전 시울을 넘어 배 안으로 쏟아져 들어올 것 같았다. 배는 드높은 파도들 때문에 돌파력을 잃은 채 제자리에서 비틀거리는 듯하다가도 용케 파도를 덮어쓰지 않고 간신히 기운을 차려 뜀박질을 하듯이 나아갔다. 어떤 때는 뱃머리를 집채 같은 파도와 파도 사이의 협곡 속에 처박으며 곤두박질치듯이 낙하했다가 하늘로 치솟듯이 파도 머리 위를 타 넘기도 했다. 뱃머리나 뱃전보다 더 키 큰 파도들이 연달아 달려왔다. 배는 그 산줄기 같은 파도의 등성이들과 협곡들을 타고 곡예하듯이 나아갔다.

약전은 그것들이 지긋지긋하여 눈을 감아 버렸다. 악몽 같은 생각들이 밀려들었다. 빨갛고 파란 관복 차림의 만조백관들이 구름처럼 모여서 곡예하듯이 기우뚱거리며 나아가는 배 위에서 오들오들 떨고 있는 그를 내려다보고 있었다. 그를 향해 손가락질하면서 입을 찢어지게 벌리고 깔깔거리기도 하고 코를 찡긋거리며 비웃기도 했다. 그들은 나를 왜 하필 머나먼 고도인 흑산도로 유배 보내는가. 이렇게 배를 타고 바다를 건너가다가 물에 빠져 죽어 버리라는 것이다. 의식 속에 새까만 땅거미 같은 절망이 쏟아졌다. 이 배에 오르면서 내 삶은 나락의 끝장, 물 지옥을 향해 나아가고 있는 것이다.

앳된 젊은이가 약전 옆으로 다가와서 무릎을 꿇고 두 손을 짚으며 "좌랑 나리, 소인은 이 배의 선주 문순득잉만이라우. 앞으로 성심성의껏 모실랍니다이." 하더니 덕판 밑에 있는 덮개 문을 들어 올렸다. 보자기만 한 크기의 검은 구멍이 뚫렸다. 문순득은 그 구멍 아래를 가리키며 "이 밑에 방이 있응께 밑으로 내려가서 추위를 피하시씨요이." 하고 말했다. 약전은 검은 어둠 들어찬 방을 흘긋 내려다보았다. 그곳이 따뜻하다 할지라도 어두컴컴한 아래쪽으로 내려가고 싶지 않아 고개를 저었다.

"아니다. 그냥 갈 것이니라."

줄달음질치는 까치 파도와 지나가는 검푸른 섬들에 눈길을 던졌다.

옆에 있던 나장이 말없이 덮개 구멍으로 두 발을 들이밀었다. 구멍 시울에 붙어 있는 사다리를 타고 배 밑바닥으로 내려갔다. 나졸 둘도 나장을 따라 내려갔다. 그들이 들고 있는 창끝이 구멍 속으로 사라졌다.

"물보라에 금방 옷이 다 젖어 뿔 것인디, 여그서는 추워서 기시지 못해라우. 얼른 방으로 내려가 추위를 피하시씨요이."

늙은 뱃사람이 말했지만, 약전은 아랑곳하지 않았다. 몸을 웅크린 채 뱃전 너머의 파도들을 바라보았다. 눈앞이 어질어질하면서 속이 메스껍고 가슴이 아리고 쓰라리면서 답답해졌다. 세상이 아득해졌다. 멀미가 시작되고 있었다. 몸이 부들부들 떨렸다. 뽀드득 소리가 나도록 이를 앙다물었다.

파도는 물이 아니고 화강암이나 쇠붙이나 푸른 무늬의 거대한 나무로 만들어진 구조물들 같았다. 거기에 발을 내디뎌도 속으로 빠지지 않을 듯싶었다. 요동치는 배 위에 있으면서 멀미의 고통을 당하는 것보다는 차라리 파도 위로 올라서는 것이 낫겠다는 착각이 일었다.

배는 기우뚱거리며, 연잎처럼 떠 있는 섬, 어미 소와 송아지 같은 섬, 고개를 외틀고 우는 물개 같은 섬, 풀 한 포기 없고 거뭇거뭇한 갯바위로만 되어 있는 낡은 거룻배 같은 섬과 섬 사이를 아슬아슬하게 지나갔다. 섬 주변의 검은 갯바위와 암초들이 하얗게 물거품을 뿜으면서 포효했다.

가끔씩 파도 한 덩어리가 배 안으로 날아들었다. 하얀 물보라도 날아들었다. 얼굴과 머리와 옷이 젖었다. 솜 두둑하게 넣은 옷을 입었지만 조금씩 젖어 들어 몸이 덜덜 떨렸다.

약전의 고집을 꺾을 수 없다고 생각한 선주 문순득이 방으로 내려가서 누더기 같은 이불을 가지고 올라왔다.

“방으로 내려가지 않으실라면은, 정결하지 못하기는 하제마는 이것을 쓰고 기시씨요이.”

이때 그는 추위와 멀미로 인해 파랗게 질려 있었다. 문순득이 덮어 주는 이불자락을 끌어당겨 바람을 가렸다.

뱃머리에 파도 부서지는 소리와 바다 아우성치는 소리와 돛대 끄트머리에서 휘익 하는 바람 소리가 들렸다. 어린 시절, 어른들이 귀곡성이라고 하던 지빠귀나 휘파람새의 울음소리 같았다. 이불자락을 들추고, 공포와 절망 속에서 집채 같은 파도들을 바라보았다. 얼마나 더 가야 소흑산도에 도착하게 될까. 가도 가도 끝없이 멀고 먼 이 험한 바닷길에서 살아남아 그 섬에 당도할 수 있기나 할까. 아아, 어느 한순간 불어 닥친 회오리바람으로 말미암아 이 배가 난파되고 나는 물속의 외로운 혼백이 되어 버릴지도 모른다.

소흑산도로 가는 물길이 이리 험한데 거기에서 다시 대흑산으로 가는 물길은 얼마나 더 험할까. 지도상에서 볼 때 소흑산도는 다른 섬들 속에 들어 있었고, 밑에는 '본우이도本牛耳島'라고 쓰여 있었다. 그렇지만 대흑산도는 중국 쪽의 맨 가장자리에 떠 있었다. 나를 반드시 대흑산에 한정하여 위리안치시키지 않은 것만도 얼마나 다행인가.

그는 두 손바닥을 가새질러 포개 쥐면서 눈을 감았다. 그분에게 빌고 싶었다. 저 높은 곳에 계시는 그분은 언제 어느 때 어느 곳이든지 자기를 믿고 따르는 사람과 함께 자리해 주고 힘이 되어 준다고, 영세를 주던 이벽이 그랬었다.

'아니다' 하고 그는 높은 곳에 계신다는 그분과 이벽에 대한 생각을 머릿속에서 지웠다. 그분이 저 하늘에 존재한다면 자기를 믿고 따르는 사람들이 굴비처럼 줄줄이 엮이어 끌려가서 목 베이는 것을 지켜보면서 아무런 조화도 부리지 않았겠는가. 그분의 힘이 우주 안 그 어디든지 미치지 않는 곳이 없다면 왜 아무런 권능, 아무런 이적도 보여 주지 않았겠는가. 그분은 어디에도 없다. 실없는 사람들이 만들어 놓은 허령일 뿐이다. 사람은 오직 자기 혼자의 힘으로 세상을 뚫고 나가야 한다. 액면 그대로의 고통스러운 삶과 죽음은 살아 있는 자기의 몫일 뿐이다. 차라리 하늘 위나 하늘 아래에 오직 내가 혼자 우뚝 서 있을 뿐이라고, 사람의 존엄함과 절망을 함께 설파한 석가모니의 말이 옳을지 모른다.

바다가 아득하게 넓어졌고 바람이 더 세차졌고 파도는 궁궐 지붕처럼 커졌다. 배는 드높은 파도 머리와 파도 머리들을 아슬

아슬하게 타고 넘어갔다. 어지러움과 역겨움과 추위 속에서 구역질을 하고 또 했다. 위와 창자 속에 들어 있는 모든 것들이 목구멍 바깥으로 솟구쳐 나갔다.

자기도 모르는 사이에 속으로 부르짖었다. '아, 당신, 국문하는 자들 앞에서 거듭 당신의 존재를 부인한 죄를 받게 하는 것이옵니까.' 혀를 깨물면서 약해지는 스스로를 꾸짖었다. 검푸른 어둠 속에서 연약해지는 나를 다잡을 사람은 오직 나 자신뿐이다.

의금부에서 추국당하고 옥에 갇혀 있으면서 쓴 그 모책을 다시 쓰기로 했다. 지루한 시간을 단축시키는 묘책이었다. 눈을 힘주어 감았다. 고통스럽다는 생각을 하면 할수록 시간은 더디 간다. 기쁘고 즐거웠던 예전의 세월 속으로 나를 이끌고 들어가야 한다. 이승훈, 이윤하, 김원성을 떠올렸다. 평생 변함없는 벗이 되어 성호 선생의 학문을 이어받기로 맹세하며 서로를 얼싸안았던 별 총총하던 밤. 첩첩한 검은 산줄기들 너머로 별똥이 포물선을 그리며 떨어지고 호랑지빠귀가 '호우위이 호우위이' 하고 귀기 어린 소리로 울고 있었다. 스물두 살 되던 해에 김원성, 권상학, 이총억 등과 함께 주어사에서 녹암(권철신)의 가르침을 받던 일도 떠올렸다. 꼭두새벽에 일어나 눈부시게 반짝거리는 샛별을 머리에 이고 얼음물로 세수하고 몸과 마음 닦는 거울이 되는 잠언을 암송하고 해가 뜨면 주자의 '공경의 실행을 위한 잠언'을 외우고 정오가 되면 예가 아닌 것은 보지 말고 예가 아닌 짓은 하지 말고 예가 아닌 소리는 듣지 말고 예가 아닌 것은 말하지 말라는 공자의 가르침을 암송하던 일을 생각했다. 이승훈과 함께 서대문 밖에서 벌어진 활쏘기 대회에 참례하던 일도 떠올렸다. 거기에는 실사구시의 뜻을 같이하는 백여 명의 젊은 총생이 동참했었다. 이가환, 이윤하와 함께 한강에서 뱃놀이를 하다가 이승훈으로부터 천주님과 천국의 영원함에 대한 강설을 듣고 나서 탄성을 지르며 술잔을 기울이던 일도 떠올렸다. 천주학은, 구중궁궐의 담벼락 같은 사각의 울타리 속에 가두는 유학에 숨통을 틔워준 오각형(청량제)이었다. 현세의 삶은 다만 화려하고 찬란한 내세를 위한 준비의 과정일 뿐이라는 것, 고통스러운 그 과정을 거쳐 꽃밭 세상 같은 천당에 이른다는 것은 얼마나 아름다운 희망인가. 정심으로 기도하면 자유로운 그곳에 이른다. 질곡 같은 현세 삶의 부담으로부터 놓여난다. 천주님을 믿으면 각질 같은 껍질을 벗고 흰 물새처럼 초월하여 새로운 세상을 훨훨 날 수 있다. 그 믿음은 갇힌 영혼들에게 내리는 황홀한 축복의 꽃타래였다. 형수의 제사를 지내러 갔다가 이벽과 함께 배를 타고 돌아오던 일도 떠올렸다. 이벽은 이승훈으로부터 영세를 받은 뒤 더욱 독실한 신자가 되어 있었다.

이벽은 사실 이승훈보다 먼저 〈천주경〉과 『천주실의』와 『칠극』을 보고 깊은 감동을 받은 것이었다. 동지사를 따라 연경에 가는 이승훈에게 그곳의 성당에 가서 신부를 만나고, 영세를 받고, 천주학에 관한 책들을 입수하여 가져올 것을 당부한 것이 이벽이었다.

이벽은 배를 타고 오면서 약전, 약종, 약용 삼 형제에게 창세기의 이야기, 천주님이 베푼 이적, 천지의 조화와 소멸되지 않는 영원한 삶에 대한 이야기를 해주었다.

이튿날 약전은 이벽의 집으로 달려가서 『천주실의』와 『칠극』

을 빌려다 읽었다. 그 책을 돌려주면서 이벽에게 영세를 받게 해 달라고 청했다.

이벽은 차가운 물 적신 손바닥으로 그의 이마와 정수리를 씻어 주었다. 세상 속에서 더러워지고 구기박질러진 영혼을 항 맑게 씻어 주고 펴준 것이었다. 천주님의 영이 실려 있는 손에 의해 영혼의 씻김을 당하는 순간 그는 어질어질한 황홀과 가슴 설렘을 주체할 수 없었다. 여느 때 그는 하늘로 향하여 뻗어 가는 기운이 있다면 그것이 태극太極일 것이라고 생각하고 있었다. 영혼의 씻김을 당하는 순간, 그의 몸과 영혼이 거대한 태극의 물레바퀴 살 속으로 빨려 들어가는 듯싶었다.

그는 태극의 원리를 기하학적인 동그라미의 모양새로서 인식하고 있었다. 아침이나 저녁에 서편이나 동편에 서곤 하는 무지개의 동그스름한 현弦 같은 모양새. 눈에 보이는 것들을 단순화시키고 또 단순화시키면 결국 한 개의 동그라미가 된다. 펀펀한 듯싶은 지평, 우죽삐죽한 산도 우주라는 거대한 동그라미의 한 귀퉁이 현에 지나지 않는다. 지구도 둥글고 해도 달도 별들도 모두 둥글다. 모든 것은 태극의 끝을 향해 나아간다. 사람이 살아간다는 것은 동그라미의 한쪽 끝이 나아가는 방향으로 빨려 들어간다는 것이다. 그 영원한 극점을 향해 나아가는 것이 성인이 말하는 어짊(仁)과 원융의 세계이다. 천국은 그 태극의 극점 저쪽 어디엔가에 펼쳐져 있을 터이다. 이승에서 착한 일을 하고 또 한다면 그 극점 저쪽 영원한 세상에 이르게 된다.

자기 영혼의 항 맑은 씻김이 내려지는 순간 그는 그 기운이 뻗어 가는 무지개 같은 길목 한복판에 그의 몸과 마음이 실리고 있다고 느꼈다. 그 느낌이 그를 허공으로 붕 떠오르게 했다. 아, 나는 바야흐로 하늘길에 들어서고 있다. 나의 유배 길은, 더욱 확실한 그 길로 들어서게 하는 시련의 한 자락일 터이다. 예수도 그러한 시련을 당하고 하늘길로 들어섰다. 십자가에 못 박힌 채로 로마 병정들의 놀림을 받으면서 예수는 '아버지 왜 저를 버리시나이까!' 하고 하늘을 향해 절망적으로 부르짖었다. 절대 고독은 그 사람을 태극의 바퀴살 속으로 들어서게 한다. 예수가 십자가에서 내려오는 기적을 로마 병정들에게 보여 주지 못하고 죽어 갔지만 사흘 만에 거짓말처럼 되살아나 제자들에게 스스로 부활한 모습과 영생을 보여 주고 다시 하늘길로 돌아간 것은 그의 영혼이 태극의 바퀴 살 속으로 빨려 들어갔기 때문이다. 지금 내가 험난한 바닷길에서 만난 것이 그 절대 고독이다. 태극의 바퀴 살 속으로 들어서고 있다. 때문에 나는 영원을 살게 될 것이다. 이 고통의 순간을 이 악물고 참아야 한다. 바야흐로 나는 물 지옥을 건너가고 있다. 이 물 지옥 저 너머에 흑산이 있고 그 흑산 너머에 현산이 있다. 현묘하고 또 현묘한 세상이 현산이다. 현산으로 가려면 깨끗한 새가 되어야 한다.

뱃머리에 부딪히는 파도 소리와 돛대 끝에서 울부짖는 귀신의 소리와 먼바다에서 밀려오는 파도의 울음소리가 귀를 먹먹하게 했다.

갑판 밑의 방 안에서 소동이 일어났다. 나장과 나졸들이 멀미로 말미암아 토악질을 한 것이었다. 젊은 뱃사람들이 방을 들락거리며 그들의 멀미 뒤치다꺼리를 했다.

약전도 속이 메스꺼웠고 토악질이 나오려고 했지만, 혀를 깨물면서 참았다. 덕판 가장자리를 붙잡은 채 눈을 감고 기도를 했다. 드높은 곳에 계시는 천주님을 부인한 자기를 용서해 달라고 빌었다. 이승훈, 이벽, 윤지충 그리고 약종 아우처럼 순교를 했어야 하는 것을, 하룻밤 사이에 세 번이나 예수를 배반한 그분처럼 나는 천주님을 거듭 배반했다. 지금 그 배반의 죗값을 치르고 있다. 죗값을 온전히 치르도록 하기 위해 천주님은 나를 더 살아 있게 하고 있다.

그러한 생각들을 줄기차게 하는데도 약전은 계속 멀미에 시달렸다. 가슴을 부여안고 토악질을 했다. 토악질을 하면서 속으로 부르짖듯이 노래했다.

저 무성한 갈대밭에
화살 한 대로 오동통한 암돼지 다섯 마리를
아아, 멋진 사냥꾼이여
저 무성한 쑥대밭에
화살 한 대로 보들보들한 새끼 돼지 다섯 마리를
아아, 멋진 사냥꾼이여

『시경』에 있는 음험한 시였다.

젊은 시절에 중국에서 들어온 『기하원본』을 읽으면서 재미있는 것을 느꼈다. 『논어』, 『맹자』, 『대학』, 『중용』이 사람들의 의식 속에 사각형을 만들고 있다면, 『주역』, 『시경』, 『서경』은 거기에 한 개의 각을 더해 오각형을 만들고 있다는 것, 오각형은 황금비, 불가에서 말하는 자유자재 그것이고, 원효가 말한 걸림 없음

(無碍)이라는 것, 사각형의 딱딱하고 답답한 시공에서 숨통을 틔워 주는 것은 오각형이라는 것. 그는 여느 때 답답하고 짜증이 나면 오각형의 삶을 즐기곤 했다.

정조 임금이 월과月課를 면제해 준 이튿날부터, 벗들과 더불어 한강에서 뱃놀이를 하곤 했는데, 그때 술에 취하면 춤추는 기생들 서넛을 한 아름에 끌어안고 그들의 목덜미 속에 얼굴을 밀어 넣고 비틀거리면서 돼지 멱따는 듯한 소리로 그 노래를 외쳐 대곤 했다. 『시경』에는 새콤달콤한 노래가 한둘이 아니었다. 그는 외롭고 괴롭고 슬프고 세상이 허무해질 때면 벗과 술을 찾았고, 술에 취하면 그것들을 줄줄이 읊곤 했다. 흑산도로 가는 배 위에서 멀미에 시달리며 그는 『시경』 속의 그 노래들을 거듭 읊어 댔다.

언덕 위에 삼밭 있네
유씨네 아들아, 아아
유씨네 아들아, 아아
나 그대 기다리고 있으니 어서 와서 나를 품어 다오
언덕 위에 보리밭 있네
유씨네 아들아, 아아
유씨네 아들아, 아아
나 그대 기다리고 있으니 어서 와서 내 꿀물 샘 달게 마셔 다오
언덕 위에 배나무 밭 있네
유씨네 아들아, 아아
유씨네 아들아, 아아
어서 와서 나한테 패옥같이 달콤한 사랑을 해다오

– 중략

여우가 어슬렁어슬렁
기수 다릿목에서 어정거리네
내 마음속 근심은
그대 바지가 없음이네

– 중략

소흑산도

관헌에서 오들오들 떨며 하룻밤을 지새고 일어나 간밤에 대취하여 술 덜 깬 사람처럼 비치적거리며 측간에 다녀오자 콧등과 양 볼에 곰보 자국이 있는 젊은 아전 박수근이 그에게 말했다.

"나리가 머무르셔야 할 디를 흑산도로 한정한다고 했응께, 여그서 사세도 되고 저쪽 대흑산으로 짚이 들어가서 사세도 됭만이라우. 그것은 나리가 알아서 하도록 하시씨요이."

젊은 아전은 그를 얼른 밖으로 내쫓고 아침밥 먹으러 갈 생각을 하고 있었다.

전날 보이던 늙은 아전과 나장과 나졸들의 모습이 보이지 않았다. 아침밥을 먹으러 간 것일 터였다.

약전은 대꾸할 말을 찾지 못한 채 바람벽에 등을 기대고 앉았다. 전날의 멀미가 아직 가라앉지 않고 있었다. 보이는 것들은 무엇이든지 기우뚱거리며 천천히 선회했다. 하늘도 땅도 천장도 바람벽도 맞은편에 앉아 그를 건너다보고 있는 젊은 아전도 책상도 기우뚱거리며 선회했다.

속이 허한 까닭일까. 아침밥을 먹고 나면 어지럼증이 가시게 될까. 심호흡을 했다. 어디선가, 피리링 풀벌레 소리가 들려왔다. 그의 귀가 울고 있었다. 몸에 맥이 없어졌다. 전날 멀미로 인해 토악질을 하고 지쳐 들어와서 저녁밥을 거른 채 잤던 일이 떠올랐다. 이 섬에 주막이 있을까. 먹여 주지는 않더라도 주막 같은 곳으로 안내는 해주어야 할 것 아닌가. 사람들이 이렇게 매정할 수 있단 말인가.

"얼른 그것부터 결정을 하시씨요이."

젊은 아전이 재촉을 했다.

"대흑산으로 들어가실라면은 오늘 그리로 건너가세야 쓸 것이요이. 사실대로 말씀을 디린다면은, 그리로 가세야 나리께서 속 편하게 사실 수 있을 것잉만이라우. 마을도 여럿 있고 사람들도 여그 보담은 훨썩 많이 살고……."

젊은 아전이 그렇게 말은 했지만, 그는 소흑산도에 자리를 잡고 살며 해배되기를 기다려야 한다고 생각했다. 자기의 유배는 짧으면 2~3년일 거라고 그는 믿고 있었다. 수렴청정하는 대왕대비가 늙고 쇠약해 있다고 들었다. 그녀의 수렴청정이 끝나면 대왕대비의 친정 사람들의 권세도 시들어질 것이고, 새 임금의 친정이 시작되면 대사면령이 내려질 것이고, 그러면 나는 풀려날 것이다.

"가까운 이 섬을 두고 대흑산으로 깊이 들어가서 살아야 할 이유가 없지 않느냐?"

그는 무뚝뚝하게 말했다. 젊은 아전이 그를 외면한 채 치자 빛 햇살이 빗장처럼 세로로 걸쳐진 창문을 바라보며 심드렁하게 말했다.

"여그 들어온 다른 양반들은 다들 대흑산으로 아주 짚이 들어가서 사실라고들 해싼께…… 그래 디리는 말씀인께 오해는 마시씨요이."

"시방 나 속이 허한데, 아침 요기할 주막 같은 곳은 없느냐?"

젊은 아전은 속이 허하다는 그의 말에 대해서는 아랑곳하지 않고 빈정거리듯이 말했다.

"다른 양반들이 어째서 아주 짚은 대흑산으로 들어가서 살라고 하냐 하면은 자꾸 살피고 간섭을 해싸는 우리 아전들 눈꼴이 시린께 그런답니다이. 그라고 여그에는 또 수군들 보(堡砦)가 있어라우. 보가 저쪽 나발재 우쪽에 있는디, 거그에 수군들 한 이십에 멩이 있그덩이라우. 그 수졸들이 보통 것들이 아니고, 그놈들을 거느리고 있는 별장이 또 여간내기가 아니요이. 그랑께, 말하자면은 보기 싫은 것들 안 보이는 디서 살라고 구태여 대흑산으로 들어가는 것이지라우이."

약전은 천장을 쳐다보았다. 대들보를 베개 삼고 줄줄이 누운 서까래들이 천천히 선회했다. 그를 내려다보기 위해 몸을 뒤치는 듯싶었다.

아무리 그러할지라도 그는 젊은 아전이 바라는 대로 대흑산으로 가고 싶지 않았다. 강진의 아우 약용은 자기보다 더 이른 시일 안에 해배될 것이 분명하고, 그리되면 그를 찾아 이곳으로 건너올 터인데 뱃길 서투른 그 아우를 대흑산에까지 가게 할 수는 없었다. 그가 단호하게 그의 뜻을 말하자 젊은 아전이 냉랭하게 조롱하듯이 말했다.

"그라실라면은 얼릉 마을로 나가서 거처를 마련해 보도록 하시씨요이. 그라고 여그는 섬 구석이라 아침 요기하실 주막도 없는디 어짜실라요?"

분노가 치밀었지만 이를 앙다문 채 방자한 젊은 아전을 등지고 관헌 문밖으로 나왔다. 하늘과 땅이 기우뚱거렸으므로 그의 걸음은 자꾸 허청거렸다. 어지럼증을 떨쳐 버리려고 으흠, 하고 큰기침을 뱉어 냈다.

그를 대흑산으로 쫓아 보내고 싶어 하는 젊은 아전의 오만방자함과 냉랭한 조롱이 등창의 아픈 뿌리처럼 그의 골수 속으로 뻗혀 왔다. 그 아전의 뒤에는 나주 관아가 있고 나주 관아 뒤에는 한양 의금부가 있고 의금부 뒤에는 그를 섬에 가둔 유령 같은 얼굴 얼굴들이 버티고 있었다. 그 얼굴 얼굴들은 저 아전이 올리곤 하는 장계를 통해 이 섬에 갇혀 사는 나를 먼발치에서 구경하게 될 것이다.

넘겨다볼 수 없을 만큼 높은 강담이 양쪽을 막아선 긴 골목길로 들어섰다. 언제인가 본 적이 있는 강담이었다. 원래 흑자주색 바탕인데 그 위에 희끗희끗하기도 하고 푸르딩딩하기도 한 이끼옷을 입은 목침만 한 돌, 쪽박만 한 돌들을 이용하여 별로 정교하지 못한 연속무늬를 만들면서 오불고불하고 울퉁불퉁하게 쌓아올린 강담이었다.

내가 이 강담 길을 언제 보았을까. 전날 땅거미가 내릴 무렵에 파김치가 된 몸으로 비틀거리며 걸어 들어온 기억이 어렴풋이 떠올랐다. 이 강담 위에 남녀의 얼굴이 두셋, 서넛씩 줄줄이 얹히어 있었다. 그들은 자기네 골목을 비치적거리며 지나가는 한양 양반 유배객인 그와 관복 차림의 나장과 나졸 일행을 구경하고 있었다.

유자나무 있는 집 모퉁이를 도는데 그 집 사립에서 머리털 새하얀 늙은 남정네 한 사람이 바지게를 지고 나왔다. 바지게 속에는 갈퀴가 들어 있었다. 약전은 그 늙은 남정네를 뒤쫓아가며 "잠깐……." 하고 말을 걸었다. 늙은 남정네는 그를 흘긋 돌아보더니, 마치 문둥병자나 괴질 앓고 있는 사람을 피하기라도 하듯이 뒷산 쪽 골목으로 달려가 버렸다.

그는 비틀거려지는 몸을 지탱하기 위해 강담을 한 손으로 짚은 채 한동안 그 늙은이의 뒤통수를 바라보다가 개울을 낀 골목길로 들어섰다. 얼마쯤 가자 샛골목에서 구럭을 한쪽 어깨에 멘 땅딸막한 젊은이 한 사람이 나왔다. 그 젊은이를 쫓아가며 "여봐라. 젊은이! 잠시 말 좀 묻자꾸나." 하고 불렀다. 땅딸막한 젊은이는 그를 돌아보더니 고개를 회회 저었다. '벙어리인지도 모른다.' 하고 젊은이의 얼굴을 살폈다. 젊은이는 몸을 돌려 황급히 바다 쪽으로 가버렸다. 절망이 눈앞을 아득하게 했다. 젊은이는 뭍에서 유배되어 온 천주학쟁이 양반을 피하고 있었다. 누군가가 천주학쟁이를 가까이하면 안 된다고 단단히 이른 모양이었다.

만나는 사람들이 모두 이렇게 나를 피하는데 어디 가서 밥 한 끼나마 요기를 할 수 있겠는가. 맥이 풀리고 땅거미 같은 어둠이 눈앞을 가렸다.

골목 밖으로 나가서 우두커니 선 채 바다를 바라보았다. 전날 지긋지긋하게 시달린 것이 떠올라서 후두두 진저리를 쳤다. 아득하게 드넓은 바다는 검푸르렀다. 바다는 거친 파도를 일으켜 갯바위와 모래톱을 철썩철썩 두들기고 있었다. 하얀 물보라가 날렸다. 갯바위와 모래톱은 저항하려 하지 않고 멍청하게 당하고만 있었다. 철썩 처르릉 쏴아. 그와 아우 약용을 비롯한 많은 사람들이 갯바위와 모래톱처럼 학대를 당하고 있었다. 파도가 소리치고 있었다. 철썩. 의심이 가는 놈은 모조리 잡아들여라. 처르릉 쏴아. 죄질이 무거운 놈은 목 베어 죽이고, 조금 가볍다 싶은 놈은 멀리멀리 귀양을 보내고 좀 더 가벼운 놈은 곤장을 쳐라, 철썩. 목 베어 죽여라, 철썩. 가두어라, 철썩. 곤장을 쳐라, 철썩. 우리가 해 먹는 데에 방해가 되는 놈은 이 기회에 천주학쟁이라는 너울을 씌워 잡아들여서 죽여라, 철썩. 가두어라. 처르릉 쏴아. 귀양 보내라. 철썩 처르릉 쏴아. 약전은 진저리를 쳤다.

흰 물새가 날고 있었다. 하늘과 땅과 바다가 어지럽게 돌고 있었다. 바다 쪽에서 불어오는 찬 바람이 수염과 목에 맨 갓끈과 두루마기 자락을 흔들었다. 그 바람이 옷 속으로 스며들었다. 몸을 움츠렸다. 살갗에 닭살 같은 소름이 돋고 있었다.

이장을 만나서 부탁을 해보자. 아니, 어제 타고 온 배의 젊은 선주 문순득의 집이 어디 있는지 물어서 찾아가 보자. 그 젊은 선주는 너그럽게 그를 받아 줄 듯싶었다. 골목 안쪽으로 몸을 돌렸다. 파도 소리가 뒤따라왔다. 이를 단단히 물고 하늘을 쳐다보았다. 가슴을 펴고 심호흡을 했다. 관헌으로 가서 아전들에게 이장을 불러 달라고 해야 하지 않을까. 도도한 그 아전이 이장을 불러 줄까. 호랑이 없는 곳에서는 여우가 왕 노릇을 한다.

검은 구름 한 장이 남쪽으로 떠가고 있었다. 무례함을 무릅쓰고 아무 집으로든 들어가서 이장의 집이 어딘지 물어보자. 사방을 두리번거렸다. 어느 집으로 들어갈까. 골목길이 드넓은 강물처럼 아득하게 느껴졌다. 강진으로 간 아우 약용은 어디에 거처를 정했을까. 주막집에도 들어가지 못하고 어느 처마 밑에서 오들오들 떨며 추운 초겨울 밤을 지새지는 않았을까.

관헌 뒤쪽의 골목길에서 한 여자가 그의 쪽으로 걸어왔다. 흰 저고리에 반물치마를 입고 머리에 흰 수건을 쓴 그 여자는 얼굴을 깊이 숙인 채 걷고 있었다. 한쪽 팔에 바구니를 낀 그 여자는 멀리서부터 이미 그의 모습을 살필 만큼 다 살핀 듯싶었다. 저 여자에게 이장 집을 물어보자. 만일 저 여자마저 아무런 응대도 하지 않고 도망치듯 지나쳐 가버리면 어찌하나. 그는 무례를 저지르기로 작정했다. 그 여자의 앞을 가로막으며 마주 섰다. 그 여자는 그를 피하려 하지 않았다.

'나에게 이장 집을 좀 가르쳐 주지 않겠느냐?' 하고 말을 하려는데 그 여자가 허리를 굽히면서 바구니를 땅에 놓고 두 손을 땅에 짚으며 절을 했다. 그때 그 여자에게서 아릿한 체취가 날아왔다. 쪼그려 앉은 그녀의 반물치마가 꽈리 껍질처럼 담고 있던 바람을 뿜었다.

그의 눈앞에 어지러움이 지나갔다. 그 여자에게서 알 수 없는 온기가 날아와 그를 감싸고 있었다. 그의 가슴속에서 뜨거운 덩어리가 밀려 올라왔다. '이런 바보같이…….' 하고 스스로를 꾸짖으며 근엄하게 말했다.

"나는 너에게서 이렇게 절을 받아야 할 이유가 없는 죄인이다. 어서 일어서거라."

절을 하고 난 여자는 머리를 숙인 채 뒤쪽으로 서너 걸음 물러서다가 몸을 돌렸다. 흰 저고리와 치마허리 만나는 곳에서 땋아 늘인 머리채가 치렁거렸다. 어디선가 한번 본 얼굴인 듯싶었다. 갸름하고 구멍새들이 큼직큼직한 저 얼굴을 내가 어디에서 보았을까.

그는 그 여자를 뒤따라가며, "여봐라. 이 마을 이장 집을 좀 가르쳐 주지 않겠느냐?" 하고 의젓하고 근엄한 목소리로 물었다.

그 여자가 발을 멈추더니 그를 향해 돌아서면서 읍을 했다. 순간 그의 눈을 슴뻑 파고드는 그 여자의 눈빛에 넋을 잃었다. 흰자위 속의 검은자위가 반짝 빛을 쏘고 있었다. 서역에서 들어왔다는 흑보석이 되쏘는 듯싶은 빛살. 가슴에 전율이 일어났다. 그 여자는 정중하게 두 손을 나란히 펴 골목 안쪽의 한 집을 가리키더니 총총히 가버렸다. 어지러움을 느끼며 그 여자의 뒷모습을 바라보았다. 머릿속에 각인된 그 여자의 모습이 오랫동안 선명하게 남아 있었다. 기름한 윤곽에 살빛이 가무잡잡한 데다 코의 운두가 뚜렷하고 입술이 얄따랗고 눈 뚜껑이 약간 부은 듯하고 귓바퀴가 작은 소라 껍데기 같은 얼굴. 이런 섬에도 저렇게 다소곳하고 음전한 처녀가 있구나.

그 여자가 가리킨 집으로 갔다. 베개만 한 돌덩이들로 투박하게 쌓은 돌담에 잎사귀 모두 떨어진 담쟁이덩굴이 어지럽게 덮여 있었고 싸릿대로 엮은 사립문 안쪽에 늙은 유자나무 한 그루가 있었다. 마당 안으로 들어서자 바른쪽에 삼간 홑집인 사랑채가 세로로 앉아 있고 왼쪽에 삼간 겹집인 안채가 가로로 앉아 있었다.

사랑채 쪽으로 걸어가는데 미역국 냄새가 코에 스며들었다. 그 순간 입안에 군침이 돌고 배 속에서 꼬르륵 소리가 났다. 이

집에서 한동자로 밥 한술 먹었으면 좋겠다. 채신머리없고 천덕스러워진 스스로가 참담하게 느껴졌다. 어흠, 하면서 스스로를 꾸짖고 나지막한 소리로 근엄하게 말했다.

"여봐라, 아무도 없느냐?"

잠시 후에 사랑방 문이 열리고 키 호리호리하고 얼굴이 희고 둥글넓적한 앳된 젊은이가 나왔다. 머리를 땋아 늘인 젊은이는 그를 보자 소스라치게 놀라 댓돌로 내려서서 허리와 머리를 깊이 숙여 주고 방안을 향해 "아버님 찌그 저…… 어지께 오신 좌랑 나리께서……." 하고 떠듬거렸다. 그러자 방문이 벌컥 열렸다.

"아니, 나리께서 누추한 소인 집을……."

남정네는 그를 안으로 모시고 들어가 좌정하게 하고 무릎을 꿇고 절을 했다. 그는 자기가 양반일지라도 죄인 신분이고 유배살이를 하러 왔음을 상기했다. 앉은 채 두 손을 바닥에 짚고 맞절하듯이 머리를 숙여 주었다.

남정네는 무릎을 꿇은 채 "소인의 성은 윤가고 이름은 강순이라고 하는디, 이 마을 이장입니다이. 좁은 소견에다 견문마저 빈약하기 짝이 없는디 마을 어른들이 한사코 강권해서 어짤 수 없이 소인이 감히 이장 소임을 맡고 있구만이라우." 하고 수다스럽게 말을 하고는 등 뒤에서 읍을 한 채 엉거주춤 서 있는 앳된 젊은이를 향해 재촉하듯이 말했다.

"이놈아, 뭐 하고 있느냐, 나리께 인사 안 디리고, 잉?"

앳된 젊은이가 그에게 큰절을 했다.

"이놈은 소인의 자식이옵니다이. 맹자를 조깐 읽힌다고 읽히고 있는디, 소인의 넉넉하지 못한 가르침도 가르침이겠지마는,

워낙 타고난 천성이 둔한지라 문리가 터지지를 않고 그렁저렁 세월만 보내고 있구만이라우. 나이가 열일곱인디…… 동녘 동 밝을 철을 써서, 동철이라고 부릅니다이. 앞으로 나리께서 조깐 보살펴 주세야겄구만이라우."

꼿꼿이 앉아 절을 받는 약전의 배 속에서 꼬르륵 소리가 났다. 허기가 일었고 온몸에 무력증이 퍼지고 머릿속에 절망이 물안개처럼 번졌다. 그들은 벌써 아침밥을 다 먹어 버린 뒤였다. 이장이란 자는 지나가는 말로라도 그의 아침밥 걱정을 하지 않았다. 배부른 자가 어찌 굶고 있는 자의 속을 알겠는가.

동철은 조심스럽게 몸을 일으키고 윗목으로 가서 앉았다. 그의 앞에는 기름 먹인 넙데데한 서판과 벼루와 붓이 놓여 있었다. 서판에는 반듯반듯하게 써 내린 글씨 한 줄과 그것을 그리듯이 써 내린 글씨 한 줄이 나란히 옆구리를 마주 대고 있었다. 동철이 제 아버지가 받아 준 글씨를 쓰다가 그를 마중한 모양이었다. 동철은 이어 쓰려 하지는 않고 이미 쓴 것을 부끄러워하며 내려다보고만 있었다.

받아 준 것이 서투른 것이므로 그것을 본받아 쓰고 있는 것이 어설플 수밖에 없었지만, 약전은 무슨 덕담을 하든지 한마디 해야 할 것 같았다.

"사람의 얼굴이 그 사람의 인격을 말해 주듯, 글씨도 그러하네. 동철 군 글씨를 보니 착하고 성실하고 매사에 삼가는 품성이 엿보이네. 튼튼한 체구도 좋고 얼굴 생김도 훤하고…… 가문의 앞날이 아주 넉넉하게 창성할 듯싶네."

"아이고, 칭찬이 너무나 과분항만이라우. 받어 주는 애비 글씨부터가 괴발개발이라서…….” 하고 난 이장 윤강순은 말을 숨 가쁘게 늘어놓았다.

“어지께 좌랑 나리께서 우리 마을로 들어오신 뒤로 좁은 소견으로다가 이미 생각해 놓은 것이 있고, 또 유지 몇 사람이 의논해 놓은 것이 있어서 나리를 아침나절에 일찌감치 뵈러 갈라고 생각하고 있었는디, 미욱한 소인이 굼뜨기까지 해서 이렇게 좌랑 나리께서 찾아오시게 했습니다이. 죄송하고 또 죄송항만이라우. 성인의 예를 모르고 그저 이녁 목구멍 구완이나 게우게우 하고 사는 갯투성이 상것들만 사는 마을이라, 나리 지내시기에 불편한 일이 한두 가지가 아닐 것잉만이라우. 미력하지마는 소인이 자주 나리한테 들락거릴 것인께 불편한 일 있으시면은 모다 소인한테 말씀을 해주시씨요이. 소인이 성심성의껏 도와드리는 데까장은 심껏 도와드리도록 할랑께라우. 그라고, 아까 유지들하고 의논해 놓은 것이 있다고 한 것은, 다름 아니옵고라우, 나리께서 만일 허락하기만 하신다면은, 나리를 소인들의 아그들 훈장으로 모시자는 것잉만이라우. 한 일 년 남짓 서당에 훈장을 모시들 못하고 있은께 마을 아그들이 모다 질매 풀린 망아지 새끼들 모냥으로 바다로 산으로 떼 지어 뛰어댕기기만 하고 상스럽고 호로스러워지고……. 나리께서 어떻게 허락을 해주실랍니껴, 어짜실랍니껴?”

약전으로서는 허락하고 말고 할 것이 없었다. 훈장으로 모시고 싶다는 윤강순이 고맙기 이를 데 없었다. 가슴 한복판에 주먹 같은 덩어리 하나가 뜨겁게 뭉쳐지고 있었다. 그렇지만 경망하게 금방 그 고마움을 뱉어내지 않고 뜸을 들였다. 한동안 고개를 끄덕거리기만 하다가 천천히 낮은 목소리로 말했다.

"나 같은 죄인에게 그런 일을 맡겨도 되겠는가? 더구나 나는 한때 천주학쟁이였다는 죄를 쓰고 유배되어 온 사람인데, 그대들의 귀한 자식들을 나 같은 죄인에게 의탁하고 싶은가?"

"소인들이 요런 섬 구석에 살고 있기는 하제마는, 나리께서 억울한 누명을 쓰고 들어오셨다는 것을 자상하게 듣고 있구만이라우. 나리하고 우리들 사이에 고래 심줄같이 짱짱한 믿음만 있다치로면은 이 섬을 통째로 반분한들 아깝겠습니껴? 잉? 안 그란가라우?"

윤강순은 쇠뿔은 단김에 뽑아야 한다면서 동철을 시켜 문순득을 불러오게 하였다. 동철이 밖으로 나간 뒤 윤강순이 말했다.

"홍어 배를 부리는 문순득이, 어지께 나리 모시고 온 그 사람 말이라우, 아직 새파란디 보통 똑똑한 사람이 앵이요이. 그런디 부전자전이라고 아주 눈 초롱초롱한 아그가 하나 있는디 마땅한 선생을 구하질 못해서 오래전부터 안달이 나갖고 있구만이라우. 문순득이 욕심이 부엥이어라우, 부엥이히히히히……. 진작부터 괴기잽이는 작파하고 홍어 장시 배를 타는디, 사람 부리는 요령도 좋고……."

오래지 않아 문순득이 달려왔고 약전에게 큰절 문안을 올렸다.

윤강순이 약전에게 말했다.

"나리께서는 잠시 여기 앉아 기시씨요이. 우리 둘이 관헌으로 가서 허락을 얻어 갖고 올랑께라우."

문순득이 고개를 젓고 나서 말했다.

"아니라우. 지 생각으로는, 아제하고 지하고 둘이서만 가서 말을 하는 것보다는, 송구스러운 일이기는 하제마는, 좌랑 나리를 모시고 갔으면은 좋겄소이. 나리께서는 말씀을 한 자리도 안 하시고 그냥 옆에 기세 주기만 하드라도……. 그래사 관원들이 더 쉽게 허락을 해줄 것 같은디요이."

낭패스러웠지만 약전은 염치 불구하고 그들을 따라나섰다.

가오리 코에 닻을 놓는 사람들

관헌 큰방 한가운데에 늙은 아전 천종한, 젊은 아전 박수근, 이장 윤강순, 홍어 배 선주 문순득 네 사람이 마주 앉았다.

약전은 안쪽 아랫목 구석에서 서쪽 바람벽의 중간에 있는 여닫이 창문을 향해 앉아 있었다. 그는 아직 식전이었다. 배 속이 쓰림쓰림했다. 허기와 함께 무력증이 왔다. 아까 그 처녀에게로 가서 밥을 한술 달라고 했으면 어땠을까. 그의 머릿속에 그녀의 얼굴이 그려졌다. 그의 눈을 슴뻑 파고들던 눈빛. 기름한 윤곽에 살빛이 가무잡잡한 데다 코의 운두가 뚜렷하고 입술이 얄따랗고 눈 뚜껑이 약간 부은 듯하고 귓바퀴가 작은 소라 껍데기 같은 얼굴. 그 여자의 집에서 기식을 했으면 좋겠다. 이 섬에 머무르는 동안 기식하는 신세를 지자고 사정하면 그 여자가 자기 가족들을 설득하여 그렇게 하도록 해줄 듯싶었다. 그 여자와 그는 전생에 특단의 인연을 이미 맺은 사이일 듯싶었다. 그 여자는 성모나 관세음보살의 화신일지도 모른다는 생각이 들었다. 당장에 그 여자를 찾아가 볼까.

주제넘은 생각을 하고 있는 스스로를 꾸짖으며 혀를 아프게 깨물었다. 여닫이 창문의 낡은 창호지에는 갓 삶은 보리알 색깔의 빛이 어려 있었다. 그 빛이 방 안에 맴돌아서인지, 아침밥을 먹지 않아서인지 책상이나 사람들의 옷이나 얼굴들이 모두 눌눌하게 보였다. 눈앞에 일어난 일들이 아득하게 느껴졌다. 내가 천주학쟁이였다는 죄목으로 유배되었다 하여 아전들이 훈장 노릇을 못 하게 하면 어찌할까. 훈장 노릇을 하게 되면 밥걱정, 잠자리 걱정부터가 없어질 터인데……. 내가 직접 통사정을 해볼까.

눈살을 찌푸리고 비굴함과 조바심에 빠져 드는 스스로를 다잡으며 서쪽 창문을 응시했다. 가로 넉 자에 세로 석 자의 직사각형 대오리 창살문이었다. 왼쪽과 오른쪽에서 질러진 대오리 문살들은 서로 만나면서 상대 쪽에서 온 대오리를 안쪽으로 젖히며 나아갔다가 바깥쪽으로 젖히며 나아갔다가 하기를 번갈아 하고, 그러면서 그물코 같은 마름모꼴을 만들고 서로를 버텅겼다. 그렇게 엮인 대오리 문살들 위에 창호지를 풀칠하여 발라 놓았다. 그 결과로 대오리 문살은 탱글탱글해졌다. 사람들도 저 대오리 문살처럼 서로 엮이면서 창호지 같은 세상의 규범에 발린 채 살아간다.

이장 윤강순이 어험어험, 헛기침을 하고 나서 "옛 어른들 말씀이……." 하고 말을 뱉어 놓고는 목을 빼 늘이면서 군침을 삼키느라 잠시 뜸을 들였다가 말을 이었다.

"섬에 사는 사람들은 놀드라도 물가에서 놀아야 분수가 있는 법이고 또 새끼들은 놀리드라도 글 읽는 소리 나는 서당 마당에서 놀리라고 했구만이라우."

문순득이 맞장구를 쳤다.

"배이물은 비뚤어졌드라도 노는 반뜻하게 저으라 했습니다이. 우리가 시방 찾아온 것은 다름이 아니고라우, 좌랑 나리를, 시방 비워 놓은 뒷골 서당에 모시고, 판판 자빠져 놀기만 하는 우리 불쌍한 당달봉사 같은 새끼들 눈을 조깐 틔워 주시게 함이 어짜겄는가 하고 시방 청원을 드릴라고 왔응께, 어츠쿨로 잘되게 방도를 마련해 주세야 할 것 같구만이라우."

"우리는 불쌍한 백성이고, 나리들은 우리를 다스리는 관원이라고는 하드라도, 쪼끄마한 섬 안에서 한꾼에 사는 처지로 자고나면 서로 들락거림스롬 서로 얼굴을 마주 보고 사는 처지 아니요, 잉? 그런께라우……."

윤강순이 두 아전을 번갈아 바라보았다.

입을 굳게 다물고 있던 늙은 아전 천종한은 약전을 흘긋 돌아보고 나서 말했다.

"우리가 자기들 사정을 모르는 바는 아니제마는, 유배된 죄인을 서당 훈장으로 모시는 일에 대해서는, 최말단 관원인 우리들이 허락하고 어짜고 할 수 있는 사안이 아니라는 것을 쪼깨 알아주었으면 좋겄네이. 내 말이 뭔 말인지 알겄는가, 잉? 일의 질속을 제대로 아 하기로 하자면은이, 죄인하고 관계되는 일인께 응당 써 우그로 장계를 올려서 허락을 받은 연후에 대답을 해야 하는 것이 순서 아니겄냐고? 잉?"

약전은 마름모꼴로 된 대오리 문창살을 보면서 상충되는 두 개의 힘을 생각했다. 마을 사람들의 힘과 관헌 아전들의 힘.

"그란디, 그르쿨로 하자닌께 한없이 머릿속이 시끌사끌할 것 같네이. 안 그라겄는가, 잉? 그런 일 하나 갖고 어느 세월에 골치 아픈 문서를 맹글어서 보내고 어짜고……. 그랄 새도 없는 것이고이, 그런 일이 전에 있어 온 관례인지 어짠지도 또한 알 수 없는 일이고이……. 그란께 그르쿨로 할 권한도 뭣도 없는 우리가 허락하고 어짜고 했다는 말은 애당초에 일절 하지를 말어 뿔고이, 그냥 마을 유지들이 모여서 의논을 한 결과 우리들한테는 말 한 자리도 안 하고 그냥 그르쿨로 했다고 해뿌는 것이 안 좋겄냐고, 잉? 그라믄, 우리는 그냥 모른 체해 뿔 텐께, 잉? 내 말 뭔 말인지 알겄는가? 잉? 다만 한 가지 저 유배된 죄인이 천주학쟁이였다는 사실을 유념해싸 쓸 것이고이, 이 동네 아그들한테 혹시 천주학을 가르치고 신앙하게 하는 일이 절대로 없도록 잘 당부해야 쓸 것이고이, 그라고 이장이 책임지고 감시 감독을 철저하게 해야 쓸 것이고이. 일의 꼴쌍다구가 안 그렇겄냐고? 잉? 만일에 무슨 일이 있다 치로면은, 이장하고 문 선주부터가 줄줄이 묶여가서 곤장을 맞고 주리 틀리고 할 각오를 해야 할 것이다, 이 말이여. 내 말 뭔 말인지 알어듣겄는가? 잉?"

늙은 아전은 호랑이 뒤 따라다니면서 눈치 빠르게 뼈에 붙은 살코기 얻어먹고 살기로 닳고 닳은 늙은 여우였다. 섬사람들이 썰물 때 무른 갯벌에 배를 두면서 닻가지를 두 발로 몇 차례 밟아 대고 닻밥(줄)을 넉넉하게 주듯 단단히 방책을 하고 있었다.

"좌우당간에 뭔 말이 바깥으로 새나지 않게 해싸 쓸 것이다, 이 말이제이."

젊은 아전 박수근이 정박한 배의 고물에 묶인 벼릿줄을 모래 언덕 위의 낙락장송 밑동에 단단히 매어 놓고 있었다.

대오리 문창살들을 향해 약전은, '아, 그렇다.' 하고 속으로 소리쳤다. 세상의 모든 힘은 서로 부딪치기 마련이지만, 부딪치되 깨지거나 부서지지 않고 대오리 창살들처럼 서로를 비껴가고 타 넘어간다.

윤강순은 호들갑스럽게 말했다.

"그라믄, 소인들이 칠산 바다에 홍어 배 지나가대끼 아무런 흔적 없이 무탈하게 해볼랑께 아전 나리들은 염려 천장에다가 꽉 달아매 뿌시씨요이."

문순득이 말했다.

"우리 동네 사람들, 참숯불에다가 구워 낸 기(게)도 발을 다 뜯어내 뽈고 묵는 사람들이라는 것 진작부터 알고 기시지라우?"

윤강순이 말했다.

"물살 빨빨한 섬에서 살어온 우리 뱃놈들은 아무리 물 잔잔한 날일지라도 반드시 가오리 코에다가 닻을 놓소이."

양쪽에서 뻗어 온 창살들이 만들고 있는 마름모꼴들은 팔랑개비처럼 오른쪽으로 돌고 있었다. 마을 사람들의 힘과 아전들의 힘도 서로 부딪치면서 그 방향으로 돌고 있었다. 약전은 속으로 소리쳤다. '그래, 결국 모든 것은 태극의 원리로 되어 있다.'

서당은 뒷골 동북쪽의 산 중턱에 있었다. 마땅한 훈장이 없어서 한 해 동안 비워 놓았던 터이므로 서당으로 가는 길은 묵혀 있었다. 억새풀, 속새, 띠풀, 떡갈나무, 산딸기나무, 싸리나무 들이 들솟아 있었다.

서당은 부엌 하나에 방이 두 칸이었다. 그 방 두 칸은 맞닿아 있는데, 가운데에 미닫이문이 있었다. 부엌과 맞붙은 동쪽 방을 훈장이 쓰고 서쪽 방을 학생들이 쓰게 되어 있었다.

마을 남정네들은 낫과 도끼와 괭이들을 들고 가서 길을 내고 방바닥을 쓸고 닦고 새 죽석을 깔고 나뭇등걸을 쪼개서 아궁이에 불을 지폈다. 방을 오래 비워 둔 터라 귀가 어두워 장작불을 반나절 가까이나 지펴서야 따스해졌다. 남정네들은 산에서 썩은 나뭇등걸을 가져다가 잘게 자르고 쪼개서 두둑하게 쌓아 놓았다.

약전을 훈장으로 모시고 난 마을 사람들은 부룩송아지들처럼 제멋대로 뛰어노는 아이들을 서당으로 몰아넣었다.

훈장의 덮자리와 목침은 문순득이 가져오고 방석은 윤강순이 가져왔다. 하루 세끼 밥은 학부모들이 하루씩 돌아가면서 맡아 해왔다. 생선구이나 생선국도 먹고 톳나물, 꼬시래기나물, 파래무침과 돌미역국, 매생이국, 돌김도 먹을 수 있었다. 밥은 잡곡밥이 고작이었다. 자기들은 생선구이와 해초나물로 끼니를 때우면서 그에게만 잡곡밥을 지어다가 바치는 눈치였다. 그는 훈장방에 앉아 있거나 누워 있다가 학생들에게 글을 읽혀 외우게 하고 서판에다 글씨를 쓰게 하면 되었다. 신지도로 갔을 때에 비하면 감지덕지했다. 신지도에서는 미역국 한 그릇만으로 끼니를 때운 적이 한두 번이 아니었다.

소흑산도에서는 유배된 죄인 주제에 세끼 밥을 배부르게 먹고 숭늉으로 입안을 헹구고 트림을 하면서 살 수 있었다. 나이 많은 학생들은 서로 앞다투어 아침저녁으로 방이 식지 않도록 아궁이에 군불을 뜨끈뜨끈하게 지피곤 했다. 배부르고 등 따뜻해지자 강진에 유배된 아우의 일이 걱정되었다. 그 아우는 어찌하고 있을까.

학생은 일곱 살 난 아이에서부터 떠꺼머리총각에 이르기까지 모두 열둘이었다. 아이들은 모두 자기가 읽을 책들을 가지고 있었다. 자기 아버지나 형들이 읽은 허름한 『천자문』과 『동몽선습』과 『소학』과 『명심보감』과 『논어』와 『맹자』등이었다. 책이 없이 온 아이에게는 그가 한지에다가 직접 〈천자문〉을 베껴 주었다.

각각 나이와 알아듣는 정도에 따라 한 자 한 자 짚어 가며 가르치기도 하고 한 줄씩 일러 주기도 했다. 글씨는 마당에 가는 모래 서너 짐을 짊어져다 깔게 하고 거기다가 막대기 끝으로 쓰게 하기도 하고, 들기름 먹인 장판을 구해다가 서판으로 만들어 쓰게 하기도 하였다.

진리는 겨우 60여 호뿐이고 인구는 3백 남짓한데 자식들 가르치겠다는 열의가 대단했다. 거기에 산 너머 다른 마을 사람들도 아이들을 보냈다.

한 떠꺼머리총각은 돈목에서 다니면서 『논어』를 배웠다. 돈목은 진리 정 반대편 끝머리에 있는 마을인데, 겨우 열다섯 집이 산다고 했다. 구릿빛 얼굴에 여드름이 울긋불긋한 떠꺼머리총각의 이름은 천바우였는데, 묻지 않은 말로 자기 외가가 연평도라고 했다.

남도의 끄트머리에 있는 섬 남자와 천 리 저쪽에 있는 연평도 여자가 어떻게 혼약을 하여 살게 되었을까. 고기잡이배를 타고 다니다가 큰바람을 피하여 머무르게 된 남정네와 포구의 처녀나 과부 사이에 정분이 생겨 그랬을 수도 있고 중매로 그랬을 수도 있을 터이다. 그 큰바람으로 말미암은 혼약의 결과가 이 천바우란 놈이다. 이놈이 태어나기까지, 소흑산도의 고기잡이인 이놈의 아버지와 연평도 어부의 딸인 이놈의 어머니는 얼마나 오랫동안 헤어져 있어야 했고, 얼마나 그리워하며 가슴 졸이다가 뜨겁게 만나곤 했을 것인가. 한양에 두고 온 아내와 자식들의 얼굴이 떠올랐다. 아, 사람 사이의 만남과 헤어짐이란 얼마나 가슴 우둔거리게 하고 얼마나 안타깝고 슬프고 기쁘게 하는 일인가.

"산길이 험할 터인데 오가기 힘들지 않느냐?"

그의 물음에 바우가 말했다.

"지 별호가 뻔애구만이라우."

"뻔애라니?"

"비 올 때 하늘에서 뻔쩍하는 것 말이어라우."

"아하, 번개? 산짐승은 없느냐?"

"여수하고 산개하고가 한 마리씩 보이기는 하는디 한 번도 사람을 해친 일은 없어라우. 저그들도 외롭고 쓸쓸한지 어짤 때는 지를 졸졸 따라오지만, 그냥 질동무만 해줄 뿐이어라우."

"돈목은 어느 쪽을 보고 있는 동네냐?"

"날이 맑을 때는 대흑산이 에라우."

"대흑산은 가보았느냐?"

"가보든 안 했는디, 거그 갔다 온 사람들 말로는 새복에 대국에서 닭 우는 소리가 들린다고 하등만이라우."

이때 언뜻 생각했다. 만일 유배 풀릴 희망이 보이지 않으면 중국으로 도망쳐 가서 살 수도 있겠구나. 당분간은 말을 못 할지라도 필담은 가능할 터이므로 오래지 않아 말을 익힐 수 있을 것이다. 내 학문 정도라면 중국에서 넉넉하게 벼슬을 하고 살 수도 있다. 힘과 힘이 부딪쳐서 팔랑개비 같은 소용돌이가 일어나면 멀리 튕겨 나가는 일도 있을 수 있지 않겠는가. 순간 그의 눈을 슴뻑 파고들던 눈빛이 생각났다. 기름한 윤곽에 살빛이 가무잡잡한 데다 코의 운두가 뚜렷하고 입술이 얄따랗고 눈 뚜껑이 약간 부은 듯하고 귓바퀴가 작은 소라 껍데기 같은 얼굴이 그려졌다. 그렇다. 그 처녀하고 함께 중국으로 가는 것이다. 가서 전혀 새로운 삶을 사는 것이다.

그는 고개를 저었다. 이 무슨 미친 생각을 하고 있는 것인가. 나 혼자 도망쳐 가서 살기도 지난한 일일 터인데, 그 처녀하고 함께 그렇게 하다니……. 설사 거기에 그렇게 갈 수 있다 할지라도 조정에서 그것을 알게 되면 형제들과 가족들을 극형에 처할 것이다.

바우는 묻지 않은 말을 했다.

"진리로 넘어오는 갯가에 무지무지하게 넓은 모래 산 언덕이 있구만이라우. 그 모래가 영락없이 보릿가루같이 폭신폭신한께 꼭대기로 올라가서 데굴데굴 뒹굴며 내려와도 아무 데도 안 다쳐라우. 썰물이 지면은 그 밑에 아주 단단한 뻘밭이 아득하게 드러나는디, 거그서 반지락이랑 떡조개랑도 파고 달음박질도 하고 그래라우."

선생에게 그곳을 한번 보여 주고 싶다는 뜻이었다.

"그래? 아주 좋은 데서 사는구나. 언제 한번 같이 가보자꾸나."

바우는 열여덟 살로 학생들 가운데 제일 나이가 많은 데다 야무지고 머리 회전도 빠르고 통솔력이 있었다. 약전은 그 아이의 통솔력을 이용했다. 산책을 나갈 때는 천바우에게 아이들을 다잡고 있도록 이르곤 했다.

문순득은 어느 바람 자욱한 날 아침 일찍 자기 아내와 함께 와서 큰절을 올리고 아들을 부탁했다.

"오늘 태사도로 홍어를 받으러 가는디 한번 나가면은 대략 한 열흘에서 보름 가까이 걸리는구만이라우. 영산포까지 가서 팔고 와야 하니께라우. 흑산 홍어는 전라도 일대 사람들이 잘 묵지라우. 소인 다녀와서 인사드릴랍니다이. 지 못난 자식 놈 잘 부탁하옵니다이. 게으르거나 행실이 그르다 싶으면 회초리로 따끔하게 혼내기도 하시고……."

『논어』, 『맹자』까지 읽었을 뿐만 아니라 언문을 읽고 쓸 줄도 아는 문순득은 섬에서 흔히 볼 수 없는 당찬 젊은 선주였다. 그는 배포가 컸고, 아들 국지를 장차 벼슬아치로 만들거나 영산포의 물상객주로 키울 작정을 하고 있었다. 그 자식을 위해 훈장을 각별하게 모셨다. 자기네가 밥해다 줄 차례가 돌아오면 자기 아내에게 약전의 세끼 밥에 반드시 쌀을 넣고 고기반찬을 올리게 했다. 영산포에 홍어를 내러 갔다가 돌아오면서 일곱 살 된 아들 국지가 혼자 서너 해 동안은 넉넉하게 쓸 종이와 먹과 붓 들을 사 가지고 왔다. 마을 사람들은 문 선주를 통해 그것들을 구입하곤 한다고 했다.

"나리, 이놈 뼈가 으스러지드라도 국지 놈 뒷바라지는 끝까지 할 참이니께 잘 좀 가르쳐 주시씨요이."

이장 윤강순의 아들 동철에 대한 열정도 문순득의 그것에 못지 않았다. 하루 한 차례씩 서당에 들러 문안을 드리고 가곤 했다.

동철은 바야흐로 『소학』을 떼고 『맹자』를 읽고 있었는데 글공부에 별로 재미를 느끼지 못했고 의욕이 없었다. 머리가 잘 돌아가지 않았다. 그날 배운 것을 그날 외워 바치지 못하는 수가 빈번했고, 글씨도 괴발개발 흉내 내어 그리고 있을 뿐이었고, 흐린 눈으로 멍히 무언가를 바라보고 있곤 했다. 마지못해 목매어 이끌려 가듯이 서당에 나다니고 있었다. 그래 가지고 언제 문리가 트일지 안타까웠다. 차라리 일찍부터 고기잡이배 타는 요령이나 배우는 것이 좋을 아이였다. 그러나 아비는 제 새끼 털이 비오리의 가슴 털보다 더 부드럽다고 생각하는 고슴도치였다. 그 미련한 아들로 하여금 배를 타게 하려 하지 않을 뿐만 아니라, 손톱 밑에 때 끼지 않게 하고, 어깨와 손바닥에 멍들고 못 박이지 않게 하고, 최소한 관헌의 아전 노릇쯤은 하고 살게 하려 하고 있었다.

윤강순은 중선 한 척을 부리는 선주였다. 그의 중선은 젓새우나 멸치를 잡았다. 윤강순은 늘 깨끗하게 바지저고리를 입고 망건을 쓰고 그 위에 탕건을 얹고 다녔다. 가끔 술기운으로 말미암아 화색이 훤한 얼굴로 들르기도 했다.

"혹시 손톱만치라도 불편한 점이 있으시거든 소인한테 말씀을 해주시씨요이. 소인이 다 해결해 드리도록 할랑께이. 아그들 가운데 혹 말을 잘 안 듣는다등가 말썽을 부린다등가 하는 놈이 있드라도 일단 소인한테 말씀을 해주시씨요이."

마을 사람들은 한 사람씩 두 사람씩 윤강순을 따라와서 약전에게 인사를 드리곤 했다. 그렇지만 그들의 눈빛에는 한때 천주학쟁이였다는 양반을 의심하는 기색이 역력했다. 괴질의 보균자를 대하는 것처럼 오래 마주 앉아 있으려 하지 않고 서둘러 돌아갔다. 돌아가면서 그들은 서로 얼굴을 마주 보며 걱정들을 한다고 했다.

"만약에 우리 새끼들을 다 천주학쟁이로 맹글어 뿔면 어짤 것이여, 잉?"

"한양에서는 천주학쟁이들이 굴비같이 엮여 가서 목들이 잘리고 온 집안이 풍비박산 되었다고들 하는디……. 여그서도 저 양반 하나로 해서 우리 새끼들이 한 그물에 싸인 괴기들이 되지 않을지, 나는 걱정이 돼서 죽겄네이."

"아따아, 물에 빠져 죽을 일이 겁나면은 배 타고 괴기잡이 나가지 말고 풀뿌리나 캐 묵고 살 일이여."

마을 사람들 가운데는 아직 약전이 의심스러워 자기네 아이들을 서당에 보내지 않는 사람들도 있었다.

서당 훈장 일을 시작하면서 먹고 자는 것에 걱정이 없어지고 몸이 편안해지자 마음이 문득 불안해지곤 했다. 그가 아이들에게 천주학의 교리를 은밀히 가르치곤 한다고 누군가가 아전에게 고자질하면 어찌할까. 아전은 나주 관아로, 정약전이 서당 아이들에게 이러이러했다고 침소봉대해서 써 올릴 것이고, 나주 목사는 그것을 산같이 부풀려서 조정으로 보낼 것이고, 그러면 그것은 마침내 사약이 되어 날아올 것이다. 그 생각을 하면 속에서 뜨거운 화가 치솟았다. 눈앞이 어질어질해지고 사지의 맥이 풀렸다. 이를 물고 안간힘을 썼다. 그 화를 떨쳐 내지 않으면 사약이 오기도 전에 말라비틀어져 죽을 것이다. 잊자. 모두 잊어버리고 아이들 가르치는 현재의 삶에 충실하자.

아이들의 글 읽는 소리를 들으면서 그는 출입문을 향해 반가부좌를 한 채 양옆으로 몸을 천천히 저으며 거듭 심호흡을 함으로써 마음을 다잡곤 했다.

관헌에 앉아 대오리 창살문에서, 두 개의 힘이 맞부딪치면 서로를 부스러뜨리지 않고 오른쪽으로 돈다는 것을 알아차린 뒤로, 그는 늘 그 문창살을 바라보며 얽히는 생각의 실타래를 풀곤 했다.

가로 석 자에 세로가 넉 자 반인 직사각형 문이었다. 문틀 안을 가로로 삼등분하는 자리에 각목 하나씩을 건너질러 세 개의 작은 직사각형을 만들고, 그 직사각형의 틀 속에 대오리 창살을 대각선으로 박아 넣었다. 창살들이 대각선으로 만나는 곳곳에 그물코 같은 마름모가 생겼다. 그 마름모의 한 변이 한 치 오 푼쯤 되었다.

이 세상에 살아가고 있는 것들은 저렇게 대오리 문살처럼 엮이며 보이지 않는 무슨 꼴인가를 만든다. 나도 이 섬의 모든 사람하고 저렇게 엮여야 한다. 격 없이 엮여야 한다. 그래야만, 내가 아이들에게 천주학 교리를 가르친다고 발고하는 사람이 없어질 것이다. 분명하고 확실하게 엮이려면 참한 여자 한 사람이 내 곁에 있어 주어야 한다.

첩을 얻어 살아야 한다. 그것은 이 섬 안에다가 나의 뿌리를 박는다는 것이다. 이곳에 나를 붙박으려는 의지를 보여 주어야 사람들이 나를 신뢰할 것이다. 기름한 윤곽에 살빛이 가무잡잡한데다 코의 운두가 뚜렷하고 입술이 얄따랗고 눈 뚜껑이 약간 부은 듯하고 귓바퀴가 작은 소라 껍데기 같은 처녀의 얼굴이 떠올랐다. 아, 그 처녀가 나의 첩이 되어 주기나 할까. 이런, 이런, 나는 시방 제대로 중정을 찾고 있는 것인가, 실없는 착각을 하는 것인가.

데면데면해지고 있는 한 양반 놈의 이기적인 속셈을 지켜보면서 그는 출입문 전체의 마름모꼴 중에서 제일 한가운데에 있는 것을 찾기 시작했다. 그것을 찾은 다음, 그것이 정중앙임을 증명했다. 세상의 모든 것은 증명받기 위해 존재한다. 먼저, 중앙이라고 짚은 것에서 왼쪽 문설주까지의 거리와 오른쪽 문설주까지의 거리를 눈대중으로 재고, 위쪽 문설주와 아래쪽 문설주까지의 거리를 또한 그렇게 쟀다. 만일 그것이 손톱만큼이라도 상하좌우 어느 한쪽으로 치우쳐 있으면 치우친 만큼의 거리를 이리 줄이고 저리 줄여서 기어이 정중심을 짚어 냈다.

그의 눈대중은 정확했다. 눈대중으로 짚어 낸 자리의 티끌 하나를 눈으로 표시해 놓고 실측을 해보면 그곳이 정중심이 틀림없곤 했다. 부질없는 일이었다. 그렇다는 것을 알면서도 그는 늘 그 짓을 하곤 했다. 방바닥에 누우면 천장의 서까래들을 쳐다보면서 천장의 한가운데 위치한 놈을 찾아냈고, 뒷간에 쪼그려 앉아 배설하면서는, 앞에 보이는 토벽의 연속 무늬로 박힌 돌멩이들 가운데서 가장 한가운데 있는 놈을 눈대중으로 찾았다. 밥을 먹으면서는 밥상에 놓여 있는 숟가락 젓가락의 위치, 밥그릇 국 사발 반찬 접시 장 종지 가운데서 정중심에 놓인 것을 찾곤 했다. 정중심은 늘 장 종지가 차지했다. 만일 장 종지가 중심 바깥으로 벗어나 있으면 그것을 눈대중으로 헤아려 정중앙으로 밀어 놓은 다음 밥을 먹곤 했다.

왜 아무짝에도 쓸모없는 그 정중심 찾기를 그렇게 하는 것일까. 어느 날 문득 깨달았다. 젊어서 읽은 『기하원본』의 행간에 그 원리가 숨어 있었다. 그것은 삶의 균형 찾기였다. 내가 기하학적인 그 균형을 자꾸 찾으려 하는 것은 중용中庸에 대한 감각을 회복하려는 것이다. 중中은 정正이다. 나는 그렇게 중심을 찾아 살도록 길들어져 있는 선비다. 잣대로 재서 매끄럽게 깎아 각도에 맞추어 조립해 놓은 제도와 윤리 규범 안에서 하나의 규격품처럼 사는 것이 유학하는 선비의 길이다. 성인의 가르침도 그것을 가르치려는 것일 터이다.

아우 약용이 나를 좋아하는 것도 내가 매사에 중심 찾기(中正)를 잘하고 사는 까닭일 터이다. 약용은 자기의 중심이 흔들릴 때, 혹은 자기가 오랜 고심 끝에 찾았다고 생각하는 중심이 바른 것인지 아닌지 의심스러울 때 '형님 제가 시방 제 중심을 제대로 찾아 자리 매김하고 있습니까.' 하고 자기의 중심에 대하여 내게 증명받고 싶어 했다.

약전의 중심은 성리학으로 다져진 데다가 서양의 〈천주경〉, 『천주실의』, 『칠극』의 중심 찾기, 기하학으로서 실증하기가 보태져 있었다. 중심을 제대로 찾아 사는 것이 곧 정심에 이르는 길이다. 정심으로 나아가는 맨 끝에 어진 삶(仁)이 놓여 있다. 나는 이 섬에서 유배살이를 하면서도 중심을 잃어서는 안 된다. 섬사람들하고 격의 없이 엮이되 나를 잃어버려서는 안 된다. 비록 유배살이를 하고 있을지라도 엄연한 양반이고 병조 좌랑을 지낸 선비 아닌가. 성실하게 아이들의 글공부를 시키되 체통을 잃어서는 안 된다. 유학 선비는 과일의 씨앗처럼 세상의 정중심에 놓여 있어야 한다.

그 생각을 하다가 한 가닥의 의혹 속에 빠져 들었다. 정중심을 잡고 살기를 가르쳐 주는 성인의 말씀들 속에 음험한 시들로 가득 차 있는 『시경』은 무엇인가. 삶의 정중심에서 한발 살짝 비켜서는 지혜를 가르치려는 것 아닌가. 기하에 황금비라는 것이 있다. 사람의 정중심은 생식기지만 황금비는 배꼽이지 않은가. 본부인을 두고 있으면서도 첩 얻어 사는 것을 은근히 용인한 것도 바로 그 원리 아닐까. 기름한 윤곽에 살빛이 가무잡잡한 데다 코의 운두가 뚜렷하고 입술이 얄따랗고 눈 뚜껑이 약간 부은 듯하고 귓바퀴가 작은 소라 껍데기 같은 처녀의 얼굴이 떠올랐다. 아, 그 처녀가 첩이 되어 준다면 얼마나 좋을까. 혀를 깨물고 고개를 살래살래 저었다. 이기적이고 데면데면한 생각을 곱씹어 대는 양반을 꾸짖으며 산골짜기와 숲속을 헤매다녔다. 산의 정상으로 올라갔다. 거기에 서서 강진을 바라보았다. 참자. 끈질기게 참으면서 기다리자. 건드리면 쨍 소리를 낼 듯싶은 쪽색의 하늘을 우러러보았다. 저는 참고 그날을 기다릴 것이옵니다.

틈입자

뒷골 서당에서 훈장 노릇을 하기 시작한 지 보름째 되는 날 한낮에 소피를 보러 갔던 국지가 들어오자마자, 그의 앞에 무릎을 꿇고 앉더니 무릎걸음으로 약전의 턱밑까지 다가왔다. 하는 짓이 수상스러워 그놈의 낯빛과 두 눈을 주시했다. 여느 때 행동거지가 굼뜬 듯싶던 놈인데 어찌 된 연유인지 눈에 띄게 기민해져 있었다. 그놈의 얼굴은 굳어 있었고, 눈동자는 불안하게 움직거리고 있었다. 그놈은 두 손을 무릎 위쪽의 허벅다리에 나란히 얹은 채 밭은 침을 꿀꺽 삼키고 속삭였다.

"사립에 어뜬 모르는 어른이 머뭇머뭇하고 있구만이라우."

약전은 머리털이 곤두서고 등줄기에 찬물을 끼얹은 듯한 전율로 온몸을 흔들었다. 누군가 내가 아이들에게 천주학을 가르치고 있는지 엿보러 왔는지도 모른다.

순간, 그는 자기가 두려워하고 있는 낌새를 이놈에게 들키면 안 된다고 생각했다. 으흠 목을 다듬고 태연스럽게 고개를 끄덕거리면서 그놈의 머리를 쓰다듬어 주고 턱으로 미닫이 저쪽의 글방을 가리켰다. 알았으니 가서 글이나 읽으라는 것이었다. 몸을 일으키고 돌아서는 국지의 반물색 저고리 밑자락에서 찰랑거리는 머리채 끝의 검은 댕기를 보면서, 틈입자로 말미암아 흔들리고 있는 자신을 추스르기 위해 가슴을 펴고 심호흡을 했다.

왔으면 떳떳하게 들어올 일이지 왜 사립 밖에서 머뭇거리며 동정을 살피는 것인가. 눈을 지그시 감고 상체를 좌우로 천천히 흔들었다.

반가부좌를 한 채 상체를 흔드는 것은 조급해지고 우울해지는 마음을 다잡는 방법이었다. 마음을 다잡으려면 여유를 가져야 하고, 여유를 가지려면 굳어지는 몸과 마음을 부드럽게 풀어야 했다. 상체를 좌우로 천천히 흔듦으로써 몸과 마음에 일정한 가락이 생기도록 했다. 그것은 푸른 숲을 스쳐 가는 바람결이나, 바닷물의 출렁거림이나, 시냇물의 노래하며 흘러감 같은 해와 달과 별들의 순환을 몸과 마음에 불러들이기였다.

얼마 뒤 댓돌 앞에서 남정네의 헛기침 소리가 들려왔다.

"거 뉘시오?"

문을 열치고 밖을 내다보았다. 댓돌 앞에 키 작달막한 남정네가 서 있었다. 흰 두루마기 차림에 무명베 목도리를 한 남정네는 그를 향해 허리와 머리를 깊이 숙였다. 낡은 망건은 바래져서 눌눌한 갈색이었고, 갓은 동글납작한 얼굴 때문인지 여느 사람의 그것보다 작아 보였다. 귀와 구레나룻을 지나 볼을 감싸고 턱밑으로 내려가 매듭을 짓고 있는 갓끈은 검은 천으로 된 것이었다. 두루마기의 소매는 구중중하게 땟국에 절어 있었고 손목을 덮고 있는 토시 때문에 통이 좁아 보였다. 차림새가 가세 별로 넉넉하지 않음을 말해 주고 있었다.

알 상투를 하고 이마에 수건을 질끈 동이고 다니는 섬사람들만 대하던 터에 의관을 정제한 남정네를 대하자 약전은 일단 경계부터 하기 시작했다.

"소인은 대흑산에서 온 장가 성을 지닌 사람이온디, 삼가 인사를 여쭙고 가르침을 받고자 이르쿨로 찾아왔사옵니다이."

섬의 갯투성이답지 않게 말씨가 나지막하고 조용조용하면서도 근엄했다. 약전은 남정네의 위아래를 훑어보고 나서 "들어와 좌정하시게나." 하고 말했다.

남정네는 안으로 들어와 큰절했다. 약전은 반가부좌한 채 두 손을 방바닥에 짚고 반절을 해주었다. 남정네는 무릎을 꿇고 두 손을 방바닥에 짚은 채 말했다.

"소인의 성은 장가이옵고 이름은 성호星昊라고 하는디 마을에서는 그냥 화랭이라 부릅니다이. 소인의 아비 어미가 생전에 굿을 해서 먹고산 당골네도 아니었고, 또 소인이 그 짓을 하는 것도 아닌디 사람들이 어째서 소인을 그렇게 부르는지 알 수가 없습니다이. 좌우당간에 어려서부터 그러다 본께 그것이 소인의 별호가 돼 뿌렀구만이라우. 소인은 절해고도에서 공맹의 도를 다만 먼발치에서 그리워함스롬 살고 있사온디, 학덕 높으신 좌랑 나리께서 불행한 일로 오셔서 주석하시고 문맹한 섬 아이들을 가르치신다기에 삼가 배움을 청하고자 찾아왔사오니 물리치지 마시기 바라옵니다이."

이자가 보통 섬사람은 아니라고 생각되었다. 흰자위가 많기는 하지만 검은 동자가 순해 보이고 그것이 자주 움직임으로써 상대를 불안하게 하지 않았다. 그렇지만, 그 순함과 착함 속 어디인가에 감추어진 음험함이 있을지 알 수 없다고 약전은 생각했다. 유배된 처지인 그로서는 가장 경계해야 할 사람일 듯싶었다.

"죗값을 치르러 온 사람이니 편하게 좌정하시게나."

장성호는 무릎을 꿇고 앉은 채 말했다.

"소인은 섬에서 사는 상사람인 디다가 백수건달이옵고, 이제 갑신생으로 좌랑 나리보다는 여섯 해나 연하이오니 한사코 편하게 대해 주셨으면 하옵니다이."

"고맙네. 소흑산과 대흑산 사이는 멀고 험한 뱃길이라고 들었는데, 그걸 무릅쓰고 이렇게 찾아와 주다니……."

"성인의 도를 그저 건숭으로 기웃거림스롬 사는 사람으로서 그 도에 달통한 나리를 찾아뵙고 가르침을 청하는 것은 백번 천번 당연한 일이옵니다이. 소인은 그저 섬 구석에서 묻혀 살기만 한 터라 바깥의 너른 세상에 대해서 알지를 못하옵니다이. 허락하신다면 자주 찾아와서 나리 곁에 잠시 잠깐씩 머무름스롬 가르침을 받고 싶구만이라우."

그때 윤강순이 왔다. 장성호와 윤강순은 오래전부터 잘 아는 사이인 듯 두 손을 방바닥에 짚은 채 서로를 향해 얼굴을 쳐들고 인사말을 건넸다.

"아니, 뭔 금없는 하누바람이 불었드란가, 잉?"

윤강순이 콧등에 잔주름을 잡으면서 장성호를 건너다보았다.

장성호는 코를 한 번 찡긋하고 윤강순의 얼굴을 빤히 건너다보며 말했다.

"좌랑 나리께 문안 인사도 디리고, 또 어설프게 먹물 든 이곳 사람들이 혹시 좌랑 나리를 홀대하지는 않는지 알아보기도 하고, 만일에 그러면은 지가 모시고 갈라고 왔구만이라우."

윤강순이 눈살을 찌푸리면서 퉁명스럽게 말했다.

"시방 자네 뭔 소리를 하고 있는가? 우리 소흑산에는 하늘에서 복베락이 떨어져 뿌렀네이. 절해고도로 오신 나리로서는 불행한 일이시제마는 우리 소흑산 갯투성이들한테는 크나큰 광영 아닌가. 이르쿨로 가까이 뵙고 아이 어른 할 것 없이 모두 가르침을 모실 수 있은께."

"부럽구만이라우. 그란디 우리 대흑산은 적막강산이요이. 도초 박 훈장이 돌아가신 뒤로는 다른 훈장을 모시들 못하고, 지가 게우게우 잇몸 노릇을 하고 있는 처지라……."

윤강순이 흐흥, 하고 콧방귀를 날리고 나서 말했다.

"말은 적막강산에서 살고 있다고 하는디도…… 요새 좋은 일만 있으신지 신수가 아주 훤하시구만 그러네잉?"

"아따아, 짊은 섬 구석에 뭔 좋은 일이 있어 쌓겄습니껴?"

얼마 뒤 집에 긴한 볼일이 있어 가봐야겠다고 하면서 몸을 일으킨 윤강순은 장성호를 향해 "자네 혹시라도 우리 좌랑 나리를 대흑산으로 모시고 가느니 어쩌느니 하는 쓸데없는 소리 입 밖에 내들 말어잉! 섣부른 수작을 부렸다가는 우리 동네 사람들한테 몽둥이찜질을 당할 것인께." 하고 거칠게 으름장을 놓고 나서 약전을 향해 간곡하게 당부를 했다.

"나리, 혹시라도 이 사람 말 귀담아듣지 마십시요이. 오죽하면 이 사람 별호가 화랭이겄습니껴?"

장성호는 윤강순의 말꼬리를 잡으려 하지 않고 허공을 쳐다보며 소처럼 웃기만 했다.

윤강순이 나간 다음 장성호는 잠깐 밖에 나갔다 오겠다고 하고 나가더니 얼마 뒤에 퍼덕거리는 숭어 두 마리를 가져다 놓고는, "나리, 시방 대흑산으로 가는 배편이 있어서 건너갈까 하옵니다이. 갔다가 나리를 뵙고 싶으면 곧 또 건너올랍니다이. 부디 옥체 안녕히 보존하시옵소서." 하고 몸을 일으키려다가 목소리를 낮추어 말했다.

"나리, 산 짊어진 거북, 돌 짊어진 가재란 말이 안 있습니껴? 소인이 드리는 말씀 이상하게 여기지 마시고 곰곰이 사량해 주십시요이. 아까 윤강순이란 사람 조심해야 할 것잉만이라우. 저 사람이 관헌 아전이나 수군 별장하고 한통속이라고 대흑산까지 소문이 자자항만이라우. 여그 소흑산 사람들이 저 사람 땜시 나무 한 그루 마음 놓고 베다가 쓰지를 못한답니다이. 아마 나리의 동태를 속속들이 알아다가 아전들한테 다 일러바칠 것잉만이라우."

약전은 대오리 창살문을 건너다보면서 고개를 끄덕거려 주었다. 어디선가 까마귀 울음소리가 들려왔다. 까옥까옥하는 소리를 듣는 순간 등줄기에 으스스 전율이 일어났다.

한여름의 어느 날 점심을 먹은 뒤 강 언덕의 정자에서 글을 읽다가 까마귀 두 마리가 번갈아 까옥거리는 소리를 들었는데 해거름에 놀라운 일이 벌어졌다.

누군가가 강변 쪽에서 쇳돌스러운 소리를 질렀고, 그 소리를 따라 마을 아이들 여남은 명이 강변으로 우르르 몰려갔다. 약종이 책을 펼쳐 둔 채 달려갔고 약용도 따라갔다. 약전은 경망하게

상스러운 아이들이 우글거리는 곳에 가느냐고 꾸짖으려다가 자기도 궁금증을 이기지 못하고 뒤따라가 보았다.

아이들은 갈대밭 앞에서 무엇인가를 구경하고 있었다. 가까이 가보니 벌거벗은 시신 하나가 물에 떠 있었다. 미역 가닥 같은 검은 머리카락들과 반물색 치맛자락이 흐르는 물살을 따라 천천히 너울거렸다. 헤쳐진 흰 저고리 섶 사이로 젖가슴이 드러나 있었다. 둥둥하게 부풀어 난 두 개의 젖무덤 한가운데에 팥죽색 젖꽃판이 도드라져 있었다. 까마귀는 여기에 여자의 시신이 있다는 것을 어떻게 알았을까. 약전은 물에 떠 있는 시신과 허공을 맴돌며 울어 대는 까마귀를 번갈아 보았다. 까마귀는 저승사자의 화신이라는 속설이 있었다. 그것은 늘 머지않아 흉한 일이 일어날 것임을 예고하곤 한다고 했다.

저놈이 나의 미래를 예고하고 있는 것 아닐까. 혹시 시방 나에게 내린 사약이 이 섬을 향해 배를 타고 오고 있지는 않을까. 그의 얼굴은 금세 굳어졌다. 살빛이 창백해지고 있었다.

장성호가 마른 입술에 침을 바르고 말을 이었다.

"이 마을 사람들은 모두 일가친척이거나 인척간이옵니다이. 인척 아닌 나머지는 사돈간이어라우. 이리저리 구정물 한 방울이라도 튀어간 사이란 말입니다요. 그래서 서로 성님 동상이라 부르고, 아제라 하고 조카라 하고 사돈이라 하기도 합니다이. 소인도 섬에서 사옵니다마는, 섬사람들이란 원래 물 건너 대처에서 온 사람들을 경계하는 성정이 있구만이라우. 대처에서 온 사람하고 좋을 때는 바닥을 맞물고 삶스롬 있는 속엣말 없는 속엣말을 다 씨부렁거리고 또 자기네 마을 누군가의 흉허물을 떠벌리기도 하제마는, 어느 날 조깐 사이가 틀어지면은 그 흉허물의 대상이던 사람한테로 가서 다 일러바쳐 뿌러라우. 대처에서 온 그 사람이 너를 요로쿵 저러쿵 헐뜯드라이, 하고……. 그르쿨로 된다 치로면은 결국 대처에서 온 사람만 끈 떨어진 뒤웅박 되고 개밥에 도토리 신세가 돼뿔지라우잉. 특히 이 소흑산도 진리가 그것이 심하다고 소문이 나 있습니다이. 아마, 옛날 옛적부터 관헌 아전들이나 수군들이 대처에서 들어와 인심을 휘저어 놓은 까닭일 것잉만이라우. 어느 누구한테든지 짚은 마음을 주지 마시옵고 일정한 거리를 두시씨요이."

약전의 가슴속에 뜨거운 주름이 잡히고 있었다. 장성호를 향해 고개를 끄덕거려 주었다.

섬은 늘 무기를 들고 들어온 대처 사람들한테 침략당하고 그들의 박해를 받곤 한 역사를 가지고 있다. 섬사람들은 절해고도라는 그 입지적 조건에 적응하는 성정을 가지고 있다. 외부에서 들어오는 적을 공동으로 막지 않으면 안 된다. 그리하여 그들은 자기들끼리 돌돌 뭉쳐 있는 것이다. 그 속에 시방 한때 천주학쟁이였다는 양반 한 놈이 들어와 있다. 그 양반은 외부에서 들어온 꺼끌꺼끌한 이물질이다. 가뜩이나 천주학이라는 병균을 지니고 있기 때문에 그들은 그 양반을 더욱 경계할 것이다.

한 사람이 모든 사람들로부터 경계를 받으며 산다는 것은 물 위에 뜬 기름같이 산다는 것이다. 경계하는 그들과 섞이려면 어떻게 해야 하는가. 기왕의 옷과 탈을 벗어야 한다. 다 벗어던지고 상것들처럼 바다 일을 하고 그들과 벗하며 살 수 있을까. 별로 대수로운 일도 아닌 것을 가지고 삿대질하며 우김질하고 상투를 잡고 뒹굴면서 살 수 있단 말인가. 그럴 수는 없다. 병조 좌랑 벼슬을 산 양반으로 대접하고 훈장으로 모시는 대로 모른 체하고 일정한 거리를 둔 채 조용하게 살다가 해배되면 떠나갈 일이다.

혹시라도 천주학쟁이의 냄새가 나지 않도록 해야 한다. 내가 가진 지식이나 계급을 앞세우고 스스로가 우월한 존재라고 생각하지 않아야 하고 교만하지 않아야 한다. 인간의 모든 죄악은 교만에서 온다. 근엄한 얼굴 표정 대신에 부드러운 표정을 지어야 한다. 고개를 꼿꼿하게 쳐들지 말고 숙여야 한다. 섬사람 뱃사람이라는 이유로 나이 많은 자들에게 함부로 말을 낮추어 하지 않아야 한다. 이 유배형은 나를 거듭나게 하려는 천주님의 뜻이다.

그는 대오리 문살을 건너다보면서 고개를 끄덕거렸다.

"소인이 주제넘은 말씀을 드리는지는 모르겄사옵니다마는, 이것 하나만 유념하시면 사시는 디에 큰 불편이 없을 것잉만이라우. 선비는 성인의 말씀을 읽음으로써 머릿속에 축적한 지식과 지혜를 삶의 방편으로 삼고 살아가제마는, 섬 갯투성이들이나 바다 속의 괴기들은 성인의 말씀을 한 줄도 읽은 바가 없제마는, 거칠고 험한 바다 속에서 삶스롬 터득한 자기 나름의 지식이나 지혜를 삶의 방편으로 삼고 살아가고 있다는 것만 인정해 주신다면 만사형통할 것잉만이라우. 사람은 누구든지 자기를 알아주는 사람한테 목숨을 바친다고 하지 않사옵니까? 감히 말씀을 디린다면은, 소인은 성인의 말씀을 다만 그리워함스롬 살고 있을 뿐이기는 하제마는, 이 생각을 늘 함스롬 살아강만이라우. 고귀한 것들은 고귀한 만큼 고귀한 지식이 방편이 되제마는, 천한 것들은 천한 자기대로의 지식이 방편이 되는 것이란 생각 말이라우, 히히……. 소인이 너무 알은체 방정을 떨고 있구만이라우. 용서해 주십시요이."

장성호는 약전 앞에 머리를 깊이 조아리며 죄스러워하고 어색해하였다.

약전은 고개를 끄덕거리며 말했다.

"아아, 그렇지, 그렇지. 자네 말이 정말로 옳으이."

장성호의 말은 약전의 머릿속에서 메아리처럼 공명하고 있었다. 오래전부터 산울림 같은 공명을 하게 하는 존재가 그를 따라다니고 있었다. 그림자처럼.

"소인 생각은 사람이란, 많이 배웠냐 적게 배웠냐가 중요한 것이 아니라고 생각항만이라우. 게우 『천자문』만 떼었을지라도, 그 가르침을 평생 잊지 않고 잘 지킨다면 사서삼경을 다 읽고도 그것을 안 지키는 것보다 월등하게 나은 세상을 사는 것이라고라우. 바닷가에 사는 하루살이나 갯지렁이가 지 분수껏 산다 치로면은 양반 선비들이 분수를 모르고 사는 것보다 훨씬 잘 사는 것이지 않겄는가. 아이고, 소인이 참말로, 초면에 나리께 오두방정을 떨고 있사옵니다이. 참말로 참말로 곤장 맞아 죽을죄를 짓고 있사옵니다이."

"아닐세. 아닐세."

약전은 진정으로 말하면서 고개를 저었다. 그러면서 속으로는 장성호를 비웃었다. 절해고도에 살고 있는 데다가 성인들의 서책을 고루 깊이 읽지도 못한 상것 주제에 감히 내 앞에서 알은체를 하고 있다니……. 지금의 임금이 탄강하여 실시한 증광별시增廣

別試에서 일위로 합격하고 회시會試에서도 대책으로 당당히 합격하였고, 역대 임금 가운데서 학문과 덕망이 가장 뛰어나다고 정평이 난 정조 임금께서 특별히 병조 좌랑을 내려준 나 아닌가. 정조 임금께서 연신筵臣들에게 '약전은 준수하고 뛰어남이 그 아우보다 낫다'고 하신 적도 있었다. 아, 뱁새가 어찌 구만리장천을 날아가려고 나서는 붕새의 마음 한구석을 짐작이나 할 수 있을 것인가.

약전은 혀를 물었다. 혀의 아픔이 전신으로 퍼져 갔다. 대흑산에서 온 장성호를 비웃고 있는 스스로를 꾸짖었다. 지금 내 앞에 앉아 있는 장성호가 실은 저 드높은 곳에 계시는 어떤 존재가 보내 준 심부름꾼인지도 모른다.

순간 웅기중기 늘어선 새까만 군병들 같은 숲이 떠올랐다. 첫 번째 유배지인 신지도에서 밤에 본 까만 숲이었다. 그가 거처를 정한 대평 마을에는 집 여남은 채가 거푸집 모양을 한 채 동남쪽을 향해 띄엄띄엄 엎드려 있었다. 집과 집 사이에는 논밭이 있었다. 논밭 가장자리로는 숲이 무성했다. 저녁 땅거미 내린 이후부터 그 숲은 지옥 세상을 지키는 군병들처럼 마을을 에워싸고 있었다. 마당 한가운데 선 채 그 숲을 바라보고 있으면 가슴이 답답해왔다. 검은 숲 위쪽에서 반짝거리는 별들을 쳐다보았다. 푸른 별, 붉은 별, 노란 별, 먼지알 같은 별……. 당신은 알고 있습니까, 하고 별과 별 사이에 있는 가짓빛 어둠을 향해 중얼거렸다. 당신의 존재를 믿다가 이 가엾은 선비가 지옥에 갇혀 있다는 것을 당신은 알고 있습니까. 별들이 눈을 깜박거렸다. 당신은 대관절 어디에 계십니까.

그곳에서 그는 혼자 사는 한 노파의 집에 거처를 정했다. 피서릿대같이 젊은 시절 어느 한 여름날 바다에 나간 남편이 아직 돌아오지 않았는데, 그사이에 성년이 되어 이웃 송곡 마을로 장가를 든 아들마저도 수중고혼이 되었고, 며느리는 백령도에서 온 새우잡이 뱃사람을 따라 밤 봇짐을 싸버렸다. 머리가 파뿌리처럼 하얀 일흔일곱 살의 그 노파는 약전을 빈방에 맞아들인 다음 바구니를 들고 갯벌 밭에 나가 해초를 뜯어 오고, 어부들에게서 꼴뚜기, 학꽁치, 베도라치, 서대 새끼 따위의 잡고기를 구걸해 왔다. 하루 세끼를 빠짐없이 먹기야 하지만, 밥알 구경을 할 수 없었다. 잡고기에다 미역이나 파래나 돌김 따위를 넣어 끓인 국을 후룩후룩 마셔야 했다. 사람들은 늘 바다로 나가 마을은 텅 비어 있었고 갈빗대가 선명하게 드러난 개들은 주둥이를 처박은 채 들판을 어슬렁거리기에도 힘이 드는 듯 늘어지게 잠을 자곤 했다. 햇살이 잿빛의 지붕과 비좁은 밭둑 길과 돌담과 귀양살이 감나무의 잎사귀에서 혼자서 놀고 있었다. 그는 밭둑에 앉아 숲 저 너머의 바다에 떠 있는 무인도를 바라보곤 했다. 그 무인도 바위 끝에는 늘 점박이 갈매기 한 마리가 앉아 깃털을 다듬곤 했다.

마을 사람들은 그를 피했고, 그는 말과 웃음을 잃어버렸다. 저 검은 소나무 숲과 섬을 둘러싼 검푸른 바다가 나를 가두고 있다. 이 섬에서 나는 해초국, 잡고기국 한 사발씩만 먹다가 해송의 가지에서 떨어진 황갈색의 잎사귀처럼 말라 죽어 갈 것이다. 아전이 약전을 잘 감시하라고 이장에게 당부하고 이장은 마을 사람들에게 그를 조심하라고 단단히 일러 놓은 것이었다. 해저물녘에 바닷가로 나가서 먼바다에서 달려와 부서지는 파도를 보면서 절망했다. 수평선 너머로 떨어지는 해를 보고 장기로 유배 간 아우 약용을 그리워하고, 피어오르는 핏빛 황혼을 보면서 목 잘려 죽어 간 아우 약종을 떠올리며 진저리치고, 땅거미에 덮이는 산과 바다를 보면서 아내와 자식을 생각하고 그러면서 아리고 쓰라려지는 가슴을 주체하지 못해 탄식했다.

까마귀 울음소리가 멀어져 갔다. 마침내 그 소리가 이명 같은 고요 속으로 사라졌다. 까마귀는 영검하다. 내 운명이 흘러갈 길과 견고하고 두텁게 포장한 내 마음의 무늬와 결을 속속들이 읽은 것이다.

장성호는 두 손을 짚고 머리를 조아리며 곧 또 오겠다는 말을 하고 나서 그의 얼굴을 오랫동안 살폈다. 약전은 재빨리 눈길을 방바닥으로 떨어뜨리며 말없이 고개를 끄덕거려 작별의 말을 대신해 주었다. 장성호는 뒷걸음질 쳐 댓돌로 내려서더니 마당을 건너 사립 저쪽의 자드락 길을 밟아 내려갔다.

해질 무렵에 들른 이장 윤강순은 장성호에 대한 험구를 늘어놓았다.

"나리, 그 장 화랭이라는 놈이 혹시 대흑산으로 모시고 갈란다고 하드라도 따르시면 안 되옵니다이. 모시고 갈라고 하는 것은 수작일 뿐입니다이. 멋모르고 가시게 되면은 금방 되돌아 나오시게 될 것이옵니다이. 그동안 여러 차례 밖에서 훈장이 대흑산으로 들어가기는 했제마는 그놈 등쌀에 오래 견디지를 못하고 나오곤 했어라우. 한번은 나주에서 훈장이 들어갔는디, 그놈 『논어』도 제대로 못 읽은 실력인 디다가 시 한 줄도 못 짓고 아이들을 엉터리로 가르친다고 소문을 내서 석 달도 채 견디지를 못하고 돌아갔고, 또 한 번은 무안에서 훈장이 들어갔는디 이번에는 글자 획 하나도 순서대로 쓸 줄 모르고 날받이를 지대로 못한다고 소문을 내서 내쫓았당만이라우. 그래 놓고는 지가 혼자 다 해묵는 것이제라우이. 혼서지 써주고 부적 써주고 토정비결 봐주고 날받이 해주고…… 심지어는 엉터리 사주까지도 다 봐준당만이라우. 글이나 많이 읽은 주제에 그란다면은 얼마나 좋겠어라우? 게우 『논어』, 『맹자』정도 읽고 사주 보는 법은 여기저기서 귀동냥을 해갖고 그 못된 짓거리를 하는 것이제라우이."

약전은 말없이 고개를 끄덕거리기만 했다. 갈치라는 고기는 서로 상대의 꼬리를 잘라 먹는다더니 이들이 그러하다. 장성호와 윤강순, 둘 가운데 누구의 말이 옳을까. 둘의 말이 다 옳을지도 모르고, 사실은 다 옳지 않을지도 모른다. 서로를 헐뜯는 사람들 사이에 서 있는 자는 그 어느 쪽으로도 흔들리지 않도록 중정을 굳게 가져야 한다. 서로 험구하는 자들은 가운데 서 있는 사람을 자기 쪽으로 이끌어서 자기 편으로 만들려고 한다. 그러기 위해 온갖 방편을 다 쓴다. 그러다가 그들은 어느 날 문득 마음이 단술처럼 변하여 가운데 서 있는 사람을 이때껏 적이었던 상대에게 비방하고 험구하게 된다.

아전과 수군

아침 일찍이 늙은 아전 천종한이 찾아왔다. 천종한은 솔숲 사이로 날아오는 치자 빛의 광망을 등에 짊어지고 방 안으로 성큼 들어와서 윗목에 거연하게 좌정했다. 반백의 수염은 길었고 무명 두루마기 차림에 갓을 쓰고 있었다. 상대를 살피느라 희번덕거리는 눈동자와 괴이하게 생긴 수염이 약전의 속을 상하게 하였다. 눈동자가 상하좌우로 움직일 때마다 핏줄 선명한 흰자위가 파들거렸고 검은자위에서 튕겨 나오는 빛이 그의 신경줄을 바늘 끝처럼 아프게 찔렀다. 코밑수염과 턱수염은 성기었고, 인중 한가운데 수염 돋아나지 않은 부분이 여느 사람보다 넓었다. 코밑수염 두 짝은 윗입술 양쪽에서 우스꽝스럽게 멀리 떨어진 채 붙어 있는데, 마치 붓글씨를 갓 배운 아이가 서투르게 '八' 자를 써놓은 듯싶었다. 구레나룻이 없고, 턱수염은 숱이 많지 않을 뿐만 아니라 기껏 턱의 뾰족한 부분에만 돋아 있어 흡사 숫염소 수염과 한가지였다. 그 수염에다 얄따란 입술이 가세하자 늙은 아전의 얼굴에서는 간사스러운 성정이 느껴졌다.

약전은 고개를 숙이거나 양옆으로 젖혀 늙은 수컷 여우의 눈길과 마주치는 것을 피하며 말했다.

"이렇게 훈장 노릇을 하면서 편히 지내게 해준 그대의 후덕한 배려를 진심으로 고맙게 생각하고 있네. 지방관의 대리인으로서 책임이 막중할 터인데…… 해배되어 돌아가게 될 날이 있을지 모르기는 하지만…… 그때 돌아가게 되면 내 그대의 은혜를 잊지 않겠네."

천종한은 거칠게 손사래를 치고 동시에 고개를 살래살래 저으면서 "소관은 시방 좌랑 나리가 뭔 말씀을 하고 기시는지 도통 모르겄습니다이." 하고 알쏭달쏭한 말을 했다. 목소리에 교만이 담겨 있었다. 절해고도의 갯투성이들을 등쳐 먹기로 이골이 났을 뿐만 아니라, 이빨 빠진 호랑이가 되어 유배되어 온 양반들만 상대하기로 반들반들 길이 날 대로 난 아전이 그의 아니꼬워하고 불편해하는 속을 못 읽었을 리 없었다. 늙은 수컷 여우는 냉랭하게 말했다.

"아시다시피 우리 관헌에는 박수근이라는 젊은 아이하고 소관하고 둘이 있는디 우리 둘의 생각은 똑같구만이라우. 분명히 말씀을 디리는디, 소관들은 이 섬사람들이 정 좌랑 나리를 훈장으로 모시도록 주선한 적이 절대로 없을뿐더러 그 사람들의 청원을 허락한 바도 없사옵니다이. 애초에 소관들은 그르쿨로 할 만한 위치에 있지를 않은께라우. 그래서 오늘 더욱 확실하게 당부 말씀을 디릴라고 요로쿨로 왔습니다이. 한사코, 첫째도 무탈, 둘째도 무탈, 셋째, 넷째…… 아홉째, 열째도 무탈하게 해야 할 것입니다이. 혹시라도 흉측하게 나쁜 냄새가 나주나 한양 쪽으로 번

제 간다면은 그것은 어디까장 좌랑 나리의 책임이라는 사실을 명심해 주세야 할 것입니다이. 그러니만치 하나에서 백까지 삼가고 또 삼가심스롬 지내 주세야 하겄구만이라우. 소관은 여기 오신 좌랑 나리가 무탈하게 잘 계시다가 해배되어 돌아가시기를 진심으로 바라옵니다이. 좌랑 나리께 확실하게 말씀디릴 것은, 만일 위쪽에서 죄인의 신분으로 훈장 노릇 한 것을 문제 삼게 될 겡우에는, 소관들이 절대로 허락한 바 없다는 것을 아시고 대처해 주세야 할 것입니다이. 그럴 리 없을 테지마는, 천주학에 대한 이야기나 천주를 예배하는 일은 절대로 가르치지 마시씨요이. 소관의 무식한 생각으로는, 쩌그 뭣이냐, 그물 무서운 줄은 모르고 하늘을 날아댕기는 되새 무서운 줄만 아는 멸치하고 천주학쟁이들하고 무엇이 다른지 알 수가 없습디다이."

수군 별장 김기동도 다녀갔다. 김기동은 황소처럼 덩치가 크고 코가 주먹만 하고 눈동자가 참솔방울만큼 컸다. 작달막한 수졸 둘을 데리고 온 별장은 한동안 그를 멀뚱히 건너다보다가 무뚝뚝하게 말했다.

"양반님네가 이 섬 구석에 오세서 고생이 아주 많으시겄소이. 섬에서 살고 있기는 해도 황사영이란 역적이 연경으로 보낼라고 했다는 백서에 대해서는 잘 듣고 있소이. 좌랑 나리가 이리로 들어온 뒤부터 우리는 마음을 놓지 못하고 있구만이라우. 천주학 귀신은 한번 믿으면 절대로 안 떨어져 나간다는디, 좌랑 나리가 그 귀신을 떨쳐 뿔고 왔는지 어쨌는지 우리 미욱한 머리로 어츠쿨로 판단을 하겄습니껴? 말할 수 없도록 아픈 곤욕을 치름스롬 여그까지 들어와 가지고도 그 지긋지긋한 천주학을 신봉할라고 할 것이냐고, 좌랑 나리의 결백을 믿고 싶기는 합니다마는잉, 한 가지 부탁을 할라고 왔습니다이. 혹시라도 서쪽 오랑캐들 군함이 우리 보堡 앞으로 오게 하지는 마시라는……."

약전은 기가 막혀 허공을 향해 껄껄 웃고 나서 "농담치고는 좀 과하이." 하고 말했다. 별장은 약전을 향해 고개를 저으면서 빈정거리듯이 "소장은 한가하게 농담이나 할라고 댕기는 어리미친 놈이 아닙니다이. 소장은 천주학쟁이들을, 그물을 뒤집어쓰고 괴기를 잡을라고 드는 미련한 어부들보다 더 못한 사람들이라고 생각하고 있습니다이." 하고 나서 총총히 돌아갔다.

그들 대하기가 끔찍스러웠다. 그 무식한 자들이 나의 행동거지나 한마디의 언설을 무슨 글자로 어떻게 끼적거려서 위쪽으로 올릴까. 가슴이 답답해졌다. 시원한 바람을 들이켜려고 마당으로 나왔다. 찬바람이 온몸을 공격했고, 살갗에 소름이 돋았다. 춥고 추운 세상이다. 심호흡을 몇 차례 하고는 팔짱을 단단히 낀 채 몸을 부르르 떨면서 웅크리고 양지로 나아가 해를 쳐다보았다. 햇살이 눈으로 파고들어 왔고 세상이 파랗게 어두워졌다. 어깨 사이로 목을 집어넣으며 햇살을 등지고 돌아섰다. 저 햇살을 가려주는 숲도 있어야 하고 추위를 막아 주는 솜 두둑하게 넣은 두루마기도 있어야 한다. 숲과 솜 넣은 두루마기 노릇을 해줄 사람도 하나 옆에 있었으면 좋겠다.

어찌 옷 일곱 벌쯤이 없을까마는
그대 옷처럼 편안하고 좋지는 못하네.

어찌 옷 여섯 벌쯤이 없을까마는

그대 옷처럼 편안하고 따뜻하지는 못하네.

그 처녀의 얼굴이 떠올랐다. 그 처녀가 나에게 그 노릇을 해준다면 얼마나 좋을까. 날이 갈수록 데면데면해지는 한 양반 놈을 가엾어하고 가증스러워하며 방 안으로 들어갔다.

하늘천(天) 자 가르치기의 두려움

아이들에게 하늘천(天)이라는 글자 한 자 가르치기가 끔찍스러웠다. 『천자문』 첫머리와 『명심보감』의 〈천명편天命篇〉을 가르치면서 허한을 흘렸다. 성인이 이야기한 하늘과 〈천주경〉, 『천주실의天主實義』의 하늘은 같은 시공에 놓여 있었고 같은 낱말들로 해석하도록 되어 있었다.

그렇다고 천지현황天地玄黃을 '하늘은 검고 땅은 누르다' 라고만 가르칠 수는 없었다. '하늘은 우주 만물의 살아갈 길을 마련해 주는 하느님이 계시는 곳이고 땅은 하늘의 뜻에 따르고자 하는 생명들이 솟아오르는 곳'이라고 가르치지 않으면 안 되는 것이었다. 〈천명편〉에서는 '하늘의 명령에 순종하는 자는 살아남고 하늘을 거역하는 자는 살아남지 못한다는 것, 하늘의 그물은 성기지만 결코 새어 나가는 일이 없다는 것'을 가르치지 않을 수 없었다. 그 대목에 대해 누구인가가 아이들에게 천주학을 가르쳤다고 발고하면 어찌할 것인가.

물수(水) 자를 가르칠 때도, 나무목(木), 불화(火), 쇠금(金), 흙토(土) 자와 더불어 그 다섯 요소의 작용과 조화에 의해 세상이 운용됨을 가르침으로써, 사람이 사행四行 아닌 오행五行의 원리에 따라 살고 있음을 드러내 보이곤 했다. 그를 섬에 가둔 정적들에게 꼬투리를 잡히지 않으려는 것이었다.

그가 과거 시험을 치를 때 출제된 문제가 오행이었다. 출제된 문제를 본 순간 약전은 가슴이 우둔거렸다. 지엄한 과거 시험장에서 자기가 오래전부터 공부해 온 문제를 만난 것은 기막힌 행운이었다. 가슴이 벅차올랐고 눈앞이 어질어질했다. 출제된 문제에 대하여 서술할 주제가 그의 몸과 영혼 속에서 용틀임하기 시작했다.

모든 사람들에게는 하늘이 내려 주는 좋은 기회가 몇 차례 주어지는데 그것을 움켜잡느냐 못 잡느냐는 그 기회를 맞은 사람의 준비와 능력이 어느 정도이냐에 달려 있는 것이다. 자기의 일을 꾸준하게 준비하는 사람은 항상 그 일에 대하여 생각하고 있고, 그 일에 대한 생각을 가지고 있는 사람은 늘 그 일을 하고 있는 것이다. 그는 우주의 운행 원리와 맞닿아 있는 삶의 법칙에 대하여 오래전부터 골똘히 생각해 왔고, 그에 대한 책들을 널리 깊이 읽어 왔던 것이다.

『주역』을 통해 그는 음양오행에 대하여 공부한 바 있고, 그것에 대한 자기 논리를 가지고 있었다. 거기에다가 『천주실의』에서 4원소인 불, 물, 흙, 공기에 대하여 읽었다. 특히 홍대용의 저술을 통해 4원소를 확실하게 알게 되었다.

'불은 해고, 물과 흙은 땅이다. 쇠와 나무는 해와 땅이 생성한 것이므로 앞의 세 가지와 함께 놓을 수 없다. 하늘은 기氣일 뿐이고, 해는 불일 뿐이며 땅은 물과 흙일 뿐이다. 만물은 기의 찌꺼기고, 불의 조화로 만든 것이 땅의 흙이다.'

오행설이 나름의 탄탄한 의미를 가지고 있다면 서양의 사행설도 그 나름의 합리성을 가지고 있으리라. 약전은 서양의 사행설을 응용하여, 그 누구도 흉내 낼 수 없는 독특한 오행론을 진술해야겠다고 마음먹었다.

먼저 음양오행의 상생과 상극으로 말미암아 운행되는 우주 질서에 대한 생각을 서술하고 그것을 바탕으로 하여 다음과 같이 세세히 논했다.

> 나무의 기氣는 어짊(仁)을 책임지고 맡아서 처리하며, 불은 예禮를, 흙은 믿음(信)을, 쇠는 의義를, 물은 지智를 각각 책임지고 맡아서 처리한다. 실사구시적이고 합리적인 시각으로 판단하여 나는 이렇게 말하고자 한다. 우주가 생성되는 시간과 공간에는 불과 물을 머금은 뜨거운 바람(공기)이 있었을 뿐인데, 그것이 냉각되면서 땅이 되었다. 쇠와 나무는 그 땅에서 생긴 것이다…….

『주역』에서는 '한 가지 음이 한 가지 양을 내포하고 있는 것이 도道'라고 말한다. 『주역』을 깊이 읽어 보면, 오행이 물과 불과 흙, 즉 삼행에서 나온 것임을 말해 준다. 그러한 생각을 바탕으로 우주의 원리를 나무와 쇠에서부터 땅과 불과 물로 거슬러 올라가면서 논했고 다음과 같이 명쾌하게 끝을 맺었다.

> 내가 오행을 통해 논하고 결론지으려는 것은 어짊(仁)에 있다. 인간은 왜 어질게 살지 않으면 안 되는 존재인가. 그것은 인간이 물과 불과 땅, 즉 한 가지 음, 한 가지 양에서 몸과 마음을 타고났기 때문이다. 우주 시원인 물과 불은 땅을 만들고, 땅은 푸나무를 기르고, 푸나무는 동물을 키우고, 푸나무와 동물은 만물의 영장인 인간을 기른다. 먹이 사슬의 꼭짓점에 자리하고 있는 인간은 두 발로 땅을 디딘 채 머리에 하늘을 두르고 산다. 땅을 디디고 직립으로 산다는 것은 삼라만상 가운데 인간이 으뜸 존재라는 것이고, 머리에 하늘을 두르고 산다는 것은 신神을 지향한다는 것이다. 인간의 몸과 마음속에 들어 있는 기운은 애초에 그 몸과 마음을 만든 물과 불의 의지, 즉 신의 뜻을 향해 뻗어 가지 않으면 안 된다. 그 뜻은 현묘한 하늘 세계에 있고 하늘 세계의 뜻은 어짊 그 자체다. 그 어짊을 나는 이렇게 말한다. 위로는 효도하고 아래로는 사랑하고 가엾은 사람들을 불쌍히 여기는 마음이 어짊이다. 인간은 어짊으로써 새 세상을 열어 가야 한다고 가르친 성인의 뜻이 거기에 있다. 모름지기 뜻있는 선비의 과업은 정심에 이르기 위한 것이어야 하고, 정심은 효孝, 제弟, 자慈를 달성하기 위한 것이어야 한다.

그 시험 답안을 끝맺음하고 난 그는 환희로 말미암아 들떠 있었다. 그의 답안을 읽은 시험관은 추호도 서슴없이 그의 답안지에 장원 낙점을 할 거라고 자신했다.

물론 그가 예측한 대로 되었다.

한데 정적들이 그 시험 답안을 트집 잡고, 시험관의 한 사람인 이가환과 장원 합격자인 정약전을 몰아붙였다.

정적들은 그의 답안이 성인의 가르침인 오행을 바탕으로 하고 있지 아니하고, 삿된 사행을 바탕으로 하고 있다고 몰아붙였다. 불과 물과 흙을 앞세우고 쇠와 나무를 뒤로 밀어낸 사행은 천주학으로부터 왔다고 그들은 주장했다. 천주학쟁이들이 주장하는 사행설로 국가 질서의 바탕이 되는 오행을 무너뜨려 나라를 혼란에 빠지게 하려 한다는 것이었다.

빗발치는 상소를 견디지 못한 정조 임금이 마침내 그의 답안지를 가져오라고 했고, 그것을 깊이 읽은 다음 별문제 없음을 그의 정적들에게 이야기함으로써 무마되기는 했지만, 그로 말미암아 그의 벼슬길은 트이지 않았다.

남인 가운데 시파에 속한 정약전과 정약용을 천주교도로 몰아 제거하려는 벽파의 빗발치는 상소. 그 속에서 그들 형제는 가까스로 목숨을 부지하여 강진과 이 깊은 섬으로 유배되었다. 유배는 절두산에서 목 잘림 다음의 형벌이었다.

그를 극진히 아꼈던 정조는 이 세상에 없고, 뜻을 같이한 채제공도 죽었고, 이가환, 이승훈 또한 모두 죽었으므로 그들 형제를 해배시키자고 주청할 사람은 아무도 없었다.

이 섬에 유배된 이후 문득문득 소스라치게 놀라곤 했다. 잠을 자다가도 놀라 깨고 밥을 먹다가도 숟가락을 놓고 아득하게 흩어지는 넋을 다잡지 못해 가슴이 우둔거리곤 했다. 두려워지고 불안해지고 식은땀이 흐르면 먹은 것이 체하곤 했다.

바닷가 산책을 하다가 연안으로 낯선 배가 들어오면 눈앞이 아득해지곤 했다. 강진의 동생으로부터 편지가 오지 않았을까, 해배 통지가 오지 않았을까 하는 반가움보다는 벽파의 누구인가가 상소를 하여 나에게 사약을 보낸 것이 아닐까 하는 불안과 공포가 앞서는 것이었다.

새 임금은 열한 살의 나이로 등극했고, 대왕대비 김 씨가 수렴청정을 하고 있었다. 대왕대비는, 정조의 아버지인 사도세자를 옹호한 홍봉환을 죽이자는 모함을 하다가 정조의 미움을 사서 대흑산으로 유배당했다가 나주로 옮겨 가서 죽은 오랍 김귀주를 대신해 복수를 하고 있었다. 대왕대비의 외척과 벽파는 마음만 먹으면 그에게 사약을 보낼 수도 있을 터였다. 불안과 두려움은 거친 파도 같은 파장이었다. 그 파장은 늘 고요하게 가라앉은 그의 정심을 흔들어 놓곤 했다.

거기다가 아우 약종이 당한 일들이 머릿속에서 문득 되살아나곤 했다. 약종은 한강변 절두산에서 목이 잘렸다고 들었다. 떨어져 뒹구는 피 낭자한 아우의 얼굴이 그의 머릿속을 점거하고 있었다.

그를 더욱 두렵고 불안하게 하는 것은 황사영의 망령이었다. 황사영은 그의 이복형인 약현의 사위이므로 그에게는 조카사위였다. 황사영은 밀입국한 중국인 신부 주문모 신부에게 세례를 받았다. 진산 사건이 일어난 뒤 관아에서 천주교도들을 잡아들이자 황사영은 충청도 제천으로 피신해 수염을 깎아 버리고 '이상인'이라고 속이며 살았다.

진산 사건은 윤지충으로 말미암아 일어난 일이었다. 약전의 외가쪽 형인 윤지충은 한양 김범우의 집을 찾아가 세례를 받은 다음 중국에 들어가 신부들에게서 신학을 공부하고 돌아왔는데, 자기 어머니가 돌아가셨지만, 천주학의 교리를 따르느라고 위패를 모시지 않았다. 그 소문이 조정에 들어갔고 조정은 '불효자식일 뿐만 아니라 나라의 미풍양속을 해치고 국가에 반역하는 못된 무리'라는 죄를 씌워 목을 잘랐다. 이를 계기로 천주학에 대한 탄압이 더욱 잔혹해진 것이었다.

황사영은 제천에 숨어 살며, 그 탄압을 막기 위하여 황심과 함께 백색의 명주에 깨알 같은 탄원서를 썼다.

먼저 순교한 윤지충, 이승훈, 이벽, 정약종 등 많은 신도들의 활동내력을 쓰고 천주학 박해의 원인인 당쟁에 대하여 쓰고, 그 다음에 중국이 조선 정부를 깊이 간섭함으로써 천주학을 확실하게 받아들이게 해야 한다는 것을 쓰고, 마지막으로 천주학을 신봉하는 유럽 여러 나라의 군함을 오게 하여 정부를 압박함으로써 천주학 신도들을 더 이상 박해하지 않게 해달라는 말을 썼다.

그 백서를 북경으로 가는 동지사 일행 중의 한 사람인 옥천희로 하여금 옷 속에 넣어 가지고 가서 북경 교구 주교인 구베아에게 전달하게 할 참이었다. 그 일이 한 배교자로 말미암아 탄로 남으로써 옥천희, 황심, 황사영이 모두 체포되었고 능지처사되었다.

이후 조정은 천주학이 매국 종교며 백성에게 해독을 끼치는 종교라고 규정하였고 그것을 신앙하는 자는 모두 정치범으로 간주하여 체포하고 극형으로 처벌하였다. 그와 동시에 조정은 전국의 모든 마을을 다섯 가구씩 한 통으로 조직하게 하여 그 다섯 집들이 서로서로 천주학을 믿지 않는지를 살피게 하고, 만일 천주학 신도가 숨어들면 즉각 관아에 고변하게 하였다. 천주학 신도가 숨어들어 왔는데도 불구하고 고변하지 않을 경우에는 다섯 집을 모두 한 그물에 싸잡아 처단하겠다고 엄포를 놓았다.

다섯 집을 한 통으로 묶어 놓는 제도는 이 섬에서도 이미 들어와 시행되고 있었다.

약전이 서당에 들어앉아 아이들을 가르치기 시작한 다음부터 섬사람들은 혼자서는 그의 옆에 가까이 다가오려 하지 않았다. 일정한 거리를 둔 채 그가 혹시 무슨 수상한 짓인가를 남몰래 하지 않는지 살피곤 했다. 또 자기 아이들에게 천주학을 가르치지나 않을까 걱정하고, 자신도 약전에게 접근함으로써 의심을 받지 않을까 두려워했다.

자연히, 아이들에게 '하늘천(天)'이란 글자 한 자 가르치기가 두려웠다. 글자를 가르친 일 하나를 가지고 그가 아이들에게 천주학을 가르친다고 누군가가 고변을 하면 어찌할 것인가.

그 불안과 두려움을 달래기 위하여 그는 술을 찾았다. 얼근하게 취해 버리고 싶었다. 취한 다음, 그는 산속이나 바닷가를 헤매기도 하고 고개를 넘어 돈목까지 갔다 오기도 했다.

주역점

아침에 일찍이 일어나 찬물로 세수를 하고 주역점을 쳤다.

섬으로 들어오면서 가지고 온 것은 『주역』과 점치는 산가지와 한지 다섯 죽, 크고 작은 붓들과 참먹 세 개뿐이었다. 신지도에 유배되었을 때 경험해 본바, 그것들만 있으면 삶이 넉넉할 수 있겠다 싶어 천리 길 밖까지 고이 지니고 온 것이었다.

주역점 치는 것이 삶의 유일한 즐거움이고 희망이었다. 그의 몸과 마음이 '주역' 속에 들어 있었다. '주역'이 그의 속에 들어와 있었다. 태어나고 자라기를 '주역'의 원리에 따라 그리된 것이고, 지금 그가 흑산도에 유배된 것도 그 원리에 따른 것이고 해배되어 돌아가는 것도 그에 따를 터였다. 그리하여 흑산도에 유배되면서 손암巽庵이란 호를 쓰기로 작정했다. '손'은 '주역'에서 '들어간다'는 것이므로 '들어가면' 변전 발전하는 '주역'의 원리에 따라 오래지 않아 나오게 되는 것이었다.

반가부좌를 하고 앉아 눈을 지그시 감고 정심이 되기를 기다렸다가 50개의 산가지들을 두루 섞고 그 가운데서 한 개를 빼내 태극으로 삼았다. 태극은 시원이다. 그 시원에서 모든 일은 시작되었다가 다시 그 시원으로 되돌아온다.

나머지 49개를 모아 쥐고 어떠한 소망도 마음에 담지 않은 채 무념무상의 허적 안에서 점을 쳤다. 먹물 한 점 박히지 않고 얼룩하나 생기지 않은 순백의 마음 자락으로.

점이 점다우려면, 괘가 정해질 때까지 티끌만큼의 삿됨도 가져서는 안 되었다. 음효가 거듭되거나 양효가 거듭될지라도 그것을 불안해할 일도 아니고, 양과 음이 고루 섞이는 것을 즐거워하며 들떠서도 안 되는 것이었다. 답답한 마음을 풀기 위해 모래밭으로 나가 모래를 무심히 툭툭 차며 바장이는 마음으로, 먼바다로부터 달려와서 모래톱이나 갯바위에서 재주를 넘는 파도를 바라보는 마음으로, 흘러가는 흰 구름을 바라보는 마음으로 지어지는 효爻를 그냥 허심탄회하게 굽어보면 되는 것이었다.

'물 흐르듯 꽃 피듯', '꽃 한 송이 피어나니 세계가 일어난다(一花開世界起).' 사람 살아가는 것이 구름 한 장 일어났다가 어디론가 사라져 가는 것과 같고 불꽃 한 움큼 일어났다가 한 점의 재로 사그라지는 것과 같았다. 주역점은 물처럼 흐르고 꽃처럼 피게 하는 삶의 원리를 가늠해 보는 것이었다. 문득 일어났다가 사라지는 구름의 모양새를 바라보고는 그냥 잊어버리는 것이었다. 다음의 구름은 또 다음 힘의 율동을 따라 물 흐르듯 꽃 피듯 할 터이므로.

'천산돈天山遯' 괘를 얻었다.

'돈'은 숨는다는 뜻이다. 이 돈 괘는 세상을 피해 숨어 사는 것이 좋다는 것을 보여 준다. 피해 숨어 사는 뜻은 중대하다. 세상에서 무엇을 해보겠다는 미련을 갖지 아니하면 그 어떤 재난이 닥쳐오겠는가.

황소 가죽으로 얽어 묶어 놓으면 어느 누구도 풀지 못한다. 아름답고 부드러운 애첩이나 어루만지는 하찮은 일이면 좋지만, 큰 일에 참여해서는 안 된다. 높은 지위도 버리고 즐거운 마음으로 물러가 숨을 죽인다. 넉넉한 군자라야만 느긋해질 수 있다. 소인은 그렇지 못하다.

물러갈 때 미련 없이 물러가 조용히 숨는 태도가 아름답다. 자기의 돌아갈 때가 언제인가를 알고 말없이 돌아가는 손님의 꼭뒤는 얼마나 예쁘고 고운가. 그것은 올바른 뜻 때문이다. 한결같아서 변함이 없으면 길하다. 만족하고 여유 있는 마음으로 물러가 숨어 있거라. 그래, 미련 두지 말고 고요히 숨죽이고 있거라. 아무런 의심도 없이. 유유자적하는 심경에 변함이 없으면 상서로운 일만 일어날 것이다.

평화로운 세상에는 나아가 벼슬을 하고 어지러운 세상에는 물러가 숨죽이는 것이 군자의 도리다. 지금 나아가 죽는 것은 절개를 위해 죽는 것도 아니고 나라를 위해 목숨을 바치는 것도 아니고 순교하는 것도 아니다. 약종의 목 잘려 나감은 그 어떠한 보상도 있을 수 없는 억울하고 분한 절망이고 슬픔일 뿐이다. 끝까지 살아 배겨 있다가 슬프고 어지러웠던 세상과 가장 참된 삶이 무엇인가를 증명할 기회를 얻어야 한다. 올바른 삶의 길을 지키기 위해 목숨을 바치는 것이 도의 뜻이기도 할 터이지만, 살아나서 훗날 그 도를 펴는 것도 도의 뜻일 터이다.

늦은 봄이었다. 자꾸 주역점의 '천산돈'이 생각났다. 아름답고 부드러운 애첩이나 어루만지는 하찮은 일이면 좋지만, 큰일에 참여해서는 안 된다. 그 생각을 하면 그 처녀의 얼굴이 떠올랐고, 가슴에 잔잔한 전율이 일어났다. 그녀를 첩으로 데리고 살면 얼마나 좋을까. 중년 남자에게 첩은 양생養生의 한 방편이다. 그는 고개를 저으면서 이기적이고 야만스러워지고 있는 한 양반 놈을 가증스러워했다. 바람이 훈훈해졌다. 수염과 살갗에 닿는 바람결이 명주솜 넣은 비단 이불 같았다. 연둣빛 신록이 산을 덮고 있었다. 보리밭에는 푸른 물결이 일어나고 밭둑에는 하얀 찔레꽃이 떨기지여 피었다. 찔레꽃에서 날아오는 향을 맡는 순간 아내 생각이 났다. 찔레꽃 향은 갓 멱을 감고 난 아내의 몸에서 번져 오던 향을 생각나게 했다.

서당 아이들이 찔레꽃을 따 먹고 찔레 순을 꺾어 벗겨 먹으면서 '딱주 묵고 딱 엎져라, 찔구 묵고 찔러 줄게.' 하고 노래했다. 꽃에 앉은 벌을 훔켜잡아서 땅바닥에 내동댕이친 다음 정신 잃은 그놈의 허리를 동강이 내고 꿀을 빨아 먹었다.

"이놈들, 죄 없는 벌을 그렇게 죽이는 게, 너무 참혹하지 않니?"

"아니라우. 엊그저께 이놈한테 한 방 쏘였어라우."

"그놈들이 가만히 있는 사람을 쏘았을까. 그리고 너를 쏜 놈이 지금 네가 잡은 그놈이라고 말할 수도 없지 않느냐?"

"벌은 벌인께라우."

아이들의 서판에 글씨를 받아 주고 나서 모래밭으로 나갔다.

가능하면 그물 깁는 어부들을 피했다. 비탈진 산줄기의 소나무 숲을 헤치며 걸었다. 어부들을 만나는 것이 껄끄러웠다. 먼저 머리와 허리를 굽혀 인사할 처지가 아니었다. 그들이 하던 일을 멈추고 두 손을 땅에 짚으면서 머리 깊이 숙여 하는 인사를 받는 것도 달갑지 않았다. 일순간이나마 그들의 일을 방해하고 싶지 않았고, 그로서도 그들로 인하여 자유롭게 생각하는 것을 방해받고 싶지 않았다.

한편으로는, 어부들과 친해지고 싶기도 했다. 자기 쪽에서 먼저 마음을 열고 싶었다. 나이 비슷한 또래하고는 아주 벗을 해버리고 싶기도 하고 술잔을 나누고 싶기도 했다. 그들을 하대하지 않고 경어를 쓰고 싶기도 했다.

'벼슬 떨어진 지 이미 오래고, 죄짓고 유배살이 온 처지인 데다 목숨이 하늘의 뜻에 달려 있는 입장이고 또 죽으면 지옥에 떨어질지도 모르는 처지요, 나는 당신들하고 조금도 다를 것이 없는 사람입니다. 순박한 당신들과 함께 살게 된 것은 행운이오. 예로부터 도 닦는 스님들하고 함께 살면 극락에 간다고 했습니다. 당신들은 스님들보다 더 마음이 깨끗한 사람들이지 않소?'

그가 이렇게 태도를 바꾼다면 모두들 그를 의심하지 않을 듯싶었다. 물과 기름처럼 따로 놀지도 않게 될 것 같았다.

수군들을 만나도 그냥 어리미친 듯이 양반 체면 버리고 머리와 허리를 숙여 주고 싶었다.

"좌랑 나리, 관헌 아전이나 수졸들한테 잘못 보이면은 안 됩니다이. 눈꼴사납드라도 못 본 체해 뿌러야 써라우."

어느 날이던가 이장 윤강순이 묻지 않은 말로 관헌의 아전과 보의 수군들은 섬사람들 앞에서 거드름을 피우곤 한다고 말했다. 그들은 잡아 온 고기를 공짜로 달라고 해서 회 쳐 먹거나 국을 끓여 먹었고, 술을 빚어 달라고 해서 마신다는 것이었다.

수군들은 땔나무를 하러 산에 들어가는 사람들을 숨어서 살피고, 집을 짓거나 죽은 자의 관을 만들거나 배를 만들기 위해 나무 베는 것을 감시한다고 했다. 나무를 몰래 베어다가 쓰는 자를 목격하면 그를 붙잡아다가 곤장을 치기도 하고 곡식 몇 가마니 베 몇 필의 무거운 벌금을 물리기도 하고 다른 지방으로 축출하기도 한다고 했다.

호랑이 얼굴 한번 보지 못한 해변의 하룻강아지 같은 수군들이 유배되어 이빨 빠진 늙은 호랑이 같은 양반 선비를 두려워할 리 없으니, 고개 빳빳하게 세우고 맞대면하려 들 터였다. 그러한 그들을 그는 여느 해변 사람들처럼 허리 굽실거리며 대하고 싶었다. 하심下心을 실천하고 싶었다.

그러나 그는 그렇게 하지 못하고, 사람들을 피해 바닷가 모래밭을 거닐었다. 아직은 섬 안의 모든 존재들이 낯설고 껄끄러웠다.

끄트레끝 모퉁이 언덕으로 올라갔다. 그 언덕은 소나무 숲이 무성했다. 숲 사이로 바다를 바라보았다. 거기에서 남쪽으로 별로 멀리 떨어져 있지 않은 웅숭깊은 갯바위에 모닥불이 타고 있었다. 그 갯바위 앞에 돌섬이 있고, 그 주위에서 잠녀들이 물질하는 게 보였다. 바다 위에 그들의 된장색 태확들이 떠 있었다. 물속으로 들어간 잠녀들은 맥박이 서른 번쯤 뛰었을 때에야 수면 위로 떠올라서 '후훠!' 하고 휘파람을 불며 숨을 몰아 쉬곤 했다.

그들은 흰 속바지에 흰 속저고리만 입고 있었다. 헤아려 보니 여덟 사람이었다.

태확을 보듬고 휴식을 취하고 난 잠녀들은 다시 물속으로 들어갔다. 들어가고 난 자리에는 푸른 물결이 출렁거릴 뿐이었다. 사람 하나가 사라질지라도 우주는 눈 하나 꿈쩍하지 않는다. 그 잔인한 우주 속에서 살고 있는 인간은 무엇인가. 저들이 건져 올리는 것은 무엇일까. 저들은 목숨을 걸어 놓고 물질을 한다.

얼마 뒤 잠녀들은 물질을 끝내고 갯바위로 올라가 모닥불 가에서 물 젖은 속바지와 저고리를 벗어 던지고 차가워진 몸을 불에 쬐어 말렸다. 인어처럼 하얀 알몸이 햇빛을 되받아 쏘았다. 엉덩이가 백자 항아리 같았다. 가슴이 우둔거렸다. 가슴에서 일어난 뜨거운 기운이 얼굴을 화끈 달아오르게 했다. 시가 떠올랐다.

'여우가 어슬렁어슬렁 기수 다릿목에 어정거리네, 내 마음속 근심은 그대 바지가 없음이네. 여우가 어슬렁어슬렁 기수 다릿목에 어정거리네, 내 마음속 근심은 그대 허리띠가 없음이네. 여우가 어슬렁어슬렁 기수 다릿목에 어정거리네, 내 마음속 근심은 그대 입을 옷이 없음이네.'

온몸에 전율이 일어났다. 숨어서 여인들의 알몸을 엿보고 있는 내 모습을 누군가가 본다면 어찌할 것인가. 그들이 마른 옷을 입는 것을 보고서야 몸을 돌렸다.

마을로 들어가는 길에 잠녀들의 흰 알몸이 눈에 밟혔다. 밤이면 까만 숲이 무섭던 신지도에서 꾸곤 하던 꿈이 떠올랐다. 그 꿈속에서 그는 늘 목이 밭았다. 목구멍과 입술과 혀가 가랑잎처럼 퍼석거렸다. 해는 하늘 한복판에서 작열했다. 그는 풀들이 시들어진 들판 한가운데에 서 있었다. 시원한 물 한 모금을 마시고 싶은데, 개울에서는 먼지가 일었다. 조갈증이 목구멍과 배 속의 창자를 꼬이게 했다. 견딜 수 없어 두 손으로 개울 바닥을 우벼 팠다. 어깨와 머리가 들어갈 만큼 팠지만, 물은 나오지 않았다. 절망한 채 파고 또 파다가 벌떡 꿈에서 깨어났다.

군침이 입안에 고였다. 그것을 삼키면서 진저리를 쳤다. 몸이 물을 원하고 있었다. 살아 있는 자는 늘 목말라 하기 마련이고 목마른 자는 간절하게 물을 찾는 것이다. 그것은 죄가 아니다. 음양의 원리다.

거무

서당 아이들이 모두 돌아간 다음, 문순득의 집에서 차려 온 저녁밥을 먹고, 상어기름 불의 심지를 돋우고 야울거리는 불을 들여다보았다. 황모 붓에 황금 물을 묻혀 흰 종이 한가운데다가 무심히 찍어 수직으로 정교하게 삐쳐 올린 기다란 물방울 점 같은 불이었다. 그 불은 한쪽 턱이 떨어져 나간 분청 사발 시울에 걸쳐진 종이 심지 끝에서 타고 있었다. 심지 머리에 붙어 있는 부분은 아프게 꼬집힌 멍처럼 푸르고, 어린 대추의 볼 모양새로 도톰하게 뻗어 올라간 밑 부분은 유백색이고 중간쯤은 황금색이었다. 그것은 위쪽으로 치올라 가며 검붉어졌다. 꼬리 끝부분은 새까매지면서 실처럼 가늘어졌다가 허공으로 가뭇없이 사라졌다.

불은 매끄럽고 고운 피부를 가지고 있었고 조용히 숨을 쉬고 있었다. 죽은 상어의 살과 기름이 불로 살아나고 있었다. 기름은 불을 품은 물이다. 그 물이 불로 탈바꿈한다. 물속 생물인 상어 한 마리가 불이 된다는 것은 무엇인가. 윤회다. 불도 돌고 바닷물도 돌고 지구도 돌고 우주도 돌고 그것을 바라보는 나도 돌고 있다. 『주역』은 세상이 돌고 도는 것이라고 가르친다. 이 불을 내게 제공한 상어의 혼령이 지금 방안을 유영하고 있다. 유영하는 혼령이 나의 시공을 밝히고 있다. 어둠을 밝히는 저 빛은 나에게 무엇을 보여 주고 있는 걸까. 위쪽으로 삐쳐 올라간 저 불은 태극의 한끝이다. 원융이다. 심지에서 올라간 불의 힘은 하늘로 솟구쳐 오른 다음 사라진다. 나의 심지는 아득한 바다 한가운데 떠 있는 한 점 섬이다. 섬 한가운데에서 내가 야울거리고 있다. 바람이 세차게 불면 꺼지게 될 한 점의 불.

그가 들여다보고 있는 상어기름 불이 점차 커졌고 그가 그 불 속으로 들어갔다. 이승의 시간과 공간이 사라졌고 그의 의식은 몽롱해졌다.

어린 시절부터 불은 늘 그를 취하게 했다. 저녁이 되면 사랑방에서 글을 읽다가 부엌으로 가서 불을 지피는 삼돌이 옆에 앉아 불을 들여다보곤 했다. 그가 사랑채의 부엌에 들어가 아랫것들과 어울리는 것을 독선생이 꾸짖었지만, 그는 오줌 누러 간다는 핑계를 대고 나가서 아궁이의 불을 들여다보곤 했다. 손수 나뭇가지를 꺾어 불을 지피기도 하고 장작을 넣기도 하고 부지깽이로 불을 뒤적거리기도 했다.

지방 관아로 전근한 아버지를 따라갔을 때도 그는 늘 사랑채 아궁이의 불을 즐겨 보았다.

"되련님, 이런 일은 저희 상것들이나 하는 것입니다요. 귀한 손 다치면 어쩌실라고 이러십니껴? 되련님이 이러시는 것을 현감 나리께서 아시면 쇤네 혼쭐납니다요. 어여 들어가십시오."

삼돌이가 통사정을 했지만, 그는 입술에 손가락을 붙여 말을 더 하지 못하게 하고는 계속 불을 들여다보기도 하고 불붙은 부지깽이를 허공으로 치켜들어 휘젓기도 했다. 가로로 세차게 저어 수평의 선을 만들기도 하고, 세로로 저어 수직의 선을 만들기도 했다. 오른쪽으로 휘돌려 동그라미를 만들기도 하고 소라고둥의 나선을 그리기도 하고 삼각형을 만들기도 하고 마름모꼴을 만들기도 했다. 부지깽이에 붙은 불로 만들어지는 선과 원과 네모와 삼각형과 마름모꼴들이 신통했다. 붓글씨를 쓰다가 그는 붓으로 직선과 삼각형과 동그라미와 원뿔을 그리곤 했다. 아우 약용이 "그게 뭐야?" 하고 물으면 "세모난 이것은 산이고 탑이고 나무고, 기다란 요것은 강이고 바다고 길이고, 이 동그란 것은 하늘이고 달이고 해고, 이 점은 별이고 사람이고 개미고 개고 황소고 개구리고……." 하고 설명했다. 그의 설명과 함께 그것들은 그의 머릿속에서 살아나 숨을 쉬었다.

약전은 사물을 극도로 단순화시켜 보는 버릇이 있었다. 독선생은 약전과 약용의 대화를 못 들은 체했지만, 그 내용을 그의 아버지에게 귀띔해 주었다.

"둘째 아드님 약전은 영리하기는 한데 섬세하지가 못하옵니다. 사려 깊지 못하고 어느 것 한 가지에 집중하지 못하고 부지런하지도 않고 느긋하지도 않사옵니다. 넷째 아드님 약용은 정반대입니다."

독선생과 아버지의 사랑이 약용에게 모아지는 것이 싫었다. 상실감과 박탈감이 가슴을 텅 비게 했다. 그렇지만 약전은 약용을 미워할 수 없었다. 약용은 그를 잘 따랐고, 의문 나는 것이 있으면 서슴없이 물었다. "해를 왜 금오金烏라고 하고 달을 왜 옥토

玉兎라고 해?" 하고 물으면서 약용은 약전의 두 눈을 응시했다. 그때 약용의 진한 갈색 눈동자는 그를 어질어질하게 했다. 신화와 진리의 간극을 더듬고 있는 아우의 눈은 예측할 수 없는 그윽한 기운을 뿜었다. 약용의 땋아 늘인 머리채와 목덜미와 가슴팍 어디에서인가 배릿한 향기가 번져 왔다. 숨결에서도 그 향기는 번져 왔다. 약용은 소리 없이 활짝 웃곤 했는데, 그때 그 아우의 얼굴은 한 송이 백합화 같았다. 약전은 자기도 모르는 사이에 이렇게 말했다.

"그 둘은 다 이 세상을 밝게 비추는 신령이라는 뜻이야. 낮에 하늘에 뜬 것은 금신이고 밤에 하늘에 뜬 것은 옥신이야. 장차 너 같은 아이가 자라면 그런 금신이 될 거다."

"그래, 나는 금신이 될 거니까 중형은 옥신이 되거라."

이렇게 말하는 약용의 눈은 맑고 깊은 호수 같았다. 그는 아우의 눈 속에 빠져 허우적거렸다. 약용은 깊이를 알 수 없는 못(池)을 가지고 있었다. 그는 그 못에 빠져 헤어나지 못하고 있는 스스로가 못마땅했다.

한번은 삼돌이가 부지깽이로 불장난하는 그를 향해 말했다.

"불장난하면 자다가 옷에 오줌을 싼답니다요."

그는 삼돌이의 주름살 잡힌 얼굴 속에 들어 있는 두 눈을 뚫을 듯이 바라보며 따져 물었다.

"그럼, 이렇게 아침저녁으로 아궁이에 불을 지피는 삼돌이 너는 밤마다 오줌을 싸느냐?"

"쇤네는 어른이 되었으니까 안 그렇지만, 되련님은 아직 어리시기 때문에……."

그 말이 오히려 불을 신령스럽게 만들었다. 불장난을 하면 왜 오줌을 쌀까. 오줌은 물이 아닌가. 그 생각을 하다가 아하, 하고 속으로 탄성을 질렀다. 불에는 반드시 물이 따라다닌다. 불을 끌 수 있는 것은 물이고 물을 데울 수 있는 것은 불이다. 불은 무엇인가를 태우기 위해 존재한다. 불은 생각을 가지고 있는 어떤 것이다. 불은 신의 생각이다. 신의 다른 모습이다. 그래서 제사 때 촛불을 켜는가 보다. 비가 억수로 쏟아지는 날 하늘 한복판에서 번쩍하고 시퍼런 금을 긋는 번개라든지, 밤새도록 타는 산불이라든지, 초가를 순식간에 태워 재로 만드는 불이라든지……. 그것들은 모두 무서운 힘을 가지고 있다. 불은 모습을 드러내 보이기도 하지만 드러내 보이지 않기도 한다.

불은 자기의 세상을 가지고 있다. 그 속에 승하하신 정조 임금도 들어 있고, 채제공도 들어 있고, 죽어 간 약종, 윤지충, 이승훈, 이벽, 황사영이 다 들어 있다. 강진에 살고 있는 아우 약용도 들어 있고, 한양의 아내와 아들들도 들어 있다. 누구든지 죽을 때는 혼불이 날아간다. 나도 죽을 때는 혼불이 날아갈 것이다. 그 불은 어디로 날아갈까. 이승에서 날아간 혼불들은 모두 어디에 머물러 있을까. 새로 태어날 어떤 생명체의 가슴에 점화되는 동시에 사라지는 것일까.

가슴의 불과 몸속의 불을 생각했다. 어느 해 늦은 봄, 아버지는 그의 장형인 약현을 불러 꿇어앉히고 호통을 쳤었다.

"너 이놈, 그 못된 불장난을 어디서 배운 것이냐?"

"벗들을 따라서 꼭 두 번 갔을 따름이옵니다."

"그 허무한 짓거리는 우리 집안 내림에는 없는 것이다. 당장

버려라."

남녀의 성교를 불장난이라고 한다면 남성은 불이다. 우주는 불에서 비롯되었다. 오행은 불, 물, 나무, 쇠, 흙이다. 그것은 지구가 평평하고 해와 달과 별들이 이동한다고 믿던 때의 생각이다. 천동설이 옳다는 생각은 이제 바뀌어야 한다. 우주를 구성하는 요소는 사행이어야 한다. 우주는 불과 물과 땅과 공기로 이루어졌다.

상어기름 불에서 보리까락 같은 광망이 일어났다. 불과 어둠은 서로 대적하고 있다. 불은 어둠에 에워싸여 있다. 어둠은 불을 압박하고 불은 그 어둠을 뚫고 나아가려고 안간힘을 쓴다. 나를 둘러싸고 있는 어둠의 정체는 무엇인가. 나를 섬에 가두고 자기들끼리 낄낄거리고 나를 숨 막혀 죽어 가게 하는 어둠. 갇힌 나의 불은 그 어둠 속에서 소멸되어서는 안 된다. 내 불은 해처럼 커져서 세상을 환하게 뚫고 나아가야 한다. 어떠한 어려움 속에서도 내 불이 소멸되지 않도록 기름을 보충해 주어야 한다. 바람을 막아 주어야 한다. 나는 차라리 이 외딴섬으로 잘 피해 들어왔다. 목이 밭았다. 몸이 물을 원하고 있었다. 자리끼 호로병을 들어 한 모금 마시고 다시 한 모금 마시는데 밖에 인기척이 있었다. 누구일까. 염탐하러 온 것 아닐까. 그는 어험, 하고 헛기침을 했다. 문을 열고 밖으로 나갔다. 희끗한 것이 재빠르게 사립 쪽으로 사라지고 있었다. 머리끝이 곤두섰고 등줄기에 차가운 전율이 일어났다.

"거 뉘시오?"

그의 목소리는 잠기어 있었다.

방 안에서 마당으로 뻗어 나간 불빛을 등 뒤로 받은 희끗한 것은 대꾸를 하지 않았다. 정수리에서부터 새로이 전율이 일었다. 쫓아가서 저 사람의 정체를 알아낼까. 그 생각을 행동으로 옮기지 않고 그는 한동안 어둠 속을 응시하고 서 있기만 했다. 정적들의 눈이 이 섬에까지 따라와 있다.

문을 닫으려는데 댓돌 위에 희끗한 무엇인가가 놓여 있었다. 손끝을 뻗어 보니 무명 보자기가 만져졌다. 그것이 대바구니를 덮고 있었다. 그것을 안으로 가지고 갔다. 보자기를 걷어 내고 불빛에 비춰 보았다. 속에 흰죽 담긴 뚝배기가 들어 있고, 옆에 은수저와 은젓가락 한 벌이 들어 있었다. 그것들은 푸른 색실, 붉은 색실로 정성스럽게 동여 있었다. 숟가락과 젓가락 두 짝을 빼서 불에 더 가까이 대고 보았다. 순은 제품이 분명했다. 죽을 뒤적거려 보았다. 전복을 썰어 넣어 쑨 것이었다.

누가 이것을 갖다 놓고 갔을까. 얼굴을 보여 주지 않고 간 것으로 미루어 보아 그것을 놓고 간 사람은 여자인 듯싶었다. 어떤 여자일까. 지금이라도 뒤쫓아가 볼까. 한동안 멍하게 허공을 주시하다가 불로 눈길을 옮겼다.

불이 있는 곳에는 반드시 물이 있다. 물은 불을 끄기도 하지만 그것을 더 맹렬하게 타게도 한다. 그것은 지신의 뜻이다. 그 여자의 얼굴이 머릿속에 그려졌다. 혹시 그 여자가 다녀간 건 아닐까. 그는 고개를 저었다. 아내와의 뜨겁고 곡진한 사랑을 떠올렸다. 가슴속에 아픈 금이 그어졌고 그것이 전율이 되어 온몸에 퍼졌다.

기름접시 불이 톡, 소리를 냈다. 이 섬 구석에도 순은 제품을 쓰는 사람이 있더란 말인가. 머릿속에 의혹의 실뿌리들이 퍼지고 있었다. 마을과 서당 사이에 활등처럼 휜 기다란 산골짜기가 있었다. 적어도 한 삼천 걸음쯤 걸어야 오갈 수 있는 거리일 터였다. 산골짜기 숲속에는 캄캄한 어둠이 절진해 있고 사람을 해할지도 모르는 여우와 들개들이 살고 있다. 한데 연약한 여자의 몸으로 이곳에 다녀가다니! 아아, 무슨 음모가 들어 있다. 이 여자는, 나에게 가까이 다가오기 위해 환심을 사려 하고 있다. 일단 친해진 다음에 천주학에 젖어 있는 나의 내면을 확실하게 점검하려 들 것임이 틀림없다. 가슴이 답답해졌다. 하늘과 땅을 덮고 있는 어둠이 그의 몸을 옥죄고 있었다. 어깨를 들어 올리면서 심호흡을 했다. 의혹이 그의 영혼을 흔들어 댔고 속에서 울화가 솟았다.

고개를 저으면서 마음을 가라앉혀야 한다고 자신을 타일렀다. 죽을 한 숟가락 떠서 불에 비추어 보았다. 전복살과 보리와 조와 수수를 갈고 거기에 미역과 다시마를 넣어 쑨 죽이었다. 물고기를 낚기 위해 던지는 낚싯대와 거기에 꿰는 미끼를 생각했다. 이런 낚싯대에 걸릴 내가 아니다. 그는 죽그릇을 윗목 구석으로 밀어 놓았다.

골짜기 쪽에서 툭탁거리는 발소리가 들려왔다. 어험, 하고 인기척을 하고 있었다. 이장 윤강순이었다. 머리끝이 쭈삣 섰다. 그러면 그렇지. 조금 전에 다녀간 여자가 혼자서 여기에 왔을 리 없다. 이장과 둘이서 왔을 터이다. 그는 태연을 위장하고 이장이 들어오기를 기다렸다.

"나리, 소인 윤강순입니다이."

그는 쓴 입맛을 다셨다. 섬사람들이 말끝에 붙이곤 하는 '~이'

의 느릿한 억양이 싫었다. 그 속에 어떤 음모가 깔려 있는 듯싶었다. 심호흡하고 나서 태연스럽게 말했다.

"들어오시게나."

이장은 망건 위에 탕건을 쓰고 흰색 바지저고리 위에 반물색 마괘자를 입고 있었다. 들어오자마자 킁킁, 하고 냄새를 맡았다. 윗목 구석에 있는 뚝배기를 발견하고 거기에 들어 있는 죽을 본 이장은 "요거 누가 가져왔사옵니까요?" 하고 물었다.

모른다고 하자 이장은 고개를 갸웃거렸다. 은수저와 은젓가락을 이리저리 살폈다.

"아니, 어째서 따뜻할 때 안 잡수시고……."

"저녁 먹은 지가 오래지 않아서."

"요르쿨로 죽을 쑤어 갖고 이 어둠 속을 헤치고 산속 서당까지 갖다 드린 사람의 정성을 봐서라도 시방 따뜻할 때 한술 뜨세야 지라우이."

이장은 뚝배기를 약전 앞으로 가져다 놓고 혼잣말로 중얼거렸다.

"자기 아들을 서당에 보내는 누군가가 이것을 가져다 디렸다면은 분멩히 자기를 밝을 터인디이? 그런디 우리 마을에서 이런 은수저 은젓가락을 가지고 있을 만한 사람이 누굴꼬?"

잠시 고개를 갸웃거리던 이장이 무릎을 탁 치고 탄성을 질렀다.

"아하아! 맞습니다이! 거무! 그 아이가 가져온 것이 틀림없는 것 같구만이라우. 하아! 거무! 맞습니다이. 거무!"

이장은 약전의 두 눈을 뚫을 듯이 건너다보았다. 약전은 방바닥을 향해 눈을 내리깔았다. 속으로 이장의 음모를 비웃고 있었다. 네놈의 희롱에 쉽사리 휘둘릴 내가 아니다.

"아이고, 나리께서는 복도 많으십니다이."

약전의 머릿속에 그 여자의 얼굴이 떠올랐다. 그가 이 섬에 들어온 이튿날 이장 집을 안내해 준 과년한 처녀. 그 여자가 다녀갔을까. 가슴이 벅차올랐다. 그는 경망해지고 있는 한 양반 놈을 꾸짖었다. 그 처녀가 날이 저물어진 때에 산중에 있는 서당까지 올리 없다. 이장 윤강순이 시방 나에게 알 수 없는 수작을 부리고 있다.

"하하아, 요르쿨로 유쾌한 때 술이 없어서는 안 되지라우잉."

이장이 몸을 일으켰다. 이 어둠을 뚫고 어떻게 마을까지 술을 가지러 간다는 것이냐고 말렸지만 이장은 "잠시만 기다리시씨요이. 소인한티 손오공에게서 얻은 기막힌 요술 지팽이가 있응께라우." 하며 밖으로 나갔다.

약전은 야울거리는 접싯불을 바라보았다. 이장이 그 여자와 나를 가까워지게 하고 그 여자를 첩자로 하여 나의 내면을 살피려는 것이다. 그의 머릿속에 어둠을 헤치며 혼자 돌아가고 있을 그 여자의 모습이 그려졌다. 기름한 윤곽에 살빛이 가무잡잡한데다 코의 운두가 뚜렷하고 입술이 얄따랗고 눈 뚜껑이 약간 부은 듯하고 귓바퀴가 작은 소라 껍데기 같은 얼굴. 그는 이를 굳게 다물었다. 어떠한 경우에도 섬사람들에게 깊은 마음을 주지 말라던 아내의 말이 떠올랐다. 믿을 수 없다. 믿어서는 안 된다.

밖에서 부스럭거리는 소리가 나더니 이장이 문을 열고 안으로 들어왔다. 보릿가루에 수숫가루를 섞어 빚은 듯한 분청자기 호로병 하나와 꼬챙이로 꿰어 구운 농어 한 마리를 손에 들고 있었다.

"우리 먼 일갓집에서 내일 지사를 지낸다고 담은 것입니다이. 소인이 독주로 조깐 걸러 주라고 해 갖고 왔는디, 나리를 놀라게 해디릴라고 아까 들어옴스롬 사립에다 숨겨 놓았구만이라우, 히히히……."

이장이 사발에다가 술을 따라 주었다. 노른빛이 도는 탁배기였다. 잡곡 술의 시금하면서도 고소한 향기가 콧속으로 파고들었고, 그것이 폐부 속을 휘저었다. 그는 코를 벌름거리며 술 향기를 거듭 들이켰다. 아우 약용과 나주 율정에서 헤어지면서 마신 뒤로 처음 대하는 술이었다. 그는 남달리 술을 즐겼다. 유학 선비로서 성인들의 말씀대로 살아가려고 삼가고 착하게 살려고 애를 쓰면서도 문득 답답하게 굳어지는 삶을 술로 풀곤 했다.

술 한 모금을 입에 머금었다. 새콤하면서 달크무레하고 알싸한 맛이 혀끝과 입천장을 자극했다. 목구멍으로 넘겼더니 알싸함이 목구멍과 배 속으로 번져 갔고 가슴을 적시며 전신으로 퍼져갔다. 온몸이 새콤달콤한 전율 속에 빠져 들었다. 단숨에 들이켰다. 그것은 한겨울의 먹구름 속에서 쏟아지는 다사로운 햇살 같은 환희였다. 잔을 이장에게 건넸다. 이장은 술을 마시면 가슴이 우둔거려서 금하고 살아왔다며 반 잔도 못 되게 받았다.

곧 빈 잔이 그에게 되건너왔다. 이장이 그 잔에 술을 따르면서 "나리, 안주 잡수심스롬 천천히 드시씨요이." 하고 숟가락을 약전의 손에 잡혀 주었다. 가벼운 은수저를 한 바퀴 돌리면서 살폈다. 나에게 이런 귀한 선물을 한 까닭이 무엇일까. 그 사람은 누구일까. 그 여자가 틀림없을까.

다시 한 잔을 들이켰다.

'꿈속에서 계단을 정확하게 밟아 내려가거나 올라오는 자는 밤새도록 한 계단 한 계단을 밟고 오르내리느라고 잠다운 잠을 자지 못하지만, 일부러라도 발을 헛디뎌 곤두박질치는 사람은 그 꿈으로부터 깨어나 새로이 깊은 잠을 잘 수 있다. 우리 삶에서 술이 필요한 것은 그 까닭이다.'

'숙야잠', '사물잠'을 암송하게 하고 철저하게 조신하도록 이르던 녹암 선생이 술을 앞에 놓고 한 말이었다.

술을, 계단 아래로 곤두박질칠 정도로 마시곤 하는 것은 육신과 영혼을 황폐하게 한다. 그렇지만 가끔씩 그렇게 해서 막힌 것을 뚫어 주어야 한다. 한 잔을 더 들이켜고 트림을 두어 차례 하고 나서야 죽 한 숟가락을 떠먹었다. 전복죽의 비린 듯 달콤하고 고소한 맛이 혓바닥을 감치고 들었다. 그 맛이 아우 약용을 생각나게 했고, 그립고 쓸쓸하고 슬픈 생각 속으로 빠져들게 했다. 가슴 한복판이 답답해지면서 쓰라려지고 코끝이 시큰해지고 눈에 뜨거운 것이 고였다.

밟아 가던 계단을 헛디디고 헤아릴 수 없도록 깊은 밑바닥으로 곤두박질쳐 엉엉 울어 버리고 싶었다. 울다가 악몽 같은 삶에서 깨어나고 싶었다. 깨어나서 전혀 다른 새 삶을 꾸려 가고 싶었다. 지금까지 입은 모든 옷 벗어 팽개치고 새 옷으로 갈아입고 싶었다.

술을 한 사발 들이켜고 나서 죽을 떠먹었다. 죽 속에 들어 있는 전복살이 오독 씹혔다. 그는 비린 생선을 좋아하지 않았다. 비린 것은 삶거나 구워야 달게 먹었다. 물고기보다는 육고기를 더 잘 먹었다. 죽을 가져다준 사람은 그의 식성을 잘 알고 있는 듯싶었다.

호로병의 술을 약전이 다 마셨다. 독한 술이었다. 눈앞이 어릿어릿했고, 머릿속이 몽롱해졌다. 아우 약용은 강진의 주민들로부터 괄시를 받지나 않을까. 천주학쟁이와 가까이하면 역적으로 몰려 죽는다고 주민들이 모두 자기네 사립에 발도 못 붙이게 하지나 않을까. 거처를 정하지 못하고 남의 헛간에서 잠을 자는 것은 아닐까. 나주 율정에서 헤어지던 아우의 모습이 눈에 선히 그려졌다. 아우는 그의 옆구리에 얼굴을 묻으면서 흐느껴 울었다.

"형님, 우리 시방 헤어지면 언제 다시 만나게 되옵니까?"

"아우야, 하늘 같은 내 아우야, 한사코 귀한 몸 보전 잘하거라."

약전은 눈물이 질펀거리는 아우의 얼굴을 손바닥으로 감싸면서 울었다. 선비들이 밝은 햇살 아래에서 채신머리없이 소리 내어 울다니……. 그러나 강추위 속에서, 절해고도인 흑산도와 강진으로의 멀고 먼 유배 길에 올라 있는 그들 형제의 기약 없는 헤어짐은 근엄한 선비의 체통을 일시에 무너뜨렸다. 그들을 외면한 채 먼산바라기를 하고 있던 나장이 갈 길이 멀다고 재촉을 했을 때야 어찌할 수 없이 서로의 소매를 놓고 물러났다. 한쪽은 강진으로 가고, 다른 한쪽은 배를 타기 위해 다경포 쪽으로 가면서 두서너 걸음 만에 한 번씩 서로를 돌아보았다. 약전은 산모퉁이 저쪽으로 사라지려 하는 아우를 향해 손을 흔들면서 악쓰듯이 소리쳐 말했다.

"아우야아! 뭐든지 잘 먹고 기어이 살아 배겨라. 우리 다시 살아서 만나자아!"

산골짜기의 메아리가 그의 말을 흉내 내고 있었다. 아우도 그를 향해 소리쳐 말했다. 아우의 말도 메아리가 되어 울렸다.

"형니임, 기어이 살아서 다시 만납시다아."

이장은 그에게 구운 농어살 한 점을 떼어 주고 아랫목 구석에 둘둘 말려 있는 괴죄죄하고 구중중한 이부자리를 가리키면서 말했다.

"좌랑 나리, 첩을 얻으세야 쓰겄구만이라우. 하룻밤 잘라고 만리장성을 쌓는다고 안 합니껴? 이 섬에서 단 한 해를 사시더라도 아낙 손으로 지은 진지를 드세야 합니다이. 잘 잡수시고 양생을 하세야 모진 갯바람을 잘 견드시게 되시제라우이."

약전은 야울거리는 접싯불을 보았다. 이장이 첩자를 붙여 놓으려 하고 있다. 이것은 관헌 아전이 시킨 일일 것이다.

"죄인한테 첩이라니?"

고개를 젓고 있는 그의 머릿속에 그 여자가 첩이 되어 밥과 국을 끓여 준다면 얼마나 좋겠느냐는 생각이 일었다. 남자 혼자서는 못 산다. 남자에게는 여자가 필요하다. 남자는 부족한 존재이다. 〈천주경〉에도 그랬다. 남자는 여자로 말미암아 비로소 완성된다고. 〈천주경〉의 저자는, 대지에 뿌리를 박고 물을 빨아 마시지 않으면 생명을 유지할 수 없는 나무 같은 남자는 운명적으로 결핍(옆구리 뼈 하나를 잘라 냄)의 상실감을 안고 사는 존재이며, 애초에 남자의 그 결핍으로 인하여 만들어진 여자가 그것을 채워 주지 않으면 안 된다고 하였다.

이장이 약전의 얼굴을 흘긋 건너다보고 나서 조심스럽게 말했다.

"소인의 말씀대로 첩을 얻으심이 백번 천번 좋을 것이옵니다이. 열 살 되든 해부터 고아로 살고 있는 처녀가 하나 있는디라우, 올해 열여덟 살 되는 지씨 성을 가진 숫처녀구만이라우. 얼굴이나 자태가 천출답지 않게 곱고 늘씬해라우. 아부지가 어디선가 머슴살이를 했든 모냥인디, 주인집 새 각시 과부하고 배가 맞어 갖고 도망쳐 들어온 것이 분명했구만이라우. 한여름 밤 비바람 속을 뚫고 나뭇잎 싹만 한 배를 타고 표류해 들어왔습니다이. 그 사람이 얼마나 착해 빠졌는지, 동네 궂은일은 다 해주고 그랬는디 농어를 잡을라고 나갔다가 큰바람을 만나 갖고 죽었구만이라우. 각시는 물질을 배워서 전복, 소라, 미역 채취하고 문어 잡아 묵고 살다가 갑자기 괴질로 죽어 뿔고 그 불쌍한 것 하나가 남았소이. 잠녀들 따라댕김스롬 물질을 배워 갖고 죽은 즈그 어메보다 훨씬 잘 잡어라우. 자태도 그렇게 곱고 갯일도 아주 잘하는디 이상하게도 혼인발이 안 서서 혼기를 놓치고는 시방까지 혼자 살고 있소이. 들리는 말로는 즈그 어메한테 글을 솔찬히 배웠다등만이라우. 얼마 전부터 수군 별장 놈이 그 아이를 어떻게 데리고 살어 볼라고 자꾸 쫓아댕김스롬 집적거리는디 그 아이가 매섭게 뿌리치기도 하고 이리저리 피해 뿔기도 하고……. 그라제마는 아마 좌랑 나리라면은 그 아이가 따라 살 것이구만요. 그르쿨로 되기만 하면은 나리께서 여그 사시는 동안 내내 끼마다 숟가락이 무거울 것잉만이라우."

약전은 속으로 아하, 하고 부르짖었다. 혹시 조금 전에 다녀간 것이 그 처녀 아닐까. 가슴이 뜨거워지면서 우둔거렸다. 간곡한 권유를 못 이기는 체하며 받아들일까. 첩으로 들어온 그녀가 나

사는 모습을 속속들이 이장한테 일러바치면 어찌할까. 그럴지라도 데리고 살자. 천주학 신앙하는 흔적을 보여 주지 않으면 될 것 아닌가. 그 처녀를 받아들이지 않겠다고 왼고개 틀어 버리는 것이 오히려 윤강순이나 아전들을 불안하게 하고 불쾌하게 할지도 모른다.

그는 맞은편 바람벽을 건너다보고 고개를 저으며 말했다.

"한두 해쯤 지나면 해배되어 돌아갈 터인데……."

"권하는 장사는 밑지지 않는다고 했습니다이. 소인의 청을 뿌리치지 마시씨요이. 그 아이 만나 보면 소인의 진정을 아실 것이옵니다이."

접싯불의 심지가 톡 터지는 소리를 냈다. 한데, 그 처녀 집에 웬 은수저가 있을까. 그것을 왜 나한테 가져다준 것일까. 은수저가 가지고 있는 알 수 없는 기운이 그의 가슴으로 날아왔다. 그 아이가 혼기를 놓친 사연이 이 은수저하고 관련된 것은 아닐까. 허공을 쳐다보았다.

"첩으로 들이는 것은 뭣하고…… 하루 한 차례씩 다니면서 부엌일이나 빨래를 좀 해주었으면 좋겠구먼."

이장이 펄쩍 뛰었다.

"아이고! 백번 첩으로 얻어야 쓰지라우이! 그 싱싱한 것이 나리 옆에 기거함스롬, 나리 안 불편하시게 하나에서 백까지 모든 수발을 다 들어 드려야지라우이. 그럼스롬 아들도 낳고 딸도 낳고……."

그날 밤 괴이한 꿈을 꾸었다. 깊은 웅덩이 속에 갇힌 채 우물을 파는 꿈이었다. 땀을 뻘뻘 흘리면서 땅을 파고 또 파도 물은 나오지 않았다. 시꺼먼 그림자가 웅덩이 위쪽에 선 채 그를 감시했다. 소흑산도로 유배 오기 전에 그를 국문하던 자였다. '물이 나올 때까지 파야 한다.' 하고 검은 그림자가 말했다. 어디선가 많이 듣던 목소리였다. '그대가 시방 왜 거기에 떨어진 줄 아느냐? 천주님을 배반한 죄다.' 아, 이가환의 목소리다. 그것을 알아차린 순간, 그가 우벼 파던 흙이 거대한 여자의 하얀 맨살로 바뀌었다. 그 맨살은 건조했다. 얼른 물이 나와야 하는데, 하고 안타까워하면서 맨살을 우벼 댔다. 여자의 맨살이 새빨개졌다. '피가 나오지 않고 물이 나와야 해.' 하고 그림자가 말했다. 안간힘을 쓰며 여자의 맨살을 파고 또 팠다. 그 맨살에서 시뻘건 피가 터졌고 그것이 그의 얼굴로 쏟아졌다. 으악, 소리를 지르며 잠에서 깨어났다.

그의 몸이 땀에 흠뻑 젖어 있었다. 창문이 묽은 수묵처럼 연한 회색으로 칠해져 있었다. 어깨를 들어 올리고 가슴을 펴면서 심호흡을 했다.

그가 웅덩이에 들어가 땅을 우벼 파는 악몽을 처음 꾼 것은 신지도에 유배되었을 때였다.

밤이면 몸을 웅크리고 자야 했다. 군불을 넣지 않은 방바닥에서는 한기가 올라왔다. 머릿니와 벼룩과 빈대에게 피를 뜯겼다. 가려운 곳을 긁으면서 엎치락뒤치락하다가 잠이 들면 그 악몽 속으로 빠져 들곤 했다.

유배되어 온 지 닷새째 되는 날 마을 앞에 역사가 벌어졌다. 당산나무 옆에 있는 밭 귀퉁이에 우물을 파는 것이었다. 갈수기가 시작되면 밑바닥이 드러나곤 해 더 깊이 파는 것이었다.

그 역사가 벌어진 곳으로 갔다. 깊은 구덩이 속으로 들어간 장정 둘이 판 진흙을 소쿠리에 담아 주면 그 소쿠리에 달린 새끼줄을 구덩이 시울에 선 사람들이 허리를 굽힌 채 땀을 뻘뻘 흘리면서 끌어올리곤 했다. 약전은 그들에게 "잠깐, 내가 좋은 꾀 하나를 가르쳐 주겠네." 하고 말했다. 사람들이 일을 중단하고 약전의 말에 귀를 기울였다. 그는 땅바닥에 그림을 그려 가면서 설명했다.

"이렇게 세 개의 말목 끝을 한데 묶고, 그 한가운데에 도르래를 달게나. 말목의 발 셋을 우물 시울에 비스듬히 세우고 도르래를 이용해 흙소쿠리를 끌어 올리게."

허리 구부정하고 머리털 허연 이장이 돛대 끝에 달아 쓰는 도르래와 말목 셋을 가져오게 하여 기중기를 만들었다. 그것을 이용하자 일이 아주 쉬워졌다.

사흘째 되는 날 물이 보였고, 나흘째 되던 날부터 우물 밑바닥에 맑은 물이 넉넉하게 고였다. 엿새째 되는 날 우물 가장자리에 석축을 했다. 석축 할 돌덩이들을 내릴 때도 기중기를 이용하였다. 보름째 되는 날 우물 울력이 끝났고, 구정물을 다 퍼낸 다음 제물을 차려 놓고 제를 지냈다. 모두들 절을 했다. 탁배기를 한 잔씩 하고 우물 가장자리를 빙글빙글 돌면서 풍물을 쳤다. 상쇠가 천지신명과 지신께 비나리를 했다. 석 달 가뭄이 아니라 3년 가뭄이 들어도 물이 펑펑 나오게 해달라고 구성지게 빌었다.

펑펑펑 솟아라, 맑은 물만 솟아라, 하며 꽹과리를 쳤다. 북과 장구와 소고들이 뒤따라 같은 가락을 쳐댔다. 구경꾼들도 덩실덩실 춤을 추며 물이 펑펑 나오라고 비나리를 했다.

이튿날 아침 마을 사람 여덟이 자기 아이들을 데리고 왔다. 모두가 남정네들인데 단 한 사람이 젊은 아낙이었다. 얼굴과 몸매가 고혹스러웠다. 약전은 그 아낙의 얼굴로 달려가 눌어붙곤 하는 눈길을 얼른 다른 사람들에게 옮기곤 했다. 아낙의 몸매는 호리호리했고 얼굴 살갗은 가무잡잡했고 윤곽은 동글납작했고 구멍새들은 큼직큼직했다. 눈썹 밭이 두꺼웠고 고리눈이었고 흰자위가 많았고 검은자위가 새까맸다. 입술은 두꺼웠고 목은 가늘었다. 흰 치마허리가 잘록했다. 앞가슴은 두두룩했다. 어디에서인가 본 듯한 아낙이다 싶었다. 약전은 가슴이 우둔거렸다. 혀를 아프게 깨물었다. 그 여자가 마귀라고 생각되었다. 그 마귀에게 홀리면 안 된다고 마음을 다졌다.

사람들이 데리고 온 아이들은 떠꺼머리에 코흘리개들이었다. 한데 모두 빈손이었다. 다른 사람들은 허리만 굽적하고 아이들을 놓고 가는데 아낙은 땅바닥에 엎드려 큰절을 했다. 손가락에서 은반지를 빼내어 자기 아이의 손에 쥐여 주었고, 그 아이는 그것을 두 손으로 받쳐 든 채 무릎걸음으로 약전에게 다가와서 바치려고 했다. 열 살쯤 되어 보이는 그 아이는 머리를 쪼록쪼록 땋아 늘이고 있는데 어머니를 많이 닮은 얼굴이었다.

약전은 은반지를 든 아이의 손을 밀어내면서 근엄하게 말했다.

"성인의 말씀을 가르치는 일하고 이것하고 바꿈질할 수는 없느니라."

아낙은 고개를 떨어뜨린 채 부끄러워했다. 가무잡잡한 얼굴에 홍조가 번져 갔다. 입을 굳게 다물자 양 볼에 보조개가 팼다. 그것을 보는 순간 보조개 같은 우물 두 개가 그의 가슴 한가운데에 패었고 오소소 진저리를 쳤고 입안에 고이는 침을 꿀꺽 삼켰다.

그가 깊은 웅덩이 속에 들어가 땅을 파헤치고 물을 구하는 꿈을 꾸기 시작한 것은 그날 밤부터였다.

해가 바야흐로 서쪽 산마루에 걸려 있을 무렵에 이장 윤강순이 아내와 함께 찾아왔다. 비낀 치자 빛 석양이 왕거미줄처럼 소나무 숲에 걸려 있었다. 이장의 아내는 저녁밥 담은 대바구니를 손에 들고 있었다. 이장은 여느 때처럼 마루에 올라와서 무릎을 꿇고 절을 했지만, 그의 아내는 뜰에 엎드려 방 안의 약전을 향해 절을 올렸다. 이장은 그의 아내가 절을 하고 나자 서둘러 그녀를 돌려보내고 조심스럽게 말했다.

"잠시 뒤 어둑어둑해지면은 마을 유지 몇이 이리로 나리를 뵈러 올란다고 했사옵니다이. 뭔 일인가는 몰겄는디, 좌우당간에 긴히 드릴 말씀이 있다고 한께 아이들을 조깐 일찍 돌려보내셨으면 하옵니다이."

그는 이장의 얼굴을 불안스러운 눈길로 건너다보았다. 대관절 무슨 일 때문에 떼로 몰려온다는 것인가. 내가 그사이에 아이들에게 잘못 가르친 것이 있었던 것인가.

이장은 약전의 눈길을 피하며 고개를 떨어뜨렸다. 약전은 불안해지는 심사를 어찌하지 못한 채 서당 아이들에게 말했다.

"오늘 저녁에는 마을 어른들하고 긴히 의논할 일이 있으니, 얼른 글 외워 바치고 내려가도록 하거라."

아이들은 앞다투어 선생의 무릎 앞에 책을 펼쳐 놓은 다음 등을 두른 채 무릎을 꿇고 앉아 그날 배운 글을 외워 바쳤다. 약전은 아이들이 외는 것을 다 들으면서 "그래, 됐다." 하기도 하고 틀린 부분을 바로잡아 주기도 했다. 글을 바친 아이는 두 손을 짚고 이마가 방바닥에 닿도록 숙여 약전에게 절한 다음 고삐 풀린 부룩송아지처럼 밖으로 퉁퉁퉁 내달렸다.

아이들이 다 돌아가자 이장이 약전에게 "나리, 사실은 소인이 거짓말을 했구만이라우. 소인을 용서해 주시씨요이." 하고 사죄했다. 약전은 이장의 얼굴을 말없이 건너다보았다. 이장은 나지막한 목소리로 "오늘 저녁에는 소인이 하자는 대로 역정 내지 마시고 따라 주셌으면 하옵니다이." 하고는 몸을 일으켰다. 그리고 밖으로 나가더니 한참 만에 한 처녀를 데리고 돌아왔다. 수줍어 고개를 깊이 숙인 처녀를 보는 순간 약전은 자기도 모르는 사이에 허공으로 얼굴을 쳐들면서 입을 벌렸다. 정수리에 아픈 금 하나가 그어지고 가슴 한복판에서 불덩이 하나가 뭉쳐졌다.

처녀는 흰 저고리에 반물치마를 받쳐 입고, 자그마한 옷 보따리를 앙가슴에 안고 있었다. 머리채를 허리까지 늘어뜨린 그녀는 땅만 내려다보고 있었다. 반곱슬인 머리칼 몇 오라기가 이마와 볼로 흘러내려 와 있었다. 얼굴이 갸름했다. 속눈썹이 기다란 두 눈을 내리깔고 있었다. 오뚝한 콧등과 잘 익은 앵두색 입술과 이마와 귓바퀴가 반짝 빛을 되쏘았다. 동그스름한 어깨와 귓바퀴 뒤쪽으로 저녁노을이 막 피어오르고 있었다. 진달래꽃 색의 노을. 서산마루에 걸려 있는 솜털 같은 구름장이 진달래 꽃물에 흠뻑 젖어 있었다.

"일래 그라고 서 있기만 할 것이라냐? 나리께 인사 안 올리고, 잉?"

이장이 꾸짖듯 말을 하자, 처녀는 방 안으로 들어와 옷 보따리를 놓고는 두 손을 이마에 대고 큰절을 했다. 처녀의 얼굴과 저고리가 진달래꽃 색의 황혼빛에 젖어 불그죽죽했다. 어떤 거대한 힘인가가 그와 그녀의 만남을 위해 황혼을 피어오르게 하고 있었다. 그는 넋을 잃은 채 처녀의 얼굴을 건너다보았다. 그녀의 속살과 영혼까지도 그 꽃물 빛일 듯싶었다. 그는 어지럼증 속으로 빠져 들어갔다.

처녀는 무릎을 꿇은 채 눈을 깊이 내리깔았다. 눈꺼풀은 약간 부어 있는 듯싶고, 콧날은 부드럽게 흘러내렸고, 입술은 얄따랬다.

약전은 말을 잃어버렸다. 얼른 무슨 말인가를 해야 할 것 같은데, 어지럼증으로 말미암아 머릿속이 하얗게 바랬다. 어린 시절부터 읽고 쓰고 하여 온 성인의 말씀과 닦아 온 예절들이 씻은 듯 없어져 버렸다. 몸뚱이 전체가 하얀 진공이 되어 버렸다. 그는 백치처럼 허공을 쳐다보았다.

이장이 방바닥에 두 손을 짚은 채 약전을 향해 무슨 말을 하려고 하다가 그만 마른 입술에 침만 바르더니, "나 내려갈란께 거무 얼른 저녁 차려 올려라이." 하고 처녀에게 타이르듯 말했다.

거무라는 이름이 약전의 머릿속을 주름잡았다. 그 이름이, 앞에 앉은 처녀의 몸을 섣불리 가까이할 수 없는 순박함과 어떤 신성함을 느끼게 했다. 그는 고개를 저으며 "안 되네. 그냥 데리고 가게나." 하고 무뚝뚝하게 말했다. 오래지 않아 해배되면 돌아갈 몸으로 이 순박하고 신성한 처녀를 가까이해서는 안 될 듯싶었다. 그 처녀는 성령으로 그분을 잉태하여 낳은 성처녀 같았다. 그로서는 감히 손댈 수 없는 고결한 존재일 듯싶었다. '거무'라는 이름과 그녀에게서 번져 오는 아릿한 체취와 다사롭고 그윽한 분위기가 그를 전율하게 했다.

"아따아, 나리, 어째 이라십니껴. 아무 말씀 마시옵고 소인이 권하는 대로 하시씨요이. 거무 이 아이, 여그에 오기 전에 소인하고 한 말이 있구만이라우. 사실은, 나리께서 여그에 막 들어오신 날, 나리 얼굴을 대한 순간부터 나리를 모시고 싶었당만이라우. 그 뒤로 쭉 밤잠을 제대로 못 잠스롬 은밀하게 머시기해 온 이 아이의 애타는 마음을 거두어 주시씨요이. 소인이 생각하기로 모든 것이 운명인 것 같구만이라우."

산골짜기의 황혼은 오래가지 않았다. 노을의 색깔이 흐려지면서 암울해지더니 미세한 숯검정 가루 같은 땅거미가 숲에서 기어 나왔고 땅에서 솟았다.

약전은 이장의 말에 대꾸하지 않고, 불을 밝히기 위해 화롯불을 뒤적거렸다. 몽근 재 속에 홍보석처럼 파묻혀 있던 알불이 불거졌다. 유황 곶을 꺼냈다. 헌 대바구니에서 뜯어낸 가느다란 대오리 끝에 이슬방울 같은 연둣빛 유황 한 방울을 붙여 놓은 곶. 손끝이 하늘하늘 떨려 잡고 있던 유황 곶을 떨어뜨렸다.

"나리, 이리 주시씨요이."

이장이 유황 곶을 받아 불을 댕겼다. 곶 끝에 도깨비불처럼 파르무레한 불이 일어났다. 그것을 상어기름 접시 시울에 머리를 기댄 심지에 갖다 댔다. 불이 붙었다. 접싯불은 부엌 쪽 바람벽에 뚫려 있는 오목한 구덩이에 있었다. 그 구덩이의 부엌 쪽에 흰 창지가 발려 있었다. 그 불은 방 안과 부엌을 동시에 밝혔다.

"나리, 소인은 이만 어두워지기 전에 내려갈랍니다이."

이장은 약전을 향해 이렇게 말을 하고 거무에게 "나리 잘 모시도록 하그래이." 하며 몸을 일으켰다.

약전은 불을 등진 채 맞은편 바람벽 한가운데 있는 서창을 바라보기만 했다.

거무는 부엌으로 가서 밥상을 차렸다. 이른 봄이었다. 초여드레 으스름달이 서쪽 하늘에 떠 있었다. 약전은 반가부좌를 하고 눈을 감았다. 외딴섬으로 유배와 서당 훈장을 하며 우렁이 각시 같은 처녀를 첩으로 삼는다. 꿈만 같다. 내 이렇게 살아도 되는 것일까. 한두 해 뒤 유배가 풀리게 되면 이 처녀를 어찌할 것인가. 경기도로 데리고 간다면 아내가 얼마나 실망할 것인가. 이 처녀가 아이를 낳는다면 서출이다. 그 아이는 벼슬길에도 나아가지 못하고 평생 하시당하면서 살아야 한다.

거무가 개다리소반을 들고 들어왔다. 상 바닥 한가운데 자리 잡고 있는 하얀 장 종지를 중심으로 두 사람의 밥그릇과 미역국 그릇, 파래 김치 보시기 따위가 양쪽에 배열되어 있었다. 물론 그것은 거무가 만든 것들이 아니고, 이장의 아내가 가져다 놓은 것을 소반 위에 차려 들고 온 것이었다.

약전은 하얀 종지 속에 담긴 검은 장을 내려다보았다. 간소한 밥상 중앙에 자리하고 있는 장 종지. 파래 김치 보시기와 미역국 두 사발과 잡곡밥 두 그릇을 거느리고 있는 이 장 종지는 무엇인가? 거친 바다 한가운데 떠 있는 섬에 들어와 있는 나와 이 처녀 사이에 놓인 이 개다리소반 위 음식물들의 한가운데 있는 이 하얀 종지 속의 검은 액체, 그것은 나의 내부 나의 우주 속에서 무엇인가.

아버지는 밥상을 받으면 언제든, 장 종지에서 간장 반 숟가락쯤을 떠 입에 넣고 소리 나지 않게 입맛을 다신 다음 침을 울구어 삼키고 다른 음식을 먹기 시작했다. 그 모습은 의식처럼 숭엄해 보였다. 반가부좌를 하고 허리를 꼿꼿이 세우고 가슴을 펴고 턱을 끌어당기고 눈을 약간 내리깔고 근엄한 표정을 지은 채 장맛을 보면서 흐트러져 있는 정신을 한데 끌어 모았다. 아버지는 장맛을 통해 어떤 정신과 만나고 있었다.

허리 꼬부라지고 머리칼 하얗게 센 할머니는 늘 장독에 신경을 썼다. 콩을 삶아서 메주를 쑤는 날, 메주를 띄워 간장을 담그는 날, 간장독의 시울 밑 부분과 불룩한 배 윗부분에다 금줄을 두르고 그 금줄에 빨간 고추와 길쭉한 참숯을 꿰어 달고, 참숯덩이 네댓 개를 독 안에 넣어 띄우는 일을 몸소 지휘 감독하곤 했다. 그런 날에는 아랫것들로 하여금 꼭두새벽에 찬물 목욕을 하게 하고 새로 빨아 다림질한 옷을 입도록 하고 머리에 흰 수건을 쓰게 했다. 그날을 앞두고는 아랫것들의 달거리 날짜를 일일이 확인했다. 달거리 치르고 있는 아낙은 골방에 가두어 두고 장독 옆에 얼씬도 못 하게 했다. 메주와 소금을 만지다가 측간에 가는 경우에는 다녀오자마자 손을 씻게 하고 후원을 세 바퀴 돌게 해 몸에 밴 냄새를 바람결에 말끔하게 씻은 다음 일을 하게 했다.

간장은 신성함으로 돌돌 뭉쳐진 것이었다. 정성을 다해 간장을 담가 놓으면 밤에 칠성신이 내려와서 그윽한 맛과 향기를 뿌려 놓고 간다고 할머니는 믿었다. 칠성신이 뿌린 맛과 향기가 어려 있는 간장이라야만 가족들의 건강을 지켜 준다고 믿었다.

할머니는 모든 가족들이 밥을 먹기 직전에 붉은빛이 도는 흑갈색 간장을 반 숟가락쯤 먼저 입에 떠 넣어 먹어 보고 다른 음식을 먹게 했다. 그래야만 더러운 역신이 범접하지 못한다는 것이었다.

약전도 식사할 때는 아버지가 늘 그러하듯 반드시 간장 반 숟가락쯤을 먼저 입에 떠 넣어 한동안 머금었다가 삼키곤 했다. 흑산도에 들어온 이후에도 그랬다. 혀끝을 타고 전신으로 물결무늬처럼 번져 가는 고소하고 짠 장맛은 육신을 썩지 않게 하고 잠들어 있는 정신을 깨어나게 한다고 믿었다. 그 짠맛은 또한 세상을 썩지 않게 한다고 여겼다. 장 종지는 집으로 치자면 후원에 있는 사당일 터이다. 사당의 정신은 사랑방의 아버지에게로 이어진다. 그 아버지를 우주로 치자면 저 높은 곳에 계신다는 천주이다.

거무와의 첫 밤을 맞이하면서 간장의 짠맛으로 몸과 마음을 깨어나게 하고 싶었다. 그녀와의 만남이 영원히 육신을 상하지 않게 하고, 정신을 깨어나게 하는 계기가 되게 하고 싶었다.

거무는 밥상을 그의 앞에 놓고 맞은편 자리에 무릎을 꿇고 앉았다. 약전은 가슴이 벅차올랐다. 이장이 뱉고 간 말이 떠올랐다. '나리 얼굴을 대한 순간부터 나리를 모시고 싶었당만이라우. 그 뒤로 쭉 밤잠을 제대로 못 잠스롬 은밀하게 머시기해 온 이 아이의 애타는 마음을 거두어 주시씨요이.' 이 처녀는 왜 유배살이 하는 나를 모시려 한단 말인가.

그는 운명을 생각했다. 우주는 나와 거무의 운명이 대오리문의 창살처럼 엮이고 짜이도록 작용하고 있다. 어지럼증이 일었다. 숭엄한 우주의 작용이 강한 흡인력으로 그를 빨아들이고 있었다.

장 종지를 들여다보는 그의 눈에 눈물이 어렸다. 눈물을 말리기 위해 눈을 크게 벌려 뜨고 끔뻑거렸다. 울음이 넘어오지 않게 하려고 심호흡을 했다. 장 종지를 중심으로 배열된 밥그릇과 국그릇과 파래 김치 그릇들과 두 사람의 숟가락과 젓가락으로 눈길을 옮겼다. 그의 눈길은 은수저와 은젓가락 위에 머물렀다. 상어기름 불이 또드락 하고 소리를 냈다. '슬픈 혼례!' 허공으로 눈길을 옮겼다. 대들보에 머리를 묻은 서까래들 사이로 그을음 같은 그림자가 움직거리고 있었다.

'아버지, 시방 저는 첩을 맞이하고 있사옵니다. 이 처녀가 자기를 희생하여 어머니처럼 저를 길러 줄 것이옵니다. 이것은 어찌할 수 없는 선택, 이 섬에서 건강하게 살다가 돌아가고자 하는 방편이옵니다. 허락하여 주시옵소서.'

그 말을 속으로 지껄이고 나자 분위기가 더욱 숭엄해졌다. 그가 말한 아버지가 저 높은 곳에 계시는 그분이어도 좋고 돌아가신 아버지의 혼령이어도 좋다고 그는 생각했다.

숭엄한 분위기를 느낀 거무가 몸을 일으키더니 그를 향해 큰절을 올렸다. 그녀의 움직거림으로 말미암아 미세한 바람이 일었고, 그로 인하여 상어기름 불이 몸을 흔들었다. 불빛이 그녀의 한쪽 이마와 볼과 턱을 비추고 있었으므로 다른 한쪽의 얼굴은 그늘져 있었다. 그 명암 때문인지 얼굴 윤곽은 전보다 더 갸름하고, 코는 더 오뚝해 보이고, 우묵한 곳에서 빛나고 있는 두 눈동자는 까만 여의주처럼 느껴졌다. 뚜렷한 명암이 그녀의 얼굴에 신성함을 보태 주고 있었다. 절을 할 때 부풀었던 치마폭 속의 공기가 밖으로 새어 나왔다. 그 공기 입자 하나하나에 그녀의 몸 내음이 실려 있었다. 그녀는 절을 세 차례 한 뒤 무릎을 꿇고 앉았다.

"내 너에게 물어볼 것이 있느니라."

그녀에게서 미리 다짐을 받고 싶었다.

"내일이라도 뭍에서 사약이 온다면 너는 과부가 될 터인데 그래도 나를 원망하지 않을 테냐? 나는 이미 불혹을 넘어선 몸이고, 한양에 아내와 자식들이 있는 처지인데……. 또 만일, 네가 자식을 낳는다면, 평생 서자로서 천대를 받으며 살아야 할 터인데 그래도 좋다는 것이냐?"

거무는 고개를 깊이 떨어뜨린 채 눈길을 방바닥 한 점에 모으고 앉아 있었다. 나무나 돌로 깎아 만들어 놓은 좌상처럼.

약전은 거무가 대답하기를 기다리며 음영 짙은 그녀의 얼굴을 건너다보았다. 거무는 입을 열려고 하지 않았다. 두 사람의 침묵이 방안을 심연으로 가라앉혔다. 불이 또드락 소리를 냈다. 그는 심호흡을 하고 나서 "그래, 알았느니라." 하며 숟가락을 들었다. 거무가 이 자리에서 그에게 할 수 있는 대답은 오직 한 가지 '네'이거나, 말없이 고개를 끄덕거리는 것뿐이다. 뻔한 그 대답을 그가 구태여 요구하는 것과 거무가 그것을 뱉어 내는 것이 어떤 의미를 지니는가.

사실은, 그 뻔한 대답보다 더 먼저 듣고 싶은 말이 있었다. 어찌하여 혼기를 놓친 것이냐. 마을 사람들이 너를 아내나 며느리로 맞이하길 꺼리는 무슨 연유가 있는 것이냐. 거무란 이름은 누가 지었으며 어떤 뜻을 가진 말이냐. 은수저 은젓가락은 어디에서 난 것이며 누가 쓰던 것이고, 어찌하여 나에게 갖고 왔느냐. 혼기를 놓친 것이, 거무라는 이름이나 은수저 은젓가락하고 어떤 관련이 있지는 않느냐. 장 종지 속의 검은 액체를 숟가락 끝에 찍어 입에 넣었다. 그것은 훗날 묻기로 했다. 입안에 짜면서도 고소한 장맛이 퍼지고 있었다. 그것이 위와 비장과 소장 대장과 온몸의 피부들을 향해 이제 음식이 들어올 거라는 통기를 하고 있었다. 그 짜고 고소한 맛을 느끼며 한 생각이 그의 영혼 구석구석에 퍼지고 각인되었다. 이 처녀가 내 속으로 들어오고 있다. 아버지, 지금 나는 나의 운명과 처녀의 운명을 섞으려 하고 있습니다.

그녀도 그를 따라 숭엄하게 의식을 치르듯이 숟가락 끝으로 장부터 먼저 찍어다가 앵두 같은 두 짝의 입술 속으로 밀어 넣었다.

정체를 알 수 없는 거대한 짐승의 슬픈 울부짖음 같은 소리가 아련히 들려왔다. 그 소리가 방 안에서 맴을 돌았다. 무슨 짐승의 울음일까. 얼마나 먼 곳에서 울고 있을까. 약전은 산기슭의 바위에 앉아 밤하늘의 총총한 별 떨기를 향해 우는 고독한 짐승을 떠올렸다. 그 짐승은 사람의 형상을 하고 있을 듯싶었다. 유배살이를 왔다가 육지로 나가지 못하고 죽어 간 짐승의 원혼일까. 정수리에서 전율이 일어나 등줄기를 타고 흘렀다. 그 짐승의 한이 얼마나 깊었으면 저렇게 땅과 하늘을 흔들고, 듣는 사람의 애간장을 서늘하게 하는 것일까.

설거지를 마치고 들어온 거무가 대오리문을 등진 채 무릎을 꿇고 앉았다.

"저 소리 들리느냐?"

그가 물었다. 거무가 대오리문에 발린 창호지로 눈길을 보내면서 귀를 기울였다. 한동안 눈을 깜박거리고 있었다.

"무슨 짐승이 저리 슬피 우는지 아느냐?"

그사이에도 그 짐승의 소리는 간헐적으로 들려왔다.

"어우후우워엉, 어우후우워엉."

약전도 귀를 기울여 그 소리의 뿌리를 좇았다. 소리는 상어기름 불빛에 젖어 있는 방 안의 공기를 주름잡고 있었다. 달빛 비친 잔잔한 호수에 물너울 같은 파장이 번지고 있었다. 가슴에 번지는 얼룩 같은 무늬를 보듬은 채 거무의 얼굴로 눈길을 던졌다. 거무가 약전을 향해 말했다.

"앞개가 우는구만이라우."

"앞개라니, 마을 앞바다 말이냐?"

거무가 고개를 끄덕거렸다.

"날이 궂을라면은 저르쿨로 앞개가 구슬피 울어라우."

'아, 짐승의 울음소리 같은 저 소리가 산골짜기를 감돌아 흘러들어온 바다의 파도 소리라니!' 그는 문득 자기의 몸이 신화의 한쪽 끝자락에 친친 동여져 있다고 생각했다. 상어기름 불에 비친 음영 짙은 거무의 얼굴이 돌로 정교하게 깎아 놓거나 유백색으로 구워 놓은 조각인 듯싶었다. 저 곱고 예쁜 얼굴은 울음 우는 바다하고 어떤 관련이 있다.

"너 내가 누군지 아느냐?"

이렇게 묻고 나서, 약전은 생각했다. 천주님의 품 안으로 귀의하고 영세를 받은 바 있었지만, 그사이 열두 번도 더 그분을 배반한 나 아닌가. 마음이 울적하고 세상이 적막강산처럼 느껴지고, 몸과 마음에 닥쳐온 아픔을 이겨 낼 수 없을 때 문득 속으로 불러 보기는 하지만, 기껏 그래 놓고는 또 돌아서서 그분을 배반하곤 하지 않았는가. 나는 군자라고, 유학 선비라고, 좌랑 벼슬을 한 바 있는 양반이라고 자부하곤 하지만, 사실은 이기적이고 간사한 동물이다. 그분에 대한 배반으로 말미암아 나는 시방 이 목숨을 부지하고 있다. 벌레처럼 왜소해져 있다.

그는 비굴하게 살아 있음을 슬퍼하는 스스로에게 추궁했다. 시방 나의 경우, 존재의 문제가 아니고, 이 절해고도에서 끈질기게 살아 배기는 것, 그리하여 살아서 한양으로 되돌아가는 것이 문제다. 우선 살아 놓고 볼 일이다.

거무는 아무 말도 하려 하지 않고 얼굴을 숙였다. 그녀의 얼굴을 새삼스럽게 뜯어보았다. 희미한 불빛이 한쪽 얼굴을 비추고 있었고 다른 쪽 얼굴은 거무스레하게 그늘져 있었다. 그 얼굴이 노총각 나무꾼의 밥상을 차려 놓곤 했다는 우렁이 각시를 떠오르게 했다. 그가 다시 물었다.

"내가 큰 죄를 짓고 이리로 귀양살이 왔다는 것을 알고 있느냐?"

그녀는 마찬가지로 입을 다물고만 있었다.

"내일이라도 나에게 사약이 내려올지 모르는데, 그래도 나에게 너를 내놓겠느냐?"

상어기름 불이 톡, 소리를 내면서 야울거렸다. 약전은 스스로를 비웃었다. 구만리 장천을 날아가려다가 추락한 봉새가 뱁새에게 내가 누구인지 아느냐, 내 처지를 이해하느냐고 묻고 있다. 그는 퉁명스럽게 말했다.

"자리를 펴거라."

그녀는 조심스럽게 자리를 폈다. 그가 먼저 옷을 벗고 아랫목에 누웠다. 그녀는 그의 발이 있는 쪽을 향해 무릎을 꿇고 앉아 있었다.

"불을 끄고 이리로 와서 누워라."

그녀는 입바람으로 불을 껐다. 방 안에 어둠이 가득 찼다. 그녀가 어둠 속에서 저고리를 벗었다. 치마는 벗지 않고 그의 옆으로 다가와서 이불자락을 들추고 들어왔다. 반듯하게 누웠다. 그녀는 베개가 없었으므로 방바닥에 뒤통수를 대고 있었다. 그는 한쪽 팔을 뻗어 그녀의 뒤통수 밑으로 넣어 줄까 하다가 천장을 쳐다보기만 했다. 소나무 숲에서 바람 달리는 소리가 이미 흘러들어와 있는 앞개의 구슬픈 울음을 뭉개고 휘저었다. 마당의 낙엽이 굴렀다. 뒷산에서 여우가 켕, 하고 울었다. 그 울음소리가 긴 꼬리를 남기며 사위어 갔다. 그녀가 몸을 모로 뒤치면서 새우처럼 웅크렸다. 그녀의 이마가 그의 옆구리에 닿았다. 그는 웅크린 그녀의 몸을 안았다. 그녀의 얼굴이 그의 팔 안쪽으로 들어왔다. 그녀는 떨고 있었다. 그녀의 입김과 체취와 머리 냄새가 콧속으로 들어왔다. 그것이 그의 온몸으로 퍼져 갔다. 아내와 지낸 첫날 밤을 떠올렸다. 아내도 그와 처음 만난 날 몸을 떨었다.

"너, 나를 두려워하고 있구나!"

그녀가 고개를 양옆으로 저었다. 그녀의 눈물이 그의 팔뚝으로 스며들었다. 그녀의 소리 없는 울음이 그의 가슴에 파동 쳤다. 가슴이 아리고 쓰라렸다.

"나도 너하고 똑같은 사람이다."

그 말끝에 그녀가 흑, 하고 흐느꼈다. 그의 가슴에 땅거미처럼 까만 가루들이 쏟아졌다. 절망이었다. 그가 말했다.

"내가 시방 또 하나의 죄를 짓고 있다."

그의 목소리가 밭아 있었다. 입술도 입천장도 밭아 있었으므로 혀를 내둘러 입안을 축이고 나서 말했다.

"고결하고 순수한 과일 같은 너인데……." 하고 한숨을 쉬었을 때 그녀의 울음이 사그라졌다. 목멘 소리로 그녀가 말했다.

"나리에 대해서, 나리께서 지었다는 죄에 대해서 소녀는 잘 알고 있사옵니다요."

그는 그녀의 말에 놀라 눈을 떴다. 목소리가 가을철의 시냇물 소리같이 해맑은 것, 얼핏 자그마하고 새까맣고 앙증스러운 편경 하나를 쳐서 소리를 내는 듯싶은 것에 놀라고 '소녀는 생각할 줄 모르는 허섭스레기가 아닙니다.' 하고 말하는 듯싶어 놀랐다. 대오리문이 하얬다. 그 흰빛으로 인해서 자신의 처지와, 거무와의 관계가 명료해졌다.

그녀가 말 잇기를 기다리면서 숨을 죽였다. 나의 신분에 대하여 알고, 내가 믿었던 천주학에 대해서 알고, 내가 처한 입장과 처지에 대하여 알기 때문에 나에게 왔다는 것인가. 아니, 이 여자는 시방 한 유배자와 만난 자기의 운명을 이야기하고 있지 않는가. 혼기를 놓치지 않으면 안 되었던 삶, 그윽하고 또 으스스하게 느껴지는 거무라는 이름, 은수저 은젓가락이 내포한 알 수 없는 의미가 마법처럼 그를 흔들고 있었다.

그녀에게서 날아오는 과일 향 같은 체취가 그의 코와 폐부에 습

배이고 있었다. 그것은 세찬 바람처럼 그의 감성을 떨리게 했다.

문득 그녀가 붕새처럼 거대해지고 있었다. 우물 바닥을 파고 또 팠던 신지도에서의 꿈이 생각났다. 입술과 입안과 목줄이 바싹 밭으면서 컬컬해졌고 술을 마시고 싶었다. 얼근하게 취하여 그녀의 맨살을 안아 보고 싶었다. 맑은 정신으로는 그녀에게로 깊이 다가갈 수 없었다. 그녀의 숨소리가 그의 귓결을 자극했다. 전율이 등줄기를 훑었다. 군침을 울구어 삼키면서 물었다.

"너 술을 빚어 보았느냐?"

거무는 대답하지 않고 숨을 죽였다. 술을 빚어 보았느냐고 물으시다니, 혹시 첩 노릇 잘할 수 있는지를 시험하려는 것인가. 왜 하필 술 담그는 일에 대하여 묻는단 말인가. 간장 담그는 일, 길쌈하는 일, 옷 짓는 일이 술 담그는 일보다 더 어려운 일 아닌가. 술 담그는 일은 여자에게 장려하지 않는 법이라고 어머니가 그랬다. 맛과 향이 좋은 술은 한 남정네와 가정과 세상을 파탄에 이르게 할 수도 있다기에 그렇다고 했다.

"이 마을에서 누가 술을 잘 빚는지 아느냐?"

그녀는 그가 술을 즐겨 마시는 모양이라고 짐작했다. 이장의 아내에게 술 담가 빚는 법을 배워야겠다고 생각했다. 그에게서 쨍쨍한 가을볕에 잘 말린 문어 냄새가 나는 듯싶었다.

"낮에 물질을 했으면 곤하겠구나. 어여 자거라."

여우가 다시 울었다.

"여우가 울고 있구나!"

그녀는 그가 사실은 여우의 울음소리를 문제 삼고 있지 않다는 것, 그녀와의 사이에 감도는 무거운 침묵이 싫어서 하는 말이라는 것을 알았다. 뜨거워진 가슴을 그녀에게 보여 주고 싶어 한다는 것도 짐작했다. 그녀는 입안과 목이 밭았다. 밭은 침을 울구어 삼켰다. 목구멍으로 침 넘어가는 소리가 뜻밖에 컸다. 부끄러워 몸을 웅크렸다.

“세상만사 모든 것이 꿈만 같다. 살아남아 집채 같은 파도를 헤치고 이리로 유배되어 오니, 예쁘고 젊은 처녀인 네가 내 유배살이를 도와주겠다고 나서고, 그리하여 너하고 이렇게 한 이불 속에 들어 있는 것이…….”

그와의 만남이, 하느님이 점지한 운명이라고 그녀는 생각했다. 어머니가 쓰러지게 한숨을 쉬었다. ‘느그 어메하고 아부지하고 만난 것도 한울님이 점지한 것이다.’ 어머니는 소리 없이 눈물을 흘렸다. 손바닥으로 눈물을 훔치고 나서 코맹맹이 소리로 말했다.

“뭔 놈의 팔자가 이르쿨로 생겠는지……. 시집이라고 와서 가마에서 내리자마자 골골거리는 서방 병구완부터 했으니……. 그라다가, 참말이제 얼척없이, 꿈만 같이, 거짓말만 같이, 이른 봄 새풀 같은 청청한 홀엄씨가 되아 뿔고 난께…… 눈 달리고 귀 달린 사람이면은 이년이 어느 놈하고 정분이 안 나는지 귀를 여수고, 말을 물어 내고……. 혼자 살기가 하도 탁탁하고 팍팍하고 지긋지긋해서 홀로된 먼 일갓집 성님을 따라갔다가 진짜 새 사람 하나를 만났는디, 그것이 바로 느그 아부지였다이. 종살이하대끼 머슴살이는 했어도 느그 아부지 참말로 똑똑하고 영리하고 야무진 어른이었다이. 어깨너머로 『천자문』, 『소학』, 『명심보감』, 『맹자』, 『논어』까장 다 배워 뿔고, 밤이면 소곤소곤 두세두세 천주학이 나돈께 바람같이 들어가서 〈천주경〉을 줄줄이 외워 뿌렀어야. 내가 천주 앞에 꿇어 엎디레서 본께 사람이란 것은 다 각각이 너울 한 개씩을 쓰고 있는 것이여. 머슴이라는 너울, 주인이라는 너울, 원님이라는 너울, 아전이라는 너울, 못난 백성이라는 너울……. 사람들은 다 그 너울을 보는디 천주님만은 안 그래야. 쓰고 있는 너울을 보들 않고 사람을 보는 것이여야. 그래서 차별을 안 하고 똑같이 사랑하는 것이제이. 천주님 앞에서 본께 느그 아부지가 얼마나 똑똑하고 야무져 뵝이는지……. 허우대도 클 만치 크고 얼굴도 그만하면은 훤하고……. 나는 밤마다 혼자 베개를 눈물로 적심스롬, 죽어 다시 태어나서 저런 사람하고 한번 살어 봤으면 좋겄다는 생각을 하고 또 했드니라. 『시경』에, '숙이 사냥을 가니 거리에 사람이 하나도 없네. 어찌 사람이 없을까마는 숙처럼 참으로 아름답고 어진 사람이 없기 때문이네.' 이런 노래가 있는디, 느그 아부지가 영락없이 그 짝이었다이. 너 배 속에 들어선, 그해 추석 사흘 뒷날 천주님 말씀 들을라고 갔다가 한밤에 고개를 넘어 돌아오는디 소낙비가 갑자기 억수로 쏟아져서 생엣집(상엿집)으로 들어갔제잉. 그 안에서 느그 아부지가 내 손목을 잡드라. 그래 갖고 배가 불러 오기 시작한께 느그 아부지가 그라드라. 어디로 도망을 가뿔자고. 우리를 만나게 해준 것은 천주님이라고, 천주님이 먼 데 다른 세상으로 도망가서 살라고 일러주셌다고……."

천주님이라는 말이 그의 정수리를 바늘 끝처럼 찔렀다. 그는 잠시 숨을 멈추었다. 혹시 누군가 문밖에서 그녀가 뱉어 낸 '천주님'이라는 말을 엿듣고 있지 않을까. 온몸에 소름이 돋았다. 그 천주님으로 말미암아 집안이 풍비박산되었지 않은가.

팔 안에 든 그녀를 뿌리치고 일어나 앉으면서 분기 어린 소리로 말했다.

"너 이년!"

실언했음을 직감한 그녀가 몸을 일으켜 무릎을 꿇고 엎드리며 "나리, 용서해 주시씨요이. 소녀가 죽을죄를 지었구만이라우." 하고 말했다. 대오리문은 옥색을 띤 묽은 수묵색으로 변해 있었다. 그는 심호흡을 했다.

'너 이년 당장 돌아가거라.'

이 말이 머릿속에서 만들어지고 있었지만 입을 굳게 다물었다. 이 아이는 다만 한양에서 유배되어 온 나를 위로하고자 한 말이었을 터인데 내가 너무 가벼이 발끈하고 있는 것이다. 아니다. 이장 윤강순이 천주님에 대한 말을 하여 내 속을 떠보라고 일렀는지도 모른다.

다시 여우 우는 소리가 들려왔다.

"나리, 화 푸시고 용서해 주시씨요이. 앞으로는 조신하고 또 조신하께라우."

그녀가 떨리는 목소리로 말했다. 그는 누그러진 목소리로, 그러나 단호하게 말했다.

"내 앞에서 절대로 천주라는 그 말 입 밖에 내지 말거라."

그녀는 다시 한번 용서를 빌었고 앞으로의 조신을 굳게 맹세했다.

그는 어둠 속에 묻혀 있는 서까래들을 쳐다보았다. 세상이 두

렵고 무서웠다. 연꽃처럼 싱싱한 이 아이가 내 정적들의 귀 노릇을 하려고 들어왔는지도 모른다. 이 아이를 당장에 쫓아 보내고 혼자서 이 유배살이를 이겨 내야 한다. 아니다. 그녀와 더불어 살기는 하되 일정한 거리를 두고 살면 된다. 내 깊은 속을 열어 보이지만 않으면 된다.

그녀가 방바닥에 얼굴을 묻고 울면서 다시 용서를 빌고 더욱 철저하게 조신할 것을 맹세했다. 그는 근엄한 목소리로 "명심하거라. 이 세상에는 공맹의 하늘이 있을 뿐이니라. 알겠느냐?" 하고 다짐을 주고 나서 자리에 누웠다.

거무는 이장의 아내에게로 가서 술 담그는 법을 배워 오면서 누룩 두 덩이를 얻어 왔다. 그는 모른 체하고 거무의 동태를 살피기만 했다.

이튿날 새벽에 거무는 찬물 목욕을 한 다음 머리를 감아 곱게 빗었다. 흰 저고리에 흰 치마를 입고 머리에 흰 수건을 썼다. 소매를 걷어 올리고, 치마허리를 띠로 잘록하게 졸라맸다. 치마 앞자락을 잡아 띠 위쪽으로 한 뼘쯤 끌어올렸다. 버선목과 정강이 사이의 맨살이 드러날 듯 말 듯했다. 그녀는 처녀 물새처럼 몸이 가벼워진 듯했다. 이때 거무는 그의 가슴에 얼굴을 묻고 울면서 용서를 빌던 거무가 아닌 듯싶었다. 음음한 꽃그늘이나 울창한 숲 그늘 속에서 사는 비가시의 존재, 가령 어떤 여자의 혼령이 가시적으로 모습을 드러낸 듯싶었다.

거무는 손 빠르게 누룩을 몽글게 빻아 놓고, 잡곡 두 되를 시루에 다 쪄서 멍석에 널어 식혔다. 일을 하느라고 재빠르게 움직거릴 때 출렁거리는 거무의 치마 고리에서 무슨 소리인가가 나는 듯싶었다.

홍시처럼 빨간 해가 두둥실 떠오를 무렵에 그 두 가지를 고루 섞어 동이에 담고 식수를 부어 아랫목에 놓아 두고 누더기를 덮어 놓았다.

하루 한 차례씩 그 동이에 귀를 가져다 대곤 했다. 빚은 지 이틀째 되는 날부터 새 새끼 울음소리 같기도 하고 어린 낙지가 구멍 속으로 몸을 숨기는 소리 같기도 한 음향이 간헐적으로 들려왔다. 사흘째 되는 날 저녁부터 술 향기가 방 안에 맴돌았다. 나흘째 되는 날 아침 그녀는 그 동이를 부엌으로 내갔다.

그날 한낮, 어느 한순간에 몸이 허공으로 붕 떠오르는 듯한 환희에 젖어 들었다. 문틈으로 날아오는 새콤하고 달콤하고 구수한 술 향기가 살갗에 돋아 있는 털들을 곤두서게 했고, 그 옆에 뚫려 있는 모공들이 입을 열었다. 알 수 없는 떨림이 온몸을 주름잡았다. 그의 영혼이 춤을 추고 있었다. 주신酒神이 거는 최면에 그는 아주 쉽게 걸려 들고 있었다. 그의 영혼이 주신과 접신되는 순간 가슴에 울음 같기도 하고 웃음 같기도 한 덩어리가 뭉쳐졌다. 심호흡을 거듭하여 흥분을 가라앉혔다.

개구리 떼처럼 시끄럽게 글을 읽는 아이들을 한 번 둘러본 뒤, 어험어험, 헛기침을 하면서, 아이들의 방과 그가 거처하는 방 사이의 미닫이문을 닫았다.

출입문을 열쳤다. 거무가 술상을 들고 문 앞에 서 있었다. 고개를 숙인 거무의 얼굴은 붉어져 있었다. 과연 술을 술답게 빚은 것일까. 술맛은 어떠할까. 드디어 거무의 감수성과 눈썰미와 손맛을 시험할 기회가 왔다.

그는 어험, 하고 목을 가다듬었고, 거무는 술상을 그의 무릎 앞에 놓았다. 술상에는 호로병과 술 사발과 해삼과 자반과 국 한 그릇이 놓여 있었다. 낙지 한 마리를 잔칼질하여 곤 국.

그녀는 술상 앞에서 무릎을 꿇은 채 두 손을 마주 주물렀다. 술이 과연 마실 만하게 빚어지기나 한 것인지, 하늘 같은 그가 이 술을 맛있게 마셔 주기나 할 것인지, 그녀는 두려워하고 불안해하고 있었다.

가슴이 뜨거워졌다. 새콤하고 달크무레한 잡곡 술의 향기가 콧속으로 파고들었다. 달크무레한 것으로 미루어 볼 때 약간 설익은 술일 듯싶었다. 선입견은 술의 맛과 향을 증명하는 데 이로운 것이 아니다. 첫술을 빚은 그녀의 정성과 애틋한 사랑만 생각할 일이다. 입안에 감도는 군침을 삼키고 "그래!" 하면서 사발을 집어 들었다. 술을 보자 벗들과 아우 약용이 생각났다. 술에는 시와 우주적인 삶에 대한 논의와 아리따운 여자의 소리와 고혹적인 춤사위가 있어야 한다. 거무의 얼굴에 홍조가 열꽃처럼 번졌다. 사발을 거무 앞에 내밀었다. 그녀가 떨리는 손으로 호로병을 집어 들어 술을 따랐다. 노란빛이 도는 탁한 술이 작은 소용돌이를 그리면서 사발 시울 가까이까지 차올랐다. 잡곡 술의 알싸한 향기로 말미암아 그의 콧구멍은 벌름 커졌다. 그는 약관 때부터 술을 즐겼다. 서책 속의 그윽하고 향기로운 세상을 가슴에 품는 재미 못지않게, 주신에게 홀린 눈으로 하늘과 구름과 달과 별과 산과 강물과 바람과 여인의 얼굴과 부푼 젖가슴을 바라보는 재미가 좋았다. 그것은 우주의 시간을 느끼는 것이었다. 환희였다. 태극으로 날아가는 환희. 취하면 그의 몸과 마음은 무한 공간이나 영원의 시간을 향해 뻗어 가는 율동을 따라 너울거렸다. 그것은 천국을 향해 날아가는 바람이었다.

두 손으로 술 사발을 받쳐 들고 입술을 시울에 댔다. 숭엄하고 외포스러운 절대자에게 제의를 치르는 사제처럼 그의 마음은 떨리고 있었다. 술 한 모금을 입에 머금었다. 혀와 입안의 모든 세포들이 주신을 맞이하면서 환희했다. 목구멍과 위장이 그것을 얼른 넘겨 달라고 아우성쳤다. 한 모금을 목구멍 너머로 흘려보내면서 동시에 또 한 모금을 머금었다. 가뭄으로 말미암아 가랑잎처럼 바삭거리던 대지와 푸나무들이 봄비를 맞듯 위장이 술을 향해 아흐! 아흐으! 하고 광기 어린 소리를 질러 댔다.

위장이 열광하는 소리를 들으면서 혀를 내둘러 곰곰이 술의 향과 맛을 음미했다. 술은 음험한 마법과 광기 같은 불꽃이 슴베여 있는 불가사의한 물이었다.

삼베를 만드는 대마大麻 밭 풀숲에 들어가 본 적이 있었다. 아버지의 임지인 화순에 갔을 때였다. 바람 쐬러 나왔다가 만난 한 아전의 아들이 거기 들어가면 어릿어릿 취한다고 해서 들어갔던 것이다. 그곳에 들어가니 하늘이 책보자기만 해졌고, 가슴이 우둔거리면서 황홀해졌다. 그 어릿어릿한 취기를 거듭 맛보기 위해 독선생에게 글을 읽어 바치고 받아 준 글씨를 얼른 써서 바친 다음 바람 쐬러 나간다며 글방을 빠져나오곤 했다.

나중에 안 일이었다. 대마에는 사람을 홀리기도 하고 휘두르기도 하는 마魔가 들어 있었다. 술은 마의 화신이었다. 사람은 사람의 힘으로 풀 수 없는 것을 마를 이용하여 푸는 묘한 동물이었다. 그는 술과 혀가 서로를 견고틀며 못 견뎌 하는 모양을 즐겼다. 술은 혀를 휘감아 돌았고 혀는 술 속에서 용틀임하듯 요동쳤다. 이불속에 들어간 남녀가 서로의 몸을 희롱하듯. 술은 새콤달콤한 향과 맛이 가지고 있는 치열한 비대칭의 파장과 눈부신 색깔과 난삽한 무늬와 결로써 혀를 못 견디게 조여 댔다. '꽃술'이라고 불리는, 맏물 떠낸 잡곡 독주의 쌉쌀하면서 고소하고 새콤한 맛과 향기, 그 쏘는 듯한 파장과 결과 무늬가 그의 오관과 영혼을 사로잡고 있었다. 꿀을 채취하기 위해 꽃의 자궁속으로 들어갔다가 향기에 취해 버린 꿀벌처럼 그는 어지럼증을 느끼고 설레는 가슴을 주체하지 못했다.

아, 이 술이 어쩌면 이렇게 향기롭고 맛있을 수 있을까. 그는 입술에 묻은 술 방울을 아까워하며 혀로 핥고 빨아들이며 입맛을 다셨다. 심호흡을 하여 술 향기를 허파 속으로 빨아들였다. 이 술이, 이 앳된 여자가 담그는 법을 배워다가 처음으로 빚은 술일까. 눈시울이 뜨거워졌고 가슴이 뭉클했다.

한 잔의 술을 단숨에 마셔 버렸다. 크어, 하고 숨을 내쉬면서 자기도 모르는 사이에 사발을 그녀 앞에 내밀었다. 그녀가 어찌할 바를 모르고 그의 얼굴을 쳐다보았다. 그는 사발을 그녀 앞에 내민 채 말없이 고개를 끄덕거리기만 했다. 그녀가 또 술을 따라주었다. 그는 그 잔도 단숨에 들이켰다. 입맛을 다셨다. 혀를 내둘러 입술에 묻은 술 방울을 닦아서 입안으로 가져다가 음미한 다음 삼켰다. 가슴에서 울음도 웃음도 아닌 뜨거운 덩어리가 뭉쳐졌다. 심호흡을 하여 그것을 녹였다. 그녀는 그의 얼굴을 살피기만 했다. 그의 표정 변화에 따라 그녀의 몸이 움찔거렸다.

"거무! 이 술, 네가 빚은 것이 틀림없느냐?"

그 말에 그녀는 고개를 깊이 숙이면서 윗몸을 모로 꼬았다.

"내 일찍이 이렇게 쌉싸래하면서 맛깔스럽고 향기로운 술을 마셔 본 적이 없었느니라!"

목소리에 감격이 어려 있었다. 이 말에 그녀는 옆으로 돌아앉았다. 흐르는 눈물을 보이지 않으려는 것이었다. 그는 그것을 모른 체하고 낙지 국물을 떠다가 먹었다. 강진의 아우 약용이 생각났다. 손 맏잡이인 약종보다 막내 약용을 그는 더 사랑했다. 네 살 아래지만 약용은 벗 같았다. 나주 율정점에서 술잔을 들고 즉흥시를 읊조리던 약용이 그리웠다.

"너도 한잔하거라."

거무는 고개를 살래살래 저었다. 그렇지만 그는 기어이 그녀에게 술 한 잔을 마시게 했다.

그날 밤 그는 술이 얼근해진 채 잠자리에 들었고 거무를 안은 채, '고맙다 고맙다' 하고 중얼거리면서 속으로 울었다. 죽어 간 자들의 얼굴이 하나씩 머릿속에 떠올랐다. 아우 약종, 매부 이승훈, 이벽의 피범벅이 된 얼굴과 허옇게 뒤집힌 눈도 떠올랐다. 그 죽어 간 자들을 떠올리고 있는데도 불구하고 그의 남성이 발기하고 있었다. 죽어 간 자들과 천주를 배반한 죄를 참회하고 있고, 동시에 한 착한 처녀의 몸과 영혼을 범하려 하고 있다는 생각을 하는데도 불구하고.

그는 혀를 깨물면서 스스로를 꾸짖었다. 이 여자를 구원의 여인이라고 생각하자. 나를 다시 태어나게 한 모태, 성모로서 생각하

자. 이 여인을 동정녀로서 살게 해야 한다. 힘주어 눈을 감았다.

그때 거무가 속삭이듯이 말했다.

"나리, 이 세상에서 몸뚱이를 지니고 사는 사람치고 죄짓지 않고 사는 사람은 아무도 없다고 소녀 어머니께서 그랬구만이라우. 소녀의 아부지도 사실은 크나큰 죄인이었답니다요."

옥을 굴리는 듯한 거무의 목소리가 그의 가슴에 따사로운 김을 불어넣었다.

"나리께 펭생 몸과 마음을 다 바치기로 작정을 했는디 뭣을 숨기겄사옵니껴? 역정 내지 마시고 소녀가 디리는 말씀을 들어 주시씨요이. 소녀의 아부지는 당신 혼자서만 살라고 동료 신도들을 밀고한 아주 나쁜 배신자였당만이라우. 말인즉 그랬당만이라우. 이 세상보다 더 크고 소중한 자기의 사랑을 놔두고 혼자 죽어 가기가 너무 억울하고 슬퍼서 순교보다는 살아남는 쪽을 택한 것이라고라우."

약전은 가슴이 답답해졌다. 이 아이의 말을 진실이라고 믿어야 할까. 혹시 내 속에 숨어 있는 천주 신앙을 캐내서 이장에게 말해 주려고 나를 어지럽게 흔들어 대고 있는 것이 아닐까.

"아부지가 돌아가신 뒤로, 지가 철이 들었을 때 어무니는 소녀한테 해서는 안 되는, 참말로 끔찍한 말씀을 하셨구만이라우. 아부지가 사실은 자살을 했는지도 모른다고라우. 아부지가 이 섬에 들어와 삶스롬 밤이면 잠을 지대로 이루지 못했다고, 그 아부지가 가엾다고 그랬어라우. 천주님과 동료 신도들을 배신하고 살아난 것이 죄스러우면 그것을 참회하고 거듭나면 될 것을 왜 당신 목숨을 당신 스스로 끊어 버리시냐고, 광막한 바다를 건너 이 섬에 들어옴스롬부터, 전혀 다른 사람으로 새로이 태어난 셈인께 새삼스럽게 자기 목숨을 손수 끊은 것은 천주님을 두 번 배반한 것 아니냐고, 지은 죄를 용서받기 위해서 부지런히 복음을 전하는 것이 더 귀한 것 아니겠냐고, 그랬구만이라우……. 그란디 소녀는 그 아부지가 경멸스러웠구만이라우. 그런 사람을 아부지로 해서 태어난 것이 한없이 슬프고 부끄러웠어라우. 잘난 체하고 으스대는 모든 남정네들이 신뢰할 수 없는 허깨비들같이 느껴졌구만이라우. 심지어는 그런 아부지를 감싸고 두둔하는 어무니도 미웠어라우. 그래서 어무니가 하라는 일은 무엇이든 안 했어라우. 예리 총각한티 시집을 가라는디 안 갈라고, 잠녀들을 따라댕김스롬 물질을 배우고, 밤이면은 실성한 사람같이 동네 골목길을 싸댕기고 바다로 산으로 나돌아 댕겠어라우. 중매쟁이가 한 말이 소녀를 못 전드게 했어라우. 소녀의 서방 될 사람 생김생김이 얼핏 돌아가신 우리 아부지같이 키도 크고 얼굴도 훤하고 눈도 초롱초롱하다고……. 그 말에 소녀는 미친 대끼 몸부림을 침스롬 악을 악을 썼어라우. 결국, 그 총각하고 파혼된 뒤로 중매쟁이가 끊어지고 어무니도 돌아가시고…… 그래서 그렁저렁 살아왔는디……. 그날 바람 억수로 불던 날 해 질 녘에 나리를 막 뵈는 순간 이상스럽게 가슴이 막 울렁거림스롬 눈앞이 어질어질해서 전들 수가 없었어라우. 아, 나는 정약전 나리의 사람이다. 이리로 유배 오신 저 나리를 모실라고 나는 이 세상에 태어났다. 밤이고 낮이고 이 생각만 했구만이라우. 소녀 손톱만치도 거짓말하고 있지 않사옵니다. 믿어 주십시오. 이것이 다 천주님이 마련해 준 운명이어라우."

약전은 이년에게 속아 넘어가서는 안 된다고 생각하며 몸을 일으켰다. 호통을 쳤다.

"너 이년! 앞으로 다시는 내 앞에서 천주님 이야기 하지 않기로 맹세해 놓고…… 너는 대관절 무엇이냐!"

거무는 몸을 일으켜 그를 향해 무릎을 꿇고 두 손으로 방바닥을 짚은 채 이마를 바닥에 댔다. 그녀는 반물빛의 치마만 입은 채였다. 풀어 늘어진 머리카락들이 뒷목에서 어깨와 목줄 사이를 지나 앞가슴으로 흘러내려 있었다. 그녀가 통사정하듯이 간절하게 말했다.

"나리, 소녀를 믿어 주시씨요이. 나리께서 이리 들어오신 날부터, 소녀는 밤마다 잠을 못 이루고 엎치락뒤치락했구만이라우. 돌아가신 소녀의 어무니가 먼저 가신 아부지를 두고 이렇게 말씀하셌어라우. '죽지 않고 살아 있어야 참말로 큰일을 할 수 있었을 것인디, 이 섬에 갇혀 사는 사람만이 할 수 있는 무슨 좋은 일인가가 있을 것인디…….' 어무니의 그 말씀이 뭔 말씀인지를, 나리를 막 뵌 그 순간에 알아차렸구만이라우. 그라고 소녀가 아부지를 경멸한 것이라든지, 어무니한테 청개구락지같이 어긋난 짓을 한 것이라든지가 후회되고 죄스럽고…… 그래서, 소녀는 나리께서 한사코 무탈하게 지내실 수 있도록 소녀의 몸과 마음을 다 바칠라고 작정을 했구만이라우. 이제부터 나리는 소녀의 하늘이옵니다이."

약전은 검은 어둠 수런거리는 허공을 쳐다보았다. 그 허공이 그의 가슴속에 알 수 없는 구덩이를 파고 있었다. 그 구덩이 속에서 뜨거운 불덩이가 이글거렸다. 그 이글거리는 것을 토하며 울부짖고 싶었다. 이때껏 거무를 의심하여 온 스스로가 미욱하게 느껴졌다. 문득 출입문 쪽에서 날아오는 어슴푸레한 옥색의 빛살을 등진 거무의 모습이 사람의 형상으로 보이지 않았다. 감히 접근하기 어려운 성스러운 존재로 느껴졌다. 저 높은 곳에 계시는 외경스러운 그분이 보낸 천사 같은 존재.

그는 거무의 무릎 앞에 머리를 조아렸다. 그가 사람 앞에서 그렇게 한 것은 오직 한 번, 이벽에게서 영세를 받을 때뿐이었다. 그때 이벽은 사람이 아니고 하늘의 성스러운 심부름꾼 같았다. 손바닥에 물을 묻혀 그의 이마를 적셔 주고 성호를 긋는 이벽에게서 알 수 없는 향기가 번져 왔다. 그것이 천국의 향기라고 생각되었다.

바로 그 향기가 거무에게서 번져 왔다. 가슴속에서 뜨거운 덩어리가 솟구쳐 올라왔다. 그것이 울음이 되고 있었다. 심호흡을 하여 그 뜨거운 덩어리를 녹였다.

거무가 그의 윗몸을 일으키면서 말했다.

"나리, 이러시면 안 되옵니다."

'너는 하늘이다. 나는 너에게서 용서를 받아야 한다.' 거무에게 말하고 싶었지만 이를 악물었다. 입을 열기만 하면 엉엉 울음이 터져 나올 것 같았다. 그는 거무의 가슴에 얼굴을 묻었다. 편안했다. 거무가 그의 머리를 보듬은 채 쓰러져 누웠다.

노자의 곡신谷神을 생각했다. 곡신은 그윽한 암컷이고 그 암컷의 문은 천지의 뿌리다. 천지의 뿌리는 우주를 있게 한 자궁이다. 거무, 이 여자는 그 자궁을 두 개 가지고 있다. 하나는 배 속에 있고, 다른 하나는 밖에 있다. 속에 있는 것은 쪽박만 한 것이지만, 밖에 있는 것은 거대한 옹관이나 송판으로 짠 관만 한 자루, 아니 방만한 것이다.

약전은 눈에 보이지 않는 둥지 같은 자궁에 감싸여 있었다. 그 자궁은 불 따스하게 지펴 놓은 방처럼 포근했다. 그 방 안에는 비단과 융단의 요와 이불이 깔려 있었고 잠들기에 알맞은 푸른 어둠이 충만해 있었다. 그 자궁 속에서 그는 다시 새로운 생명체로 잉태되고 있었다.

가슴속에서 뜨거운 울음이 뭉쳐졌다. 혀를 깨물었지만, 울음이 터져 나왔다. 약전은 밖에 버려져 있다가 엄마 품으로 돌아온 아기처럼 울었다. 어헉 어헉……. 거무는 어머니처럼 그의 볼과 이마와 눈과 머리와 목을 쓰다듬고 어루만지고 그의 얼굴을 가슴에 끌어안았다.

약전이 거무를 첩으로 맞아들였다는 소문이 돌자 마을 사람들은 관헌 뒤편에 있는 거무의 허름한 오두막집을 수선해 주었다. 부엌 옆에 방 한 칸을 더 내주었다. 집 수선이 끝나자 마을 사람들은, 거무가 혼자 하여 온 살림살이를 둘러보고 부족한 것들을 한두 가지씩을 가져다 놓았다. 밥그릇, 사발, 종지, 동이, 항아리, 옹자배기, 살강, 빗자루, 부지깽이, 땔나무, 멍석, 멱서리, 산태미, 김치, 자반, 소금, 된장, 간장, 고추장, 마늘…….

약전은 서당에서 아이들을 가르치다가 밤늦게 마을로 내려와 거무의 집에서 자고 새벽녘에 일어나 서당으로 가곤 했다. 그 사실을 안 돈목 마을의 바우가 아주 서당에서 기거하며 글을 읽겠다고 했다. 얼마 뒤부터 머리 커진 동철이 바우처럼 하겠다고 나섰다.

서리처럼 깔려 있는 새벽 달빛을 밟으며 서당에 이르러 학생들을 깨워 글을 읽혀 놓고 밖으로 나와 하현달 떠 있는 하늘을 쳐다보았다. 검은 구름들이 떠가고 있었다. 유배가 쉽게 풀리지 않을 거라고 절망만 하고 있어서는 안 된다. 희망을 가져야 외로움과 슬픔과 억울함을 이기고 살아 배길 수 있고, 건강한 몸으로 해배되어 돌아갈 수 있다. 거무가 그렇게 할 수 있도록 힘이 되어줄 것이다. 땅 아래에서 솟구쳐 오르는 기운과 하늘에서 내려오는 기운이 그의 앙가슴에서 맞닥뜨리는 것을 느꼈다.

두 개의 얼굴

섬사람들은 모두 두 개의 얼굴을 가지고 있었다. 한양에서 유배되어 온 그의 처지를 안쓰러워하면서도 그의 삶에 대하여 많은 호기심을 가지고 있었다. 양반은 오른손으로 밥을 먹는가 왼손으로 먹는가, 양반도 물을 마시는가, 양반도 술을 마시고 취하면 비틀거리는가, 잠을 자면서 잠꼬대를 하는가, 양반도 꼬집히면 아파하는가, 양반도 오줌 누고 똥을 싸는가, 양반은 밑구멍을 씻을 때 어느 손을 쓰는가, 오줌을 앉아서 누는가 서서 누는가, 양반의 똥에서도 구리칙칙한 냄새가 나는가, 양반도 여자와 잠자리에 들면 그 일을 치르는가, 양반은 발가벗고 하는가, 옷 다 입고 갓이나 망건을 쓰고 하는가, 양반은 반듯이 누워 자는가 모로 자는가, 양반도 이런 섬으로 귀양살이를 오게 되면 외로워하는가, 가족들을 그리워하는가, 슬프면 눈물을 흘리고 우는가.

어른이나 아이 할 것 없이 모두 그의 일거수일투족에 신경을 썼다. 마치 자기들 마을에 들어온 괴이한 동물의 생태를 살피는 듯했다. 서당 아이들은 그가 밥 먹는 것을 엿보았다. 측간에 들어가 있는 것을 엿보는 놈도 있었다.

처음에, 그는 당혹스러웠고 화가 났다. 그러나 그때마다 속으로 헛웃음을 치며 그들과 입장을 바꾸어 생각하곤 했다. 내가 이 마을에 상사람으로서 살고 있었더라도 한양의 양반 하나가 유배되어 왔다면 그를 호기심 어린 눈으로 매양 살피려 들었을 터이다.

그들로부터 매양 살핌을 당하지 않으려면 내가 그들을 멀리하지 않아야 하고, 그들과 조금도 다름없는 사람임을 알려 주고, 동류가 되어야 한다. 머리를 꼿꼿이 세우고 다니지 않아야 하고, 어느 누구를 만나든 그들보다 먼저 허리와 머리를 숙이면서 인사말을 건네고, 얼굴에 웃음을 가득 담곤 해야 한다. 한데 그의 말과 행동거지는 그의 의지를 늘 배반했다. 그의 목은 늘 꼿꼿이 세워져 있었고 얼굴은 굳어져 있었고 말씨와 목소리는 근엄해져 있었다.

거기다가 그가 접근하여 말을 걸려고 하면 사람들이 피했다. 골목길이나 바닷가나 들길에서 마주치면 당혹스러워했고 수줍어했고 머리와 허리를 깊이 숙여 절을 했다. 그 안타까움을 거무에게 말하자 거무가 말했다.

"나리, 마을 사람들에게 너무 신경 쓰지 마시씨요이. 사람들은 나리가 상사람인 자기들하고 어울려 살아야 하기 때문에 어쩔 수 없이 억지웃음을 짓고, 별로 나누고 싶지 않은 말을 어쩔 수 없이 나눈다고 생각하는 것이옵니다이. 혹시라도 나리에게 잘못 보였다가는, 유배가 풀려 한양으로 돌아가 다시 높은 벼슬을 한 다음, 이 섬에서 괄시받은 것을 분풀이할지도 모른다고 두려워하는 것이옵니다이."

그는 고개를 끄덕거렸다. 그들 속에서 살아가려면 그 스스로가 두 개의 얼굴을 가지고 살지 않으면 안 된다고 생각했다. 하나는 흔들리지 않는 양반으로서의 근엄한 자기이고, 다른 하나는 섬에 사는 사람들과 아무런 차이가 없는 사람이라는 것을 확인시키려고 얼굴에 부드러운 웃음을 바른 자기였다.

이 섬에서 그는 또 하나의 절해고도로서 살고 있었다. 그의 섬에 들락거리는 우군이라고는 거무 하나밖에 없었다. 그 밖의 모든 사람은 그의 섬을 물어뜯고 할퀴는 파도였다. 그 고도에서 살아 배기기 위해서는 그의 내면 깊숙한 자리에 내밀한 성벽을 드높이 쌓아 올리지 않으면 안 되었다. 그러면서, 그의 내면 그 어디에도 그러한 성벽이 둘러싸여 있지 않음을 버선짝 벗어 털어 보이듯이 속속들이 보여 줌으로써 사람들이 적의를 가지지 않게 해야 하는 것이었다. 먼저 서당 아이들부터 조심했다. 꾸중이나 회초리질보다는 칭찬을 함으로써 자신감과 기를 북돋아 주며 가르쳤다.

그것이 뜻처럼 잘되지 않았다. 어른들은 그를 보자마자 딱딱하게 굳은 얼굴로 어색해하며 윗몸을 낮추곤 했다. 그들은 어찌할 수 없는 상것들이고 그는 하릴없는 경기도의 양반이었다. 나라 안 어딜 가든지 상놈과 양반의 차별은 엄존하고 있었고 두 존재는 물과 기름처럼 섞이지 않았다.

"나는 허물없이 가까이하려 하는데 사람들이 다 나를 피한다. 거무 너도 내가 그렇게 껄끄럽고 두려운 존재로 여겨지느냐?"

어느 날 밤 술을 한잔 마시면서 묻자 거무가 대답했다.

"그것은 어짤 수 없는 일일 것이옵니다이. 오래전에 이 섬으로 귀양살이 온 양반 하나가 외로움을 못 이기고 이곳의 동갑내기 상사람하고 벗을 하자고 했드랍니다이. 동갑내기 상사람은 가끔씩 그 양반을 집으로 모셔다가 술을 권커니 잣거니 호형호제함스롬 허물없이 살았지라우. 그란디 그것이 어츠쿨로 알레졌는지 나주 관아에서 그 상사람을 불러다가 곤장을 쳤당만이라우. 상놈이 양반하고 벗하는 것은, 그 양반이 죄인일지라도 큰 죄라는 것이지라우."

약전이 아이들을 가르치는 동안 거무는 갯것을 하러 바다로 나가곤 했다. 그녀가 바다에서 들고 들어온 갯바구니에는 미역과 다시마와 톳이 있고, 우렁이고둥과 소라고둥과 전복이 있고, 새우와 어린 베도라치와 문어가 있었다. 그것은 그녀가 심연 속으로 잠수해 들어가 사투하듯이 따온 것이었다.

자연히 그날 밤의 밥상에는 해물국과 해초무침 따위의 반찬이 푸짐하게 놓였다. 안주가 좋으니 잡곡으로 빚은 쌉싸래한 탁배기 맛과 향이 더욱 그윽했고 그의 배 속은 한없이 술을 받아들였다. 한양에 독수공방하고 있을 아내를 생각하며 한 잔 마시고, 강진에서 주리고 있을 아우 약용을 생각하며 다시 한 잔을 비웠다. 피범벅이 된 채 땅바닥에 나뒹굴었을 약종 아우의 참수된 머리를 생각하며 진저리를 치고 다시 또 한 잔을 비웠다. '잊자, 모든 것을 다 잊어버리자.' 하고 속으로 소리치며 안간힘을 쓰듯이 잔을 비웠다. 매부 이승훈과 사돈간인 이벽과 그를 끔찍하게 위해 주던 벗 이가환을 생각하며 거듭 잔을 비웠다. 얼근해지니 거무가 더욱 예쁘고 아름답고 귀여워지고 성스러워졌고, 그리하여 행복에 겨워 또 잔을 비웠다.

아, 나는 귀양살이를 온 것이 아니고 천국이나 무릉도원에 와 있다. 내가 살고 있는 소흑산도는 지옥의 땅이 아니다. 지옥은 피비린내 나는 한양 땅 안에 있다. 나는 그 지옥을 잘 피해 온 것이다. 이곳은 나의 식읍이고 안양安養이다. 아우 약용의 말마따나 현산玆山이다. 그윽하고 또 그윽한 땅 현산. 아무것도 생각지 말고 그냥 신선처럼 이렇게 살다가 돌아가는 것이다. 훈장질로 말미암아 들어온 곡식으로 주림은 면하고, 거무가 잡아 온 갯것으로 차린 반찬을 안주 삼아 잡곡 탁배기로 날마다 취한 채, 더러운 바깥세상 일을 까마득하게 잊어버리고 이러구러 어릿어릿 살다가 돌아가는 것이다.

호로병이 가벼워지자 그것을 거무에게 채우라고 말했다. 밤이 이슥해지도록 마셨다. '그래그래, 다 잊어버리고 사는 것이다.' 하고 중얼거리면서 거무를 끌어안고 잤다. 그녀의 살결은 부드럽고 향기로웠다.

편지

해저물녘에 소피를 보고 들어온 바우가 약전에게 "밖에 낯모르는 사람 하나가 이것을 주고 갔구만이라우." 하고 말하면서, 가로로 네 번 접고 세로로 두 번 접은 서찰을 내놓았다. 슴배여 있던 묵향이 그의 코를 자극했다. 자잘한 글씨들이 살아 꿈틀거렸다. 기운차게 내리그은 획에서 느껴지는 힘이나 어긋나게 젖혀 비트는 삐침이나 안간힘처럼 뭉쳐진 점들이 아우 약용의 숨결과 체온과 애틋한 정을 내포하고 있었다.

사연을 보는 순간 약전은 서운한 감정이 앞섰다. 무정하게도, 아득한 만경창파 속의 절해고도에서 얼마나 고생하느냐는 말 한 마디 쓰여 있지 않았다. 『주역』을 해석하는 책의 원고를 보내오니 훑어보시고 그것의 서문을 써달라는 이야기만 있었다.

약전은 편지와 책의 원고를 앞에 놓고, 곰곰이 편지 뒤에 감추어진 말을 읽어 내렸다. 편지가 아전이나 수군들에 의해 탈취당하여 정적들에게 전달될 경우 잡힐지도 모르는 꼬투리를 아예 만들지 않겠다는 것. 아, 그렇다. 말이란 하나의 겉 꼴(相)일 뿐이다. '형님, 잘 계십니까, 절해고도에서 얼마나 고충이 심하시옵니까, 우리는 왜 이러한 고통을 당하면서 살아야 합니까, 누가 우리를 이 고통 속으로 몰아넣고 있는 것입니까, 형님 조금만 참고 기다리십시오, 우리는 곧 해배될 것이옵니다…….' 이러한 말들은 백번 천번 해보아야 아무런 위안도 될 수 없는 허섭스레기인 것이다. 아우와 나 사이에는 말하지 않아도 넉넉하게 이심전심이 된다. 예수가 십자가에 못 박힌 채 하늘을 향해 "아버지, 왜 저를 버리십니까?" 하고 말한 것은 절망을 드러내는 하나의 허상일 뿐이고, 그 슬픈 말 너머의 의지, 참담한 절대 고독이 실답게 자리하고 있는 것이다. 아우의 편지 속에 감추어진 뜨거운 진실을 알아낼 수 있으면 넉넉하지 않은가.

아우는 편지를 구태여 감출 필요가 없도록 썼다. 오히려 형제 사이에 이렇듯 건조한 편지가 오갈 뿐이라는 것을 감시자들에게 보여 주고 있다. 두 형제가 책의 저술에만 신경을 쓰고 산다고 그렇게 적들에게 보고된다면, 적들은 우리 형제에게 더 큰 벌을 내리려 모의하지 않고 그냥 방치할 것이다.

약전은 아우 약용이 요구한 서문을 써주고, 편지에도 오직 그 책에 대한 이야기만 썼다. 이러한 편지를 주고받는다는 것은 아직 우리 형제가 꿋꿋하게 살아 있음을 스스로와 서로에게 증명하는 것이고, 후세들에게 이 처절한 몸부림을 알리는 것이다. 약용이 절해고도에 갇혀 있는 형에게 하필 원고 검토와 서문 써주기를 부탁한 것은 그러한 뜻일 터이다. '아, 사랑하는 아우야, 거룩한 아우야!' 약전은 약용의 깊고 현묘한 뜻을 생각하면서 속으로 울었다.

이장 윤강순이 찾아와 공손하게 절을 하면서 "밤새 안녕하셨사옵니껴. 불편한 점은 없으신 게라우?" 하고 말했다. 약전은 눈길을 내리깐 채 고개를 끄덕거려 주었다. 전라도 사투리의 느린 억양이 비위에 거슬리고 '~니껴'와 '~라우' 같은 말꼬리가 역겨웠다.

이장은 방 안을 휘휘 둘러 살폈다.

이장은 『주역』을 새로이 해석한 약용의 원고와 약전이 쓴 서문을 대충 뒤적거리다가 밀어 놓았다. 이장이 『주역』에 대하여 알리도 없고, 그것을 통해 두 형제가 주고받는 내밀한 현묘함을 알아차릴 리도 없었다. 다만, 이들 형제는 해배에 대한 희망을 버리고 이제 이런저런 저술이나 하면서 소일하는 것으로 생각할 것이었다.

"그냥 지나가는 질에 문안이나 여쭙자고 들어왔사옵니다이. 아이들 가르치시기 바쁘실 텐께 이만 가볼랍니다요이."

이장은 허리와 머리를 조아리고 몸을 일으켰다.

이장이 다녀가지 않은 날엔 윤봉철이 다녀갔다. 봉철은 이장의 큰댁 조카였다. 봉철도 이장처럼 두 손을 짚고 공손하게 엎드려 큰절을 하고 나서 '밤새 안녕하셨사옵니껴. 불편한 점은 없으십니껴?' 하곤 했다.

약전은 그들이 두려워지기 시작했다. 그들이 진실로 존경하는 마음으로 문안 인사를 하는 것이 아니고 동태를 살피는 것이다, 싶었다. 섬인 데다 관헌이 있고 수군들이 주둔해 있는 마을이므로 오가작통이 더 잘되어 있었다.

그들이 나에게서 살피는 것은 무엇일까. 그들은 필시 천주를 신앙하는 어떤 의식을 하고 있지 않은지를 살필 터이다. 서당에 다녀온 아이들에게 천주님에 대하여 가르치지 않더냐고 캐물을 것이다. 살핀 것과 캐물은 결과를 관헌의 아전에게 보고할 것이고, 아전은 그것을 나주 관아로 보낼 것이고, 나주에서는 역의 파발을 통해 한양으로 보낼 것이다.

이장 윤강순과 윤봉철과 관헌 아전들이 지긋지긋해지기 시작했다. 서당 아이들에게서도 차가운 바람이 날아오는 듯싶었다. 사람 된 자로서 사람이 무섭다는 이야기를 어느 누구에게 할 것인가. 사람의 탈을 쓰고 사는 것이 슬프고 한심스러워졌다. 어디론가 피해 달아나고 싶어졌다. 어디로 달아날 것인가. 중국으로 가서 벼슬을 하고 살 것인가. 용궁으로 들어가 살 것인가. 어느 깊은 섬으로 들어가 필부필부로서 고기잡이나 하면서 살 것인가. 한 마리의 새로 변신하여 탈출할 것인가. 아니다. 참고 기다리고 또 기다릴 일이다. 사람 무섭다는 이야기를 입 밖에 내지 말고 아무렇지도 않은 듯 그들을 허물없게 대할 일이다. 이제 귀양살이가 풀려 한양으로 돌아갈 희망을 버리고 섬 안의 무지렁이, 갯투성이들하고 허물없이 어울려서 술이나 마시고 취해 비틀거리며 사는 모습을 보여 주어야 한다. 날이면 날마다 주역점이나 치고, 아이들 가르치며 앳된 첩 보듬어 보는 재미에 취해 다른 생각 하지 않고 사는 모습을 보여 주어야 한다.

주역점 치는 것이 버릇이 되었다. 예전에는 점쟁이들이 성스러운 『주역』을 기껏 점술에 이용한다며 비웃었다. 이제는 그가 『주역』을 운수나 재수 판별하는 것으로 이용하곤 했다. 다른 것에서는 그 어떠한 보람도 재미도 느낄 수 없으니 어찌할 것인가.

약전은 아직 섬 안의 갯투성이들과 어울려 즐기면서 허물없이 살아갈 수 있는 길을 찾지 못하고 있었다. 서당에 들어앉아 술만 더 자주 마셨다. 거무는 그러한 그의 속마음을 깊이 헤아리고, 술이 떨어지지 않도록 담갔다가 내놓곤 했다. 아예 동이 둘을 마련하여 양조를 했다. 한 동이가 바닥나면 다른 동이를 헐었다. 술이 넉넉해지자 약전은 그를 살피러 오는 이장 윤강순과 윤봉철에게 술 몇 사발씩을 먹여 보내곤 했다. 술을 전혀 못 한다던 이장의 말은 거짓이었다. 이장은 술 얻어 마시는 재미로 더 자주 들렀다. 기름 먹어 본 강아지처럼 굴었다. 귀신처럼 술 냄새를 맡아냈다. 들를 때마다 코를 벌름거리면서 여기저기를 두리번거렸다.

술을 얻어 마시는 동안 이장은 허리와 머리를 굽실거리면서 헤헤거렸다.

"나리는 참말이제 신선 중에 신선잉만이라우잉. 날이면 날마다 젊고 아리따운 미녀하고 향기로운 술에 취해 사시지 않사옵니껴, 잉?"

어떤 날은 이장이 아예 생선을 들고 오기도 했다. 거무는 그것으로 매운탕을 끓여 냈고 약전은 그것을 안주로 더 호쾌하게 술을 들이켰다.

이장이 두 개의 얼굴로 약전을 대하는 한 약전도 이장을 두 개의 얼굴로 대했다. 이장의 음험한 속마음을 들여다보면서도, 오히려 이장을 그의 외로운 섬 생활을 위로해 주는 동무로 여기며 고마워했다.

넋 바꾸기

한낮이었지만 서당이 텅 비었다. 아이들은 모두 당골네가 하는 굿을 보러 갔다. 마을 앞 연안 산모퉁이의 검은 갯바위에서 넋 건지기 굿판이 벌어졌다.

당골네 굿. 얼마나 실답지 못하고 허랑한 짓인가. 그렇지만 약전은 내색하려 하지 않았다. 섬에 들어왔으니 섬사람들의 정서에 맞추어 살아야 하는 것이었다.

늦은 봄날 마을 안은 뒤숭숭했다. 문순득의 어머니가 도초 섬 귀신 점쟁이에게 다녀왔다. 그 귀신 점쟁이는 회오리바람에 문순득의 배가 뒤집혔고 선원들 모두가 몰살당했다고 확언했다. 점치고 온 사흘 뒤에 그 굿판이 벌어졌다.

홍어 배에 탄 사람은 모두 여섯이었다. 문호겸, 문순득, 이백근, 박무청, 이중원, 김옥문. 당골은 그 여섯 사람의 넋 건지기 굿을 하고 있었다. 마을 사람들 대부분이 그 여섯 집과 인척 관계를 맺고 있었으므로, 모두 굿을 지켜보며 함께 안타까워하고 슬퍼하였다. 아들과 남편을 잃은 아낙들은 주저앉아 땅을 치고 통곡을 했다. 선주인 문순득과 그의 숙부인 문호겸을 한꺼번에 잃은 문씨 집안은 특히 더 슬픔과 절망을 이겨 내지 못하고 있었다.

약전은 서당에 눌러앉아 있을 수가 없었다. 굿판으로 가 둘러선 사람들의 뒷전에 서서 지켜보았다.

오방기가 꽂혀 있는 굿판 한가운데에 닭 여섯 마리가 묶여 있었다. 흰 고깔을 쓰고 소복을 한 당골이 두 사람이었고, 흰 두루마기 차림의 재비가 세 사람이었다. 징과 꽹과리재비, 장구재비, 아쟁재비들이 시나위 가락을 연주하고 늙은 당골은 참종이로 만든 술을 양손에 한 개씩 들고 너울너울 춤을 추었다. 젊은 당골은 흰 베 자락 끝에 뚜껑 덮인 놋쇠 밥그릇 하나를 넣고 묶었다.

물가에는 대나무와 동백나무 가지 하나씩을 꽂아 놓았다. 그 대나무와 동백나무에는 오색 종이로 만든 연꽃 송이들과 떡 덩이들이 주렁주렁 매달려 있었다. 평평한 모래밭에는 초석 여섯 장이 펼쳐져 있고, 그 위에 있는 형체 없는 그림자에게 흰 저고리와 바지와 버선을 입히고 신겨 놓았다.

"물속에서 넋을 건제 올레 갖고, 저 옷 속에 담을 것잉만이라우."

이장이 약전에게 말했다.

춤을 추던 당골이 닭 한 마리를 물로 내던졌다.

"이 달구새끼 혼백을 대신 잡고 사람 혼백을 내놓으라고 저러는 것입니다이."

"아하!" 하며 약전은 고개를 끄덕거렸다. 이승과 저승 사이에도 거래가 이루어질 수 있다고 사람들은 믿는다. 그렇다. 모두가 교환을 한다. 이승 사람들의 혼사도 교환이다. 내 딸을 저쪽 집안에다 주고 저쪽의 딸을 내 집안으로 데려온다. 섬 안에는 겹사돈이 많다고 들었다. 어부들은 홍어와 멸치젓, 새우젓 따위를 뭍에 내다 팔고 일용품들을 사서 싣고 돌아온다.

유배도 교환일 터이다. 정조 임금은 대왕대비의 오라버니 김귀주를 대흑산도에 유배시켰었다. 김귀주는 정조의 아버지 사도세자를 뒤주 안에서 죽어 가게 한 사람들 중 한 사람이다. 김귀주는 유배지 흑산도에서 나주로 나가기는 했지만, 곧 병들어 죽었다. 대왕대비는 정조 임금이 죽기를 얼마나 고대했을까. 대왕대비 쪽 사람들은 정조 임금이 총애하는 신하들을 얼마나 증오했을까.

"정조 임금님께서는 병들어 승하하신 것이 아니라는디라우. 대왕대비를 싸고도는 사람들이 그 임금님을 독살했다는 소문이 돌고 있당만이라우. 그것이 사실잉께라우?"

어느 날 이장이 물었다.

"섬 구석에 박혀 있는 내가 그 일을 어떻게 알겠는가?"

약전은 도리질을 했었다. 그렇지만 그는 독살이 사실일지도 모른다고 생각했다. 정조 임금이 승하하고 대왕대비가 수렴청정을 하기 시작하면서부터 그녀를 싸고도는 무리들은 천주학을 박해하기 시작했고, 천주학쟁이들을 굴비처럼 엮어다가 목을 벴다. 아우와 내가 풀려나간 다음에는 누가 우리 대신 강진과 흑산도로 들어오게 될까. 세상은 돌고 돈다. 서로 거듭 바꿈질을 한다.

두 발과 날개가 묶인 닭은 하릴없이 물속에서 퍼덕거리며 물결을 따라 흘러갈 수밖에 없었다. 이때부터 당골은 흰 베 끝에 넣은 밥그릇을 물속으로 던져 넣고 무가를 불렀다. 용왕님에게 문호겸의 혼백을 달라는 것이었다. 흰 베 자락을 천천히 잡아당긴 당골은 놋쇠 그릇을 열고 혼백을 초석 위에 펼쳐 놓은 옷 속에 넣고 초석을 둘둘 말았다. 초석 위에다 까만 솥뚜껑을 갓처럼 씌웠다.

닭 한 마리를 또 바닷물에 내던지고 선주인 문순득의 넋 건지기를 시작했다. 이번에는 넋이 잘 건져지지 않았다. 두 번 건지고 세 번 건졌다. 다섯 번 건졌을 때에야 넋이 올라왔다.

다른 네 사람의 넋도 이와 같이 건져 올려 초석 위의 옷 속에 넣고 둘둘 말았다. 그 초석을 각자의 어머니나 아내가 안아 들고 마을로 들어갔다.

문순득의 집에서 밤새 씻김굿을 했고, 이튿날 여섯 개의 무덤이 생겼다. 가묘였다. 섬 안에 있는 무덤 열 가운데 다섯은 가묘라고 했다. 가묘 속에는 밤나무를 납작하게 깎아 신주를 써서 넣는다고 했다.

문호겸과 문순득의 무덤은 그들 집안의 선산 밑에 만들었고, 다른 사람들은 자기들 나름의 연줄을 찾아 산기슭이나 밭귀에 무덤을 만들었다.

며칠 뒤 마을에 큰일 하나가 일어났다.

문순득의 아버지가 선산 한 곳에서 아름드리 나무 한 그루를 벤 것이 화근이었다. 순득의 아버지 문호방은 동생과 아들의 혼백을 맨땅에 묻을 수 없어 관을 만들어 썼다. 물론 그 일은 은밀하게 진행되었다. 도초에서 거두장이를 불러다가 산골짜기 숲속에서 은밀하게 송판을 내리고 목수에게 관을 짜게 한 것이었다.

그 일을 누군가가 수군들에게 발고했다. 해변의 산림을 관장하는 것은 관헌이 아니고 수군청이었다. 나라에서는 나무를 잘 키워 장차 전선戰船을 지어야 한다는 법을 만들어 도벌을 금했다. 그 도벌을 금하는 법령이 해변 사람들과 섬사람들을 옴짝달싹 못하게 옥죄었다. 불을 지피기 위해 나무 한 그루만 베도 잡아들여 곤장을 치고 돈과 곡식을 뜯어냈다.

수군들은 문호방을 잡아들였다. 수군 별장은 문호방을 형틀에 묶고 곤장 50대를 치라고 명령했다. 그 곤장을 맞으면 살아나지 못할 터였다. 문호방은 집에 있는 곡식들을 있는 대로 가져다가 바칠 것이니 곤장만은 면하게 해달라고 통사정을 하여 풀려났다.

"지놈들은 한겨울철에 방이 설설 끓도록 불을 지피고 삶스롬 백성들은 제우 갈퀴나무 한두 아름 긁어다가 밥만 보그르르 해묵고 덜덜 떪스롬 살게 항만이라우."

이장 윤강순이 불평을 늘어놓았다.

"배 묻을 나무를 보호하라는 군령이 해변 사람들을 잡습니다이. 어떤 섬에서는 수군들한테 시달리다 못해 몰래 산에다가 불을 질러 뿌렀답니다이. 산에 솔나무들이 씨도 없어져 뿌러야 시달림을 받지 않을 것인께라우."

수군들은 전선 지을 나무만 보이고 백성들의 아픔은 보이지 않는단 말인가. 임금이 그 속사정을 알아야 하는데 임금은 아직 어리고 철이 들지 않았다. 성인이 된다고 할지라도 사람들의 장막에 싸여 듣지도 보지도 못할 것이다.

그날 밤 약전은 빗나가고 있는 소나무 보호 정책에 대하여 쓰고 그것으로 인한 해변 사람들의 억울함에 대하여 썼다. 이튿날은 소나무 정책을 어떻게 펴야 소나무가 무성하게 자라고 백성들도 편안해질 수 있는가를 이어서 썼다.

……우리나라에는 녹나무, 예장나무와 같은 큰 목재가 없으므로 집을 짓거나 배와 수레와 널의 재료로 사용하는 목재는 모두 소나무를 쓰고 있다……. 산은 모두가 소나무가 자라기에 알맞다. 그럼에도 불구하고 위로는 국가에서부터 아래로는 서민에 이르기까지 목재 구하기가 어렵다. 국토에는 열에 일곱을 차지하는 산이 있고, 산은 소나무가 자라기에 알맞은데 소나무 귀함이 어찌하여 이 지경이 될 수 있단 말인가.

……공산公山의 경계는 광활하다. 소나무 자라기에 알맞은 밭이 바닷가에 널려 있다. 바닷가로부터 30리 떨어진 이내의 산은 국가 소유와 개인 소유를 가릴 것 없이 일절 소나무 벌목을 금단하는 법이 있다. 주먹 크기의 산을 소유한 백성이 소나무 수십 그루를 길러 가옥과 배와 수레와 널(관)의 재목으로 베어 쓰고자 한다면 탐관오리가 이 법조문을 빙자하여 차꼬에 채워 감옥에 가두고 고문하는 등 죽을죄 다스리듯 하고, 심지어는 추방하거나 유배 보내기까지 한다. 그러므로 백성들은 소나무 보기를 독충이나 전염병처럼 여겨서 몰래 없애고 비밀리에 베어서 반드시 제거한다. 어쩌다가 소나무에 싹이라도 트면 독사를 죽이듯이 한다. 백성들은 나무가 없기를 바라는 것이 아니다. 자신의 편안함이 나무가 없는 데 있기 때문이다. 그리하여 개인 소유의 산에는 소나무 한 그루 없게 되었다.

소나무가 자라고 있는 산은 모두 수군 진영의 관할을 받는다. 수군 진영은 전토세와 뇌물 받을 권한이 없어 본래부터 빈한한 진영인데도 불구하고 장교들의 수가 많다. 그들은 부모 모시고 자식 키우는 일을 오로지 산을 지키면서 하고 있을 뿐이다.

백성들이 산 아래 집을 지으면서 소나무 한 그루를 베어다가 쓰면, 이것은 공산의 소나무인데 무단히 베었다, 하고 죄를 씌우고, 나무를 베어다가 관을 짜기라도 하면, 관아에 고발하기도 하고 사사로이 구속하기도 하여 재물을 강제로 빼앗고 토색질하고 능멸하고 포박하여 문초를 한다. 그래서 백성들은 서로 의논하고 이렇게 결론을 내렸다. '오로지 소나무로 인하여 우리들이 이런 지경에 이르렀다.' 그들은 몰래 소나무를 베어 없애고, 온갖 꾀를 내어 자라는 소나무를 죽인다. 심지어는 수천 명의 사람이 힘을 합쳐 푸른 산을 하룻밤 사이에 벌거숭이로 만들었다…….

마지막으로 산에 소나무가 울창하게 자랄 수 있도록 하는 방안을 하나하나 제시하고 글을 끝냈다.

그 글을 다 쓰고 났을 때는 날이 하얗게 새어 있었다. 그는 방바닥에 드러누워 천장을 쳐다보았다. 정적들에게 내몰려 섬에 유배되어 있는 나의 글을 올바르게 판단해 줄 임금이 있지 않다. 섣부르게 이 글을 한양으로 보냈다가는 정적들의 미움을 더 크게 사고, 이로 말미암아 사약을 받게 될지도 모른다. 먼저 강진의 아우에게 보이고 좋은 방책이 없는지 묻기로 하자. 그는 그 글을 말린 미역 다발 속에 넣어 강진으로 보내기로 했다.

음모

밤잠을 설친 까닭인지 몸이 천 근이나 된 듯 무겁고 입이 깔깔했다. 아침 햇살이 여느 때와 달리 치자색으로 보였다. 소피를 보고 들어와 무너지듯이 쓰러져 더 자려 하는데 거무가 밥상을 들고 들어왔다. 한술 뜨는 둥 마는 둥 하고 숟가락을 놓는데 거무가 욱, 하고 구역질을 하면서 한 손으로 입을 틀어막고 밖으로 나갔다. 저 아이가 왜 저럴까. 아, 그렇다. 내 종자 하나가 땅에 떨어지고 있다. 가슴속에 무지갯살 같은 빛발이 폭죽처럼 솟구쳐 올랐다.

그 꽃 타래 같은 환희의 밑바닥에서 서글픔과 쓸쓸함이 솟았다. 저 배 속의 것은 불행한 씨다. 서자들은 사람대접을 받지 못하고 평생토록 고개 숙이고 살아야 한다. 내가 한양에서 벼슬길에 나아간다 할지라도 서자는 불행한 삶을 살 것이거늘, 끝내 해배되지 못한 채 삶을 마감한다면 그 아이의 삶이 장차 얼마나 처참해질 것인가.

거무는 갈수록 얼굴이 더욱 창백해졌고, 곧잘 피곤해하였다.

기름진 것을 잘 먹지 못한 데다 겨우 한두 술쯤 억지로 먹은 밥이나 국마저 모두 토해 버리곤 하는 까닭이었다. 그러면서도 거무는 여느 때처럼 갯것을 하러 갔고, 그가 마실 술을 끊임없이 담갔고, 술상을 차려 올리곤 했다.

산책을 다녀오다가 분홍색 술패랭이꽃 한 송이를 꺾어 왔다. 꽃잎이 다섯 개였다. 그가 이곳에 와서 관찰한 꽃들의 꽃잎은 거의가 다섯 개였다. 오랑캐꽃, 산나리, 철쭉, 진달래, 갯메꽃……. 이들 꽃잎은 왜 네 개나 여섯 개가 아니고 다섯 개일까. 이것들은 오각형의 모양새하고 같다. 오행이나 오방색의 원리하고 관련되어 있다. 대칭으로 되어 있는 사각형이 딱딱하고 답답한 격格이라면 오각형은 그 격을 깨뜨림과 동시에 아주 편안한 또 하나의 격을 만들고 있다. 그렇다. 『시경』의 정신도 이것이다. 환희가 무지개처럼 피어났다.

자기의 생각들을 강진의 아우에게 전하려고 붓을 드는데 문밖에 인기척이 있었다. 바야흐로 『천자문』을 익히고 있는 도출이라는 아이의 아버지가 찾아와서 뵙기를 청했다. 섬 동쪽 마을에 사는 키 작달막하고 볼에 곰보 자국이 있는 40대 초반의 남정네였다. 도출의 아버지는 큰절을 하고 나서 자기의 이름이 김석돌이라고 했다. 석돌은 목소리를 낮추어 말했다.

"이놈은 좌랑 나리를 하늘같이 우러름스롬 미련한 자식 한나를 서당에 보낸 사람잉만이라우. 지는 꼭 지 눈으로 본 대로만 말씀을 디릴 텡께 그리 세알라 주시씨요이……. 약으로 쓸 찔구 뿌리를 캘라고 앞산으로 들어가는디, 갯것을 하러 가는 거무를 이장이 손목을 잡어끌고 안골 골짜기 검은 바우 뒤로 들어갔구만이라우. 그래 갖고 담배 한 대 참이 훨썩 지난 뒤에 거그서 둘이가 다 나왔는디, 이장은 돌아가 뿔고 거무는 그 자리에 앉아서 한참 동안이나 훌쩍거리다가 갯것을 하러 갔구만이라우."

약전은 뒤통수를 철퇴로 얻어맞은 듯 멍해졌다. 쪽빛의 어둠이 눈앞을 가렸다. 석돌은 약전의 얼굴을 흘긋 살피고 나서 "아이고, 어짜까이, 요놈의 주둥아리 진득하니 참지를 못하고 이렇게 쫓아와서 나불거려 갖고 큰 사단이 일어나면 어짜까이! 아이고오!" 하면서 자기의 입을 손바닥으로 철썩철썩 쳤다.

약전은 태연스럽게 빙그레 웃으면서 허공을 쳐다보았다. 혹시 거무의 태기가 윤강순하고 관계있는 것은 아닐까. 자기가 손수 데려다준 나의 첩을 중간에서 가로챌 수가 있단 말인가. 거무는 또 그렇게 이장에게 늘 당하면서도 그렇듯 뻔뻔스럽게 나의 첩살이를 하고 있다는 것인가. 약전은 한 갯투성이가 찾아와 뱉어 낸 말의 진위를 제대로 헤아려 보지도 않고 둘을 의심하고 있는 스스로의 경솔한 성정이 가증스러웠다. 그는 고개를 끄덕거리면서 천천히 말했다.

"아마, 네가 잠시 헛것들의 장난질을 보고 온 것 같구나."

"아니어라우. 진짜 이 두 눈으로 똑똑히 보았구만이라우."

석돌이 목청을 높여 반박했다.

약전은 울화가 치밀었다. '이런 발칙한 놈 보았나! 헛것들의 장난질을 보고 와서 못된 혀를 놀리다니, 관헌에 끌려가서 곤장 맛을 보려고 이러느냐?' 이렇게 호통을 치고 싶은 것을 꿀꺽 삼켰다. 목소리를 낮추어 차갑게 말했다.

"알았으니 어여 가보거라."

석돌은 일어서려고 하지 않았다.

"너 말고 또 누가 그것을 보았느냐?"

"저 말고 본 사람은 없구만이라우."

"그럼, 입을 굳게 다물도록 하거라. 만일 이 말이 마을 안에 퍼지게 되면 헛소리를 유포한 혐의로 너를 관헌에 발고하지 않을 수 없겠구나. 부디 그러한 불상사가 일어나지 않도록 하거라. 알겠느냐?"

"아이코, 이 못된 주둥이……."

석돌은 자기 입을 손으로 몇 차례 찍고는 "나리, 혹시라도 지가 왔다 갔다는 말은 아무한테도 하지 말아 주시씨요이. 이장이 알면은 이놈 죽고 못 살 것잉만이라우." 하고 나서 도망치듯 돌아갔다.

가슴 한복판에서 화끈거리는 기운이 부챗살처럼 일어나 온몸으로 퍼졌다. 얼굴 살갗에다 숯불을 피우기라도 한 것처럼 뜨거워졌다. 가슴이 우둔거리고 숨이 가빠지고 눈앞이 어질어질했다. 믿었던 한 여자로부터 배신을 당했다는 모멸감이 가슴을 술 담가 놓은 동이 속처럼 괴게 했다.

약전은 곧, '아니다' 하고 고개를 젓고 심호흡을 했다. 그 석돌이란 놈이 나와 이장 사이, 나와 거무 사이를 이간질하려는 마귀이거나 아니면 석돌이 나를 해치려고 출현한 마귀들의 장난질을 보고 왔을 터이다. 이렇게 생각을 바꾸려고 해도 그의 가슴은 계속 우둔거렸다.

바우를 불러내 아이들을 잘 관리하라 이르고 나서 뒷산으로 올라갔다. 하늘이 여느 때보다 좁아 보였다. 소나무 숲은 전보다 더 짙어 보였다. 앞길을 땅가시 덩굴과 딸기 숲과 청미래덩굴이 가로막았다. 그것을 피해 가려고 하자 억새 숲과 싸리 숲이 가로막았다. 세상이 아무런 의미도 없어 보였다. 윗몸을 숙이고 숲 사이로 들어서는데 끈적거리는 왕거미줄이 얼굴을 감싸 버렸다. 눈을 감고 손을 저어 왕거미줄을 뜯어냈지만 한 번 붙은 끈끈한 줄은 쉬 뜯겨 나가지 않았다. 두 손끝으로 얼굴과 수염을 할퀴고 뜯어내듯 하면서 엉겨 붙은 왕거미줄을 벗겨 내고 산마루로 올라갔다. 질푸른 바다 저쪽에 강진이 있고, 거기에 아우 약용이 숨 쉬고 있을 것이다. 거뭇거뭇한 수염 더부룩한 약용의 얼굴과 숱 짙은 눈썹과 반짝거리는 까만 눈동자가 보이는 듯했다. 찬바람이 불어오는 쪽으로 화끈거리는 얼굴을 돌렸다.

심화心火를 끄지 못하면 그 불이 사람을 태워 죽인다. 애초에 나는 아무것도 가지지 않은 채 이 섬에 들어왔다. 거무는 내 여자가 아니었다. 아무것도 없었던 처음의 상태, 텅 빔으로 되돌아가야 한다. 가슴을 펴고 어깨를 들어 올리면서 이를 사리물고 거듭 심호흡을 했다. 파도처럼 일어나는 질투는 반드시 용서로 가라앉혀야 한다. 지금 내 가슴속의 화는 질투로 말미암은 것이다. 질투는 눈을 멀게 한다. 질투는 냉정함을 잃게 만들고, 사리를 따지려 하지 않고 복수부터 꿈꾼다. 질투하는 자는 자기의 목숨을 제대로 누리지 못하게 되고 먼저 자기 울화로 말미암아 속이 타 죽어가게 된다.

귀가 얇아서는 안 된다. 의심하지 말아야 한다. 이장 윤강순이 골짜기로 거무를 끌고 들어간 것이 사실이라면 거기에는 무슨 까닭이 있을 것이다. 이장은 거무를 통해 내가 천주학을 믿는지 믿지 않는지를 캐내려는 것일 터이다. 이장은 관헌의 아전들로부터 사주를 받고 그 짓을 저질렀을 터이다. 거무를 의심하지 말아야 한다. 거무는 나를 위해 하늘이 보낸 천사다.

스스로를 타이르는데도 가슴은 걷잡을 수 없이 심하게 두근거렸다. 그것을 가라앉히기 위해 찬바람을 가슴속에 들이켜고 또 들이켰다. 거무와 이장이 간통했을지도 모른다는 의심이 마음의 섶에 불을 댕겼고 섶은 활활 타올랐다. 그들에게 어떻게 복수할까. 그는 고개를 세차게 저었다. 분노, 타오르는 이 불은 인내로써 꺼야 한다.

제 아비가 천주학쟁이라고 하던 거무의 말을 떠올렸다. 사실은 그 말이 거짓 아닐까. 그녀는 내 마음을 떠보기 위해 말을 꾸며 댄 것이다. 거무는 이장에게 나를 떠본 결과를 다 말했을 것이다. 이 세상에 믿을 사람은 아무도 없다. 절망이 땅거미처럼 눈앞을 가로막았다.

혀를 아프게 깨물었다. 이후로는 절대로 거무에게 다가가지 않겠다고 마음을 다졌다. 애초에 빈손으로 들어온 만큼 혼자서 살아야 한다. 외로움은 혼자서 이겨 내야 한다. 외롭다니, 무엇이 외롭단 말인가. 하느님이 계시지 않느냐. 진실로 마음을 가난하고 깨끗하게 비우고 홀로 한가로울 수 있다면 그 사람은 하느님을 만날 수 있다. 성 베르나르두스는 홀로 있을 때가 가장 외롭지 않다고 말했다. 홀로 있으면 시끄럽고 더러운 바깥의 일들과 떨어져 있게 되므로, 착한 생각과 도에 대한 바람이 더욱 가까이 오고 더욱 순수해진다고 했다. 마음은 언제나 하느님과 함께 있을 수 있으므로. 그렇다. 나도 진실로 혼자가 되자. 나를 유배시킨 자들은 나의 적이 아니고, 사실은 하느님의 손발인지도 모른다. 나를 그분에게 더욱 가까이 있게 해줄 생각으로 나를 이렇게 한양에서 축출했다.

측간은 너무 멀리 있으면 불편하고 너무 가까이 있으면 구린내가 풍긴다. 너무 멀리 두지도 너무 가까이 두지도 말아야 한다. 거무와 이장을 그렇게 두고 살기로 작정하고 산을 내려왔다.

바다에서 갯것을 해가지고 돌아온 거무는 여느 때와 달리 몸이 굼뜨고 맥이 없어 보였고, 얼굴에 어두운 그늘이 드리워 있었으며, 갯내 어린 치마폭 자락에서 축축하게 젖은 음모의 냄새가 퍼지고 있었다.

약전은 모른 체하고 반가부좌를 한 채 대오리문 창살만 바라보았다. 거무가 저녁 밥상을 차려 들였다. 술병과 술잔과 해물 안주도 전과 똑같이 곁들여 놓았다. 약전은 내색하지 않고 술을 들이켰다.

거무에게서 찬바람이 날아오는 듯싶었다. 그녀가 두려웠다. 그에게 헌신하는 체하면서 사실은 이장을 동시에 안고 살아온 것 아닌가. 나의 일거수일투족을 모두 이장에게 일러바쳤을 것 아닌가.

저녁밥을 먹는 동안 방 안에는 무거운 침묵이 맴돌았다. 그 침묵이 버겁고 두려운 듯 거무가 무릎을 꿇고 다소곳이 앉아 빈 잔에 술을 채워 주었다. "몸이 무거워졌는데 물질이 힘들지 않더냐?" 그가 물었고, 거무가 "물속에 들어가면은 오히려 몸이 가뿟해지고 즐거워져라우." 하고 말했다. 목소리에 울음이 들어 있었다.

'밖에서 무슨 일이 있었느냐?' 하고 물으려다가 그만두고 숟가락을 놓았다.

설거지를 하고 들어온 거무가 고개를 깊이 숙인 채 그의 앞에 무릎을 꿇고 앉았다. 방 안의 분위기가 전보다 더 차갑고 딱딱하게 굳어졌다. 거무는 동그란 두 어깻죽지에 양 볼이 묻히도록 목을 움츠렸다. 상어기름 불이 또드락 소리를 내며 야울거렸다. 거무는 슬퍼하고 있었다. 그는 대오리문으로 눈길을 보냈다. 마당에 바람이 지나가고 있었다. 낙엽이 굴러갔다. 천장의 서까래들로 눈길을 옮겼다. 거무는 소리 없이 울었다. 눈물이 방바닥으로 떨어졌다.

'오늘 바다에서 무슨 일이 있었느냐?' 하고 물으려다가 다시 참았다.

거무가 어흑, 하고 소리 내어 울기 시작했다. 가슴에 맺힌 슬픔과 억울함과 분함이 울음이 되어 터지는 듯싶었다. 이렇게 앉은 채로는 그간에 진행되어 온 일의 깊고 상세한 내막을 들을 수 없을 듯싶었다.

"그만 자리 펴거라."

그가 말했다. 그 어떠한 잘못도 용서해 주겠다는 넉넉한 마음을 보여 주기로 했다.

불을 끄고 자리에 든 거무가 그의 겨드랑이에 얼굴을 묻었다. 그사이에 거무는 냉정해져 있었다.

그는 눈을 감았다. 어둠의 세계 속에 그가 묻히고 있었다. 거무가 말 꺼내기를 기다렸다. 거무의 몸뚱이가 한 개의 거대한 의

혹 덩어리로 여겨졌다. 이름부터가 그랬다. 여자 이름이 왜 거무인가. 그 이름을 어머니가 지었다고 했다. "왜 하필 거무라고 지었다더냐?" 하고 묻자 거무는 고개를 젓고 한동안 뜸을 들이고 있다가 말했다.

"어무니는 소첩하고 단둘이만 있을 때 소첩보고 늘 우리 신딸 우리 신딸 그라셌구만이라우……. 소첩이 들어설 때 옥황상제님 꿈을 꾸셨당만이라우."

파도 소리가 아스라하게 들려왔다. 거무가 울음 섞인 목소리로 속삭이듯이 말했다.

"여그서는 더 살 수가 없구만이라우. 나리께서 그라실 수만 있으시면은 대흑산으로 옮겨 가서 살았으면 좋겄어라우. 갯것 하러 가기만 하면 이장이 지달리고 있다가 소첩을 아무도 없는 곳으로 끌고 들어가서 못 살게 들볶는구만이라우. 나리께서 천주님한테 기도하지 않드냐, 너보고 기도하라고 하지 않드냐……. 소첩이 절대로 안 그란다고 해도 그럴 리 없다고 빽빽 우깅만이라라우. 아무래도 여그서는 나리 모시고 못 살겄어라우. 오늘 그랬어라우. 나리께서 언젠가는 본색을 드러내실 것이라고, 조금만 이상한 일을 하면은 즉각 자기한테 말을 하라고라우. 만일 천주학을 믿게 되면 소첩이 육시를 당하는 것은 말할 것도 없고 온 동네가 쑥대밭이 된다고……."

거무는 진저리를 쳤다.

그는 눈을 힘주어 감았다. 세상이 두려워졌다. 겉으로는 부드럽고 야들야들한 웃음 바른 얼굴로 대하면서 속으로는 여우 같은 간교함을 지닌 사람들이 두려웠다. 섬 안의 모든 사람들이 다 그러할 듯싶었다. 지금 그의 품속에 들어 있는 거무까지도 이때껏 그들의 귀 노릇을 하여 왔는지도 모른다. 지금 울면서 속마음을 털어놓음으로써 나를 안도하게 하고 있지만 앞으로 다시 은밀하게 그들의 귀 노릇을 하게 될 것이다.

그들 속에서 나는 어찌해야 하는가. 그냥 모른 체해야 한다. 유배살이의 외로움, 슬픔, 분노를 털어놓아서는 안 된다. 인고하고 또 인고해야 한다. 내가 이 절해고도에서 살아 배길 수 있는 길은 그것뿐이다. 유배살이는 불지옥, 물지옥, 칼산지옥을 맨발로 건너가기다.

파도 소리가 좀 더 또렷하게 들려왔다. 약전은 어둠 수런거리는 천장을 노려보았다. 어둠을 향해 야수처럼 푸른 불을 밝히고 있는 자기의 모습이 그려졌다. 저 어둠이 흑산의 검은 어둠이다. 저 검은 어둠이 나를 흑산 섬에 가두고 마르게 하고 시들게 한다.

문득 아우 약용이 했던 말을 떠올렸다.

'형님은 흑산이 아닌 현산으로 가고 계십니다.'

그 말은 흑산에 살면서도 흑산에서 산다고 고달파하지 말라는 것이다. 흑산에 살면서도 현산玆山에서 산다고 생각하라는 것은 그것으로부터 벗어나라는 것이다. 흑산에서의 삶이 사각형의 삶이라면 현산의 삶은 오각형의 삶이다. 흑산이 한 차원 아래의 더러운 세상이라면 현산은 한 차원 높은 깨끗하고 그윽한 세상이다. 거기에 어떻게 도달하는가. 정심正心을 통해 도달해야 한다. 어떻게 해야 정심에 이르는가.

유학 선비의 정심은 우주의 율동 원리하고 맞닿아 있다. 천주의 뜻도 그러하다. 검은 어둠을 포용하고 사랑해야 한다. 그것이 선비의 사업이다. 사업을 통해 정심이 회복되어야 하고, 정심에 이르기 위해 사업을 해야 한다. 나를 감시하고 내 동태를 나의 적들에게 낱낱이 보고하는 저 어둠의 끄나풀들을 정심으로 포용하고 사랑해야 한다. 그것이 성인들이 가르친 어짊(仁)이다. 위로는 어른을 받들고(孝) 아래로는 어린 사람들을 아껴 주고(弟) 그리고 미욱하고 못 먹고 못사는 사람들을 가엾게(慈) 여겨야 한다. 그것이 선비의 사업이다.

그렇다. 너그러워지자. 거무를 끌어안고 잠을 청했다. 거무의 턱밑으로 머리를 들이밀었다. 거무가 그의 얼굴을 품속에 묻었다. 거무의 체취가 폐부 속으로 밀려들어 왔다. 포근해졌다. 거무가 그를 끌어안은 채 뒤통수와 등을 쓰다듬었다. 어린 시절 젖내 풍기던 어머니의 따스한 품이 생각났다. 무지개 피어오른 바다 물너울을 생각하면서 그는 잠 속으로 빠져 들어갔다.

이튿날부터 그는 아이들에게 글을 암송하라는 숙제를 내주고 바닷가로 나갔다. 스스로가 절해고도에 갇혀 있다고 생각할 일이 아니고, 바다를 품어야 한다고 생각했다. 아니, 바다에 안겨야 한다고 생각했다. 두려움으로서의 바다가 아니어야 한다. 이 바다를 나의 사업으로 삼아야 하고 이 사업을 통해 정심에 이르러야 한다. 바다를 통해 정심에 이르렀을 때 흑산은 현산이 된다.

날마다 아침나절 그 시간에 그 바닷가 그 모래밭에 나와 서서 조수의 변화를 관찰했다. 밀물과 썰물이 주기적으로 교차되고 있었고 교차되는 시간은 한 때(하루가 열두 때이므로 한 때는 현대 시간으로 두 시간)의 절반씩 뒤로 밀려가곤 했다. 그것은 해와 달의 움직임과 관계를 맺고 있었다. 바닷물의 움직임 속에 수학이 들어 있다. 누가 해와 달과 바닷물을 수학적으로 관계 맺어 움직이게 하는 것일까. 그 의문을 풀기 위해서 어떤 책인가를 읽고 싶었다. 그러나 그러한 책을 구할 길이 없었다. 아우에게 그것을 물었다.

……해변에 살아온 이래 조수의 왕래와 그것의 성쇠를 주의깊게 살피지만, 그 해석이 불투명하다. 너는 혹시 그 원리를 아느냐. 달이 동쪽 하늘에서 떠오르면 밀물이 지고, 그것이 중천에 오르면 썰물이 지고, 달이 져서 산 너머로 사라지면 또 밀물이 진다. 달이 떠오른 때에 밀물이 지는 것은 이해할 수 있는데, 달이 져버린 다음에도 밀물이 지는 것은 무슨 까닭인가.

초승달일 때와 만월일 때에 밀물이 가장 많이 밀려오고, 상현달(음력 8일)일 때와 하현달(음력 23일)일 때에 밀물이 가장 적게 밀려드는 것은 무슨 까닭인가.

『주역』은 미묘한 이치를 담고는 있지만, 바다의 조류에 관해서는 한마디의 설명도 없다. 그것은 『주역』을 만든 성인들이 모두 중국 서북 사람들이고 그들은 바다를 만나 보지 못한 까닭이다.

달 몸살 비 몸살

늦은 봄, 한밤중에 잠에서 깨었다. 거무가 흔들어 깨운 것도 아니고, 밖에서 인기척이 들려온 것도 아니고, 바람 소리나 천둥 소리가 들려온 것도 아니고, 이나 벼룩이나 빈대가 문 것도 아니고, 오줌이 마려운 것도 아니었다.

방 안의 어둠이 묽어져 있었고 천장의 서까래들이 어슴푸레하게 보였다. 밖으로 귀를 기울이는데 가슴이 술렁거렸다. 의식이 초롱초롱해졌다. 몸을 일으켰다. 거무는 새근새근 자고 있었다. 대오리문 아래쪽에 흰 물새만 한 달빛이 앉아 있었다. 아하, 저것이다.

문을 열고 나갔다. 댓돌로 내려서는데 중천에 스무날 밤의 일그러진 달이 떠 있었다. 잘 닦아 놓은 은쟁반처럼 반짝거리는 저 달이 나를 깨운 것일까. 그는 서리 내린 듯 흰 달빛을 밟으면서 마당을 한 바퀴 돌았다. 사립을 나서 골목길로 나갔다. 와아악, 해조음이 들려왔다. 골목길이 끝나는 곳에 만조의 바다가 질편히 누워 있었다. 바다는 쏟아지는 달빛을 주체하지 못하고 들썽거렸다. 먼바다는 묽은 젖빛의 해무를 너울처럼 쓰고 있었다.

모래밭으로 들어섰다. 먼바다에서 달려온 파도가 모래톱에서 곤두박질치며 철푸럭철푸럭 소리쳤다. 그 소리가 나발재 골짜기에서 메아리가 되고 있었다. 그 메아리가 그의 가슴에서 맴돌았다. 바다의 알 수 없는 기운이 그의 속으로 밀려들어 오고 있었다. 허기진 듯 젖빛의 해무를 들이마시고 모래를 밟으며 걸었다. 으아악, 하고 소리치고 싶고, 술에 취하고 싶었다. 취한 채 사랑을 나누고 싶었다. 발길을 돌렸다.

집으로 들어가자마자 부엌의 술동이에서 바가지로 술을 퍼마셨다. 알싸한 독주라 금방 취기가 돌았다. 비틀거리며 방으로 들어가 잠들어 있는 거무를 끌어안았다. 몸이 무거워지고 있었지만 거무는 기꺼이 그의 몸을 받아들였다.

이튿날 해 질 무렵 물질을 해가지고 들어온 거무가 알 통통하게 밴 암컷 뻘떡게 한 마리를 그에게 들어 보이며 묻지 않은 말을 지껄였다.

"나리, 기(게)는 달이 없어야 알이 요르쿨로 꽉꽉 차라우."

은색 갑옷을 입은 암컷 뻘떡게는 몸통 한가운데에 갈색 알들을 수북하게 안고 있었다.

'그게 무슨 말이냐' 하고 물으려다가 약전은 간밤에 술에 취하여 한 일이 생각나서 그냥 입을 다물고만 있는데, 거무는 국거리 들어 있는 바가지 속에 게를 던져 넣으며 말을 이었다.

"이 세상 사는 것들 가운데 달 몸살 안 하는 것이 없어라우."

"달 몸살이라니?"

거무가 더욱 알 수 없는 말을 했다.

"저 짚은 바다가 달 몸살을 그중 제일로 심하게 한당만이라우."

거무가 말을 이었다.

"하루 두 번 밀물이 지고 두 번 썰물이 지는 고것이 달 몸살이지라우."

'하아, 그렇다' 하고 약전은 속으로 부르짖었다.

이후에 늘 그랬다. 그래야 할 아무런 연유가 없는데 가슴이 까닭없이 벅차오르면서 우둔거리곤 했다. 그럴 때, 서당 안에 우두커니 앉아 있으면 가슴을 감싸고 있는 뼈나 살들이 터져 버릴 것 같았다. 몸속에서 주먹처럼 뭉쳐진 알 수 없는 힘이 수런거리며 이리저리 몰려다녔다. 밖으로 나가서 휘휘 돌아다니고 싶었다. 아무도 없는 곳에 가서 엉엉 소리쳐 울고 싶기도 했다. 이때 그의 몸과 마음은 술을 찾았다. 술을 양껏 마시고 몽롱해지고 싶어졌다. 몽롱해지면, 의식이 까물까물해질 때까지 미친 듯이 마시고 싶어졌다. 미친 듯 들이켜고 나면 밖으로 나가 헤매어 다녔다.

밖에서 무엇인가가 그를 불러내곤 했다. 그 무엇인가는 그가 집 밖으로 나와 들썽거리기를 바라고 있었다. 끌어당기는 힘에 이끌려 걸어가 보면 그 길 끝에 바다가 있었다. 밀물이 가득 밀려든 바다. 아, 바다 탓이다. 바다가 충일되어 있으면 내 몸도 따라 충일된다. 내 속에 그 충일된 바다가 내뿜는 기운 한 자락이 들어와 있다.

반대로 이상스럽게 우울해지고 속이 허전하고 쓸쓸해지고 슬퍼지고 여기저기 헤매고 싶어질 때 바닷가로 나가 보면 그때 썰물이 져서 진회색 갯벌 밭이 드러나 있곤 했다. 텅 비어 있는 갯벌 밭처럼 그의 몸도 텅 비어 있었다. 허적虛寂이 바로 이것일까.

바닷물과 그의 몸에는 보이지 않는 끈이 달려 있었다. 바닷물로 하여금 홍수 진 듯 줄기차게 소용돌이치며 빠져나가게 하고 반대쪽으로 밀고 올라오게 하는 어떤 힘이 그의 몸속에서도 작용하고 있었다. 이 힘의 정체는 무엇일까. 그 정체는 바로 『주역』에서 이야기하는 변전, 순환의 원리 아닐까. 그 원리대로 운용되게 하는 힘의 주체는 무엇일까. 그것은 해와 달과 별 아닐까.

바닷물 속에 살고 있는 고기들은 밀물과 썰물 때 어떠할까. 그들은 어떤 때 먹이를 찾고 어떤 때 배설을 하고 어느 순간에 교미를 하고 어느 결에 잠을 자고 어느 틈에 알을 낳을까. 그 모든 것은 썰물과 밀물의 영향을 받지 않을까.

자기 몸속에 바다가 뿜는 기운이 들어오곤 한다고 약전이 말하자 이장 윤강순이 고개를 끄덕거리고 나서 말했다.

"아이고, 나리, 그새 섬 양반 다 되셌습니다이. 낚이질을 해보면은, 만조가 최고조로 되는 순간을 전후해 물고기들이 정신없이 입질을 하요이. 저는 그때 그것들이 그냥 미쳐 날뛰는 것이라고 생각항만이라우. 그때는, 거짓말을 조깐 붙이자면은 입갑을 안 끼우고 맨낚시만 집어넣어도 덜컥덜컥 뭅니다잉. 그런디 신통한 것은, 그때가 지나가면 거짓말맨치로 싹 입질을 안 해뿌러라우. 그라고 계속 썰물이 지다가 뚝 그치고 소강 상태에 이르는 그 어름에 그놈들은 또 정신없이 입질을 합니다이. 그 무렵이 그놈들 밥 때인 것이지라우. 그라고는 밀물이 들어오기 시작하면 이놈들은 또한 거짓말맨치로 입질을 전혀 안 해뿌러라우……. 그란께 하루 꼭 니 차례씩 그놈들은 허천기가 발동하는 것이지라우."

약전은 우주의 순환과 율동을 떠올렸다. 우주의 율동 속에서 죽은 듯이 숨을 죽이고 있는 것들은 아무것도 없다. 이 낡아 가는 몸뚱이와 영혼이 외로워하고 술에 취하고 싶어 하는 것도 나 혼자만의 이유 없는 미친 짓이 아니다. 음식을 먹고 싶고 여자를 안고 사랑하고 쿨쿨 잠들고 싶고 산골짜기나 들이나 바닷가를 헤매고 싶어지는 그 우연치 않은 가락, 그 우주가 벌이는 사업을 가장 잘 말해 주는 것이 『주역』의 64괘다.

밀물이 진 다음에는 썰물이 지고, 썰물이 진 다음에는 밀물이 들어온다. 선과 악이 그래서 있고 흥망과 성쇠 또한 그래서 있고 태어남과 죽어 감도 마찬가지로 그래서 있고 가둬 놓기와 풀어 놓기가 그래서 있고 지옥과 천국이 그래서 있다. 깊은 섬으로 들어온 나도 언젠가 섬 밖으로 튕겨 나가게 될 것이다. 부디 짜증내지 말고 그 가락에 따라 흘러가야 할 일이다.

그런데 이장이 한동안 망설이다가 물었다.

"나리께 한 가지 궁금한 것이 있는디라우, 대대로 우리 어른들이 말하시든 하느님하고 천주학의 천주님하고는 어츠쿨로 다를께라우? 또 그것은 『천자문』에 있는 하늘천이나, 『명심보감』, 〈천명 편〉에 있는 하늘하고는 같을께라우 다를께라우? 다르다면은 어츠쿨로 다를께라우?"

약전의 머릿속이 하얗게 비어 버렸다. 아무런 생각도 떠오르지 않았다. 나는 이 사람에게 무어라고 대답해야 할까. 이 사람이 이렇게 묻는 저의는 무엇일까. 지금, 이 물음에 대한 나의 대답을 관헌의 아전에게 그대로 전하려는 것 아닐까.

약전은 마른 입술에 침을 발랐다. 그것을 왜 나에게 묻고 있느냐고 되묻고 싶었지만 참았다. 차갑고 딱딱하게 굳어지려는 마음자락을 폈다. 얼굴에 웃음을 담으면서 고개를 천천히 저었다.

"나는 그런 것 모르네. 사서삼경 속에 들어 있는 하늘에 대해서만 알고 있을 뿐이네. 가령, 『시경』에 이러한 이야기가 있지 않던가. '문왕이 위에 계시니 하늘이 아름답게 빛난다. 문왕이 오르락내리락하면서 하느님 좌우에 계신다.' 나는 다만 그러한 성인들의 말씀을 읽었을 뿐이고 조상신을 정성스럽게 받들 뿐인데 나를 미워하는 사람들이 나를 천주학쟁이로 옭아맸어."

이장이 허공을 향해 눈을 깜박거리고 있다가 말했다.

"나라에서 금하기는 하제마는, 소인은 천주학이란 것이 대관절 무엇인지 궁금해 전들 수가 없습니다이. 궁금해하는 것은 아마 소인뿐만이 아닐 것잉만이라우. 서쪽에서 온 귀신인 천주가, 부처님이나 용왕님이나 우리 하느님보다 더 영험한께, 천주에게 빌면은 소원이 더 잘 이루어지는 것 아닌가 모르겄어라우. 시방 이 자리에는 좌랑 나리가 기시고 소인이 있을 뿐이고, 만일 있다면은 하느님이 내려다보고 기실 것인디 두려울 것이 뭐 있겄습니껴? 소인을 의심하지 마시고 몽매한 소인의 궁금증을 풀어 주시씨요이."

약전은 음험하게 빛나는 윤강순의 눈빛을 보았다. 이놈은 분명 두 개의 얼굴을 가지고 있다. 마귀의 얼굴이 그 하나고 천사의 얼굴이 다른 하나다. 이놈은 내 입에서 천주학에 대한 이야기가 흘러나오기를 바라고 있다. 약전은 불쾌하기 이를 데 없었지만 태연스럽게 참아 넘겼다. 한동안 맞은편 바람벽을 건너다보며 심호흡을 하고 나서 담담하게 말했다.

"이 사람, 나는 여기에 들어오면서 우리 성인들의 말씀까지도 다 잊어버렸네."

이장은 히죽 웃었다. 그것은 약전으로서는 알 수 없는, 오직 이장 혼자서만 아는, 그들의 말마따나 '머시기'한 웃음이었다.

"나리께서는 소인을 의심하시지만, 사실 소인은 딴맘이 전혀 없사옵니다이. 오직 이 섬에 오세서 외롭게 살고 기시는 나리를 돕고 잪을 뿐이옵니다이. 첩을 얻어 드린 것도 그래서지라우. 앞으로도 소인은 나리 주변을 보살펴 드릴 것이옵니다이. 오해 마시씨요이. 그라고 혹 불편하신 일이 기시면 언제든지 소인한티 말씀을 해주시씨요이. 소인 힘이 닿는 디까지 최선을 다해 디릴 텡께라우."

약전은 이장 윤강순이 없는 곳으로 갈 궁리를 하기 시작했다. 이장의 눈길이 송충이의 무지갯빛 나는 살처럼 지긋지긋했다. 이장의 말 한마디에 그의 생사가 달려 있다 싶었다. 어디로 달아날까. 소흑산도 주위에 자잘한 부속 섬들이 있었다. 섬 밖으로는 짙푸른 바다였다. 윤강순을 피해 간다고 자잘한 부속 섬으로 갈 수는 없었다. 갈 곳이라고는 대흑산도밖에 없었다.

그러나 당장에 대흑산도로 가겠다고 나설 수도 없었다. 이장이 자기를 두려워하여 피해 간다고 생각할 경우, 그에게 해를 끼칠 것이 자명했다. 약전은 대흑산도로 피해 들어가지 않으면 안 되는 당위성을 마련하고 이장에게 협조를 구해야 한다고 생각했다.

약전은 이장이 찾아오면 전보다 더 반갑게 맞이하고 마음에 없는 말일지라도 너털거리며 뱉어내곤 했다. 이장을 속이기 위해 그는 자기를 먼저 속이고 있었다.

두 개의 얼굴을 가지고 살기 시작하자, 첩 거무와의 사이, 서당 아이들하고의 사이, 학부모들과의 사이, 산책길에 만나는 마을 사람들하고의 사이가 불편해졌다. 혀를 아프게 깨물었다. 두 얼굴을 가지고 산다는 것은 선비로서 취할 바가 아니다.

약전은 어부들을 만나면 한사코 얼굴과 자세가 근엄해지지 않도록 조심했다. 먼저 얼굴에 환한 웃음을 담고 머리와 허리를 약간 숙여 주면서 진실로 덕담하듯이 인사말을 건넸다.

"그새 평안하신가?"

그러면서 스스로를 타일렀다. 이들을 우롱하듯 대해서는 안 된다. 가식으로 대하는 것이 우롱이다. 자식이 해주었으면 하고 바라는 바를 가지고 부모를 섬기고, 아우가 해주었으면 하는 바를 가지고 형을 섬기고, 벗이 해주었으면 하는 바를 가지고 다른 벗을 사귀고, 윗사람이 해주었으면 하는 바를 가지고 아랫사람을 대해야 한다.

어부들은 머리와 허리를 굽히고 황송해하였다. 무릎을 꿇고 절을 하는 사람들도 있었다.

"아이고, 나리 나오셌는가라우?"

그는 그때마다 당황했다. 관리처럼 섬사람들의 사는 형편을 둘러보러 나온 것도 아닌데, 섬사람들이 이렇게 설설 기는 것은 그가 바라는 바가 아니었다. 그는 재빨리 어부의 손을 잡아 일으키고 짊어지고 있는 고기 구럭을 들여다보며 "고기를 아주 많이 잡았네." 하고 오달져 했다.

어부들은 자기들의 손을 잡아 일으키는 것을 황송해하며 고기 두어 마리를 짚으로 꿰어 그의 손에 들려주었다. 그는 그것을 되돌려준 다음 손사래를 치며 "아니, 이러면 안 되네." 하면서 도망치듯 어부들의 옆을 떠나 바다 쪽으로 가버렸다. 그런데 바닷가 산책을 마치고 돌아오면 서당이나 거무의 집 툇마루에 그 어부들이 그의 손에 들려주려 했던 고기가 놓여 있곤 했다. 그 고기를 보며 그는 뜨거워지는 가슴을 주체하지 못했다. 진정을 보여 주면 섬사람들은 자기 간이라도 내줄 듯이 질박하게 굴었다. 약전은 툇마루에 앉은 채 하늘을 쳐다보았다.

저 못 배운 사람들의 질박한 마음은, 저 높은 곳에 계시는 그분의 마음이다. 어설프게 배운 유지라는 사람들이 세상을 헝클어 놓는다. 윤강순이 그 대표적인 인물이다. 『논어』에서 말한 향원鄕愿이 그것이다.

그들이 나에게 어찌하건 정심正心을 가져야 할 일이다. 정심을 가지려면 일을 가져야 하고 일을 참답게 하려면 정심을 지녀야 한다. 일을 만들어야 한다. 이 깊은 섬에 살면서 할 수 있는 일이 무엇인가. 어부들과 관계된 일, 바다와 관계된 일을 해야 한다. 그렇다. 바다가 하늘과 더불어 짙은 안개나 구름이나 바람을 끌어들여 몸을 가리고 침잠해 있거나 몸부림치는 데는 어떤 변화인가를 도모하려는 은밀한 의지가 담겨 있다. 바다와 하늘의 행위는 드높은 곳에 있는 하늘 주인의 의지, 혹은 성인의 의지 그 자체이다. 색깔이 비슷한 바다와 하늘은 한 영혼 한 몸뚱이인데 전혀 다르게 둘로 보이는 신神의 또 다른 이름이고 모습이다. 그 신은 세상의 측량할 수 없는 너비이고 깊이이고 높이이고 자유자재 한 길이다.

내가 바다 한가운데로 유배되지 않았다면 감히 그것을 짐작할 수도 느낄 수도 없었을 터이다. 나를 이 섬에 가둔 그 누군가는 내가 반드시 알고 느끼지 않으면 안 되는 것을 알고 느끼게 하려고 그렇게 한 것이었을 터이다. 내가 만일 한 마리 새가 되어 창공을 날아가 보고 한 마리 조개나 물고기가 되어 물속에 침잠해 있고 헤엄쳐 다녀 본다면 그분의 뜻을 더욱 확실하게 감지하게 될 것이다.

사람들이 일하는 것은, 하늘에 마음을 기울여 하느님의 명예로운 이름을 드러내는 것이나 죽은 뒤의 영원한 생명과 관계되는 것이 아니라면, 그리고 자신의 덕에 도움이 있거나 다른 사람의 덕에 도움이 되지 않는 것이라면, 참으로 슬기로운 사람이 볼 때 아이들이 죽마를 타고 노는 것에 지나지 않을 것이다. 사람이 선택하는 일은 반드시 착한 일이어야 하고 마음의 덕에 이로운 것이어야 하고 바깥일에 마음을 뺏기지 않은 것이어야 한다. 혼자 있는 것은 하느님을 가장 가까이하는 것이다.

"이제부터 저 그 일을 시작하겠습니다. 이 섬에 제가 살아 있는 까닭을 당신께 보여 드리겠사옵니다."

강진을 바라보며 아우 약용에게 같은 말을 했다. 아우야, 사랑하는 아우야…….

어두컴컴한 깊은 골짜기 아래쪽으로 한 발 한 발 내디뎠다. 아득하고 가파른 길이었다. 발을 한번 잘못 디디면 시꺼먼 어둠 속으로 굴러떨어질 터였다.

한사코 조심하지 않으면 안 된다. 해배되어 고향에 돌아가지도 못하고 죽기는 너무 억울한 일 아닌가. 얼른 이 골짜기를 벗어나야 하는데, 그 길은 끝이 없었다. 돌부리에 발끝이 걸릴세라 조심조심 걸었다. 방광이 불룩해졌다. 오줌을 누고 다시 내려가기로 하고 몸을 돌리다가 발이 미끄러졌고 소스라치게 놀라 번뜩 눈을 떴다. 꿈이었다.

방 안에는 어둠이 가득 차 있었다. 얼마 전부터 그와 같은 꿈을 자주 꾸었다. 그게 대관절 어떤 골짜기 길일까. 지옥 아닐까. 그는 고개를 저으며 꿈속에서 걸은 가파른 골짜기 길을 머릿속에서 지웠다.

몸을 모로 뒤치는데 팔과 다리가 천 근이나 된 듯 무거웠다. 배 속이 더부룩하고 메스꺼웠다. 저녁에 과식을 하지 않아, 얹힌 듯싶지도 않은데 왜 메스꺼울까. 찬 바람을 쐬면 속이 편해질 듯싶어 몸을 일으켰다. 곤하게 자고 있는 거무가 깨지 않도록 조심스럽게 옷을 꿰입고 버선도 신었다. 문을 열고 밖으로 나갔다. 새까만 어둠이 절진해 있었다. 진한 수묵을 칠해 놓은 듯한 나발재 마루의 윤곽이 어렴풋이 드러났다. 하늘에는 검은 구름이 두껍게 쌓여 있었다. 별이 한 개도 보이지 않았다.

사립 밖으로 나섰다. 내를 따라 열린 긴 골목길을 걸어 나갔다. 골목길이 끝나는 곳에 바다가 철썩거리고 있었다. 바다를 향해 나아갔다. 아직 메스꺼운 속이 가라앉지 않았다. 달 몸살일까. 달이 없는데도 달 몸살이 난단 말인가. 두 팔을 휘둘러 대기도 하고 심호흡을 하기도 했다. 나발재를 짓누르고 있는 검은 구름장들의 찡그린 얼굴과 가랑잎 사이를 빠져나가는 살모사 같은 느린 움직임들이 수상스러웠다. 비를 머금고 있었다. 그 구름장들이 금방 비를 토해낼 듯싶어 발을 돌렸다.

그가 옷자락에 묻혀 가지고 들어간 찬바람 때문에 부스스 깨어난 거무가 몸을 일으키며 깊이 잠긴 목소리로 말했다.

"나리, 잠이 오지 않으시면 술을 한잔 들어 보시씨요이."

왜 내가 그 생각을 못 했을까. 취기가 돌면 몸이 가벼워지고 쑤시던 삭신이 풀릴지 모른다. 그는 거무가 호로병을 들고 와서 따라 주는 술을 석 잔이나 거푸 들이켰다.

"나리, 지 생각으로는, 송구한 말씀입니다마는, 영락없이 우리 여자들이 비 몸살을 하는 것같이 나리께서 그러싱만이라우. 비 몸살은 우리 여자들만 하는 것인지 알았는디……."

거무가 자반의 살코기를 발라 내밀면서 말했다. '비 몸살이라니?' 하고 물으려다가 안주를 받아 입에 넣고 씹기만 했다. 거무가 말을 이었다.

"남정네들의 몸은 원래 불로 된 몸이라 어짠지 몰라도, 여자의 몸은 물로 된 것이라 비가 오려고 하면 반드시 비 몸살을 하게 된다고 제 어무니가 그랬구만이라우."

거무의 말을 듣는 순간 문득 어린 시절 집에서 키우던 개가 생각났다. 비가 오려고 기압이 낮아지고 내구름이 끼고 음산해지고 끄느름해지면 개는 밥을 먹지 않았고 이미 먹은 것을 토했고 그늘에서 몸을 외틀고 주검처럼 깊은 잠을 잤다.

약전은 얼근해지자 거무를 끌어안으면서 말했다.

"그렇구나. 내가 비 몸살을 한 것이구나. 불은 물에 닿으면 금방 꺼지는 성질을 가진 것이라 불로 된 남자의 몸은 비 몸살을 여성들보다 더 진하게 한다고 보아야 하지 않겠느냐? 그래그래, 그렇다."

물고기들의 족보

거무는 약전의 숟가락을 무겁게 해드리기 위해서 물질을 한다고 했다. 그녀는 어린 시절 어머니를 따라가서 갯바위에 앉아 물질하는 것을 구경하거나 헤엄을 치며 놀았고, 그러면서 별로 깊지 않은 곳에서 전복이나 소라를 잡기 시작했다고 했다.

한번은 거무 몰래 뒤를 따라가서 숲속에 숨어 그녀가 물질하는 것을 구경한 적이 있었다.

거무가 흰 무명으로 지은 잠녀복을 입고 뒤웅박을 안고 물로 들어갔다. 뒤웅박을 물에 띄워 놓은 채 망사리와 갈구리를 들고 거꾸로 자맥질해 들어갈 때 그녀의 흰 두 다리가 물 위에서 춤을 추듯 흐느적거렸다. 그녀 들어간 수면 위로 흰 거품이 솟구쳐 올라왔다. 숨어서 구경하는 그의 가슴은 조마조마했다. 손바닥에 땀이 났다. 물속에 들어간 그녀는, 그가 심장 뛰는 것을 서른여섯 번 세었을 때 물 위로 올라왔다. 해산물을 망사리에 담아 들고 물 위로 올라온 그녀는 뒤웅박을 보듬고 가쁜 숨을 몰아 쉬었다. 물속에서 가지고 온 해산물을 큰 망사리에 옮겨 담아 놓고 잠시 숨을 돌렸다가 다시 잠수를 했다. 그 짓을 스무 번이나 거듭했다.

거무가 물질을 끝내고 갯바위로 올라왔을 때는 해가 수평선 너머로 떨어진 뒤였다. 서쪽 바다 위로 핏빛 황혼이 피어올랐다. 옷을 갈아입고 있는 거무의 벌거벗은 몸이 황혼빛에 젖었다. 그는 숲속 길을 따라 먼저 집으로 와버렸다.

집으로 돌아온 거무는 갯바구니에서 전복과 소라를 꺼내 창자를 긁어내 썬 다음 잡곡을 넣어 죽을 쑤었고, 술상을 차려 들였다. 그는 고소하고 달콤한 해물죽을 안주 삼아 말없이 술을 들이켰다. 지아비의 술안주를 위해 이승과 저승을 넘나들었을 그녀를 보자 슬퍼졌다.

잠자리에 들어서 그가 물었다.

"물속에 들면 무섭지 않느냐?"

"처음에는 무섭등만은 몇 번 하고 난께…… 시방은 무지하게 재미있어라우. 전복, 소라를 딸 때는 가슴이 막 두근두근합니다이. 나리 잡수실 일을 생각하면은 가슴이 뻐근해져라우. 가끔가다가 무서워질 때가 있긴 있제마는, 하느님이 저를 지켜 줄 거라는 생각을 하면 편안해져 뿌러라우."

"너무 깊은 곳에 들어가지는 말거라. 깊은 곳에서 숨이 막혀 정신을 잃으면 어찌할 것이냐? 나는 그 생각을 하면은 가슴이 미어지는 것 같다. 혹시라도 너한테 나쁜 일 생기면 나 못 산다."

"염려 놓으시씨요, 나리. 소첩은 지 에미를 탁해서 이 동네에서 시엄을 질로 잘합니다이. 물질도 질로 잘하고라우."

거무는 그의 가슴에 얼굴을 묻으며 말했다. 그녀의 뜨거운 콧김이 앙가슴을 뜨겁게 달구었다. 문득 그녀의 몸이 집채처럼 거대해지고 그의 몸은 다람쥐처럼 조그마해졌다. 그는 몸을 외틀었다. 그녀의 탐스러운 젖가슴에 얼굴을 묻었다. 잉태한 아랫배가 불룩해져 있었다. 그녀가 그의 손을 잡아 배에 대주었다. 배 속에서 태아가 꿈틀거렸다. 그는 눈을 감았다. 자기가 그녀 배 속의 아기인 듯싶었다. 정약전의 한살이가 끝나고 이제 새로운 생명체의 한살이가 시작되고 있다, 싶었다. 꿈틀거리는 감촉이 그의 가슴을 벅차오르게 했다. 저 높은 곳에 계시는 그분의 뜻이 이 여자의 몸과 마음속에 슴배여 있다.

"나는 복이 많은 사람이다."

그는 목이 메어 더 말을 잇지 못했다. 그의 마음을 헤아린 거무가 말했다.

"저는 할 수만 있다면 나리를 바닷물 속으로 한번 모시고 들어가고 잪구만이라우. 나리께 산호초, 미역, 다시마, 전복, 소라, 문어…… 다 보여 드리고 잪어라우. 배 속에 있는 아기에게도 보여 주고 잪고. 그것들이 어짠지 아십니껴? 산에 들에 무성한 풀숲같이 치렁치렁 늘어져 있습니다이. 별돔, 오징어, 쥐치, 멸치 같은 은색 고기 떼들이 그 속을 헤엄쳐 다녀라우……. 거그에 또 한 세상이 있는 것이어라우."

'그렇다' 하고 속으로 부르짖었다. 거무가 알고 있는 것들만 취하여 기록해도 고기와 조개와 해초들의 족보가 충분히 될 듯싶었다. 바닷속 생물체들을 알지 못하는 뭍사람들이 궁금한 점이 있으면 펼쳐 보는 물고기들의 족보.

이튿날부터 그는 고기나 조개나 해초 가운데 한 가지씩을 골라 기록했다. 맨 먼저 거무가 익히 잘 아는 전복에 대하여 썼다.

복鰒

큰 것은 길이가 7, 8치 정도다. 등에는 단단한 껍질이 있으며 그 표면은 두꺼비의 등같이 올통볼통하다. 안쪽은 펀펀하지는 않지만 매끄럽고, 무지개같이 오색찬란한 광채가 있다. 껍질의 왼편에는 머리 쪽에서부터 5, 6개 또는 8, 9개의 구멍이 줄지어 있다……. 살코기는 맛이 달고 진해서 날로 먹어도 좋지만 말려서 포로 만들어 먹는 것도 좋다. 창자는 익혀 먹어도 좋고 젓을 담가 먹어도 좋으며, 종기를 치료하는 데 효험이 있다. 봄 여름에는 큰 독이 생기는데 이것을 먹고 중독되면 부종이 생기고 피부가 갈라진다. 가을 겨울에는 독이 없어진다.

여기까지 기록하고 났을 때, 거무가 2월 영등사리의 썰물 때에 본 이야기를 해주어 그것을 덧붙여 기록했다.

들쥐가 전복을 잡아먹으려고 납작 엎드려 있는 동안 전복이 그 등 위로 타고 올라가는 일이 있다. 쥐는 전복을 등에 진 채로 돌아다니게 되는데, 쥐가 움직이면 전복이 찰싹 달라붙어 움직이는 도중에 결코, 떨어지지 않는다. 전복은 쥐가 움직일 것을 미리 알고 단단히 달라붙는다. 쥐가 놀라서 움직이면 전복은 더욱 단단하게 달라붙는데, 조수가 밀려올 때 쥐는 물에 빠져 죽고 만다.

이는 남에게 해를 입히려는 자에게 좋은 교훈이 될 것이다. 구슬을 품고 있는 것은 다른 것보다 등껍질의 모양이 더욱 험하여 껍질을 벗겨 놓은 것같이 보인다. 배 속에는 구슬이 들어 있다.

무

미역 줄기, 다시마 줄기, 톳 줄기들 속에서 헤엄쳐 다니는 은빛 어린 별돔과 검은 줄 도미 떼들과 어울려 춤추며 놀았다. 거무가 그에게 잠수와 헤엄을 가르쳐 주었다. 그는 한 마리의 별돔이 되어 있었다. 두 손 두 발을 까딱거리기만 해도 몸은 살같이 나아갔다. 심연 속은 짙푸른 어둠 빛이었다.

눈앞에 한 무리의 멸치 떼가 나타났고, 그것들은 무지갯빛을 발산하는 은빛이었다. 수천만의 그 멸치 떼들이 군무를 하듯 거대한 포물선을 그리기도 하고 커다란 타원을 그리기도 하고 얼핏 태극 문양을 만들어 보이기도 하면서 이동했다. 어지럽게 느껴지는 그 물속이 어쩌면 바다 나라 궁전의 뜰인지도 모른다, 싶었다. 꽃들이 피어 있었다. 그 꽃들이 산호초라고 거무가 말했다. 황홀했다. 어지러웠다. 검은 줄 도미 떼들을 따라다니다가 새빨간 벽과 천장들을 만났다. 순간적으로 그는 당황했다. 그 새빨간 방 속에 갇힌 신세가 되고 만 것이었다. 어찌할 바를 모르고 사방을 두리번거리는 그를 향해 거무가 웃으면서 말했다.

"사실은 이 속이 소첩의 자궁입니다이. 느끼시지 못해서 그러제, 사실은 나리께서 아주 오래전부터 소첩 자궁 속으로 들어와 살고 기시는구만이라우. 나리께서 소첩의 가슴에 얼굴을 묻었을 때, 소첩의 깊고 무른 늪 속으로 들어오셨을 적에 나리께서 타고나실 때부터 품고 다니셨든 영혼은 없어져 뿔고 전혀 새로운 영혼이 생겨나셨습니다이."

그는 눈앞이 아찔했다. 아니, 어떻게 그럴 수가 있단 말인가. 눈앞에 다가오는 벽과 천장을 두 손으로 밀치기도 하고 허비기도 했다. 그때 푸지직, 하고 방문 여는 소리가 났다. 눈을 번쩍 떴다.

창문이 옥색이었다. 거무가 바야흐로 방문을 열고 밖으로 나가고 있었다. 만삭인 그녀의 엉덩이가 여느 때보다 더 커 보였고 움직임이 굼떴다. 밖에서 날아온 파르무레한 빛까라기(光芒)가 불상의 광배처럼 거무의 머리와 몸통을 둥그렇게 감싸고 있었다.

거무의 행동이 수상쩍었다. 부엌에서 마당으로 나갔다가 다시 부엌으로 들어가고, 오래지 않아 마당으로 나와서 서성서성 한 바퀴를 돌고는 측간으로 들어갔다. 얼마 뒤 마당으로 나왔다가 사립으로 나가는 듯싶더니 다시 마당으로 들어와 아까처럼 한 바퀴를 돌고 나서 측간으로 들어갔다.

거무가 서성서성 맴을 돌던 텅 빈 마당을 내다보았다. 마당에 묽은 치자색 빛살이 쏟아지고 있었다. 어찌해야 할까. 누구에게 조산해 달라고 할까. 이장의 아내에게 부탁하는 수밖에 없다. 탕건을 쓰고 마당으로 나갔다. 잠시 망설이면서 고개를 깊이 숙인 채 그 자리에 서 있었다. 서쪽을 향해 누운 그림자가 그를 쳐다보며 왜 꾸물거리고 있느냐고 꾸짖었다. 이장 윤강순의 집으로 달려갔다. 이장 집이 10리쯤 되는 듯 멀게 느껴졌다.

이장의 아내는 부엌에서 불을 지피고 있다가 사립을 들어서는 그의 인기척에 놀라 마당으로 달려 나왔다. 그녀는 굳어 있는 그의 얼굴을 흘긋 살피고는 재빠르게 두 손을 땅에 짚고 절하더니 방안을 향해 소리쳐 말했다.

"여보오! 뭐하고 기시요이? 쩌그 서당 훈장 나리가 오셨구만이라우. 싸게 나와 보시씨요이. 시방 나 거무한테 가볼란께……. 부삭에 불 조깐 보시오이."

이장의 아내는 허둥지둥 사립 밖으로 달려 나갔다.

초산인 데다가 난산이지만 거무는 여느 아낙들처럼 울부짖지 않았다. 신음 소리 한 번도 내려 하지 않았다. 이를 뽀드득 악물고 안간힘을 써대기만 했다.

약전은 노구솥에 물을 붓고 불을 지펴 놓은 채 아까 거무가 맴을 돌던 마당을 서성거렸다. 하늘을 쳐다보았다. 구름이 떠갔다. 흑비둘기가 구름 속으로 날아갔다. 한낮이 가까웠을 즈음에 방안에서 이장의 아내가 소리쳤다.

"그래! 인자 됐다이! 쬐끔만 더 힘을 써라아! 으응! 오냐아! 아이고 내 새끼이!"

잠시 후 그녀의 탄성이 터져 나왔다.

"아이고 고추다이! 아이고, 우리 거무, 참말로 참말로 고생한 보람 했다이!"

이때 그의 가슴에는 아침노을 같은 환희가 피어올랐고 입가에 벙긋 웃음이 어렸다. 하늘을 향해 큰 소리로 한바탕 미친 듯이 너털거리고 싶었다. 머릿속에 전혀 다른 두 가지 생각이 떠올랐다. 하나는 없음(無)이었고 다른 하나는 무성함과 빼어남(茂)이었다. 앞의 무는, 적자 아닌 서자로 태어난 그 아이의 운명이 슬프고 무의미하다는 뜻이고, 뒤의 무는 경기 땅에 있는 병약한 아들 학초 대신에 그의 씨를 무성하게 퍼뜨려 달라는 뜻이다. '무'로 그 아들의 아명을 삼기로 했다.

이장 윤강순이 물 한 동이를 길어 왔다. 목욕물을 안으로 들여 주고 금줄을 만들어서 사립문 위에 걸어 놓고, 산기슭에서 색깔 고운 황토를 한 소쿠리 퍼왔다. 사립에서 골목길로 나가는 길 양쪽 가장자리에 한 걸음 간격으로 황토 열두 모둠을 만들었다. 자그마한 산 모양의 그 황토 모둠이 한낮의 햇살 속에서 새빨간 불처럼 타올랐다.

서당으로 가자마자 주역점을 쳤다. 이날 나온 괘는 곤위지坤爲地였다.

'곤'은 대지이고 대지는 가장 위대한 생성력의 근원이고 하늘의 창조를 받아들인다. 머지않아 서리가 내린다. 미래의 조짐을 보고 근신할 일이다. 뛰어난 재능을 감추고 때가 오기를 기다려라.

'곤'은 유순함의 극치, 고요함의 극치이다. 항상 부드럽고 성내지 않고 반항하지 않아야 한다. 외침도 부르짖음도 없어야 한다. 그러나 움직이면 강하다. 그 이치는 바르고 한결같다.

아이들에게 글을 가르쳐 익히게 하고 마을 집으로 돌아온 약전은 거무의 방으로 들어가 피부가 새빨간 아기를 두 손바닥으로 받쳐 올렸다. 거무가 어리둥절하여 몸을 일으키고 그의 행동을 주시했다. 그의 손 위에서 아기는 두 눈을 감은 채 사지를 버둥거렸다. 그의 가슴속에서 새빨간 불덩이 하나가 꿈틀거렸다. 그는 아기의 볼에 그의 볼을 비비면서 속삭였다.

"너는 흑산에서 태어나지 않고 현산에서 태어났느니라. 네놈의 하늘 같은 작은아버지 약용이 말한 현산이다. 현산에서는 갇혀 살지도 묶여 살지도 않는다. 자유자재다. 태극을 향해 날아간다. 저 짙푸른 우주의 시원, 현묘하고도 현묘한 진리의 나라로 날아간다."

그는 무가 장차 자손들을 무성한 숲처럼 퍼뜨려 한없이 창성하고 그 스스로가 빼어난 재주로써 세상을 지혜롭게 살아가기를 바랐다. 그는 해배되어 경기도로 돌아간다면 무가 비록 서자일지라도 곤란을 겪으며 살지 않도록 살림살이를 마련해 주리라 생각했다.

희망

철쭉이 만발한 날 홍어 배 선원 넷이 돌아왔다. 물에 빠져 죽었다고 넋을 건져다가 가묘를 쓰고 해마다 출항한 날을 받아 제사를 지낸 문호겸, 이백건, 박무청, 이중원이었다. 그들은 문순득과 김옥문도 살아 있으므로 곧 돌아올 거라고 했다.

돌아온 사람들과 그들의 가족들은 얼싸안고 울었다. 마을 남정네들은 풍물을 가지고 나와 두들겨 대면서 춤을 추었다.

약전은 그들이 부러웠다. 아, 나도 저들처럼 고향으로 돌아갈 수 있을 것이다. 가족과 벗들에게 둘러싸여 춤을 추게 될 것이다.

"참말로 우리 순득이도 살아 있다고?"

"우리 옥문이가 살아 있다는 말이 참말이오?"

그사이에 허리가 꺾쇠처럼 굽고 머리가 하얗게 희고 귀가 깜깜절벽이 되어 버린 순득의 어머니와 머리가 아프다고 늘 머리에 대님 하나를 동이고 바다로 산으로 헤매 다니던 옥문의 어머니는 살아 돌아온 자들을 붙들고 같은 말을 몇 번이나 되물었다. 순득의 아내는 시어머니를 얼싸안고 펄쩍펄쩍 뛰며 울다가 웃다가 춤을 추었다.

이튿날부터 순득의 어머니와 옥문의 어머니는 바닷가에 나와 먼바다를 내다보며 앉아 있곤 했다. 자기네 아들이 돌아오기를 기다리는 것이었다.

약전은 강진 쪽을 바라보았다. 나의 해배 소식을 가지고 올 배는 언제 모습을 드러낼까. 먼바다에서 달려온 파도들이 갯바위에서 하얗게 부서지는 청람색의 바다 위에는 흰 물새들이 어지럽게 날고 있었다.

이듬해 정월 그믐께 문순득과 김옥문이 돌아왔다. 마을에서는 잔치가 벌어졌다. 약전은 그 잔치에 가서 술을 들이켰다. 마을 사람들은 보릿대춤을 추었다. 그도 춤을 추고 싶었다. 한데 몸이 말을 들어주지 않았다. 그의 몸은 양반으로서의 체통을 지키려는 의젓함과 근엄함과 도덕군자로서의 염치라는 것으로 말미암아 굳어 있었다. 사람들이 풍물 장단에 맞추어 추는 보릿대춤을 우두커니 서서 구경만 했다. 그러면서 희망을 가졌다. 나도 고향에 돌아갈 날이 있을 터이다.

다음 날 문순득이 서당으로 찾아왔다. 홍어 배의 선원들 가운데 문자를 알고 있는 자는 선주인 문순득뿐이었다. 순득은 자기네 배가 폭풍으로 말미암아 표류한 내력과 말이 전혀 통하지 않는 이국의 여러 지방을 떠돌면서 본 것들을 이야기했다.

순득이 약전 앞에 두 손을 짚고 머리를 깊이 조아리면서 진정 어린 목소리로 말했다.

"표류한 뒤 이리저리 이끌려 다님스롬 좌랑 나리를 늘 생각했구만이라우. 돌아옴스롬, 나리한테 참말로 잘해디레야겄다고 다짐을 하고 또 했사옵니다이."

약전은 그들이 표류해 가서 살았다는 이국에 대한 궁금증과 호기심이 생겼고, 순간적으로 기발한 생각 하나가 떠올랐다. 반드시 조선 땅만 사람 사는 세상은 아니다. 이웃 중국이나 이들이 표박했던 나라도 사람 사는 세상이다. 이들에게 표박하며 산 얘기를 들어 보고, 만일 평생 유배가 풀리지 않을 듯싶으면, 중국으로 도망쳐 가서 살자. 내 학문 정도면 중국에 가서도 벼슬하며 살 수도 있을 것이다. 눈살을 찌푸리며, 무슨 헛생각을 하고 있느냐고 스스로를 꾸짖었다. 그러기에는 너무 늙었고 또 거무와 무가 딸려 있다.

이튿날 저녁 무렵에 국지를 시켜 제 아버지 문순득을 불러오게 했다. 순득의 입을 통해 그 고통스러웠던 역정을 함께 따라가 보고 싶었다.

"내가 그대들에게 해줄 수 있는 일이 무엇일까 곰곰이 생각했네. 나 그대들이 표류하며 고생한 여정을 문자로 기록해 줄까 하네. 날마다 낮에 바다 일하고 저녁 먹은 다음에 잠깐씩 서당으로 와서 나한테 표류하게 된 내력과 여기저기 다니면서 보고 들은 것들을 하나하나 이야기해 줄 수 없겠는가."

순득은 그렇게 하겠다고 약조를 했다.

다음 날 밤부터 순득은 그에게 표류 과정을 세세히 이야기했고, 약전은 그것을 달필로 기록했다. 순득은 이야기하면서 울기도 하고 웃기도 했다.

"그때는 참말이제 죽느냐 사느냐를 무릅쓰고 한 일인디, 인자 와서 돌아보고 말을 할랑께 웃음이 나오는구만이라우 히히히 히…….”

그렇다. 나도 먼 훗날 이 섬에서의 유배살이를 가족과 벗들에게 이야기하면서 저렇게 웃게 될 것이다.

순득의 이야기는 한도 끝도 없었다. 그의 이야기를 듣다가 함께 눈물짓고 함께 웃었다. 순득은 거무가 내온 술을 마시고 취해 유구流求에서 배운 말을 가르쳐 주었다.

“나리, 유구 말 가르체 디릴까라우? 한나를 ‘띠잇’ 둘을 ‘땃’이라고 하고, 입은 ‘구지’ 귀는 ‘미미’ 코는 ‘피이’ 남자들 양물은 ‘딘애’라 하고, 아낙네가 사는 방을 ‘마리’라 하고 잠잔다는 말은 ‘이내씨’ 죽는다는 말은 ‘신융’ 노래는 ‘가재’ 춤은 ‘우두이리’라고 합니다이……. 여송 말로는 잠잔다는 것을 ‘돌노비’라 하고, 죽는다는 것을 ‘몰리다라’ 라고 해라우.”

순득은 기억력이 탁월했다. 유구와 여송의 풍속들까지도 하나하나 기억해 냈다. 심지어는 그들의 배 짓는 방법까지도 그림을 그려 가면서 이야기했다. 약전은 밤마다 그 이야기를 듣고 기록하는 일로 세월 가는 것을 잊었다.

그런 어느 날 강진의 아우 약용에게서 울화통 터지게 하는 편지가 왔다. 수렴청정하던 대왕대비가 죽고 어린 임금이 친정하면서 대대적인 사면을 단행했는데, 거기에서 약용과 약전이 빠졌다는 사연이었다. 편지에는 절망과 울분이 담겨 있었다.

새 임금의 장인 김조순이 실권을 잡았는데 그 사람은 형님과 저를 풀어 주지 않을 사람입니다. 유배가 쉽사리 풀리지 않고,

또 그게 풀리더라도 벼슬길에 나아갈 수 없을 바에는 가족을 모두 이끌고 이곳 전라도로 이사하고 싶사옵니다. 부디 허락해 주시기 바라옵니다…….

약전은 편지를 움켜쥔 채 허공을 쳐다보았다. 유배가 쉬 풀리지 않을 것 같다니? 그래서 아주 가족들을 이끌고 전라도로 이사할 생각이라니? 곧 답서를 쓸까 하다가 그만두었다. 외롭게 유배살이 하는 동안 울화통이 터져서 괜히 해보는 소리인 듯싶어 모른 체해 버리기로 했다.

한데 그로부터 한 달 뒤에 경기도의 맏형 약현에게서 온 편지에, 약용이 경기도 식구들을 강진으로 이사시키고 싶다고 하는데 어찌했으면 좋겠느냐는 말이 들어 있었다. 아내의 편지에도, 학연 아버지(약용)의 이사하고자 하는 뜻이 완강해 걱정이라는 말이 들어 있었다.

이때껏 약용이 전라도 지방으로 이사하려고 이런저런 말로 가족들을 설득해 온 것이 분명했다. 그는 분연히 약용에게 편지를 썼다.

비록 재산과 보물이 많더라도 타향에서 외롭게 살아서는 안 된다. 속담에 고향을 떠나면 천해진다 했느니라. 자손 된 자는 조상의 옛터에서 예교禮敎를 굳게 지키고 살아야 백 년 뒤 훌륭한 사람이 태어나는 것이다. 갑자기 호남으로 내려와 버리면, 선조의 옛터는 오래지 않아 묵정밭이 될 것이다. 그리고 호남 땅에 외따로 떨어져 사는 후손의 고단함을 누가 불쌍히 여길

것이냐. 현재 아이들이 벼슬아치 집안에서 학문만 일삼아 왔는데, 곤궁하고 굶주린다 하여 어찌 그들로 하여금 호남 땅에 와서 공업과 상업에 종사하게 할 것이냐. 어찌 문업文業을 버리고 다른 직업을 가지라고 하겠느냐. 천주학 사건에 연루되어 죽고 귀양 가고 하여 다시 벼슬을 할 수 없는 형편에 놓여, 이제는 백분의 일도 일어설 가능성이 없다 하더라도 경기도를 지키고 있어야 뒷날의 희망이 있다. 하루아침에 호남으로 떨어져 내려오면, 설사 훗날 호랑이 같은 사내를 낳는다 할지라도 어떻게 일어서겠는가. 너는 호남의 양반 씨족 가운데 쇠미한 형편을 떨치고 일어서는 집안을 몇이나 보았느냐.

전라도는 살 만한 곳이 아니라는 것을 평일에 보고 들어 잘 알고 있었는데, 소흑산도에 와 살면서 더욱 권모술수, 음양 향배의 풍속이 있어 자손을 기를 만한 곳이 아님을 분명히 알았다.

오늘의 계산으로는 먹고살기 위해 전라도를 생각하지만, 이 또한 전혀 그렇지 않은 것이 있다. 대개 천하에 부자가 될 사람은 있어도 반드시 부자 되는 땅은 없는 법이다. 전라도에는 거지가 없고 경기도에는 넉넉하게 사는 집안이 없더냐.

대저 아우 그대의 이 계획은 이별의 괴로움에서 나온 것이다. 우리 나이 이미 반백이다. 남은 날을 손꼽아 헤아려 볼진대, 많으면 20년, 적으면 10년, 그렇지 않으면 6, 7년 남은 것 같다. 이왕의 세월을 돌이켜 보면 10년도 잠깐인데 얼마나 되어야 이별의 괴로움을 잊을 것이냐.

우리들은 그만두고 다시 어찌 차마 죄 없는 자손으로 하여금 뿔뿔이 떨어지고 흩어져 살아가는 슬픔을, 죽어서는 타향의 고혼을 업으로 짓게 할 것이냐. 저들이 고향의 무너진 집을 지키면서 굶주리게 되면 굶주리고, 추우면 추운 대로 고달프게 지내다가 죽게 해야 한다. 무리하게 전라도로 이사할 계획을 세워 무궁한 후회를 끼치지 않는 것이 어떠하냐.

아우 그대가 만약 결심을 바꾸지 않으면 내 처자가 당연히 함께 와서 내가 죽기 전에 바다를 건너 서로 바라볼 수 있겠지만, 집과 밭을 모두 팔아도 이사 비용을 충당할 수 없고, 어리고 병약한 아이들을 데리고 올 방도도 없다. 그러니 마땅히 옛집에 그대로 엎드려 죽을 날을 기다리게 해야 한다.

그대의 이사 계획으로 인하여 우리 형제들 집안의 어린 자식들이 모두 장차 의지할 곳이 없을 것이니 그대는 어찌 차마 이러한 일을 하려고 하느냐.

그 편지의 먹물이 채 마르지도 않았는데 한 텁석부리가 서당으로 달려와 또 편지를 내놓았다.

머리에 동인 수건 한쪽에 곰방대를 꽂고 있는 텁석부리는 댓돌 앞에 엎드린 채 편지 봉투를 뜯고 있는 약전을 향해 바람 살랑거릴 때 되짚어 돌아가야 한다고 말했다. 강진으로 보낼 것이 있으면 얼른 내놓으라는 것이었다. 옷고름을 당겨 맨다고 맸지만 애초에 저고리가 작은 까닭으로 구릿빛의 앙가슴과 오목 들어간 배꼽이 무람없이 드러나는 것을 텁석부리는 감추려 하지 않았다.

약전은 편지를 접어 텁석부리 손에 잡혀 주면서 말했다.

"이 편지 잘 간수하고, 시방, 이 아이를 따라가서 마을에 있는 우리 집에서 주는 것을 정 승지에게 전해 드리도록 하거라."

국지의 손에도 언문으로 쓴 종이 한 장을 잡혀 주었다.

'거무야, 혹시 강진 정 승지에게 보낼 것이 있으면 이 사람 편에 보내거라.'

거무에게서, 강진 시아저씨에게 맛보이겠다고 전복, 조기, 미역, 돌김, 멸치 따위를 갯바람과 태양 볕에 말려 놓았다는 말을 들었던 것이다.

꾸벅 절을 하고 난 텁석부리가 국지를 앞세우고 사립을 나가자마자 편지를 펼쳐 읽어 내려갔다. 중간쯤 읽어 가던 약전은 몽둥이로 뒤통수를 얻어맞은 사람처럼 멍청해져 버렸다. 눈앞에 푸른 어둠이 덮였다. 한동안 아무것도 보이지 않았다. 이 무슨 날벼락이란 말인가. 이게 꿈인가 생시인가. 혀끝을 물어뜯었다. 혀끝이 불에 덴 듯 화끈거리며 아픈 것으로 미루어 생시임이 분명했다.

편지를 움켜쥐고 산을 헤매었다. 골짜기에서 등성이로 치달아 올라갔다. 등성이를 넘어 다시 골짜기로 곤두박질치듯 내려갔다. 나뭇가지가 얼굴을 할퀴고 가시덩굴이 귓바퀴를 찔렀다.

바닷속에 다리를 깊이 묻고 있는 노루목 산줄기 끝까지 달려갔다. 남쪽 연안에 유백색의 모래밭이 펼쳐졌다. 모래밭을 달려갔다. 통보리사초와 순비기나무 잎사귀들 위로 찬란한 햇살이 쏟아졌다. 먼바다에서 달려온 파도가 모래톱에서 거꾸러지면서 소리쳐 댔다. 갯바위에서는 물보라가 일어났다. 짙푸른 바다 물굽이에서는 갈매기들이 선회하며 고기 사냥을 하고 있었다.

온몸에 물을 끼얹어 놓은 듯 땀이 흘렀다. 발을 멈추고 모래밭에 주저앉아 편지를 다시 펼쳐 읽었다. 두 손으로 모래를 두들겨 팼다. 가슴이 막혀 숨을 쉴 수 없었다. 쓰러져 뒹굴었다. 대관절 어찌하여 이놈이 죽었다는 것인가. 이제 경기 땅에는 그의 소생이 하나도 없다. 아들 학초는 후사도 남겨 놓지 않고 죽어 갔다. 이제 나에게는 첩 거무가 낳은 무가 있을 뿐이다. 그 아이는 서자라는 슬픈 너울을 쓰고 있다. 그 아이를 어떻게 후사라고 내세울 수 있는가. 벼슬길에 나아가지도 못하고 사람들로부터 천대받을 뿐일 터인데.

머리를 모래 속에 처박았다. 학초야, 이 못된 놈 학초야. 아비를 두고 먼저 그 어둡고 먼 길을 떠나가 버리다니……. 그는 일어서서 내달렸다. 하늘을 향해 악을 썼다.

"하느님! 어떻게 이럴 수가 있습니까! 아버님, 어떻게 이렇듯 무정할 수가 있습니까! 어떻게 이렇듯 잔혹할 수가 있습니까아!"

그는 미쳐 버리고 싶었다. 지금의 몸과 마음에서 벗어나 전혀 다른 사람의 몸과 마음으로 살아 버리고 싶었다.

산모퉁이에서 누군가가 모습을 나타냈다. 흰 저고리에 반물치마를 입은 거무였다. 그 뒤에 흰 바지저고리 차림의 남자가 달려왔다. 이장 윤강순이었다.

그들의 모습이 보이자 그는 자제했다. 먼바다를 향해 앉아 심호흡을 했다.

"나리, 대관절 뭔 소식인디 이러시는 것이옵니껴?"

거무가 물었다. 그는 대답을 하지 않았다. 그의 등 뒤에 와서 선 이장이 말했다.

"나리, 뭔 일인지 몰겄습니다마는 집으로 들어가십시다이. 너무 슬퍼하시면 귀하신 몸 상하십니다이."

그는 말없이 일어서서 걸었다. 거무와 이장이 뒤를 따랐다. 집에 돌아오자마자 거무에게 술을 달라고 했다. 거무가 술상을 들여 왔다. 이장과 마주 앉아 술을 들이켰다. 술이 두 잔째 오갔을 때 이장이 궁금증을 이기지 못하고 대관절 어떤 소식이 왔느냐고 물었다. 그는 말없이 편지를 이장에게 주었다.

이장이 편지를 뜯어 읽고 나서 약전의 침통한 얼굴을 건너다보았다.

"아니, 어짜다가 이런 일이 일어났답니껴, 잉?"

거무가 들어와 무릎을 꿇고 앉았다. 이장이 그녀를 향해 "경기도 아드님이 별세하셌다는 사연이요이." 하고 말했다.

거무는 잠시 고개를 떨어뜨리고 있다가 빈 호로병을 들고 나가더니 술을 가득 채워서 들어왔다.

그날 밤 약전은 여느 때보다 더 많은 술을 들이켰지만 취하지 않았다. 이장은 취해서 비틀거리며 돌아갔다. 약전은 거무를 끌어안았다.

이튿날, 순득을 불러 말했다.

"긴히 의논할 일이 있으니, 대흑산 장성호를 좀 불러 주게. 이장에게는 말하지 말고."

대흑산

대흑산으로 옮겨 가는 일은 뜻처럼 쉽지 않았다. 그는 이제 홀몸이 아니었다. 생대나무처럼 새파란 첩 거무가 있고, 아들 무가 있었다. 옮겨 가서 살려면 움막 한 채와 살림살이가 있어야 했다. 또 소흑산 관헌의 아전과 대흑산 관헌 아전의 허락을 얻지 않으면 안 되었다.

먼저 이장 윤강순에게 대흑산으로 가서 살고 싶다는 뜻을 전했다. 아전의 반감을 사지 않고 허락을 얻으려면 먼저 이장의 협조를 얻어야 할 듯싶었다.

대흑산으로 가고 싶다는 말을 하자 윤강순이 펄쩍 뛰었다. 마을 사람들이 절대로 놓아주지 않을 거라는 것이었다. 이때껏 약전은 아이들한테 글공부를 성실하게 시켰고 마을 사람들의 사주를 봐주고 날받이를 해주고 부적을 그려 주고 약 처방을 해주었으므로 이제는 소흑산 사람들의 정신적인 대들보가 되어 있다는 것이었다. 소흑산 사람들이 덩굴째 굴러들어온 관세음보살 같은 나리를 대흑산에 빼앗기려 할 리가 있겠느냐는 것이었다.

"소인부터가 싫구만이라우."

약전은 이장을 설득하기 위해 미리 준비해 둔 지략을 썼다.

"요즘 며칠째 점을 쳐보는데, 계속 서남방으로 옮겨 가서 살아야 길하다는 괘가 나오네. 뭐니 뭐니 해도 내가 우선 살고 봐야 하지 않겠는가? 이장이 마을 사람들을 좀 설득해 주시게나. 관헌 아전들이나 보채堡砦 수군들한테는 내가 직접 가서 말하고 허락을 얻겠네."

"나리, 그것이 어떤 점괘인지는 모르겄소마는, 방펜을 써서 액운을 벗어나시고 여그서 사시면은 안 되께라우? 웬만한 액운은 당골네 굿 한 번이면 씻어 버릴 수 있을 것인디라우잉. 아이고, 마을 사람들 모두가 정이 들 대로 들어 뿌렀는디……. 나리께서 대흑산으로 가실란다고 하면은 난리가 날 것입니다이."

약전은 통사정을 하듯이 구구하게 말했다.

"거무는 별 탈이 없는데, 나하고 무라는 놈이 아주 운수가 사나워 안 되겠네. 금년 안으로 옮겨 가지 않으면 나한테 급살 수가 있어. 무란 놈한테는 병탈이 붙을 운세고……."

"하아!"

이장 윤강순은 탄식을 하면서 뒤통수를 긁적거렸다.

"운세가 그르쿨롬 나쁘시다면은 도저히 만류하지 못하겄습니다이."

약전은 이장에게 진정으로 고맙다고 말했다. 이장은 한동안 방바닥을 내려다보고 있다가 말했다.

"그라면은 대흑산 예리로 가도록 하시씨요이. 대왕대비 오라버니란 분도 예리에서 계시다가 나주로 나가셌구만이라우. 거그가면은 김억출이라는 사람이 잘해줄 것잉만이라우. 그 사람 섬 구석에 묻혀 살기는 해도 행실이 법 없이 살 만큼 순하고 곱다고 소문이 났소이. 나리께서 가신다 치로면은 보나마나 환장하게 좋아할 것입니다이. 홀몸도 아니시고 가솔하고 함께 사실 것인디, 미리 통기를 해갖고 건너가자마자 들어가 사실 움막이라도 한 채 마련하라고 해야겄구만이라우."

약전은 고개를 끄덕거리며 그저 고맙다는 말만 되풀이했다.

"나리, 혹시 모래마을로는 가지 마시씨요이. 그 마을 장 화랭이 그놈을 믿고 살아서는 절대로 안 될 것이요잉. 그놈이 예리로 찾아오더라도 속엣말은 하지 마시씨요이. 그라고 소인하고 먼저 약조 한 가지를 해주세야겄구만이라우. 대흑산 가서 사시다가 액운이 가시면은 곧바로 우리한테로 오시겠다는 약조라우. 그르쿨로 하실란다고 하세야만 지가 마을 사람들을 설득할 수 있겄습니다이."

"그래, 그 약조는 틀림없이 지키겠네."

"그라면은 소인이 내일이라도 예리 김억출한테 통기를 할랍니다이."

이장의 이 말에 약전은 고개를 저었다.

"사실은 문순득에게 한 번 대흑산에 다녀오라고 한 바 있네. 지난번에 왔다 간 장 화랭이가 모래마을에서 서당 훈장 한 사람을 모시고 싶어 한다고 하길래."

이장의 안색이 싹 변했다. 볼과 입술이 실룩거렸다. 불쾌한 기색을 감추지 못한 채 차갑게 말했다.

"아하아, 그르쿨로 되아 뿌렀구만이라우, 잉? 나리 펜할 대로 하시기는 하시씨요마는…… 소인은 참말로 서운하구만이라우. 배 폴아 돛 사고 부모 폴아 벗을 산다는 말씀이 있기는 있습니다마는……. 아따, 가슴 한쪽 구석지가 텅 비어 뿔고 동지섣달 성에 바람이 들랑거리는 것같이 썰렁해져 뿔구만이라우."

약전은 이장 윤강순이 훼방을 놓을지도 모른다는 두려운 생각이 들었다. 목소리를 낮추고 천천히 이장을 달랬다.

"여기 막 들어오던 첫날부터 나를 위해 애쓰는 윤 이장의 충심은 내가 늘 고맙게 생각하고 있네. 대흑산으로 가더라도 내 윤 이장을 잊지 못할 것이네."

대흑산으로 가는 배이물에 젊은 아전 박수근이 타고 있었다. 박수근은 약전을 대흑산의 아전에게 인계하고 소흑산으로 돌아간 다음 그 모든 과정을 나주 관아에 보고할 터였다.

바람이 불지 않아 해수면이 거울처럼 맑았다. 그렇지만 깊은 바다인 까닭에 밋밋한 물결이 두어 길쯤 되는 타원 모양으로 굼실거렸다. 사공인 옥문은 앞돛을 달아 놓은 채 노를 젓고 있었다. 키가 작달막하지만, 몸통이 오동통하고 강단져 보이는 옥문은 표류했다가 돌아온 뒤로는 문순득의 배를 타지 않았다. 그는 이장 윤강순의 외가 쪽 조카뻘 되는 젊은이였다.

배를 탄 어부는 바람이 불지 않는 한 안간힘을 쓰며 노를 저어야 하는 것이었다. 옥문의 노 젓는 모습을 흘긋 보고 난 박수근이 묻지 않은 말을 했다.

"뱃놈들하고 바람하고는 이상한 관계가 있습니다이. 펜하게, 싸게 갈 생각으로 늘 '바람아, 불어라 불어라' 하고 바라는디,

그 바람이 너무 심할 겡우에는 배가 까바져서 죽기도 하는 것인께……."

소흑산 해역을 벗어났을 때 바람이 살랑거렸다. 옥문은 노를 걷어 올리고 돛을 달고 고물에 키를 박았다. 바람이 일자 해수면이 짙은 청람색으로 변했다. 파도가 높아지고 파도 머리의 각이 예리해졌다. 돛폭은 바람을 빵빵하게 담았고 배는 살같이 나아갔다. 낡은 거룻배 모양의 무인도 하나가 배 옆을 지나갔다. 그 위에 검은머리갈매기 한 떼가 앉아 깃 고르기를 하고 있었다.

"나리, 이때는 시라도 한 수 읊으세야 하겄구만이라우. 이 얼마나 장엄한 바다입니껴?"

박수근이 약전을 향해 말했다.

"시?" 하고 반문하고 난 약전은 젊은 아전이 장엄하다고 찬탄한 바다를 둘러보았다. 이 장엄한 바다는 또 얼마나 무서운 공간인가. 그의 가슴에 슬픈 회억이 뜨겁게 고이고 있었다. 동남쪽 삿갓 모양의 섬 위에 떠 있는 구름 한 장을 바라보았다.

한강에서 뱃놀이하던 생각이 났다. 과거에 장원한 다음 회시에 대책으로 합격하여 규장각 월과의 임무를 맡게 되었을 때, 아우 약용은 이미 벼슬하여 그보다 서열이 높았다. 정조 임금은 "형이 아우를 뒤따르니 편치 못하겠구나. 도승지는 정약전에게 월과를 면제해 주도록 조처하라." 하고 명령했다. 그 순간 부복하고 있는 약전의 가슴에 뜨겁고 찬연한 빛살이 불비처럼 쏟아졌다. "황감하옵니다." 그 이후 그는 한가롭게 벗들과 어울려 선유를 즐기며 술에 취하여 시를 읊곤 했었다.

'아, 언제 해배되어 한양으로 돌아갈 수 있을까. 그러면 다시

그들과 함께 선유를 즐길 수 있을까.'

"감회가 너무 깊으면 시가 나오지 않는 법일세."

약전이 말을 마치는 순간 배의 오른쪽 해수면에서 은색의 물고기 한 떼가 허공으로 솟구쳐 오르더니 흰 물새들처럼 날개를 치며 활공을 했다. 그 수백 마리의 순은색 물고기들로 인하여 눈이 부셨다.

"아니이! 저게 무엇이냐?"

약전이 찬탄하는 순간 팔뚝만 한 고기 한 마리가 배의 갑판 널빤지 위에 떨어졌다. 약전은 쪼그려 앉아 그놈의 날개를 살폈다. 날개가 아니고 지느러미가 새의 날개처럼 발달해 있었다. 몸은 옆으로 납작하고 배지느러미와 꼬리지느러미가 담홍색의 아름다운 몸 빛깔이었다. 눈을 뒤룩거리며 다시 날아오르려고 기다란 지느러미를 푸드덕거렸지만 날아오르지 못했다. 그런 채 입과 아가미와 배를 벌씸거렸다.

나의 겨드랑이에도 이렇게 지느러미가 날개처럼 길어 난다면, 어느 날 밤 훨훨 날아가서 강진의 아우를 만날 수 있을 터인데……. 경기도 우리 집까지 날아가서 아내와 형님과 조카들을 모두 만나 보고 돌아올 수 있을 터인데…….

노를 젓는 옥문이 말했다.

"날치라는 고기구만이라우."

"대흑산에 들어가면 좋은 일만 생길 듯싶구나. 첫날부터 우리는 그물을 치지 않고도 생선 국거리를 얻지 않았느냐?"

약전이 빙긋 웃으면서 이렇게 말을 하자, 거무가 도리질을 했다.

"나리, 이 고기는 살레 줘사 쓴답니다이."

약전은 의아하여 거무의 얼굴을 건너다보았다. 약전을 등진 채 뱃머리 앞의 물너울을 바라보고 있던 아전이 널빤지 위에서 푸드덕거리는 날치에게로 눈길을 돌리며 알은체했다.

"사냥꾼한테 쫓게 들어온 산짐승을 숨겨 주대끼, 짙푸른 바다에서 배질을 할 때 배 우그로 올라온 고기는 살레 주는 것이랑만이라우."

"아하, 그렇구나!"

약전은 고개를 끄덕거렸다. 거무가 날치를 물로 던져 넣었다. 날치는 청람색의 물속으로 헤엄쳐 들어가 버렸다. 약전은 그 모습을 들여다보고 있다가 누구에게라고 할 것 없이 먼 바다를 바라보며 물었다.

"저놈들은 왜 저렇게 새처럼 허공을 나는 것이냐? 물을 떠나서는 살 수 없는 물고기면서 왜 공기 중을 날아다니느냐? 허공을 유람하고자 함인가?"

옥문과 거무는 대꾸를 하지 않았다. 약전은 궁금해 견딜 수가 없었다. 짐짓 사리에 맞지 않을 듯싶은 말을 꺼냈다.

"나는 물속에 사는 물고기지만 이렇게 허공을 날아다닐 수 있는 재주도 있다고 다른 고기들에게 과시하려 함인가? 그렇다면 그 교만이 자기를 죽이는 결과를 가져오지 않겠는가?"

옥문이 말했다.

"아니라우. 지놈도 살라고 그라는 것잉만이라우. 저를 잡아묵을라는 상어나 돌고래 같은 큰 고기가 쫓아오고 있응께 잠시 물밖으로 피신을 하는 것이랑만이라우."

약전은 허공을 쳐다보았다. 정수리에 바늘 하나가 박힌 듯싶었다. 그가 대흑산으로 건너가려는 것이, 대흑산의 풍광이 소흑산보다 빼어나다거나 인심이 더 좋다거나, 혹은 대흑산 마을의 밥이 더 많고 싱싱한 고기반찬이 풍성하다거나 해서가 아니다. 또한 육지로부터 멀리 떨어져 있는 그곳에서 유유자적하기 위해서도 아니고, 중국하고 가까운 크고 장엄한 바다를 즐기려는 것도 아니었다.

그를 사사건건 감시하는 눈초리들을 피하기 위해서였다. 그 눈초리들은 육지로부터 사약이 오게 할 수도 있는 것이었다. 관헌의 아전들이나 보채의 수군들이나 이장 윤강순이나 마을 사람들이 다 그의 일거수일투족을 살피고 있다 싶었기 때문이다.

그는 오래전부터 대흑산으로 피해 갈 계책을 꾸며 왔다. 문순득을 대흑산 모래마을의 장성호에게 보내, 관헌의 아전과 수군들이 멀리 떨어져 있는 마을에서 살고 싶다는 뜻을 전했다. 그 소식을 전해 듣고 이튿날 건너온 장성호는 흥분한 채 말했다.

"모래마을 사람들 전체가 이미 좌랑 나리를 훈장으로 모실 의논을 다 해놓고 지달리고 있구만이라우. 가보시면 아실 테제마는, 개미 새끼 한 마리도 왼고개 틀지 않을 것입니다이."

강진과 한 발짝이라도 더 가까운 곳에 살아야 아우와 편지를 주고받기 쉽다는 것을 모를 리 있겠는가. 내가 소흑산도에 살아야, 약용이 해배되면 많은 고생 하지 않고 나를 만나러 올 것 아닌가. 그것을 절감하면서도 그는 대흑산도로 들어가고 있었다. 사람인 주제에 날치처럼 슬픈 삶을 살지 않을 수 없는 스스로가 안타깝고 한심스러웠다. 코끝이 시리고 눈물이 어리는 얼굴을 찬바람 불어오는 쪽으로 두르고 심호흡을 했다.

문득 절망할 일만이 아니라고 스스로를 타일렀다. 더욱 깊은 곳으로 들어가면(巽) 좀 더 빠른 세월 안에 나오게 된다는 『주역』 속의 말을 믿었다. 그렇다. 모든 것을 다 잊고 물고기 족보 만드는 일만 부지런히 하자. 바쁘게 일하는 동안에는 귀찮고 고달픈 생각들에서 벗어날 수 있다. 그게 정심으로 들어서는 길이다.

그는 옥문에게 날치에 대하여 시시콜콜 물었고 지필묵을 꺼내서 기록했다.

비어飛魚 속명 날치어(峙魚)

큰 것은 두 자가 조금 못 된다. 몸은 둥글고 푸른색을 띠고 있다. 새처럼 날개가 있는데 선명한 색이다. 한번 날개를 펼치고 수면 밖으로 솟구쳐 나오면 수십 걸음을 날 수 있다. 맛은 매우 담박하고 좋지 않다. 망종 무렵 해안가로 몰려와 알을 낳는다. 어부들은 횃불을 밝혀 놓고 작살로 이 물고기를 잡는다. 홍도와 가거도에서 나지만 흑산도에서도 가끔 볼 수 있다.

거대한 가오리가 몸통을 외틀면서 먹이를 잡기 위해 헤엄쳐 가는 듯한 모양의 검푸른 섬이 눈앞에 나타났다. 우죽삐죽한 산봉우리와 뻗어 간 산줄기에는 먹물을 진하게 섞어 놓은 듯 녹색의 해송 숲이 빽빽했고, 섬의 가장자리는 깎아지른 절벽 같은 갯바위들로 성벽처럼 둘려 있었다. 그 갯바위에는 배를 댈 수 없고, 설사 대더라도 뭍으로 올라갈 수 없을 듯싶었다. 먼바다에서 달려온 질푸른 파도들이 검은 갯바위를 들이받고는 흰 거품을 뿜으며 깨지고 있었다.

대흑산 섬이었다.

"진리하고 모래마을 앞개 말고는 배를 안심하고 댈 데가 벨로 없는 섬이어라우."

옥문이 말했다.

배는 가오리의 기다란 꼬리 같은 섬 모퉁이를 돌았다. 섬 옆으로 다가가자 달려온 물결들이 용솟음치듯이 융기했다. 물속에서 문득 머리를 내민 암초들이 흰 거품을 뒤집어쓴 채 앙상한 이빨들을 드러냈다. 물결이 밀어붙이는 대로 배가 밀려가서 저 암초에 머리를 찧는다면 순식간에 난파될 것이다. 헤엄을 치지 못하는 나는 하릴없이 수장되고 말 것이다. 약전은 진저리를 치면서 눈을 감았다. 속으로 중얼거렸다. 이 무서운 검은 섬, 대흑산으로 깊이 들어왔으므로 나는 오히려 더 빨리 되돌아 나가게 될 것이다.

옥문은 배를 대흑산 진리 앞 연안의 회흑색 자갈밭에 정박시켰다. 젊은 아전 박수근이 그곳의 관헌으로 갔다. 얼마 뒤 대흑산의 호리호리한 아전이 소흑산의 젊은 아전을 따라 나와서 함께 배에 올랐다.

대흑산의 아전은 약전에게 머리를 숙여 예를 표하고 앞돛 옆으로 가서 앉았다. 배가 모래마을로 가기 위해 바다로 떠가고 있을 때 대흑산의 아전이 약전을 향해 말했다.

"저 기다란 모퉁이를 돌아가면은 예리라는 마을이 있습니다이. 김귀주 대감이 거그서 사시다가 가셨는디, 그 집이 그대로 있구만이라우. 혹시 어떤 대감이 또 오시지 않을까 해서 소관이 그 집을 비워 놓도록 했구만이라우. 만일 모래마을 사람들이 마련해

디린 거처가 불펜하시면은 언제든지 그 마을 이장을 통해 소인에게 말씀을 하시씨요이. 예리 그 집에서 사시게 해디릴랑께라우."

"고맙네."

말은 그렇게 했지만 김귀주가 살던 곳으로는 가지 않을 참이었다. 김귀주가 머물렀다는 집이 설사 대궐 같을지라도. 영조 임금 때는 사도세자를 모함하고, 사도세자가 죽은 다음에는 새 세자(정조)를 헐뜯고, 정조 임금이 옥좌에 오르자 홍봉환을 몰아내려고 발버둥 치다가 정조 임금의 미움을 사 이곳으로 유배되었던 김귀주. 혹시 꿈속에서라도 김귀주를 만날까 두려웠다.

두 개의 드높은 산줄기가 남쪽을 향해 있는 연안은 오종종했다. 샛개라고 하는 그 연안 안쪽 골짜기에 모래마을이 있었다.

약전의 가족을 실은 배가 샛개 연안에 닿고 약전이 모래밭으로 내려서자 기다리고 있던 마을 사람들이 모두들 엎드려 머리를 조아렸다. 그 가운데는 아이들도 열댓 명 섞여 있었는데 모두 흰 바지저고리에 머리를 땋아 늘이고 있었다. 패랭이를 쓴 총각도 둘 있었다. 사람들은 장차 서당에 보낼 자기 아이들을 모두 이끌고 나온 것이었다.

"지가 이 마을 사람들 속을 잘 아는디, 시방 문장 높으신 나리께서 다른 마을 다 버리고 해필 자기네 마을로 오신 것을 하늘에서 떨어진 복베락이라 여기고, 그래서 저르쿨로 모두가 들떠 있는 것이라우. 한 해째 서당을 비워 놓은 것이 한이 되어 있어라우."

대흑산 아전이 말했다.

약전은 '복베락'이란 말에 가슴이 벅차올랐다. 그는 배에서 내리자마자 마을 사람들이 하고 있는 것처럼 모래밭에 두 손을 짚고 무릎을 꿇으면서 이마를 깊이 숙여 절을 했다.

흰 두루마기에 갓을 쓴 체구 작달막한 장성호가 황급히 달려와서 그를 부축해 일으키려고 들었다. 의관을 갖춘 체구 우람한 남정네가 뒤따라와서 장성호를 거들었다. 약전은 그들의 손을 뿌리치고 두 손을 모랫바닥에 짚은 채 앞에 엎드려 있는 마을 사람들을 둘러보았다.

그들 가운데 흰 두루마기에 갓을 쓴 앳된 소년의 얼굴 하나가 눈에 띄었다. 그 소년은 마을 사람들 맨 뒤에서 무릎을 꿇고 앉아 두 손을 모래밭에 짚고 있었다. 멀리 떨어져 있었지만, 약전은 '아, 저 소년!' 하고 속으로 소리쳤다. 그 소년의 얼굴은 닭들 가운데 봉처럼 느껴졌다. 그 소년의 희고 넓적한 얼굴 때문인지, 대흑산에 쏟아지는 햇살이 소흑산에서보다 더 찬란한 듯싶었다. 마을에 들어가는 대로 장성호를 시켜 그 범상하지 않은 소년을 불러오게 하리라 마음먹었다.

대흑산의 아전이 무릎을 꿇고 있는 약전을 향해 볼멘소리로 말했다.

"소관이 심히 민망하옵니다이. 천한 갯투성이들 앞에서 그렇게 몸을 낮추신다 치로면은 안 되지라우잉. 양반으로서 채신을 지키세야 합니다이. 병조 좌랑 벼슬살이까지 하신 어른 아니십니껴? 채신을 지키지 않는 것은 좌랑 벼슬을 내린 임금을 욕보이는 죄지라우잉. 원래 상것들이란 여수하고 똑같어 갖고 양반이 채신을 안 지키면은 깔보고 올라타 깔어뭉갤라고 해라우."

약전은 대흑산의 아전을 향해 "나에게도 생각이 있으니 너무 염려 마십시오." 하고 경어를 써서 말했다. 체구 우람한 남정네가 "소인이 모실랑께 저를 따라오시씨요이. 소인은 이 마을 이장 김부칠잉만이라우. 누추하제만 나리 사실 집을 어츠쿨로 마렌한다고 해놓았습니다이." 하고 허리를 굽실거렸다.

약전은 이장 김부칠의 한쪽 손을 두 손으로 감싸 잡아 흔들면서 "고맙소. 정말 고맙소. 우리 한번 형제처럼 잘 지내 봅시다." 하고 말했다. 이장 김부칠은 얼떨떨해하면서 "아이고 나리, 미천한 소인한테 말씀을 그르쿨로 하시면은 안 됩니다이. 한사코 펜하게 낮추어 해주시씨요이." 하고 나서 그와 아전을 안내하려 들었다.

약전은 몸을 일으켜 마을 사람들을 향해 허리와 머리를 굽실거리면서 "이렇게 환대해 주시니 뭐라 고마운 말씀을 드릴 수가 없습니다이." 하고 말했다. 자기도 모르는 사이에 말끝에 '~이'를 붙여 말한 것이 신통하게 생각되었고 가슴이 우둔거렸다.

마을 사람들은 몸 둘 바를 몰라 엎드린 몸을 일으키려 하지 않았다. 약전은 그들에게 어서 일어나라고 하면서 일일이 일으켜 주었다.

아전이 못마땅해하면서 "이라시면은 안 된다는디 왜 자꾸 이라시요, 잉?" 하고 짜증스럽게 말하고 나서 앞으로의 일이 걱정스럽다는 듯 "상것들은 천성이 간사해서, 양반이 몸을 낮추고 고개를 수그리면은 양반이 바보 같고 못나서 그라는 줄로 알고 무시하고 깔봅니다이. 소관한테도 공경하는 말투를 버리시고 당당하게 하대를 해야 합니다이." 하고 말했다.

그는 대흑산 아전의 말에 상관하지 않고 이장의 안내를 받으며 마을로 들어갔다. 뒤를 대흑산 아전 소흑산 아전, 어린 아들 무를 보듬은 거무가 따랐다. 아이들이 우르르 뒤따르면서 약전과 그의 가족의 면면을 살폈다.

마을 사람들과 첫 대면할 때 한 맞절이 그의 가슴을 뿌듯하게 했다. 몸이 날아갈 듯 가벼웠다. 대흑산에서는 소흑산에서보다 훨씬 더 편하게 지낼 수 있다는 생각이 그를 자신만만하고 당당하게 했다.

대흑산으로 오면서 그는 소흑산에서 했던 것과 달리 양반으로서의 태도, 양반 신분과 좌랑 벼슬살이한 이력까지 과감하게 버리기로 마음먹었다. 앞으로는 그 어떠한 사람들에게도 오만하게 군림하지 않고 그들과 같은 처지로 살기로 결심했다. 자신을 물위의 기름이 되지 않게 할 참이었다. 소흑산에서는 규모 있는 유학자로서 대지처럼 단단하게 살았다면 대흑산에서는 갯투성이들과 똑같이 살고 바닷물처럼 부드럽게 어울리고 너울거리며 살 참이었다.

어느 누구에게서도 감시받으며 살고 싶지 않았다. 그들이 형제처럼 여겨 주기를 희망했다. 그들로부터 따돌림받지 않으려면 한사코 키와 눈을 낮추어야 한다고 생각했다. 이 마을 모든 사람들과 나는 똑같이 같은 하늘을 머리에 이고 사는 평등한 사람이다.

앞장선 이장과 장성호는 마을의 골목길을 지나 동남향의 언덕 위로 갔다. 서당이 언덕 위에 자리하고 있었다. 온 마을이 다 내려다보이는 자리였다. 방 세 칸, 부엌 한 칸의 초옥. 사람들은 진즉부터 서당과 거기에 달린 살림방과 부엌을 말끔하게 청소해 놓고 약전의 가족을 기다리고 있었던 것이다.

이장 김부칠은 약전을 동편의 방으로 들어가 좌정하게 하고 뜰에서 큰절을 올렸다.

"나리를 훈장으로 모시게 되어 우리 마을은 큰 광영이옵니다이. 대흑산에서 우리 모래마을같이 복 받은 마을은 없구만이라우."

장성호도 따라 절을 했다.

마을 사람들도 모두 그들 뒤에 엎드려 절을 했다. 닭들 중의 봉이라고 느꼈던, 의관 정제한 앳된 소년의 모습도 거기 섞여 있었다. 절을 하고 난 사람들은 마당과 사립문 앞에서 웅성거리며 약전과 거무와 무를 살폈다. 의관 정제한 소년은 마을 사람들이 툇마루에 내려놓은 이삿짐 가운데서 책 보따리를 살피고 있었다.

두 아전은 동편의 방 하나와 서편의 방 둘과 부엌을 세세히 둘러보고는 약전이 좌정하고 있는 동편 방의 툇마루에 걸터앉았다. 대흑산의 아전은 이장 김부칠과 장성호를 향해 "이장하고 장 화랭은 나하고 잠시 이야글 조깐 해야 하겄소이." 하고 말했다. 대흑산 아전은 둘을 마을 사람들이 없는 안쪽 마당 귀퉁이로 데리고 갔다. 그 아전은 그들 둘만 알아들을 수 있도록 낮은 소리로 속삭였다. 이장이 그 아전을 향해 고개를 끄덕거렸다. 장성호는 앞산을 향해 선 채 먼 하늘을 보고 있었다. 대흑산 아전이 장성호를 향해 뭐라고 다짐을 받듯이 말하자 장성호가 고개를 끄덕거렸다.

약전은 이장과 장성호가 대흑산 아전을 따라 나가는 순간 가슴이 답답해졌다. 다섯 집을 하나로 묶어 서로를 감시하게 하는 제도는 대흑산에도 들어와 있다. 대흑산 아전은 이장과 장성호로

하여금 나를 감시하여 보고하라고 말하고 있다. 어찌하랴. 그들이 감시할지라도 관헌이 엎드리면 코 닿을 곳에 있는 소흑산도의 진리보다는 마음이 편할 것이다. 대흑산 아전은 곧 진리로 돌아갈 것이다. 진리와 모래마을은 산모퉁이 몇과 연안 몇 곳을 사이에 두고 있다. 나는 이장과 장성호가 의심할 만한 짓을 하지 않고 살면 되는 것이다.

두 아전이 돌아간 다음 약전은 장성호에게 "아까 의관 정제한 소년이 눈에 띄던데 좀 불러올 수 없겠소?" 하고 말했다. 장성호의 얼굴에 수줍은 웃음이 떠올랐다.

"아, 그놈이 소인의 돈아豚兒이옵니다이. 소인이 차분히 따로 데리고 와서 인사를 디리게 할라고 했사온디……."

장성호는 뒤통수를 긁적거리며 문밖을 흘긋 돌아보았다. 그때 앳된 소년은 사립 밖에 서 있었다. 장성호가 앳된 소년을 향해 손짓을 하며 말했다.

"창대야, 얼른 이리 와서 새로이 인사를 디레라."

"아니, 절이야 아까 했으니 다시 할 것은 없고……. 사실은 아까 바닷가에서부터 얼굴이 훤한 데다 눈빛이 범상치 않고 몸놀림이 유를 벗어나는 듯싶어서…… 여기 들어오는 대로 가까이 불러 확실하게 대면을 하고 싶었소이다."

창대는 댓돌 앞에 엎드려 다시 절을 하려 했다. 그러는 것을 약전이 손사래를 쳐서 말리고 "절은 두 번 하는 법이 아니다. 이리로 가까이 올라오너라." 하고 말했다. 창대가 조심스럽게 툇마루로 올라와 무릎을 꿇고 말했다.

"성은 장가이옵고 이름은 덕순이구만이라우. 마을에서는 그냥 창대라고…….”

옥퉁소의 저음 같은 데다 쨍 울리는 데가 있는 목소리였다.

약전은 한동안 창대의 얼굴과 몸매를 뜯어보았다. 아버지인 장성호의 얼굴을 빼닮긴 했지만, 장성호가 보통 닭이라면 창대는 봉이었다. 장성호의 얼굴 구멍새들이 조잡하다면 그 아들 창대의 그것들은 두 곱으로 확대해 놓은 듯 큼직큼직해 보였다.

“아이고, 이만하면 장 선달은 넉넉하게 승어부했소이다.”

약전은 진심으로 장성호 부자를 위해 덕담을 해주었다.

“나리께서 그렇게 칭찬을 해주신께 광영 가운데 광영이구만이라우. 앞으로 이놈을 늘 가까이 두시고 가르침을 내려주세야겄습니다이. 소인이 아둔한 입으로 기껏 『논어』까지는 가르쳤사온디……. 섬 구석이고 다른 서책이 많이 있는 것도 아니고…… 소인이 좀 가난할지라도 고기잡이배는 타들 못하게 하고 글을 읽게 할라는디, 이놈은 답답한께 저 혼자 바닷가로 나돎스롬 낚이질도 하고 물질도 하고……. 실은 소인이 소흑산도로 나리를 뵈러 갔던 것이 이놈을 부탁하려던 것이었는디……. 이제 나리께서 우리 마을로 오셌응께 이놈은 그야말로 복베락을 맞은 것잉만이라우.”

“그래그래, 앞으로 내게 와서 부지런히 글을 읽도록 하거라.”

장성호와 창대는 머리를 조아리고 황감해했다.

복성재

마을 사람들은 약전의 가족들이 살림하는 데 불편하지 않도록 서당 안에 살림살이 도구들을 다 마련해 주었다. 거무는 치맛귀에 휘파람 소리가 나도록 바쁘게 살림살이를 시작했다. 소흑산도에서와 마찬가지로 물질을 하러 다녔고, 향기로운 잡곡 술이 떨어지지 않도록 잇대어 빚어 내놓곤 했다.

장성호는 거의 날마다 서당에 드나들었다. 절해고도 안에서는 보기 드문 백면서생이었다. 젊어서부터 여느 남정네들처럼 고기잡이를 하지 않고 살아온 사람이었다. 서책을 읽으면서 마을 사람들에게 혼서지를 써주고 날받이를 해주고 부적을 써주고 토정비결을 봐 주었다. 가끔 심심파적으로 바다 잔잔할 때를 골라 댓가지 끝에 낚싯줄을 달고 갯바위에서 고기를 낚곤 하는 것이 고작이었다. 아내의 갯것이나 날품으로 연명을 했다. 한 해 전에 서당 훈장이 병들어 돌아가 버린 뒤로 다른 훈장이 오지 않자 동네 아이들에게 『천자문』이나 『소학』이나 『명심보감』을 가르쳐 주고 곡식 한두 됫박씩을 얻어 들였다.

장성호의 입장에서 볼 때 좌랑 벼슬을 산 양반 정약전이 대흑산으로 들어온 것은 불행이었다. 약전이 들어온 다음 그에게서 글공부하던 마을 아이들을 모두 약전에게로 넘겨주었다. 마을 어른들도 약전에게로 가서 혼서지를 쓰고 날받이를 하고 부적을 쓰고 토정비결을 보려고 들었다. 장성호의 형편을 알고 있는 약전이 마을 사람들에게 단호하고 분명하게 말했다.

"나는 아이들에게 글을 가르칠 줄은 알지만, 부적 쓰는 것, 혼서지 쓰고 날받이하는 것, 토정비결 보는 것은 배운 바가 없습니다. 그 일은 장 선달이 잘하는 것으로 알고 있소이다."

마을 사람들은 고개를 갸웃거리며 돌아갔고, 그 일을 장성호에게 부탁하곤 했다. 그럼에도 불구하고 장성호의 아내는 동네방네 쏘다니면서 약전과 거무를 험구했다. 아이들 가르치는 일로 생기는 곡식 몇 됫박이 모두 약전에게 가는 것이 아깝고 아쉬운 것이었다.

"좌랑 나리가 아이들 가르치는 것이 영 시원찮다고 합디다이. 애들이 알아묵들 못하게 어렵게만 가르치는 것이여라우. 거무는 어떤 학부모가 무엇을 가져다주었다는 것을 일일이 다 말하고 나리는 이것저것 많이 가져다준 아이만 이뻐한당만이라우."

장성호의 아내는 가는 곳마다 이 말을 내뱉곤 했다. 장성호는 그러한 아내의 무례함을 꾸짖었고, 대드는 아내의 머리채를 잡아 흔들면서 두들겨 팼다는 말이 나돌았다.

장성호는 날만 새면 약전에게 찾아가 문안 인사를 드리곤 했다. 약전과 함께 술을 마시고 약전에게서 『시경』과 『대학』과 『중용』과 『주역』을 공부하고 실사구시적인 사고방식에 대한 이야기를 들었다.

대흑산 사람들은 약전과 장성호를 바늘과 실이라고 말했다.

약전은 대흑산에 온 후 아예 양반 행세를 하지 않기로 작정했다. 서당 아이들이나 더벅머리 총각이나 처녀들 말고는 어느 누구에게도 말을 낮추어 하지 않았다. 누구하고 대면하든, 상대에게 위압감을 주지 않도록, 어깻죽지를 들어 올리고 가슴을 넓게 펴거나 고개를 꼿꼿이 쳐들지 않고 머리를 약간씩 숙이면서 얼굴에 웃음을 띠기로 했다. 교만을 버리고 겸손과 하심下心을 온몸에 치장하기로 한 것이었다. 한사코 부드러워지자는 것이었다.

그러한 약전을 가장 불편해하는 것은 장성호였다.

"나리, 제발 소인에게 말씀을 좀 낮추어 해주시씨요이. 소인은 지체가 낮을 뿐만 아니라 나리보다 여섯 살이나 연하 아니옵니껴? 더구나 나리에게서 글공부를 하고 있응께 문하에 들어간 것 아니옵니껴? 소인의 새끼 또한 그라고 있고……. 군사부일체인디, 문하생에게 존댓말을 쓰다니 도리에 맞들 않사옵니다이."

장성호는 애원하듯 간곡하게 청했다. 약전은 빙긋 웃으면서 도리질을 했다.

"나는 지금 죄인의 신분 아니오?"

"소흑산에서는 안 그랬음스롬 여그 오세서는 어째 그라십니껴? 거그서는 소인한티는 물론 윤강순이나 아전들에게도 하대를 안 하셨습니껴?"

"말이란 것에 값이 든 것이 아니오. 또한 사람들은 모두가 평등합니다. 양반이 있고 상민과 천민이 따로 있는 것이 아닙니다.

서양 사람들에게는 높임말 낮춤말이 따로 없다고 들었소이다."

약전은 소흑산도에서 지내본바, 섬사람들에게는 뭍사람들에게서 볼 수 없는 자기 방어술이 감추어져 있다고 느꼈다. 그들은 뭍에서 온 사람들에게 자기 간이나 쓸개까지도 빼줄 것처럼 친절과 정성을 다함으로써 그들로 하여금 적의를 갖지 못하게 하는 것이었다.

그것이 섬사람들의 무서운 점이었다. 그들은 알게 모르게 뭍에서 온 사람의 일거수일투족을 속속들이 살피고 그것을 서로에게 귀띔하여 그에 대한 정보를 공유하였다. 그리하면 섬사람들은 어찌할 수 없이 물이 되고 뭍에서 온 사람은 기름처럼 떠오르지 않을 수 없었다.

소흑산도에서 약전을 가장 가까이에서 돌보아 준 사람은 이장 윤강순이었는데, 윤강순은 약전에게 가까이 접근한 만큼 그의 동태를 제일 속속들이 살핀 사람이었고, 그 정보를 마을 사람들에게 퍼뜨린 장본인이었다. 물론 윤강순은 관헌의 아전들에게도 말해 주었을 것이고, 그 내용들은 한양까지 날아갔을 터였다.

이제 윤강순이 하던 일을 대흑산 모래마을의 장성호와 이장 김부칠이 넘겨받았을 터였다. 이장은 보아하니 무식하므로 글줄이나 읽은 장성호가 그에 대한 정보를 진리의 관헌 아전들에게 글로 적어 전해 줄 터였다.

대흑산에서 편히 지내려면 물 위의 기름이 되어서는 안 된다고 생각했다. 특히 장성호하고 잘 사귀어야 하고 절대로 의심받을 짓을 하지 않아야 하는 것이었다. 장성호와 이장 김부칠의 말 한마디가 그에게 사약을 날아오게 할 수도 있을 터이다.

사실, 대흑산으로 와서 장성호에게 새삼스럽게 말을 높여 버린 것은 그에게 깊은 속마음을 주지 않겠다는 의지였다. 장성호 또한 섬사람들이 다 가지고 있는 자기 방어술을 가지고 있을 것이었다. 자기 방어술은 따지고 보면 보이지 않는 공격술이기도 하였다. 장성호를 비롯한 모든 섬사람들에게 존댓말을 쓰기로 한 것은 그들의 보이지 않는 공격에 대한 자기 방어술이었다.

장성호는 약전의 그러한 속마음을 읽은 듯 더 집요하게 말 낮추기를 요구했다.

"나리께서 말씀을 깍듯이 높여 하시면은 소인이 어렵고 불편하옵니다이. 나리께서 소인의 간청에도 불구하고 말씀을 끝까지 안 낮추시려는 것은 소인으로 하여금 더는 가까이 다가오지 못하게 할라는 의도임이 분명한 듯싶사옵니다이."

장성호는 두 손을 방바닥에 짚은 채 진정 서운해하는 얼굴로 약전을 바라보며 말했다.

약전은 마음이 약해져서는 안 된다고 생각하며 빙그레 웃었다. 장성호가 한사코 말씀을 낮추라고 하는 마음속 저편에 도사리고 있는 저의를 놓치면 안 된다. 상대로 하여금 마음을 놓게 하고 그 마음속으로 한없이 파고들 뿐만 아니라, 상대를 이 녘(자기 편)으로 만들려는 저의. 이 녘으로 만든다는 것은, 상대의 힘을 자기의 힘처럼 이용하겠다는 것이다.

소흑산의 사람들은 성씨가 다를지라도, 구정물 한 방울만 튀어 간 사이면 형님이라 부르고 아우라 부르고 '아제'라 부르고 조카라 부르곤 했다. 형제처럼 지내려고 하는 것은 상대에게 적의가 없음을 보여 주고 공격받지 않으려는 것이었다. 대흑산 사람들도 소흑산 사람들과 다를 리 없을 터였다.

뭍에서 날아온 한 개의 돌멩이인 그가 눈덩이처럼 커다랗게 덩이져 있는 그들 속에 들어가 살려면 그러한 지혜를 배워 익혀야 하는 것이었다. 아니, 그들보다 한결 더 영악해지지 않으면 안 되는 것이었다. 더 영악해지되 그 영악함이 드러나지 않도록 잘 포장해야 하고 어떤 수단과 방법을 동원해도 구별할 수 없도록 섞이어야 하는 것이었다. 혹시라도, 그들과 생리가 다르고 그들보다 지체가 높은 사람으로 비쳐서는 안 되는 것이었다. 그래서 한사코 그들이 그에게 하는 만큼 공손하게 높임말을 쓰곤 하는 것이었다. 그것은 그들과 적당한 거리를 두겠다는 뜻이기도 하지만 그들로 하여금 말 주고받기에서 그에게 밑지고 산다는 생각을 갖지 않게 하려는 것이었다.

말도 거래다. 한쪽이 말을 높여 주는데 다른 한쪽이 말을 낮추어 하면 하대받은 쪽이 밑졌다고 생각하고 억울해하기 마련이다. 말에 값이 들어 있는 것이 아닌데, 그럼에도 불구하고 대부분의 사람들은 말에 대단한 값을 매긴다. 값이 들어 있지 않은 것을 가지고 상대를 억울하고 분하게 할 필요가 있는가.

혹시 높이는 말이 서로의 사귐과 주고받아야 하는 다사로운 정분을 방해한다면 양쪽이 다 같이 말 벽을 허물고 터야 할 일이다. 혹시 그와 동갑내기일 경우 상대가 원한다면 벗을 할 수도 있는 것이다.

"그것은 그래 두고, 내 말을 좀 들어 보시지요. 내가 소흑산을 버리고 대흑산으로 더 깊이 들어와 자리를 잡은 것은, 해배되어 고향으로 돌아가리라는 생각을 아주 버린 까닭이오. 여기 눌러살기 위해서는 사업이 있어야 합니다. 소흑산에서부터 마음먹은바, 앞으로 이 근처 바다에서 나는 물고기나 조개나 해조류들을 소상하게 알아 기록해 볼 생각이오. 그것을 다 이룬 다음에는 바닷가 새들에 대한 기록을 이어 하고, 그다음에는 바닷가 풀이나 나무들에 대한 기록을 하고……. 그 사업을 장 선달이 좀 도와주었으면 좋겠소이다."

약전의 말에 장성호가 말했다.

"그 일이라면 소인보다는 저희 집 창대란 놈이 훨씬 더 잘 도와드릴 것잉만이라우. 그놈을 앞세우고 다니시씨요이."

장성호의 아들 창대는 알 수 없는 데가 있는 아이였다. 열여섯 살이 된 아이인데, 눈동자가 초롱초롱 빛났다. 여느 때 행동이 굼뜨는 듯싶지만, 어느 한순간에는 바람처럼 날랬다. 글을 읽다가 소변을 보러 가는 체하고 굄말(허리춤)을 잡고 일어서서 느릿느릿 문을 열고 나간 다음에는 어디론가 휭 사라져 버린다. 깜박 잊고 있으면 해저물녘에 나타나서 글을 틀림없이 외워 바치고, 살아 움직이는 듯 힘이 있고 반듯반듯하게 쓴 글씨를 내놓았다.

어디 갔다 왔느냐고 물으면, 말없이 도미나 농어나 우럭 따위의 생선이 들어 있는 바구니를 내놓았다. 전복이나 소라를 내놓기도 했다. 낚시질을 하고 그물질을 한 것이었다. 어떤 때는 멸치와 꼴뚜기와 오징어를 내놓기도 했다. 그날은 멸치 배 그물을 당겨 주고 온 것이었다. 다른 아이들이 창대가 예리 선창에 갔다 오곤 한다고 귀띔해 주었다. 예리에는 큰 바다에서 고기잡이하는 중선들이 모여들곤 한다고 했다.

이튿날 아침 그가 창대에게 말했다.

"창대, 오늘부터는 너 혼자 휭 나가지 말고, 좀 참고 있다가 점심 먹은 뒤에 나하고 같이 나가도록 하자."

창대는 어리둥절하여 약전의 얼굴을 흘긋 살폈다.

"나 너를 통해 대흑산 바닷물고기 공부를 좀 하고 싶구나."

창대는 코를 찡긋하면서 빙긋 웃었다.

약전은 점심을 먹은 뒤에 창대를 앞세워 바닷가로 나갔다. 다른 아이들에게는 각기 능력에 맞게 외워야 할 글을 내주고, 서판에 글씨를 받아 주고 시를 한 수씩 지으라고 글제를 내주었다.

"오늘은 앞이나 뒤로도 가고 양옆으로도 가는 놈들에 대해 공부를 좀 하자꾸나."

약전의 익살 섞인 말에 창대는 대꾸를 하지 않았다. 아버지 장성호와 달리 말수가 적었다. 차분하고 고집스럽고 냉정하게 느껴지는 아이였다.

썰물로 말미암아 회색 갯벌 밭이 드러나 있었다. 창대는 앞장서서 갯벌 밭으로 들어갔다. 손에 자그마한 대바구니 하나를 들고 있었다.

갯벌 밭에 들어선 창대는 비호같이 빠르게 움직였다. 도망가는 농게를 훔치듯이 잡고 돌장게를 잡고 삼게를 잡았다. 노랑게, 흰게, 화랑게, 몸살게, 참게, 뱀게, 콩게, 꽃게, 밤게, 동게, 가재, 흰돌게를 잡았다. 물 아래쪽의 깊고 무른 갯벌 밭으로 가서 뻘떡게와 살게를 잡았다.

창대는 그 게들 하나하나를 짚어 가며 그들의 생태에 대하여 줄줄이 설명을 했다. 먹을 수 있는가 없는가와 그 맛에 대해서도 말했다.

약전은 갯바위에 올라앉아 그 게들의 생김새와 창대가 설명하는 것들을 하나하나 기록했다.

거무의 밭은 비옥했다. 뿌리는 대로 싹이 움터 나는 생명력 왕성한 밭이었다. 대흑산으로 온 지 두 달 뒤에 태기가 있었다. 약전의 가슴속에 훈훈한 불기운이 번졌다. 이번에 잉태된 놈이 응아, 하고 소리치고 나온다면 무와 네 살 터울이 될 터이다. 그래, 태어나거라. 거무가 낳으려 한다면 얼마든지 낳게 해주자. 열이든 스물이든 씨를 퍼뜨리자. 대흑산도에 나의 핏줄 이어받은 놈들로 한 마을을 만들어 놓자. 정丁 씨 성 지닌 자들로 한 마을이 이루어진다면 몇백 년 뒤에 나는 정 씨 문중 현산파玆山派의 중시조가 될 것이다.

"어허허허허……."

그는 고개를 쳐들고 웃어 댔다. 동물적인 종족 번식을 즐거워하고 있다는 자괴감과 앞으로 천대를 받고 살아갈 서자를 둘씩이나 두게 된다는 가책이 가슴을 아프게 했다. 만일 또 아들이 태어난다면 이름을 공空이라고 지어야겠다고 생각했다. 딸이 태어난다면 공녀空女라고 이름할 참이었다.

맏이인 아들 무는 눈이 샛별처럼 초롱초롱했다. 그놈의 몸에서는 늘 배릿한 배냇냄새가 날아왔다. 거무가 부엌에 나가고 없는 때에 그놈을 품에 끌어안고, 이마와 볼과 입술과 턱을 그놈의 몸 여기저기에 갖다 대면 가슴이 화롯불처럼 뜨거워졌다. 그놈 보듬은 두 팔에 지그시 힘을 주면서 얼싸둥둥 흔들었다. 갓 솟아

난 고사리 같은 조막손이 예뻐 견딜 수 없었다. 한쪽 손을 입속에 넣어 앙, 하고 깨무는 시늉을 했다. 입을 더 찢어지게 벌리고 다른 한 손마저 한꺼번에 넣어 보았다. 그놈의 부드러운 두 손이 그의 입속에서 꼼지락거렸다.

무의 육체적인 성장은 느렸지만 정신적인 성장은 빨랐다. 말은 어눌하지만 감지력이 매서웠다. 무에게는 눈에 비치는 모든 것이 의혹 투성이였다. 바람에 나뭇잎이 움직거리는 것을 보고 왜 저렇게 움직이느냐고 묻고, 구름 흘러가는 것을 보고 어디로 가는 것이냐고 묻고, 빗방울이 떨어지는 것을 보고 어찌하여 하늘에서 물이 떨어지느냐고 묻고, 땅 밑에서 솟아나는 풀잎을 보고 그것이 그러는 까닭을 물었다. 서투르게 말을 따라 하고 성가시게 묻는 것도 예쁘지만 새근새근 잠들어 있는 모습도 예뻤다. 그는 무 옆에서 넋을 잃고 그놈의 모습을 들여다보며 앉아 있곤 했다. 이놈의 코와 귀와 눈매가 어디에선가 본 듯싶었다. 운두가 약간 낮은 콧대와 속눈썹이 긴 눈매와 여느 사람들의 그것과 다르게 기다란 귓불이 아우 약용과 돌아가신 그의 아버지를 닮고, 개울물 속에 투영된 그의 얼굴을 닮았다.

무가 물을 때면 그는 눈을 치켜뜨고 생각하는 체하다가, 고개를 양옆으로 갸웃거리기도 하고 살래살래 젓기도 하면서 "나는 모른다. 장차 니가 커서 알아 가지고 이 아비한테 좀 가르쳐 주라." 하고 말하곤 했다.

거무는 약전이 아들 무에게 '나는 모른다. 장차 니가 커서…….' 하고 말하는 것이 불만이었다. 그녀 아닌 다른 사람들이 보는 앞에서 무를 안아 주려 하지 않는 것도 서운했다. 무를 보듬고 있다가 장성호나 이장이 오면 재빨리 방바닥에 내려놓아 버렸다. 왜 남 앞에서 보듬는 것을 떳떳하지 못하게 생각한단 말인가. 적자가 아니고 서자이기 때문인가. 이제 당신에게는 아들이 무밖에 없는데 그 무를 부끄러운 존재로 여기다니……. 그녀는 슬프고 원망스러웠다.

집안에 남정네가 있고 아들 무가 있고, 또 배 속에 아기가 자라고 있었지만, 그녀는 문득 외로움과 적막감에 사로잡히곤 했다. 그가 속마음을 주려 하지 않았다. 그는 술에 얼근해졌을 때 그녀의 젖가슴에 얼굴을 묻은 채 자곤 했고, 그녀의 배에 손바닥을 얹고 배 속 아기의 발길질을 느껴 보곤 했지만, 그때뿐이었다.

그녀의 몸을 끌어안은 채 그는 어느 한순간 목석처럼 차갑게 변해 버리곤 했다. 그가 바윗덩이처럼 앉아 맞은편 벽을 응시하고 있거나 반가부좌를 한 채 무를 안고 대오리 문창살을 바라보면서 윗몸을 좌우로 흔들고 있을 때는 돌부처 같았다. 자기만 알 수 있는 어떤 세계 속으로 빠져 들어가 있었다.

그는 무에게 『천자문』을 가르쳤다. 무는 『천자문』을 다 외웠다. 약전이 서판에 받아 준 글씨를 괴발개발 써 내렸다. 약전과 무가 서책을 보듬고 놀 때 그녀는 어쩔 수 없이 혼자가 되었다. 혼자임을 주체하기 힘들 때는 바다로 나갔다. 바닷속에 몸을 담그면 허전하지도 외롭지도 않았다. 물질이란 하루 한 물때에 이승과 저승 사이를 백번쯤 넘나드는 것이었다. 그와 무의 숟가락을 무겁게 해주려는 마음에서만 하는 것이 아니었다. 전복, 소라 따위의 해물을 망사리에 가득 채우는 일에서 즐거움을 찾았다.

그 일을 하는 동안 그녀는 쓸쓸함을 잊었다. 미역과 다시마와 톳과 몰과 거머리말이 늘어져 있는 암초에 붙어 있는 손바닥만 한 전복을 숨이 가빠서 미처 따지 못하고 수면 위로 떠오른 그녀는 잠시 심호흡을 하며 쉬었다가 다시 들어가서 기어이 그것을 따가지고 올라오곤 했다.

그녀는 고독과 적막감을 보듬고 살 수밖에 없는 것, 그 때문에 일에 빠져들면서 즐거워지는 것이 자기의 운명이라고 생각했다. 시퍼런 심연 속에서 아무 탈 없이 물질을 잘할 수 있게 해주는 누군가가 있다고 느꼈다. 전복과 소라와 문어와 미역 속에서 그 누군가의 힘을 느끼고, 해수면의 물무늬에 부딪히거나 관통한 다음 그녀를 향해 날아오는 금빛 햇살에서 그 누군가를 느끼고, 모래톱이나 갯바위에 부딪혔다 메아리가 되어 그녀를 향해 날아오는 물결 소리에서 그 누군가의 음성을 들었다. 흘러가는 구름, 비등하며 흐르는 해류에도 그 누군가의 힘이 들어 있고, 바람결에 고개를 갸웃거리는 나뭇잎에도 그 누군가가 들어 있고, 배 속의 아기에게도 그 누군가가 들어 있고, 한창 말을 배우기 시작하는 무안에도 그 누군가가 들어 있었다. 한 지붕 아래에서 모시고 사는 좌랑 나리의 몸과 마음이 변신한 그 누군가이다 싶었고, 골목길이나 바닷가에서 만나곤 하는 마을 사람들 하나하나가 다 그 누군가의 분신이다 싶었다.

그녀의 그 누군가는 드높은 곳에 있는 숭엄한 존재가 아니었다. 술 담글 때 만지는 누룩이나 잡곡 고두밥에서도 그 누군가를 느꼈고, 그것들을 한데 섞은 다음 알맞게 물을 부어 아랫목에 놓아두었을 때 보글보글 괴는 소리에서도 그 누군가를 느꼈다. 그녀로 하여금 즐거움을 느끼게 하는 것에는 모두 그 누군가가 있었다. 그녀가 일을 하는 것은 그 누군가를 느끼기 위해서였다. 그녀는 약전이 쓴 글자 한 자 한 자에서도 그 누군가를 느꼈다. 그 글자들은 멸치의 머리와 몸통과 꼬리처럼 꿈틀거렸다. 고기들의 족보를 기록한 종이가 한 장씩 불어나는 것을 보며 그녀는 뿌듯함을 느꼈다. 그 종이들 위의 글자 하나하나는 그 누군가의 손금이고 발금이고 주름살이고 눈썹이고 머리털이고 가르마인 듯싶었다. 그 누군가가 바로 하느님인지도 모른다고 그녀는 어렴풋이 느꼈다.

약전이 캐묻지 않아도 거무는 틈만 나면 약전에게 고기들에 대한 이야기를 지껄였다. 누군가가 이야기를 하라고 충동질했다. 그에게 고기들에 대한 이야기를 하는 것은 무지개를 타고 하늘로 날아 올라가는 듯한 환희였다. 그것은 그 누군가의 세상으로 날아가기였다.

약전은 그녀가 이야기하는 것을 곰곰이 듣고 있다가 문득 지필묵을 꺼내 기록하곤 했다. 서당 아이를 시켜 나무통으로 바닷물을 길어 오게 하고, 그것을 옹배기나 자배기에 부은 다음 소라, 전복, 성게, 문절어, 짱뚱어, 도미를 넣어 두고 살폈다. 검자줏빛의 딱지로 입을 봉하고 있던 소라는 물속에 담가 놓으면 발을 내밀고 천천히 기어갔다. 전복은 전복대로 발을 내밀고 나무통 벽에 붙은 채 움직거렸다. 약전은 그것을 이쪽에서 살피고 저쪽에서 살폈다. 툇마루에는 종이와 붓이 준비되어 있었다. 살핀 것을 종이에 기록했다.

그러는 사이에 그녀는 전복의 창자를 꺼내고 살코기를 썰어 접시에 담았다. 호로병에 술을 담아 툇마루에 갖다 놓았다. 비린 생선회는 싫어하지만, 전복살과 소라살은 비린 맛이나 냄새가 덜하여 술안주로 먹곤 했다.

약전은 한번 일에 몰두하면 넋이 나가 버린 사람처럼 주변의 소리를 듣지 못했다.

"나리, 술상 봐 왔구만이라우. 전복살에다가 한잔 드시고 하시씨요이."

그녀가 이렇게 말해도 그는 늘 알아듣지 못하곤 했다. 문득 매정스럽고 서글펐다. 그녀의 정과 사랑이 건너갈 틈바구니가 약전에게는 있지 않았다. 약전은 이렇게 저렇게 풀리는 자기 생각과 여울지고 물살 짓는 자기 감정에 젖어 살아가고 있을 뿐이었다. 그녀를 사람으로서가 아니라, 혼자 살아가기 외로워 의지처로 삼기 위해 키우는 가축쯤으로 여기는 듯싶었다. 아니다. 양반님네들은 으레 정과 사랑을 속으로 감추고 밖으로 드러내지 않고 사는 특별한 존재들이다.

어떤 때는 그가 그 아닌 존재로 느껴질 때도 있었다. 마을의 나이 많은 사람들을 대하거나, 날마다 찾아와 함께 살다시피 하는 장성호나 창대를 대할 때 그는 소가지 없는 사람처럼 헛웃음 치고 너털거렸다. 상대의 표정을 살피면서 마음에도 없는 말을 지껄였다.

대흑산에 오면서 전혀 다르게 변해 있었다. 소흑산에서는 죄인으로 유배 온 처지이면서도 벼슬살이한 양반임을 앞세워, 그곳 사람들에게 하대를 하고 고개를 꼿꼿이 세우고 활개를 크게 저으며 걷더니 대흑산으로 온 뒤부터는 모든 사람에게 경어를 쓰고 고개를 숙인 채 어깨를 늘어뜨리고 걸었다. 약전이 하대를 하는 사람들은 첩인 거무와 창대와 서당 아이들뿐이었다.

변해도 너무 많이 변했다. 소흑산에서는 사립 밖으로 한 발짝만 나가도 반드시 바지저고리에 두루마기에 망건과 탕건과 갓을 쓰더니, 대흑산에 와서는 특별한 경우가 아니면 의관을 정제하지 않았다. 바지저고리 차림에 상투를 틀고 망건과 탕건을 얹어 쓰기만 했다.

가장 많이 달라진 것은 말이 많아지고 호들갑스러워지고 고개를 뒤로 젖히고 소탈하게 너털거리는 것이었다. 좌랑 벼슬까지 했다는 양반님네가 어쩌면 저렇게 채신머리없이 경망스러워질 수 있을까. 걸핏하면 상대를 칭찬하고 덕담을 한 무더기씩 수다스럽게 늘어놓기까지 했다.

"아이고 오달지네이! 어허 허허허……."

이제는 섬사람들의 말투 흉내까지 냈다.

"아이구우! 어쩌면 이렇게 예쁠꼬오! 어허허……."

"아따아! 이 참숭어 좀 보게나. 이 바람 속에 많이도 잡았네요. 참말이지 많이도 잡았구먼 어허허허……."

약전의 얼굴은 순간적으로 늘 바뀌곤 했다. 그의 속에는 한 사람 아닌 두 사람 세 사람 네 사람이 들어 있는 듯싶었다. 거무는 약전이 순간순간 낯설어지곤 했다. 그녀는 그러한 약전을 이해하려고 애쓰면서 한사코 몸짓 발걸음 숨소리 하나까지도 조심했다.

대흑산으로 오면서 달라진 약전을 지켜보는 거무의 마음은 슬프고 아리고 쓰라렸다.

'나리 어째 이라시옵니껴? 사람들이 깔보지 않게 지발 의젓해지시씨요이.' 하고 말해 주고 싶었지만, 그 말을 꿀꺽 삼키곤 했다. 그녀의 그 말이 그의 마음속에 생채기를 만들지나 않을까 싶어서였다.

애초에 그녀가 약전에게 반한 것은, 죄인으로 유배되었음에도 자세와 표정이 의젓하고 당당했기 때문이었다. 윗몸을 꼿꼿이 세우고 근엄한 얼굴로 상대의 두 눈을 뚫을 듯이 마주 보며 굵고 낮은 목소리로 천천히 말을 하는 태도가 그녀의 마음을 사로잡았었다.

그런데 대흑산에 와서는 그렇지 않았다. 누구하고든 마주 앉을 때 허리와 등을 구부정하게 굽히곤 했고, 목을 양어깨 속으로 자라처럼 집어넣곤 했고, 상대의 두 눈을 마주 보지 않고 고개를 숙이곤 했고, 가능하면 부드러우면서도 가느다란 목소리로 말하곤 했다.

약전은 더욱 알 수 없는 사람으로, 실체가 보이지 않는 사람으로 변모해 가고 있었다. 그는 어디로 날아가고 없고 그의 허깨비나 그림자만 그녀 옆에 살고 있는 듯싶었다.

갯투성이들과 벗하기

모래마을 남정네들은 정월 열나흘 밤에 장굴샛개의 펀펀한 갯바위에서 갯제를 지냈다. 용왕님에게 풍어와 어부들의 조난 사고를 막아 달라고 비나리 치는 제사였다. 제사에 참례한 어부들은 모두 헌관을 따라 바다를 향해 절을 하였다.

함지박만 한 순은색 달이 동편 바다 위에 두둥실 떠 있고, 달빛은 먼바다에서 샛개까지 일렁이는 물너울을 새하얗게 적시고 있었다. 바닷속에 살고 있는 모든 흰 비늘 고기들이 일제히 떠올라 퍼덕거리면서 대보름달을 즐기는 듯싶었다.

약전은 술에 취한 채 풍물을 울리며 가는 어부들을 뒤따라 샛개로 갔고, 어부들이 하는 대로 바다를 향해 절을 했다. 그 절하는 모습이 여느 어부들과 달랐다. 대개 어부들은 두 차례만 절을 하는데 약전은 네 번 다섯 번 열두 번을 거듭했다. 갯제를 마치고 돌아가는 풍물꾼들을 따라가면서 보릿대춤을 추었다. 이튿날 지신밟기를 할 때도 그는 풍물패 뒤를 따라다녔다. 풍물패들 뒤에는 부지깽이 총을 어깨에 멘 포수와 치마저고리를 입고 얼굴에 곰보 자국을 찍은 아낙과 돌김 한 장을 우스꽝스럽게 턱에 붙이고 두루마기를 입고 갓을 쓴 양반이 따라갔다. 그들은 모두 건들거리며 춤을 추었다.

음복하는 자리에서 사람들이 권하는 술을 한 잔도 사양하지 않고 모두 받아 마신 약전은 취해 비틀거리면서 양반으로 분장한 남정네 뒤에서 춤을 추었다. 그러다가 아낙으로 분장한 남정네를 끌어안고 춤을 추다가 넘어져 뒹굴었다.

고주망태가 되어 집에 들어온 약전의 몸에서 흙투성이가 된 옷을 벗기는 거무의 가슴은 쓰라렸다.

언제인가부터 약전은 술기운이 떨어지면 우울해지고 맥이 빠졌다. 맥이 빠지면 하던 일을 중단하고 얼굴을 일그러뜨렸다. 어깨를 늘어뜨리면서 한숨을 쉬었다.

거무는 일에 몰두하고 있는 그의 앞에 무릎을 꿇고 앉아 사발에 술을 따라 들고 "나리 한 잔 드시고 하세야겄구만이라우." 하고 말했다. 술기운이 떨어지기 전에 미리 한 잔을 마시게 하는 것이었다.

물통 속의 군부와 삿갓조개와 비틀이고둥을 살피고 있던 그는 그녀가 다시 한번 큰 소리로 말했을 때에야 그녀의 얼굴을 흘긋 살폈다. 그리고 그녀가 내민 술잔을 받아 들고 단숨에 들이켰다. 그녀는 전복살이 놓인 접시와 젓가락을 들어 그의 앞에 놓았다. 그는 전복살을 젓가락으로 집어 먹고 나서 하던 일을 계속했다.

얼마 전부터 약전은 소라고둥의 나선 바퀴 무늬에 대한 생각에 빠져 있었다. 나선은 왜 돌까. 왜 하필 오른쪽으로 돌까.

오른쪽으로 돌고 있는 나선이 벌려 나간 각도의 비례가 현묘했다. 하나에 하나를 더하면 둘이 되고 둘에 둘을 더하면 넷이 되고 넷에 넷을 더하면 여덟이 되고 여덟에 여덟을 더하면 열여섯이 되고 열여섯에 열여섯을 더하면 서른둘이 된다. 서른둘에 서른둘을 더하면 예순넷이 되고 예순넷에 예순넷을 더하면 일백스물여덟이 되고…….

이렇게 벌려 나간 각은 태극이 벌려 나간 각도하고 같다. 그것은, 우리들이 산다는 것이 세상을 구원하기 위한 것임을 말해 주는 것이다. 그렇다. 태극은 우주의 율동이다. 그것이 『주역』에서 말한 하늘(乾)이나 땅(坤)의 힘이다. 한 개의 음과 한 개의 양이 화합한 것을 도道라고 한 것, 곡신谷神은 그윽한 암컷(玄牝)이고, 그 암컷의 자궁은 천지의 뿌리라고 한 노자의 말도, 소라고둥의 나선이 벌려 가는 각의 너비와 깊이와 높이 속에 담겨 있다. 그것이 우주의 원소(玄)이다.

그런데 나선은 왜 오른쪽으로 돌까. 그 까닭을 골똘히 생각하며 바닷가 모래밭을 걸었다. 그러다가 먼바다에서 달려온 파도들이 모래톱에서 멍석처럼 도르르 말리는 것을 보면서, '아하 그렇다!' 하고 소리쳤다. 모든 것은 부딪치면 돌게 된다. 돌멩이를 걷어찼을 때 그것은 땅에 부딪히면서 나아가므로 돌지 않을 수 없다. 한양에서 내쳐져 흑산으로 온 나도 지금 흑산의 모든 것과 부딪히면서 돌고 있다. 고기들의 족보를 만들고 있는 것도 '돌고 있음'이다. 돌되 오른쪽으로 돈다. 태극의 방향으로 돈다. 그렇다. 해류도 그래서 소용돌이친다. 그 소용돌이가 나선을 만들었을 터이다. 『주역』의 변전, 발전이란 것도 나선의 원리 그 자체다.

그는 누구인가와 더불어 그 나선의 원리에 대한 발견을 함께 즐기고 싶었다. 아우 약용이 가까이 있으면 그것이 옳음을 증명받고 싶었다.

아들 무에게 장성호를 불러오라고 시켰다. 어미가 부쳐 준 개떡을 손에 들고 먹던 무는 사립 밖으로 줄달음질쳤다.

거무는 사립 밖으로 달려가는 무의 뒷모습을 바라보며 문득 가축을 생각했다. 무와 좌랑 나리가 길 잘 든 가축 같다고 생각되었다. 혀를 깨물면서 스스로를 꾸짖었다. 내가 시방 이 무슨 방자하고 무엄한 생각을 하고 있는가. 그럼에도 불구하고 좌랑 나리를 기르고 있다는 생각이 더 확고해졌다. 그녀는 슬퍼하면서 자기 생각을 합리화시켰다. 하느님이 그를 그렇게 기르라고 나에게 보내준 것이다. 절해고도로 유배된 고독한 그를 맡아 기르라고. 아니다. 그녀는 고개를 살래살래 저었다. 그가 텅 빈 나의 묵정밭을 일궈 씨를 뿌려 주고 있는 것이다.

그날 밤 그는 장성호와 마주 앉아 술 세 병을 비웠다. 그러나 그 나선에 대한 이야기는 하지 않았다. 장성호가 그것을 혹시 천주학의 원리쯤으로 알아들을지도 모르기 때문이었다. 미련한 자에게는 꿈 이야기를 하지 않아야 한다.

장성호에게 마을 사람들 한 사람 한 사람에 대하여 이야기해 달라고 청했다. 마을 사람들을 하나하나 깊이 알아 가고 싶었다. 장성호는 그가 청한 대로 마을의 맨 윗집에 사는 사람부터 이름과 특색과 사는 정도와 성정과 내력을 말했다.

"맨 윗집, 귀양살이 감나무가 있는 그 집은 늙은 홀엄씨하고 두 해 전에 혼사를 치른 아들 부부하고 세 식구가 삽니다이. 그

집 양반은 조깃배를 타다가 연평도 앞바다에서 죽었는디, 그 홀엄씨는 자기 영감이 죽은 것이 아니고 경기 땅으로 참깨를 폴러 갔다가 안 오고 있다고 늘 그라요이. 새파랗게 젊은 과수가 시어머니 모시고 아들 하나 보고 알탕갈탕 살았는디 늘그막에 며느리도 얻고……. 나리께서는 이해하시기 힘들 테지만, 그 아들이 또 조깃배를 타고 있구만이라우."

내리 세 집의 이야기를 더 하고 장성호는 돌아갔다.

한데 그날 꼭두새벽에 장성호는 까닭을 알 수 없는 사연으로 급사를 했다.

약전은 초상집 마당에 모여든 마을 사람들 틈에서 상방에 놓인 장성호의 신위를 멍히 바라보며 앉아 있었다. 장성호의 죽음이 거짓말 같았다. 그가 대흑산도에 유배되어 온 사실이 꿈같고, 얼마 전 그와 함께 대작을 하던 장성호가 죽었다는 사실이 그 꿈속의 꿈같았다.

거무는 옆이 허전하여 눈을 떴다. 약전이 누워 있던 자리가 비어 있었다. 한참을 기다려도 그는 들어오지 않았다. 일어나 마당으로 나갔다. 예쁘게 빚은 월편 같은 새벽달이 떠 있었다. 마당과 담 위와 사립 밖 골목길 바닥에 서리가 내린 듯 흰 달빛이 깔려 있었다. 측간에 가보아도 그는 없었다. 답답해서 바닷가에 나간 모양이다. 그녀는 물질한 피로로 말미암아 몸이 무겁게 가라앉았다. 방 안에 들어가 누운 채 그가 돌아오기를 기다렸다. 까무룩 잠이 들었다가, 아차, 하고 번쩍 눈을 떴다. 바야흐로 방문이 열리고 그가 옷자락에 바깥의 찬바람과 이슬을 묻혀 가지고 들어

왔다. 그녀는 잠든 체하고 있었고, 그는 조심스럽게 자리에 누웠다. 무는 새근새근 자고 있었다.

거무는 그가 찬바람 들썽거리는 구만리장천을 훨훨 날아다니다가 되돌아온 혼령인 듯싶었다. 나란히 누워 있기는 하지만 그와 그녀 사이에는 대흑산도와 강진 사이보다 더 드넓고 짙푸른 바다가 아득히 가로놓여 있었다.

머리 위에서 유릿가루처럼 투명한 햇살이 소낙비처럼 쏟아지는 한낮이었다. 물기 밴 암갈색의 모래톱에서 산언덕 쪽의 바싹 마른 흰 모래밭으로 가자, 여기저기 구멍들이 뚫려 있고 그 주위에 게가 먹고 배설해 놓은 들깨알만 한 모래 똥들이 널려 있었다. 그 구멍 앞에 창대가 쪼그려 앉아 있고, 그 옆으로 약전이 다가갔다. 창대는 바싹 마른 흰 모래를 두 손으로 움켜쥐었다가 구멍 속으로 흘려보냈다. 한 움큼이 들어가고 두 움큼 세 움큼이 들어갔다. 창대는 마치 그 구멍 속의 주인과 숨바꼭질하듯이 재빠르게 그 일을 하고 있었다.

흰 모래 흘려 넣기가 끝나자마자 창대는 모래를 두 손으로 파헤치기 시작했다. 습기가 더욱 진하게 밴 모래가 나왔다. 그 모래 속으로 흰 모래 줄기가 심줄처럼 뻗어 있었다. 그 흰 모래 줄기를 따라 파 들어갔다. 팔꿈치가 묻히도록 파고 다시 한 뼘쯤을 더 파 들어갔다. 그때 희끗한 것 하나가 튀어 달아났다. 창대가 그것을 놓치지 않고 한 손으로 덮쳐 잡았다. 덜 바랜 모시 같은 색깔의 게였다. 창대가 약전 앞에 내밀었다. 창대의 집게손가락과 엄지손가락이 그 게의 몸통을 집고 있었다. 게는 발들을 치켜들고 자기를 박해하는 적을 물어뜯으려고 했다.

"나리, 이놈은 선녀 같은 놈이어라우. 조깐 어두운 은색이 섞여 있는 것이 아주 귀엽지라우? 우리는 옹알이라고 하는디, 다른디 사람들은 달랑게라고 한당만이라우. 이놈이 보통으로 날랜 것이 아닙니다이."

창대는 제 아비 장성호가 죽은 뒤부터 말수가 많아졌다. 어른스러워졌다. 숙이고 다니던 고개를 들고 상대방을 건너다보려고 했고, 늘어뜨리고 다니던 어깨를 들어 올리고 가슴을 넓게 펴고 다녔다. 아버지라는 존재가 중압감으로 작용했던 것일까.

달랑게의 몸체는 엄지손가락 한마디만 한 정사각형이고, 등쪽에 검푸른 줄무늬가 있으며, 눈자루는 자유자재로 눕혔다 세웠다가 할 수 있고, 집게발은 작고 한쪽이 약간 컸다.

"한여름 밤에 바람 쐬려고 나오면은 요것들이 와그르르 달아나는디 볼 만해라우. 어려서 이놈을 잡어 갖고 소놀이를 했어라우. 실로 몸통을 묶어 갖고 끌고 댕기는 것이지라우. 어짜면은 혼령 같습니다이. 사람이 죽으면 그 혼령이 옹알이가 되는지 몰겄어라우. 우리가 소놀이를 하면 돌아가신 우리 아부지는 막 뭐라고 했구만이라우. 연약한 것을 고달프게 하면은 죽어 지옥에 간다고. 이놈 체구가 작기는 해도 기운이 무지하게 시어서 물리면 무지무지하게 아픕니다이. 물린 자리에 피가 삐죽거려라우."

약전은 외직으로 가신 아버지를 따라가서 글공부하던 시절을 떠올렸다. 약종과 약용과 함께 글을 읽다가 근처 강으로 물놀이를 하러 갔었다. 호로병 속에 된장을 넣어 가지고 가서 수초들 어우러져 있는 웅덩이에 놓아두면 피라미와 붕어와 쏘가리 새끼들이 들어갔다. 그것을 가지고 와서 물통 속에 넣어 키웠다.

이튿날 피라미와 붕어가 죽어 물 위로 떠 올랐는데, 약종이 그것을 땅에 묻어 주면서 눈물을 줄줄 흘렸다. 약용은 한동안 죽은 그것들을 들여다보고 있다가 공부방으로 들어가더니 얼마 뒤에 손에 참종이 한 장을 들고 나왔다. 거기에는 헤엄치는 피라미와 붕어가 정교하게 그려져 있었다. 그 그림을, 눈물을 훔치는 약종에게 보이면서 "작은 형님, 아까 그 피라미하고 붕어 여기 이렇게 살아 있잖아요?" 하고 말했다. 그것을 본 어머니가 약용을 덥석 끌어안으면서 말했다.

"아이고! 아이고 우리 미용이! 니가 장차 무엇이 될래! 무엇이 돼! 응?"

약용의 아명은 미용이었다. 약전은 질투를 느꼈지만 내색하지 않고 약용이 그린 그림을 보면서 찬탄했다.

"정말, 우리 미용이 신통하네! 죽은 것을 이렇게 영락없이 살아 헤엄치게 해놓았네!"

약용은 이후로도 그와 같이 네 살 위인 약전을 절망하게 하곤 했다. 책 읽는 속도도 그보다 빨랐고 한 번 읽고 다시 한번 읽으면 외워 버렸다. 자라서 함께 회시를 보았을 때도 아우인 약용만 합격하고, 그는 낙방했다가 다음 해에야 합격했다. 약용은 영리한 데다 부지런하기까지 했고, 어떠한 일이든 한번 하기 시작하면 끝장을 봤다. 판단력 또한 분명했다.

진산 사는 외사촌 윤지충이 제 어머니의 신위를 불태운 사건이 일어났을 때, 약용은 약전에게 단호하게 말했었다.

"중형님, 이 사람들 큰일 낼 사람들입니다. 저는 천주학을 다만 학문으로서 한번 훑어보았을 뿐, 깊이 신앙하지는 않았습니다. 세례를 받은 것도 그것을 받는 순간을 체험해 보고 싶었을 뿐입니다. 천주학을 위해 목숨을 바치는 것은 선비 된 자로서 온당하지도 바람직하지도 못한 일입니다. 우리에게는 이승에서 해야 할 일이 무진장 남아 있습니다. 성호 선생처럼 일단 천당을 의심해야 합니다. 아무도 거길 다녀온 사람이 없는데 하늘나라에서의 한살이 삶이 또 있다는 것을 어찌 믿는단 말입니까. 이승의 삶은 오직 천국에서의 삶을 준비함에 있다고 하는 것은 석가모니 제자들의 생각과 다를 것이 없지 않습니까. 유학자는 모름지기 사는 날까지 살면서 자기의 사업을 해야 합니다. 그 사업을 통해 정심에 이르러야 합니다. 저는 곧 제 잘못을 자척自斥하는 상소를 올려야겠습니다. 만일 그렇게 하지 않으면 장차 멸문지화를 면치 못할 것이옵니다. 형님께서도 깊이 생각하시고 돌아서십시오. 약종 형님께는 제가 찾아가서 우리 형제의 뜻을 이야기하고 마음을 돌리도록 하겠습니다."

약용의 말이 옳다고 생각되어 그는 천주학을 버리기로 작정했다. 신앙을 함께하기로 약조했던 동무들이 배교했다고 욕할지라도 감수하리라고 생각했다. 그러나 약용처럼 자척 상소를 올리지는 않았다.

며칠 뒤 찾아온 약용이 고개를 저으며 눈살을 찌푸리고 쓴 입맛을 다시면서 말했다.

"작은형은 안 되겠어요. 제가 간곡하게, 더 깊이 빠져들면 큰 일 날 터이니 발을 빼라고 말했는데 먹혀들지 않습니다. 밤새도록 입씨름만 하다가 왔어요. 작은형님의 정신 상태가 이상해진 듯싶습니다. 순교하겠다는 각오로 천주님을 신앙한다고 막말을 했어요. 제가 '셋째 형님의 그 믿음이 다른 형제들을 줄줄이 죽어가게 해도 상관없다는 것입니까?' 하고 따졌지요. 그랬더니 '너와 약전 형님이 천주님을 배반하는 한 나하고는 형제가 아니니라.' 이러는 것입니다. 그런 극언이 어디 있습니까. 변해 버렸어요. 예전의 착하고 다정다감한 약종 형님이 아니었어요. 저는 무릎을 꿇고 통사정을 했습니다. '형님, 제발 학문으로서만 알 뿐 신앙하시지는 마십시오.' 하고요. 그러니까 '나보고 너처럼 하느님을 배반하라는 것이냐?' 하고 따졌습니다. '우리에게는 조상신이 있고, 성인의 말씀 속에 하느님이 계시지 않습니까?' 제가 추궁하니까 그 형님이 이렇게 말했습니다. '아버지 밑에서 태어난 형제는 사형제가 아니고 삼형제였다고 생각하거라. 극단적으로 이야기하면 나는 아버지 어머니의 몸을 빌려 태어났을 뿐 여호와 하느님의 아들이니라. 앞으로 어떠한 일이 있어도 다른 형제들에게 화가 미치지 않도록 할 테니 염려 말거라. 하느님께서 그와 같이 배려할 것이니라.' 약종 형님의 생각이 이 정도입니다. 제힘으로는 더 어찌할 수 없습니다. 중형님께서 한번 불러 타이르든지 찾아가서 꾸짖어 발을 빼게 하시든지……. 좌우간에 서둘러야 합니다. 여차하면 멸문지화를 면하기 어려울 것입니다."

이튿날 약전이 새벽같이 약종을 찾아가 타일러 보았지만 약종은 고개를 저을 뿐이었다.

"너 우리하고 의절할 참이냐?"

약전의 애원에도 불구하고 약종은 강경한 어조로 칼로 자르듯이 말했다.

"의절이란 말씀 잘하셨습니다. 다른 형제들이 천주님을 배반하는 한 저와 형제들은 반목할 수밖에 없을 것입니다. 천주님은 영원한 진리이고 그분을 배신한 것은 진리를 배반한 것이고 사악한 것이니까요. 진리와 진리 아닌 것, 말하자면 사악한 것은 영원히 갈등하고 대립할 수밖에 없습니다."

그런 뒤 약종과 그들 두 형제 사이는 서먹서먹해졌다. 서로 자리를 피했다. 하느님이 삼 형제의 우애를 갈라놓고 있었다. 약전은 삼 형제 사이가 예전처럼 화평해지도록 하기 위해서, 확실하게 신앙하는 것도 아니고 완전히 배교하는 것도 아닌 중간의 경계에 선 채로 양쪽이 화해하게 하려 들었지만, 약종과 약용은 똑같이 상대를 향해 왼고개를 틀었다.

약종은 형 약전이 배교한 것과 약용이 하느님과 형인 자기에게 왼고개를 틀어 버린 것을 서운해하고 슬퍼했다. 이벽과 이승훈과 주문모 신부에게 그 서운함을 말하곤 했고, 그들에게 보내는 편지에도, 형제 된 자로서 약전과 약용의 배교를 막지 못한 자책과 부끄러움에 대하여 썼다. 자기는 그 부끄러움을 씻기 위해서라도 하느님께 더 가까이 다가가겠다는 결심도 썼다.

한데 의금부에서 약전과 약용을 국문할 때 약종의 그 편지가 나타났고, 그 편지 내용이 그들 두 형제에게 유배형을 가져다주었다.

약전은 운명을 생각했다. 약종 하나를 데려가면서 다른 두 형제를 살려 두도록 한 것이 어쩌면 어떤 알 수 없는 힘의 작용으로 말미암은 것인지도 모른다 싶었다.

텅 빔(空) 혹은 구무(孔)

건듯 스쳐 지나가는 마파람 한 자락처럼 불쑥 얼굴을 들이민 호리호리한 아전이, 묻지 않은 말로 나이 어린 왕의 장인 김조순이 세상을 움켜쥐고 휘두른다더라고 했다.

그는 슬퍼졌다. 말없이 아전의 말을 듣고만 있었다.

아전은 모래마을에서 지내시기가 어떠냐고 묻고 불편한 것이 있으면 말하시라고, 힘은 없지만 도와드릴 수 있는 데까지 힘껏 도와드리겠다고 했다.

그는 아전을 향해 거듭 고개를 주억거리면서 고맙다고 말했다. 그러면서 생각했다. 김조순은 우리 형제를 싫어하던 사람이므로 이제 우리를 풀어 주자고 간할 사람은 아무도 없다. 나는 절해고도에서, 아우는 강진에서 늙어 죽어 갈 수밖에 없다. 눈앞에 땅거미 같은 절망이 쏟아졌다.

아전이 돌아간 다음 그는 술을 마셨다. 취하지 않고는 견딜 수 없었다. 늦은 가을의 봄볕 같은 치자색 양광이 앞산의 소나무 숲을 비추고 있었다.

그날 밤 한밤중에 거무가 몸을 풀었다. 아기 울음소리가 세상을 흔들어 댔다. 그는 마당 한가운데 서서 하늘을 쳐다보았다. 별들이 여느 때와 달리 눈을 끔벅거리며 수런거렸다. 푸른 별, 붉은 별, 누른 별들. 은하수는 소금을 하얗게 뿌려 놓은 듯 짙었다.

거무는 첫아들 무를 낳을 때와 마찬가지로 앓는 소리 한 번 내지 않았다. 창대 어머니가 와서 조산을 해주었다. 아들이었다.

약전은 아기의 울음소리를 들으면서 줄곧 하늘을 쳐다보았다. 별들이 총총하지만 저 하늘은 구멍처럼 뚫리어 있다. 새 아기의 이름을 공孔이라 하기로 작정했다. 구멍은 텅 비어 있음(空) 그것이다. 우주 생성의 깊고 깊은 골짜기. 우주는 거대한 구멍이다. 성인인 공자孔子의 성이기도 한 '공'은 신의 또 다른 이름이다. 신의 가슴은 비어 있다.

가슴이 벅차올랐다. 아기의 울음소리는 기운찼다. 그악스러웠고 쇳돌스러웠다. 가슴속에 뜨거운 환희가 폭죽의 불꽃처럼 솟구쳐 올랐다. 방으로 들어갔다. 갓 태어난 핏덩이를 두 손바닥으로 받쳐 들고 마당으로 나왔다.

"나리 이라시면 안 돼라우. 얼릉 뫼옥을 시케야 써라우."

창대 어머니가 뜨거운 술 냄새를 풍기는 그의 미친 듯한 행위를 우려하며 따라 나왔다. 아기를 빼앗으려 들었다. 약전은 창대 어머니를 등지고 선 채 핏덩이를 머리 위로 치켜들었다. 해배되지 않을지도 모른다는 절망으로 말미암아 썰물 진 갯벌 밭 같은 그의 가슴을 하늘이 또 하나의 아기를 보내 채워 주고 있었다. 밤하늘의 붉고 푸르고 누른 별들을 향해 핏덩이를 들이밀면서 말했다.

"아버지, 아버지! 이 아이를 제게 보내 주신 뜻을 알겠사옵니다."

그의 눈에 뜨거운 눈물이 흘러내리고 있었다. 그 눈물방울이 별빛을 굴절시켰다. 그 굴절로 말미암은 하늘의 푸른 별빛, 누른 별빛, 붉은 별빛이 세상을 얼룩지게 하고 있었다. 새로운 한 세상이 그 핏덩이로 말미암아 열리고 있었다. 이를 사리물었다. 그 아이의 삶을 위해 그는 한 아름의 두엄 덩이가 되기로 작정했다. 무와 공을 희망으로 키워야 한다. 이 아이들을 건실하게 키우기 위해 나를 다잡고 정신을 가다듬어야 한다.

짙푸른 바다 물너울 속에 갇혀 있는 섬은 그를 문득 우울하게 만들었다. 그 우울은 무력증으로 이어졌다. 무력증은 삶을 재미없게 만들었다. 맥이 풀리면 물고기에 대해 기록하던 붓을 내던졌다. 정신을 가다듬자고 외친 의지가 기름 떨어진 불처럼 가물거렸다. 그 마음이 술을 원했다. 늘 취해 있지 않으면 안 되었다. 마신 술이 깰 만하면 다시 마시고 또 깰 만하면 다시 마셨다.

어느 날 거무가 술을 그만 잡수시라고 말했다. 더 잡수시면 몸이 결딴난다고 이젠 술을 담그지 않겠다고 했다.

"술을 안 마시고는 살아남을 수 없고, 술을 안 담그는 너는 내게 필요 없는 존재이니라."

그는 울분을 토하듯이 극언을 내뱉었다.

거무는 훌쩍거리고 울다가 어찌할 수 없이 술상을 봐 올렸다.

우울해져 무력증에 빠져 있다가도 술을 마시고 나면 환한 웃음이 나왔다. 어허허허……. 그래그래, 갇혀 사는 자의 삶이 생각처럼 그렇게 슬픈 것만은 아니다. 즐거워지려고 들면 한없이 즐거워진다. 그는 술의 힘을 빌려 우울해지고 무력해지는 삶의 물줄기를 즐거움과 기쁨 쪽으로 흐르게 하려고 했다.

창대를 앞장세우고 바닷가로 가면서 허리띠에 술병을 매달았다. 창대가 그의 허벅다리에서 털렁거리는 술병을 보고 말했다.

"소인 놈이 들고 갈랍니다이."

"너 이놈, 나 안 보는 새 홀짝홀짝 축내고 맹물을 부어 놓으면 안 된다잉!"

그는 퉁명스럽게 농담을 뱉고 나서 창대에게 술병을 넘겨주었다.

큰바람이 불 기미가 보이면 큰 배들이 예리 연안으로 피항해 왔다. 그 배들에는 고래잡이 경험이 있는 선원들이 타고 있다고 들었다. 그는 창대와 더불어 예리로 갔다. 고갯길을 올라가면서 창대가 말했다.

"저 열두 살 묵든 해에 도초에서 오신 훈장 어른께서 이런 이야글 하셌구만이라우."

약전은 고갯마루에 걸터앉아 창대에게서 술병을 받아 들고 마개를 뽑았다. 주둥이를 입술에 대고 기울여 한 모금 마시고 나서 바다를 내려다보았다. 창대에게는 한 모금 마시라고 내밀지 않고 병뚜껑을 닫아 버렸다. 창대가 말을 이었다.

"한 사람이 시퍼런 강변 모래밭에 나갔는디, 머리털 허연 늙은 남정네가 술 냄새를 풍김스롬 비틀비틀 달려오드랍니다. 그 남정네가 지나쳐 가버린 뒤로 본께 허리에 술병을 차고 있드랑만이라우. 그 남정네는 강을 건너갈라고 지일로 얕은 곳을 찾아서 들어가더랍니다. 얼마 뒤에 한 아낙이 그 남정네를 붙잡을라고 마을 쪽에서 뛰어옴스롬 '여보, 여보' 하고 불러 대드랍니다. 술병을 허리에 찬 그 남정네는 뒤도 안 돌아보고 강을 건너가 뿌렀답니다이."

창대의 이야기를 다 듣고 난 약전은 "쯧쯧…… 그 술주정뱅이 늙은이도 이 섬으로 유배된 어느 풋늙은이처럼 갇혀 살고 있었던 모양이구나." 하고 나서 다시 술 한 모금을 마셨다.

죽은 아들 학초의 양자

족질 학기가 제 아들을 우리 집 아이들에게 의탁하여 글을 배우도록 하였는데, 그 아이의 얼굴 모습이 준수하여 형수씨가 보고서는 학초의 양자로 세우고 싶어 하였습니다. 제 큰아이 학연과 작은아이 학유도 그와 같은 욕심이 생겨서 그 아이를 데려다가 학초의 양자로 삼고 싶어 학기와 의논하였더니 학기가 말하기를 '현산(약전)과 다산(약용)의 뜻이 그 아이를 데려가고 싶으시다면, 나는 당연히 바치겠소.' 하였답니다. 학연, 학유 두 아이가 저에게로 그런 내용의 편지를 보내왔기에 제가 이렇게 답했습니다.

'실제 일로 보아서는 좋으나 성인의 예로 보아서는 매우 어긋난다. 그 예를 어길 수는 없다.'

두 아이들은 '예의 뜻이 그러하다면 마땅히 그 계획을 파기하렵니다.' 라고 했었습니다. 현산 형님께서 편지로 저에게 말씀하시기를 '내가 이런 말을 듣고 마음으로 무척 그르게 여겼는데 아우의 말이 이와 같으니 정말로 나의 뜻과 합치된다.' 하신

바 있습니다. 그런데 형수씨께서 이런 편지를 보내시었습니다.

'아주버니, 저를 살려 주십시오. 불쌍하게 여겨 주십시오. 저를 도와주지는 못할망정 어찌하여 저에게 차마 양자 삼는 일을 작파하도록 하시는 것입니까? 현산에게는 흑산도에 있는 첩의 소생일지라도 아들이 있으나 저는 아들이 없습니다. 현산의 두 자식이 첩 소생이므로 물론 저의 아들일 수도 있기는 하지만, 과부 며느리인, 죽은 아들 학초의 아내는 아들이 없습니다. 가엾은 청상의 애절한 슬픔에 예가 다 무슨 소용이겠습니까? 예에는 없는 일이라 할지라도 저는 학기의 아들을 양자로 데려오겠소.'

편지 속의 천 마디 만 마디 말이 모두 원망하는 듯 우는 듯 사정하는 듯 호소하는 듯하여 읽고 있자니 눈물이 흘러내려 어떻게 차마 답변할 말이 없습니다. 그래서 제가 '예에 비록 어긋난다 하더라도 실제 일로 보면 매우 좋습니다. 저는 차마 저지하지 못하겠으니 그냥 모른 체하고 있겠습니다. 현산 형님께 편지로 말씀드린 다음 그 처분에 전적으로 따르십시오.' 하고 답했습니다. 그랬더니 몸져누운 제 아내에게서 이런 편지가 왔습니다.

'당신(다산)의 허락하는 한마디 말이 떨어지자마자 온 집안에 환희가 우레처럼 울리고 비참한 구름과 처연한 서리가 변하여 따뜻한 봄이 되고 있습니다. 다시는 예를 말하지 말고 인정을 살피십시오. 만약 다시 학초(약전의 죽은 아들)의 양자를 금지시킨다면 큰댁의 시어머니(약전의 아내)와 며느리(학초의 미망인) 두 사람이 한 노끈에 같이 목을 맬 것입니다.'

저는 이 일에서 감히 옳고 그름을 말하지 못하겠습니다. 현산 형님께서 급히 두 통의 허락하는 편지를 써서 하나는 제 큰 아이 학연에게 보내고 다른 하나는 형수씨께 보내어 속히 양자 삼는 일을 완전히 매듭짓는 것이 어떻겠습니까?

지금 학초는 아버지의 대를 계승하지 못하고 죽었으니, 만약 어머니를 같이하는 아우가 있었다면 법으로는 마땅히 아우가 대를 이어야 하는 것이며, 학초를 위해서는 양자 들이는 일이 온당하지 않습니다. 서자인 동생들, 무와 공은 비록 동복아우가 아니지만 적출의 아들과 털끝만치도 차이가 없는데 어떻게 학초를 위해서 양자를 들일 수 있겠습니까. 학초에게 비록 서출 형제 아닌 친형제의 아들이 있다고 하더라도 양자 들이는 것이 합당하지 못할진대, 하물며 어찌 아득히 먼 일가의 아들을 들여서 되겠습니까?

그러나 우리나라 풍속에는 양자법이 있는데, 양자법은 비록 성씨가 다르더라도 구애받지 않습니다. 또 지금은 집안이 무척 쇠잔해지고 미약해져 있는 형편인데, 이런 준수한 인재를 얻어다가 입양하여 서로 의지하도록 하는 데 무슨 불가함이 있겠습니까.

그 편지의 끝 부분에 느닷없이 해남 대둔사의 한 스님 이야기가 붙어 있었다. 앞의 양자 삼는 사연을 써둔 지 오랜 시간이 흐른 다음 쓴 사연인 듯 이 부분은 먹물이 더 진했다. 그리고 글씨 가운데 흘림체에 가까운 것들이 많이 섞여 있는 것으로 미루어 슬퍼하면서 성급하게 쓴 듯싶었다.

대둔사에 한 승려가 있었는데 나이 마흔에 죽었습니다. 이름은 혜장이고 호는 연파, 별호는 아암인데, 본래 해남의 한미한 집안에서 나고 자란 사람이었습니다. 재능이 남달리 뛰어나 스물일곱에 대둔사에서 불법을 가르치는 강백이 되었는데, 제자가 일백 수십 명에 이르렀으며, 서른에는 그 절의 대회를 주재할 정도였습니다. 을축년 가을에, 제가 있는 곳에서 별로 멀지 않은 만덕사(지금의 백련사)에 주지로 부임했는데 그때 저와 만났습니다.

만난 날 저녁에 '주역'을 논했는데, 그는 하도 낙서(김자점)의 학설에 따라 자유자재로 설명하면서 마치 자기의 생각처럼 줄줄이 말했습니다. 또 『역학계몽易學啓蒙』을 매우 깊이 읽은 듯 대중없이 여러 조목을 뽑아내고 흐르는 강물처럼 거침없이 말하여 바라보기에 겁이 날 정도였습니다. 제가 '주역'의 깊은 원리를 더 따져 물었더니, 두뇌 회전이 빠른 그는 곧 몸을 일으켜 땅에 엎드려 절하고 공손히 가르침을 청했습니다. 이후 스님은 이때껏 배웠던 것을 모두 젖혀 두고, '주역'을 더 깊이 연구하였습니다. 불법을 독실하게 믿으면서도 '주역'의 원리를 공부하면서부터는 스님으로서의 몸과 마음을 그르쳤음을 깨닫고 실의에 차서 후회하고 우울해하다가, 주지 일을 그만두고 대둔사 옆의 한 암자로 돌아가 머물렀는데 마침내 술병으로 배가 터질 듯이 불러 죽었습니다. 죽기 한 해 전에 제게 이러한 시를 보냈습니다.

참선 공부로 누가 깨달음 얻었나

연꽃 세상은 이름만 들었네
외로운 읊조림 늘 근심 속에서 나오고
맑은 눈물 으레 취한 뒤에 흐르네……

그 스님이 죽을 무렵에 여러 번 혼잣말로 '무단히 무단히'라고 말했답니다. '무단히'는 전라도 말로 '부질없이'라는 말입니다. 제가 달려가서 이렇게 만시輓詩를 써주었습니다.

중의 이름에 선비의 삶이어서 세상 사람들 모두 놀랐네
슬프구려, 깨달음 깊고 높다고 소문난 스님이여
『논어』 한 책 자주 읽었고
『주역』 상세히 연구했네
찢긴 가사 처량히 바람에 날려 가고
남기고 간 재 한 줌 비에 씻겨 흩어져 버리네
장막 아래 몇몇 사미승
선생이라 부르며 통곡하네

근래에 『논어』, 『주역』을 독실히 좋아한 탓에 중들이 그를 미워하여 김 선생이라고 불렀답니다. 저는 그 시 한 편으로 부족하여 다시 만장 하나를 더 썼습니다.

푸른 산 붉은 단풍 싸늘한 가을
희미한 낙조 곁에 까마귀 몇 마리
가련타 떡갈나무 숲 오만 방자한 병통을 녹였는데

종이돈 몇 닢으로 저승길 편히 가겠는가
관어각 위에 책이 천 권이요
말 기르는 상방에는 술이 백 병이네
지기는 일생에 오직 두 늙은이
다시는 우화도藕花圖 그릴 사람 없겠네
(소동파가 황주에 있으면서 꿈속에서 송나라의 승려 도잠과 만나 시를 읊었는데 7년 뒤 항주 태수가 되어 그곳을 방문하여 상면하고 즐겼었습니다.)

그 편지 말미에 가슴 밑바닥에서 울음을 치솟게 하는 사연이 하나 더 덧붙어 있었다.

신주에 귀양 가 있던 심생이 금년 가을에 죽었습니다. 아, 슬프옵니다. 그 사람은 현산 중형님의 옛날 술벗이지 않습니까……. 스물에 아내와 이별한 심생은 금년 9월에 아내가 내려와 서로 만나려던 참이었는데, 그 만나기로 된 한 달을 앞에 두고 부음이 갔으니 정말로 슬픈 일입니다.

아우 약용의 편지를 놓고 바람벽을 건너다보았다. 심호흡을 수차례 거듭했지만, 가슴 쓰라림은 가시지 않았다. 편지 말미에 두 사람의 죽음에 대한 이야기를 덧붙여 보낸 약용의 뜻이 바늘 끝처럼 그의 마음 한복판을 아프게 찔러 댔다.

'아, 사랑하는 내 아우야!' 하고 눈을 감았다. 가슴속에서 불길 같은 뜨거움이 치솟고 눈에 물이 괴었다. 약용은 그가 과음하는 것을 걱정하고 있었다. 편지글 행간에 담겨 있는 약용의 말이 들려왔다.

'형님 과음하지 마십시오, 혹시라도 술병 나면 우리 살아서 상봉하지 못하게 되고 고향으로 돌아가지 못합니다. 제발제발 과음하지 마십시오.'

그는 그 편지를 앞에 놓은 채 거무에게 술을 가져오라고 했다. 쓰라린 가슴을 풀리게 하지 않으면 안 되었고, 그러기 위해서는 술이 필요했다.

조개 속으로 들어간 새

그날 해 질 무렵 약전은 갯벌 밭에서 기막힌 행운을 만났다. 일생일대의 횡재를 한 듯한 행운. 창대가 그것을 그에게 안겨 주었다. 설레는 가슴을 주체하지 못한 채 창대가 구술하는 것을 기록했다.

승률조개(僧栗蛤)

밤송이조개에 비하여 털이 짧고 가늘며 빛깔은 노랗다. 창대의 말에 의하면, 갯벌 밭에서 얼마 전에 조개 하나를 보았는데, 입속에서 새가 나왔다고 한다. 머리와 부리가 이미 형성되어 있고, 머리에 이끼 같은 털이 나려고 한다. 그게 이미 죽은 것인가 하고 만져 보니, 움직이고 있다. 그 껍데기 속의 모양을 보지는 않았지만, 이것이 변해서 파랑새가 되는 것이라는데, 흔히 말하는 율구조栗逑鳥라는 것이 그것이다. 내가 경험해 본바, 과연 그러하다.

기록을 마친 다음에도 그 승률조개를 거듭 살폈다. 그는 흥분에 휩싸였다. 호로병의 술을 거푸 들이켜고 어질어질해진 눈으로 짙푸른 물굽이를 조망하고 창공을 쳐다보며 굴원屈原의 시를 읊조렸다.

그대와 함께 구하九河에 노닐면
바람이 불어와 물결이 일고
물결 수레에 연잎 덮개
고기비늘 지붕에 용 비늘집
보라색 조개 문에 진주 궁전
신령은 어찌하여 물속에 계실까……

이어 『예기禮記』한 대목을 떠올렸다.

깨끗하고 현명한 사람의 노랫소리는 하늘을 본뜬 것이고, 종소리 북소리 따위의 광광하고도 장대한 음은 땅을 본뜬 것이고, 오음의 마지막과 처음은 네 계절을 본뜬 것이고, 춤추는 자가 빙글빙글 도는 것은 바람과 비의 변화를 본뜬 것이다. 땅의 기운은 올라가고 하늘의 기운은 내려와서 서로 절차탁마하고 감동하여 만물의 싹을 생기게 하는데, 이를 고동시키기 위해 뇌성벽력을 일어나게 하고 비바람과 사철을 흐르게 하며, 해와 달의 빛을 따뜻하게 하고 만물의 화성을 이루어지게 한다.

그는 다른 조개를 관찰하다가도 다시 승률조개를 들여다보곤 했다.

'하아아, 이놈 속으로 파랑새가 들어갔다니! 그래, 넉넉히 그럴 수 있을 터이다. 대지에 살고 있는 모든 것들, 그리고 우리들의 삶은 시詩를 향해 날아가고, 시는 음악과 무용을 향해 날아가고, 음악과 무용은 원초적인 우주의 시공으로 날아간다.'

우주의 시원이란 것은, 노자의 '곡신谷神'과 같은 것이다. '곡'은 자궁(陰)이고 '신'은 여성 성기의 질과 음핵(陽)이다. 질과 음핵은 그윽한 암컷(玄牝), 우주를 있게 한 뿌리이다.

자궁은 잉태한 아기를 열 달 동안 담고 있으면서도 고달파하지 않는 미련스럽고 바보같이 둔한 자루이고, 정받이(受精)가 잘 되도록 촉진시키고 정자를 자궁으로 유도하는 질과 음핵은 성감대가 가장 잘 발달해 있는 속살이다. 자궁이 여자를 어머니이게 하는 것이라면 질과 음핵은 여자를 환희 속에 깊이 빠져들게 하는 것이다. 그 둘을 합쳐 놓은 것이 곡신이다.

음악과 무용과 시는 말하자면 우주를 있게 한 뿌리를 향해 날아가는 것이다. 그 뜻은 성인의 어짊(仁)과 하느님의 원융한 의지에 다름 아니다. 아, 창공을 날던 파랑새가 어느 날 문득 조개 속으로 들어가고 그 조개가 변해 파랑새가 되어 날아가는 그 황홀한 자유자재. 어떻게 그럴 수 있단 말인가. 그것은 아름답고 성스러운 음악과 무용과 시의 뜻을 가장 잘 함축하고 있다.

이후 약전은 썰물이 질 때마다 갯벌 밭으로 나가 그 승률조개를 살펴보곤 했다. 위에서 내려다보고 손바닥 위에 올려놓고 보고 엎어 놓고 보았다. 조개 아래쪽에 밑구멍이 뚫려 있었다. 그것이 입이고 항문인 듯싶었다. 새가 되어 나오고 들어갈 때는 필시 그 구멍을 통할 것이다.

새가 조개 속으로 들어가고 그것이 다시 새로 변하여 창공을 날아다닌다는 것은 사람으로서는 알 수 없는 신의 조화이다. 현묘한 신의 자유이다. 무궁무진한 조화를 부리는 절대자만이 부릴 수 있는 권능이다.

짙푸르고 거친 바다 물결 속에 떠 있는 섬 흑산도는 거대한 조개껍데기이고 나 정약전은 그 속으로 들어온 한 마리 파랑새이다. 그 새는 머지않아 거대한 검은 껍데기를 열어젖히고 훨훨 날개를 저으며 뭍으로 날아갈 것이다. 세상의 모든 껍데기가 알맹이를 절망하게 하는 것은 아니다. 껍데기는 자기를 가두면서 동시에 자유를 누리게 하는 현묘한 방이다. 갇혀 있음 속에서 자유를 누린다는 것은 거듭난다는 것이고, 전혀 다른 새 생명으로 부활한다는 것이다.

아우 약용이 말한 현산玆山이 바로 그곳이다. 그윽하고 또 그윽한 곳이 현산이다. 현산은 우주적인 삶의 현묘함이 몸과 마음속에 녹아든 자만이 갈 수 있는 한 차원 높은 자유자재의 땅, 극락이나 천국을 말한다.

갯벌 밭에서 호로병의 술이 떨어졌다. 아, 나도 곧 그러한 조화를 부리게 될 것이다. 솟구쳐 오르는 감회를 주체하지 못한 그는 창대에게 달려가 술 한 병을 더 가져오라고 해서 병나발을 불었다. 마침내 대취하여 모래밭에 큰대(大)자를 그리며 누워 버렸고 창대가 그를 업고 마을로 들어갔다.

자꾸 무력증이 일었고, 앉아 있다가 일어서는 순간 현기증이 일어 눈앞이 핑 돌면서 푸른 어둠이 보이곤 했다. 이 어둠이 더욱 짙어지고 눈앞에 밝은 빛이 찾아들지 않을 때 이 몸뚱이는 알 수 없는 구만리장천 같은 무한의 시간과 공간 속으로 소멸될 것이다. 해배되어 경기도 땅으로 갈 때까지 건강하게 살아 배기려면 술을 금하도록 하자.

그러나 그것은 생각뿐이었다. 술 없이는 살 수 없었다. 무력증을 제어할 수 있는 약이 술 말고는 없었다.

대흑산에 갇혀 사는 그로서 느낄 수 있는 재미란 네 가지였다. 하나는 술 마시는 재미요, 다른 하나는 술에 취한 채 거무의 부드러운 맨살을 끌어안고 젖가슴 속에 얼굴을 묻는 재미요, 또 다른 하나는 무와 공을 보는 재미요, 마지막은 고기들의 족보를 만들어 가는 재미였다.

이제는 술이 많이 약해졌다. 호로병의 술을 미처 다 비우지 못하고 금방 취해 버렸다. 그는 자제하지 못했고 늘 술에 취해 있고 싶어 했다. 술을 마시지 않으면 손이 떨리는 증상이 생겨, 아릿하게 취한 채 붓을 들었다. 마치 술을 마시기 위해 태어난 사람처럼 술을 탐했다. 거무가 담가 놓은 술이 집 안에 있는데도 술이 있는 곳이면 어디든지 찾아갔다. 마을 남정네들과 어울려 함께 마시고 싶어 했다. 혼례를 치르거나 초상을 치르는 집 마당으로 가서 마을 사람들과 마주 앉아 술을 권커니 잣거니 했다.

취하면 창대를 시켜 그의 동갑내기 남정네들을 불러오라고 하여 그들과 더불어 곤드레만드레해질 때까지 계속 마셨다. 그 마을에 무인생 동갑내기가 둘 있었다. 하나는 지춘오고 다른 하나는 김판동이었다.

춘오와 판동은 두 손을 땅에 짚은 채 약전에게 머리를 조아리며 자기들이 약전과 같은 해에 태어난 것에 감격하고, 자기들을 동무 삼아 준 것을 황송해하였다. 그는 춘오와 판동의 손을 잡아 일으키고 말을 트고 살자고 했다. 서로 존댓말을 쓰지 말고 벗을 하자는 것이었다. 절대로 절대로 그럴 수 없노라고 도리질하던 판동이 얼근해지자 "그래! 그래 뿔드라고이! 좌랑 나리가 나보다 생일이 아곱 달 빠른께, 잉. 앞으로는 좌랑 성님이라고 불러 뿜세이!" 하고 말했다. 그러자 판동이 발끈해서 "요런 니길 할 놈 조깐 보소이! 잉? 뱃삯 없는 놈이 배에는 질로 먼저 올라간다등마는, 이놈아, 아곱 달이면은 한 살 차이나 진배없어! 너는 나리한테 떡 치대끼 존대를 해사 써 이놈아." 하고 말했다.

춘오가 판동의 코를 재빨리 비틀어 버리고 "아이고, 네놈은 나보다 얼매나 일찍 귀가 빠졌는디? 잉? 제우 이틀 아니냐?" 하고 따졌다. 판동이 거연하게 말했다.

"이놈아, 뭔 소리 하고 자빠졌냐? 오뉴월 도깨비는 하룻볕이 다른 벱이다이."

약전은 생일 이틀 빠르고 늦은 것을 가지고 실랑이하는 그들이 환장하게 귀엽고 고마웠다. 두 팔을 크게 벌려 판동과 춘오를 한꺼번에 감싸 보듬어 버렸다. 취한 그들 셋은 한데 엉키어 방바닥으로 넘어져서 뒹굴었다.

한동안 눈물을 질금거리며 웃어 대다가 몸을 일으킨 셋은 어깨동무를 하고 골목길을 걸어갔다. 윷놀이 판이 벌어진 집의 마당으로 들어가서 술 내기 윷을 하며 놀았다. 춘오는 윷놀이에 이

골이 나 있었다. 약전은 두 판을 거듭 지다가 마지막에 한 판을 이겼다. 이긴 순간 그는 두 손을 머리 위로 치켜올리며 "천세에!" 하고 소리쳤다. 판동이 덩달아 "우리 좌랑 성님 만세에!" 하고 소리쳤다.

추석날 한낮부터 춘오, 판동과 함께 술을 마시고 대취한 약전은 두 벗에게 풍물을 치자고 졸랐다. 세 사람이 동청으로 가서 풍물을 꺼내 치기 시작했다. 춘오가 꽹과리를 치고 판동이 징을 치고 약전은 북을 쳤다. 그 소리가 울려 퍼지자, 풍물이라면 환장을 하는 상쇠와 장구재비 북재비들이 모여들었다. 그들이 합세하여 풍물 가락을 제대로 울려 대자 마을 사람들이 구름같이 모여들었다. 약전은 북을 작은이에게 넘겨주고 풍물꾼들 뒤를 따라다니며 보릿대춤을 추었다. 그가 춤을 추자 마을 어른들이 모두 나서서 허수아비춤을 추었다.

그날 이후 마을 사람들은 서로 시샘하듯이 잡은 물고기를 서당 복성재로 가져다 놓았다. 거무는 끼마다 약전과 아이들의 밥상에 고기 반찬을 올리고도 생선이 남아돌아 아가미와 창자와 지느러미를 따내고 소금에 절여서 발대에 널어 자반으로 만들곤 했다.

집집에서는 제사 지냈다고 음식을 내오고 생일 지냈다고 상을 차려 왔다. 그 음식에는 반드시 술이 가득 담긴 호로병이 따라왔다.

늦은 봄날, 창대가 진리로 장가를 들었다. 약전은 창대의 곤궁한 살림살이를 도와주려고 들었다. 창대가 신부와 함께 처가에 다녀온 이튿날부터 창대를 불러, 날받이하는 법, 사주단자 쓰는 법, 신위 쓰고 축문 쓰는 법, 부적 쓰는 법, 토정비결 보는 법, 사주 보는 법을 가르쳤다. 창대는 영리하고 감수성이 재빨라 모든 것을 금방 터득했다.

약전은 판동과 춘오에게, 창대가 제 선친 장성호보다 훨씬 더 그 일에 능통하다고 말했다. 소문은 일시에 퍼졌고, 마을 사람들은 창대에게로 가서 그 일을 청하곤 했다.

그해 여름철 내내 약전은 창대를 앞세우고 바닷가를 돌아다니면서 고기들의 족보를 만들었다.

그 여름 끝 무렵 어느 날, 아침부터 바람이 드세었다. 검은 구름장들이 동에서 서로 달려갔다. 술렁거리며 달려가는 그 구름장들의 낌새가 심상치 않았다. 마을의 욉소리꾼인 천둥이 담 위에 올라가서 "다들 들어 보시요오이! 큰바람 땜에 시방 배들을 싹 끌어올릴랑께 남정네들은 한나도 빠짐없이 갯바닥으로 나오씨요오이." 하고 외쳤다.

그 소리를 듣고 바닷가 모래밭으로 나가지 않는 남자는 아무도 없었다. 이 섬에서는 배만큼 막중한 업이 있을 수 없었다.

약전은 아이들에게 "나 잠깐 바다에 나갔다 올라니께 너희들은 꼼짝하지 말고 글 읽고들 있거라. 업혀 가는 돼지눈 해갖고 있지들 말고, 샛별같이 초롱초롱 뜨고, 알겠느냐?" 하고 엄히 이르고 밖으로 나갔다. 무력증이 일었다. 부엌으로 가서 술 두 잔을 거푸 마시고 사립을 나섰다.

남정네들이 서둘러 골목길을 나서고 있었다. 바다로 나가는 것이었다. 바다에서는 광란하는 파도 소리가 우르릉꽈당 우르릉

꽈당 들려왔다. 집채만 한 파도들이 달려와서 갯바위와 모래톱을 물어뜯었다. 물보라가 하얗게 일어났다.

"좌랑 나리는 그냥 들어가시씨요이."

이장이 말했지만 약전은 그 말을 듣지 못한 체하고 남정네들의 뒤를 따라갔다.

대흑산으로 온 이래 그는 큰바람 들어올 기미가 보일 때마다 남정네들이 개미 떼처럼 합심하여 이여차 이여차, 하고 배를 하나씩 끌어올리는 것을 목격했었다. 그도 끼어들어 함께 목 터지게 소리치며 그 일을 하고 싶었지만, 용기가 나지 않아 실천을 못했는데, 이번에는 꼭 참례하고 싶었다.

바닷가에는 스무 남은 명의 남정네가 모였다.

"얼릉얼릉 서둘드라고잉!"

작은이가 말했다. 남정들이 한 사람씩 두 사람씩 배의 뱃전 가장자리로 다가갔다. 한쪽 뱃전 밑에 여남은 명씩 늘어앉았다. 그들은 주저앉자마자 모래에 등을 대고 누우면서 두 발바닥으로 뱃전 시울을 떠받쳤다. 한쪽 뱃전의 남정들이 아홉 사람뿐이었다. 약전은 동갑인 판동의 옆으로 끼어들었다.

"안 돼라우. 나리는 저기 서서 선소리나 하시씨요이."

작은이가 말했다. 판동도 "좌랑 성님은 저리 나가소이. 내가 성님 몫까지 할랑께, 잉?" 하며 그를 밀어내려고 들었다.

"나리 다리는 부드러워서 휘어져 뿌러요이."

모두들 한마디씩 던졌지만, 약전은 아랑곳하지 않고 드러누워 발바닥으로 뱃전 시울을 걷어 밀었다.

"내가 해내는지 못 해내는지 두고 보소!"

그가 말했고, 사람들은 더 말리지 않았다. 이장이 "하나 둘 셋이야!" 하고 선소리를 했고, 뱃전 밑의 남정네들이 따라서 "하나 둘 셋이야아!" 하고 소리치며 발바닥으로 뱃전 시울을 걷어 밀면서 모래 언덕 쪽으로 배를 밀어 올렸다. 배가 한 걸음씩 떠밀려 올라갔다.

"하나 둘 셋이야!"

"하나 둘 셋이야아!"

배가 한 걸음 올라갈 때마다 남정네들은 한 걸음 위쪽으로 옮겨 누운 다음 다시 발바닥으로 뱃전 시울을 떠받쳐 밀었다.

약전은 배가 위쪽으로 한 걸음씩 떠밀려 올라갈 때마다 가슴이 화끈 뜨거워졌다. 그의 발바닥으로 떠받치는 힘이 보태져 배가 언덕 쪽으로 올라가고 있다는 사실이 가슴에 불을 질렀다. 그 불길이 온몸으로 퍼지고 겨드랑이와 등줄기에 전율이 일어났다. 그 전율이 온몸을 흔들어 댔다.

한 척을 밀어 올리고 다시 한 척을 밀어 올렸다. 마을의 배는 스물한 척이었다. 그것들을 모두 같은 방법으로 떠밀어 올렸다.

모래 언덕 위로 배 올리는 일이 끝나자 남정네들은 모두 자기 배의 이물과 고물에 맨 밧줄을 갯바위 엉서리와 소나무 밑동에 묶어 조여 매 놓았다.

"좌랑 나리 땜시 일이 훨씬 쉬웠구만이라우."

작은이가 말했다. 춘오와 판동이 와서 약전의 손을 잡고 흔들어 주었다. 약전은 가슴이 뿌듯했다. 흥분으로 말미암아 눈앞이 어지러웠다. 어제까지의 그는 죽고 새로운 그가 태어나 있었다.

"오늘 누구 집에 술 없는가, 잉?"

"뒤져 보면은 있겄제이."

남정네들은 마을로 들어가는 대로 한바탕 술판을 벌일 심산이었다.

그때 별로 멀지 않은 바다 한가운데에 미처 피항하지 못한 배 한 척이 표류해 가고 있었다. 깊은 파도의 골짜기로 가라앉은 듯했다가 기우뚱거리며 파도 등성이 위로 올라오곤 했다. 아무도 구제할 엄두를 내지 못했다. 그저 구경만 하고 있을 뿐이었다. 표류하고 있는 배와 거기에 탄 사람들이 살아나느냐 죽느냐는 그들의 운명이었다.

약전은 검머리 쪽 산비탈로 올라갔다. 거기에서 보면 파도의 옆구리를 볼 수 있었다. 먼바다에서 달려온 파도는 모래톱에서 부서지는 순간 동그랗게 말렸다. 끝부분이 거대한 멍석 자락처럼 말리는 것이었다. 말리는 자락에서 그는 태극을 보았다. 그것은 소라고둥의 나선과 똑같았다. 아들 무의 가르마하고도 같았다.

눈앞에 보이는 저 파도하고, 파도라는 말하고는 아무런 관계도 없다. 사람들은 왜 사물에 이름을 붙이는가. 왜 짙푸른 바다를 바다라 부르고 저 물결을 파도라 부르는가. 왜 소나무라 부르고 배라 부르고 바위라 부르고 정약전이라 부르고 거무라 부르고 무라 부르고 공이라고 이름 지어 부르는가.

나는 왜 흑산도에 유배되면서부터 약용의 주문에 따라 현산이라 불리는가. 왜 나는 유배된 이후부터 나를 손암이라 부르기로 했는가. 사람들은 '말'에 걸려서 산다. 우주 속에서 오직 사람들만 말에 걸려 살려고 든다. 인간은 모든 것에 이름을 지어 주려 한다. 기왕이면 우주의 원리에 걸맞게 이름 지으려 한다. 순리의 삶을 살려고, 그때 그곳에 어울리는 이름을 지어 부른다. 자기를 자기의 의지에 얽매여 살게 하려고 자기가 자기의 별호를 지어 부른다. 자기가 아끼고 사랑하는 사람을 올곧은 쪽으로 나아가게 하려고 아름답고 곱고 견고한 이름을 붙여 준다. 그것은 태극으로 나아가고자 함이다. 내가 먼바다에서 달려온 거대한 파도가 소멸하는 순간을 태극이라고 말한 것은 영원을 생각하며 한 말이다.

표류하던 배는 섬 모퉁이 저쪽으로 사라져 갔다. 저 배에 탄 사람들은 공포에 떨고 있을 것이다. 숨은 암초에 부딪히거나 전복되지 않고 한없이 표류한다면 문순득처럼 살아 제집으로 돌아갈 수 있을 터이지만 그렇지 않으면 난파될 것이고, 뱃사람들은 들끓는 물너울 속에 휘말려 죽어 갈 것이다. 약전은 그 배의 운명을 지켜보기 위해 더 높은 곳으로 올라갔다. 그가 검머리 꼭대기에 올라갔을 때 그 배는 거친 바다 저쪽으로 가물가물 사라지고 있었다.

서당으로 돌아와 술을 마셨다. 취해 쓰러져 잠이 들었다가 갈증을 견디지 못해 새벽녘에 일어나서는 황음한 것을 후회했다. 내가 어쩌다 이리되었는가. 물을 들이켜고 드러누운 채 천장의 어둠을 바라보았다. 그 속에 표류하는 한 남자가 있었다.

"겨울철이면 가끔 눈 앞을 가려 버릴 정도로 함박 눈송이들이 펑펑 내리지 않더냐? 그때는 눈송이 쌓이는 소리가 사우룩사우룩 들린다. 대나무 숲에도 쌓이고 지붕에도 쌓이고 마당이나 담 위에도 쌓이고……. 봄에 수종사에 가면은 산벚꽃송이들이 겨울

눈송이들같이 날리지 않더냐? 그런데 흰나비 떼가 눈송이들이나 꽃송이들처럼 한꺼번에 들판과 하늘을 난다고 생각해 봐라. 그 나비 떼가 아침노을이 바야흐로 피어나고 있을 때 한꺼번에 날아오른다고 생각해 봐라. 노을도 보통 노을이 아니고, 강 건너, 산 위로 진달래꽃 색 노을이 피어나고 수종사 뒷산이 도화색으로 칠해 놓은 것 같고, 구름 한 점 없는 하늘이나 질편한 강물이 다 주황빛 공단을 곱게 깔아 놓은 것 같은 때 그 나비 떼가 난다고 생각해 봐라. 그 나비들은 가지각색이다. 어느 놈은 주황색이고 또 어느 놈은 복사꽃 색이고 또 어느 놈은 진달래꽃 색이다. 그 나비 떼가 마당이나 부엌문 앞이나 처마 끝이나 지붕 위를 그야말로 난무한단 말이다. 나는 아랫것들이 아침밥 짓는 것을 둘러보려고 방문을 막 열고 나오다가 그 나비 떼를 보았구나. 어찌할 바를 모르고 두리번거리면서 뒷걸음질을 치는데, 강 건너, 산 위로 홍시같이 붉은 해가 두둥실 솟아오르더니 그것이 나를 향해 날아오더란 말이다. 그게 한 개가 아니고 둘이었단 말이다. 웬 것이 둘이나 떠오르는가 하고 바라보니, 그것은 둘이 아니고 셋이었단 말이다. 나는 놀라 뒷걸음질을 쳤지야. 그런데 그것들 셋이 담을 넘어서 천천히 나한테로 다가오더란 말이다. 그때 누구인가가 치마로 받아라, 하고 말하길래 나도 모르는 사이에 치마폭을 펼쳐 들고 싸안으려고 했지야. 그런데 망측하게도, 그 해들이 모두 치마폭 위로 떨어지는 것이 아니고, 치맛자락 밑으로 들어와 내 가랑이 사이로 파고들더란 말이다. 소스라치게 놀라 자세히 보니 그것은 해들이 아니고 빨간 쌀아기들 셋이야. 나는 으악 소리를 지르면서 그만 잠에서 깨고 말았구나. 부끄러워 그것을 네 아버지나 시가 어르신들에게는 이야기하지 못하고 네 외할머니에게 했더니, 반색을 하면서 '아이고 태몽이다. 아들 쌍둥이 셋을 한꺼번에 낳을 꿈인가. 아니면 한 탯줄에 아들 셋을 줄줄이 낳을 꿈인가. 좌우간 셋이 다 보통으로 큰 인물이 아닐 모양이다.' 이러시더라. 그 말씀이 참이었던지 달포쯤 뒤에 태기가 있었고, 그게 바로 너였더니라. 어려서 너를 삼웅三雄이라고 부른 것은 그 꿈 때문이다."

아우 약용이 『대학공의大學公議』를 보내왔다. 약용은 부지런했다. 한 달에 한 권씩 책을 짓고 있었다. 아우는 『대학』을 전혀 새롭게 해석하고 있었다.

'명덕明德이란 것은 사람이 하늘에서 얻은 것이다. 그것은 공허하고 신령되어 어둡지 않은 데다가 모든 이치를 갖추어 만사에 응하는 것.'이라고 주자가 말한 것을, 약용은 '명덕은 윗사람을 받드는 것(孝), 아랫사람을 사랑하는 것(弟), 가엾은 사람을 불쌍하게 여기는 것(慈)이다.' 라고 해석했다.

그렇다. 덕이란 것은 하늘에서 얻어지는 것이 아니다. 인간이 착함을 실천하여서 생기는 것이다. '효, 제, 자'가 그 착함의 기본이 되는 것인데 그것으로써 자신을 가다듬고 집안을 정제하고 천하 국가를 다스려야 하는 것이다.

『대학공의』를 모두 읽고 난 약전은 그 책을 가슴에 보듬고 부르짖었다.

"아우야, 하늘 같은 내 아우야!"

가슴이 뜨거워지고 눈에 눈물이 어렸다. 하필 이 책을 절해고도에 있는 나에게 증명해 달라고 보낸 것은, 달리 감추어진 뜻이 있다. 힘들여 쓴 책이 뱃길에 오가다가 물에 젖어 손상되거나 난파되어 잃어버리게 되면 어떻게 하려고 그러는가. 술독에 빠져 있는 형의 마음을 형 스스로 다잡게 하려는 것이다. '형님, 흑산도에서의 유배살이를 그럭저럭 의미 없게 보내시면 안 되옵니다. 술에만 빠져 살지 마시고, 어떤 큰 의미 있는 사업 하나를 만들어 부지런히 하십시오.' 의미 있는 것은 무엇인가. 성인이 가르쳐 준 것, 하느님의 뜻이 담겨 있는 것일 터이다. 우주의 율동 한복판에 놓여 있는 것이므로 내 가슴을 전율 치게 하는 어떤 것이어야 한다.

그는 책을 펼쳐 들고 그의 가슴을 가장 뜨겁게 한 대목을 다시 읽었다.

불교에서는 마음 다스리는 법, 그것을 사업으로 여기지만, 우리 유교에서는 사업 자체를 마음 다스리는 것으로 여긴다. 성의와 정심이 비록 배우는 사람들의 지극한 공부이기는 하지만, 매양 사업 때문에 성의를 다하고, 사업 때문에 마음을 바르게 하는 것이지, 선가禪家에서처럼 벽을 향하고 앉아서 마음을 들여다보며, 스스로 허령虛靈된 본체를 검사하고 허공처럼 밝아서 티끌 하나 섞이지 않은 것을 '이것이 성인의 정심이다.'라고 하는 사람은 없다.

요새 사람들은 마음 다스리는 것을 정심으로 잘못 알고, 망아지 같은 마음을 억누르며 그것이 드나드는 것을 살피기도 하고, 잡았다가 놓치거나 간직했다가 잃거나 하는 이치를 시험하기도 한다. 이러한 공부도 본래 우리들이 해야 할 요긴한 임무이기는 하지만, 이러한 일은 새벽이나 저녁 일이 없을 무렵에 하나하나 간추리도록 하는 것이 좋을 것이다. 옛사람들이 이른바 정심이라 한 것은 사물을 접할 때 있었지, 고요함을 주로 여기면서 말없이 웅크리고 있을 때 있었던 것은 아니다…….

약전은 부끄러웠다. 아우가 그를 향해 '형님, 일을 하십시오. 사업을 함으로써 마음을 가다듬고 다잡으십시오. 그래야 술로부터 벗어날 수 있습니다.' 라고 말하는 듯싶었다. 그래 마음이 문제다. 마음에도 가닥이 있고 무늬와 결이 있다. 그 가닥과 무늬와 결은 마치 정교하게 포개진 치자 꽃망울의 가닥 같고, 흐르는 물살의 여울진 무늬 같고, 대패로 맨들맨들하게 깎아 놓은 널빤지의 결 같은 것이다.

아우가 『대학공의』를 저술한 것이 오직 절해고도에 유배된 형의 마음을 다잡아 주기 위해서인 것만 같았다. 그래, 일을 함으로써 마음을 다잡자. 마음을 다잡고 그 일을 하자. 바다의 고기나 조개나 해초들을 살피고 기록하는 그 사업 속에서 나를 발견하자. 흔들리지 말고 일을 계속하자. 이 사업을 마친 다음에는 바닷가에 사는 새들에 대하여 기록하고, 푸나무들에 대하여 기록하자.

가슴이 뜨겁게 벅차올랐다. 그 감흥을 주체할 수 없어 그는 거무에게 술을 내오라고 했다. 거무가 술상을 들고 왔다. 사발에 술을 따라 주었다. 술잔을 내려다보며 슬픈 절망에 빠져들었다. 마음을 다잡자고 기껏 다짐해 놓고 술을 청하다니.

마음은 알 수 없다. 도깨비 같고 환영 같다. 내 속에 악마가 들어 있다. 악마는 달콤한 생각, 달콤한 말, 달콤한 얼굴을 하고 다가온다. 사람을 어지럽게 휘둘러 댄다. 그렇지만 취하지 않고 어떻게 한시라도 견딜 수 있는가. 술로 어릿어릿함을 맛보면서 그 사업을 기어이 해내리라고 다짐했다. 이 목숨이 앞으로 얼마나 나의 운명을 버팅겨 줄까. 이 몸뚱이에 숨이 붙어 있을 때 그 사업을 마무리하도록 하자. 그 다짐을 하는 순간 머릿속이 환히 트였다. 빛이 몸속에 가득 찼다. '아우야, 내 아우야 고맙다. 흑산도 어족들의 족보를 만들어 너에게 증명을 받도록 하마.' 약전은 술을 들이켜면서 속으로 울었다.

상어 해부

아침밥을 먹은 다음, 거무는 바쁘게 서둘렀다. 무와 공을 창대의 어머니에게 데려다주고 와서 태확과 망사리와 갈쿠리를 챙겼다.

"무 에미 너, 상어를 본 적이 있느냐?"

그는 오래전부터 사람을 잡아먹기도 한다는 상어들에 대하여 기록해야겠다고 생각하고 있었다.

"물질을 하다가 상어에게 쫓긴 일이 있구만이라우."

"그런데 어떻게 그놈한테 물리지 않고 피할 수 있었더냐?"

"저는 그때 두 발이나 되는 흰 베를 다리에 묶은 채 물질을 했구만이라우. 상어가 저보다 몸이 기다란 것한테는 안 덤벼든다길래. 그 말이 맞는지, 그때 상어는 소첩한테로 오다가 머리를 돌려 뿌렀어라우."

약전은 끔찍스러운 생각에 온몸에 닭살 같은 소름이 돋았다. 그때 만일 상어가 거무에게 덤벼들었다면, 지금 내 앞에는 거무가 있지 않을 터이다.

"무 에미, 앞으로는 물질 하지 말거라."

그의 말에 거무는 빙긋 웃으면서 "하늘 같은 나리의 숟구락을 무겁게 할라고 물질하는 저를 그것들이 감히 함부로 넘볼랍디여? 그라고 상어라고 해서 다 사람을 해치는 것은 아니랍니다이. 너무 염려 마시씨요이. 소첩, 다녀오께라우." 하고 머리를 깊이 숙여 주고 사립 밖으로 나갔다.

처마 그림자가 댓돌로 내려섰을 때 창대가 헐레벌떡 달려 들어왔다. 한쪽 손에 날 싯멀겋게 벼린 식칼 하나를 들고 다른 한 손에는 ㄱ자 잣대를 들고 있었다. 약전은 창대의 얼굴과 식칼과 잣대를 번갈아 보았다. 저녁 무렵 오줌 빛깔의 비낀 햇살이 창대의 귓바퀴와 볼과 목과 갓 테를 스쳐 날아오고 있었다. 복성재 뒷산에 해가 걸려 있었다. 약전은 바람벽에 등을 기댄 채 눈을 감고 있다가 거슴츠레하게 뜨고 창대를 바라보았다. 무력증이 일어났다. 얼마 전부터 그 증상이 심해졌다. 그 증상이 일어나면 몸을 추스르기 힘들고 만사가 싫어졌다. 그 증상을 가시게 하려면 술을 마셔야 했다.

"나리, 작은이 아제가 시방 지름상어를 잡아 왔다고 항만이라우."

약전은 곧 창대가 들고 있는 식칼과 ㄱ자 잣대의 뜻을 알아차렸다.

아이들이 목청을 높여 글을 읽었다. 아이들은 손님이 오면 더욱 극성스럽게 목청을 높이곤 했다. 글공부를 잘하고 있음을 과시하려는 것이었다.

그는 회초리로 샛노란 멍석이 깔려 있는 방바닥을 쳤다. 아이들이 모두 입을 다물었다. 아이들을 향해, 글 외워 바치지 못하고 종아리 맞는 일이 없도록 부지런히 외우라고 일렀다. 제일로 머리 큰 아이에게 "내가 없는 사이에 딴짓하거나 장난치는 놈이 있으면 혼내 놓고 절대로 밖에 나가지 못하게 하거라." 당부하고 부엌으로 나갔다. 동이에서 술 한 사발을 가득 떠서 들이켰다. 목구멍을 타고 내려간 술이 위장을 자극했다. 그 술이 곧 신명을 오르게 할 터이다. 손바닥으로 입술을 훔치고 호로병에 술을 가득 채웠다. 일을 하다가 술기운이 떨어지면 마시려는 것이었다.

창대가 술병을 받아 들고 앞장섰다.

민어와 조기, 숭어, 가숭어, 농어, 청어, 준치, 갈치, 가자미 들에 대해서는 이미 다 기록했다. 모두 창대를 앞세우고 다니면서 기록했다. 창대를 만난 것은 행운이었다. 이제 스물두 살인 창대는 경망스럽지 않고 말수 적고 착했다. 그는 약전을 어느 누구보다 더 존경하며 따랐다.

창대 안에도 어찌할 수 없는 섬사람의 기질이 들어 있을 터였다. 제 아비 장성호가 그랬던 것처럼 진리의 관헌 아전들한테 그의 동정을 말해 주곤 할 터였다. 그렇다고 할지라도 창대를 꾸짖을 수 없었다. 만일 창대가 아니면 다른 누구인가가 창대의 일을 대신해야 할 것 아닌가. 창대 아닌 누구인가가 그 일을 한다면 나에 대하여 어떤 궂은 말을 만들어 보낼지 알 수 없는 것이다.

창대가 앞장서 바닷가로 나가면서 말했다.

"다른 물고기들은 다 알을 낳아 그것이 부화되면서 번식을 하는디, 상어는 새끼를 낳는답니다이. 상어를 잡아묵어 보면은 뼈가 물렁물렁해라우. 국을 끓여 놓으면 뻭다구들을 하나도 안 버리고 다 묵을 수가 있습니다이. 그란디 이빨은 칼날 같어라우."

작은이는 자갈밭에 배를 대놓고 고물에 앉아 있다가 몸을 일으키더니 약전을 향해 머리를 깊이 숙여 절을 했다. 작은이는 아들 둘을 서당에 보내고 있었다. 옆에 작은이의 조카 삼돌이가 배 이물 덕판에 서 있다가 마찬가지로 절을 했다. 배 위에는 기름상어가 한 마리 실려 있을 뿐이었다. 장대한 어른의 키만큼 컸다. 약전은 그것을 보자 가슴부터 두근거렸다.

작은이가 서둘렀다.

"나리, 한창 썰물이 지고 있은께 자갈밭에 내려놓고 작살을 하는 것이 좋겄구만이라우."

"지가 머리를 들랍니다이."

창대가 말했다.

작은이가 꼬리 부분을 들고 창대가 머리 부분을 들고 삼돌이가 배 부분을 부축했다. 검자주색 자갈밭에 내려놓은 다음 창대는 먼저 잣대로 상어의 길이를 쟀다. 창대가 불러 주는 대로 약전은 기록했다.

상어의 콧잔등은 되새의 부리처럼 뾰쪽했다. 입은 몸의 배 쪽에 달려 있었고 이빨들은 톱니처럼 뾰쪽뾰쪽 나와 있었다. 꼬리지느러미는 비대칭이었다. 위쪽이 아래쪽보다 길었다. 등지느러미는 삼각형으로 발달해 있었다. 눈 뒤쪽에 아가미가 있는데, 뚜껑이 없었다.

"여기 가죽 좀 만져 보시씨요이. 잘못하면은 손을 긁힐 정도로 뾰쪽뾰쪽합니다이. 쇳가루를 붙여 놓은 것 같어라우."

약전은 창대가 시키는 대로 만져 보았다. 꺼끌꺼끌한 것이 마치 유리질 많은 거친 왕모래 가루들을 아교풀로 붙여 놓은 듯싶었다.

"이 가죽을 벗겨서 사포로 쓰기도 항만이라우."

창대는 칼로 배를 갈랐다. 핏물이 흐르고 내장이 드러났다. 알로 번식하지 않고 새끼를 낳는다는 것을 증명해 보이기라도 하려는 듯 자궁 있는 곳부터 찢어 열쳤다. 그놈은 암컷이었다. 왼쪽과 오른쪽에 각기 한 개씩의 자궁이 있고 그 속에는 다섯 개의 새끼태가 있고 각 태 속에는 새끼가 한 마리씩 들어 있었다. 상어는 한꺼번에 여남은 마리의 새끼를 출산한다고 창대가 말했다.

"암컷한테 그것이 두 개인께 수컷도 자연 양물이 두 개 아니겄습니껴, 잉?" 하고 작은이가 말했고, 약전은 "하아!" 하고 탄성을 질렀다. 그때 현기증이 일어났다. 동시에 무력증도 일었다. 늘 이랬다. 무력증을 가시게 하기 위해 마신 술의 취기에서 깨어나면 더 심한 무력증이 나타나곤 하는 것이었다. 머릿속이 몽롱해지고 기억이 가물가물해졌다. 얼핏 구역질이 났다. 그는 재빨리 호로병을 기울여 술 서너 모금을 마셨다. 심호흡을 몇 차례 하고 나서 작은이의 말들을 기록했다.

창대가 말했다.

"위장에는 조기, 돔, 전어가 한 마리씩 들어 있구만이라우. 창자는 짧은디 나선 구조로 되어 있어라우. 그라고, 특이하게도 이놈한테는 부레가 없습니다이. 부레가 없는디 무엇으로 몸을 떠오르게 할까라우? 그래서 가슴지느러미가 다른 물고기에 비하여 잘 발달해 있는 것 아닐까라우? 그라고 이것이 기름 덩이인디 이것으로 기름을 냅니다이. 질그릇에 이것을 놓고 불을 천천히 지피면 지글지글 끓음스롬 기름이 나오는디 그것을 떠

내서 모아 두었다가 불을 밝히는 디 씁니다이. 시방 서당에서 쓰고 있는 상어지름 불도 다 이놈들한티서 낸 것입니다이."

기록을 끝낼 무렵 등줄기에 식은땀이 흘렀다. 귀가 피용 울었다. 푸른 어둠이 눈 앞을 가렸다. 어둠은 밖에서 들어오는 것이 아니고 내부에서 일어난다. 이 어둠이 장차 내 몸과 영혼과 운명을 먹어 치울 것이다. 술로 인한 병이 나를 먹어 들어가고 있다. 자갈 바닥에 주저앉아 숨을 가다듬으면서 얼마 전에 온 약용의 편지를 떠올렸다.

점차로 하던 일을 거두어 버리고 마음 다스리는 공부에 힘쓰고 싶은데 이미 풍병 뿌리가 깊어졌습니다. 입가에는 늘 침이 흐르고 왼쪽 다리는 마비 증세가 느껴집니다. 머리에 한강 상류 얼음 위에서 잉어 낚는 늙은이들의 솜털 모자를 쓰고 있습니다. 또 근래에는 혀가 굳어져 말이 어긋나 스스로 남은 목숨이 길지 않음을 알면서도 한결같이 바깥일에만 마음을 쓰고 있으니, 이는 주자께서도 만년에 뉘우친 바였습니다. 어찌 두려운 일이 아니겠습니까. 다만 고요히 앉아 마음을 맑게 하고 보면 세간의 잡념이 천 갈래 만 갈래로 어지럽게 일어나 무엇 하나 제대로 파악할 수가 없으니, 오히려 마음 다스리는 공부가 저술하는 것만 같지 못함을 느끼곤 합니다. 이 때문에 힘들지만 그만두지를 못합니다…….

풍병 든 그 몸으로도 아우는 계속해서 저술을 한다. 어린이들을 위해 책을 짓고, 풀잎이나 나무껍질을 취해다가 형형색색의 물을 들여 시험하고, 『아방강역고我邦疆域考』 열권을 저술하고, 또 〈악학樂學〉에 마음을 두고 있다. 나의 몸이야 망가져도 괜찮지만, 이 나라의 보배인 아우의 몸은 튼튼해야 하는데, 그래야 해배되어 더 많은 일을 할 수 있을 터인데…….

일어서려고 하자 다리에 힘이 풀리고 무력증으로 몸이 부들부들 떨렸다. 눈앞이 아득해지고 더욱 짙어진 푸른 어둠이 앞을 막아섰다. 호로병을 기울여 술을 들이켜면서 아우의 편지를 생각했다.

보내 주신 편지에서 짐승의 고기는 도무지 잡숫지 못하고 있다고 하셨는데, 이것이 어찌 생명을 연장할 수 있는 길이라고 하겠습니까? 섬 가운데 산에 사는 개가 수천 마리 수백 마리일 터인데, 제가 거기 있다면 5일에 한 마리씩 삶아 대접하겠습니다. 섬 가운데 활이나 화살, 총이나 탄환이 없다고 해도 그물이나 덫을 설치할 수는 있지 않겠습니까? 이곳 강진에 어떤 사람이 하나 있는데 개 잡는 기술이 아주 뛰어납니다. 그 방법은 이렇습니다. 식통食桶 하나를 만드는데, 그 둘레는 개의 입이 들어갈 만하게 하고 깊이는 개의 머리가 들어갈 만하게 만든 다음, 그 통 안의 사방 가장자리에는 쇠못을 꽂아 놓습니다. 그런데 그 모양이 송곳처럼 곧아야 하고 낚시 갈고리처럼 굽어서는 안 됩니다. 그 통의 밑바닥에는 뼈다귀를 묶어 놓거나 밥이나 죽을 미끼로 넣어 놓습니다. 쇠못이 박힌 부분은 위로 가게 하고 못 끝은 통의 아래쪽을 향하게 하는데, 이렇게 해놓으면 개가 주둥이를 넣기는 하지만 빼내지는 못합니다. 또 개가 이미 미끼를 물면 그 주둥이가 불룩하게 커져서 사면으로 찔리기 때문에 끝내는 걸리게 되어 공손히 엎드려 꼬리만 흔들고 있을 수밖에 없습니다. 5일마다 한 마리를 삶아, 해채海菜를 잡수시는 사이사이에 날마다 조금씩 잡수신다면 어찌 무력증 생기는 데까지야 이르겠습니까. 1년 365일에 52마리의 개를 삶으면 충분히 건강을 회복할 수 있을 것입니다. 하늘이 흑산도를 현산 선생의 사유 영지로 만들어 고기를 먹고 부귀를 누리게 하였는데, 오히려 고달픔과 괴로움을 스스로 택하시다니, 역시 또 사사로운 정에 너무 얽매인 것이 아닙니까. 들깨 한 말을 부쳐 드리오니 볶아 가루로 만들어 두십시오. 채소밭에 파가 있고 방에 식초가 있으면 이제 개를 잡을 차례입니다. 또 삶는 방법을 말씀드리면, 우선 티끌이 묻지 않도록 달아매어 껍질을 벗기고 창자나 밥통은 씻어도 그 나머지는 절대로 씻지 말고 곧장 가마솥에 넣어 바로 맑은 물로 삶아야 합니다. 다 삶으면 일단 꺼내 놓고 식초장 기름으로 양념을 하여 더러는 다시 볶기도 하고 더러는 다시 삶기도 하는데 그래야 훌륭한 맛이 납니다. 이것이 바로 초정 박제가의 개고기 요리법이라는 것입니다.

형을 아끼고 사랑하는 아우의 뜨거운 정이 약전의 온몸을 후끈 데웠다.

약전은 그 편지를 받은 지 몇 해가 지나도록 그놈들을 한 마리도 잡아먹지 못했다.

소흑산도에 살 때 재를 넘어 돈목까지 갔다 오다가 산개 한 마리를 만났었다. 그놈은 돈목 뒷산 마루에서부터 따라왔다. 주머니에 구운 자반 한 조각이 들어 있었는데, 아마 그 냄새를 맡고 따라온 듯싶었다. 처음엔 그놈이 해치지 않을까 두려웠지만 곧 공격할 의사가 없다는 것을 알아차렸다. 등과 머리에는 회갈색 털이 부스스하고 아랫배와 턱밑으로는 젖빛 털이 돋아 있고 눈망울이 진한 쪽색인 그놈은 오히려 약전의 눈치를 살피며 여남은 걸음 뒤처진 채 따라왔다. 그놈도 어쩌면 외로워하고 있는 듯싶었다. 저놈을 데려다가 길들이면 좋지 않을까. 고갯마루에 올라선 그는 주머니에서 자반 한 쪽을 찢어 던져 주었다. 그놈은 그를 의심하고 뒷걸음질을 쳤다. 그는 모른 체하고 고개 아래쪽 자드락 길을 밟아 내려갔다. 숲 사이에 들어서서 그놈을 살피니, 그놈은 자반 조각에 다가가 냄새를 맡고는 달게 먹어 치웠다. 그러고는 또 그를 따라왔다. 이제 되었다고 생각하며 스무 남은 걸음 가다가 자반 한 쪽을 다시 떼어 던져 주었다.

골짜기의 펀펀한 바위에 앉아 쉬었다. 시냇물이 향 맑은소리로 노래하며 흐르고 있었다. 물가로 가서 손과 얼굴을 씻을까 하다가, 저만치에 서 있는 그놈이 이상스럽게 여길까 싶어 그만두었다. 그냥 앉아 그놈을 돌아보았다. 그놈도 엉덩이를 붙이고 앉아 그를 바라보았다. 눈이 마주쳤다. 그가 먼저 사귀고 싶은 뜻을 눈빛으로 전했다. 마지막으로 남은 자반 한 쪽을 던져 주고 자리를 떴다. 서당이 멀지 않았다. 그는 그놈을 서당으로 이끌고 갈 참이었다. 얼마쯤 가다가 돌아보니 그놈은 자반 한 쪽을 다 먹어 치우고 멀찍이 떨어진 채 그를 따라오고 있었다.

서당에 이르러서 뒤를 돌아보니 어디론가 가고 없었다. 아이들의 글 읽는 소리가 들리자 숲속으로 몸을 숨긴 듯싶었다. 그로부터 몇 달이 지난겨울 어느 날 아침 측간에 가는데 얼핏 청미래덩굴 숲 너머에 움직거리는 것이 있었다. 그놈이었다. 모른 체하고 측간에 다녀 나와서 안으로 들어가 남은 잡곡밥 덩이와 도미구이의 머리와 뼈와 지느러미를 청미래덩굴 숲 너머로 던져 주고 한낮에 그 숲 너머로 가보았다. 그가 던져 준 것들이 보이지 않았다. 그놈이 먹은 것이 틀림없었다. 이후 그는 그놈이 느껴지든 느껴지지 않든 상관하지 않고 밥을 먹은 다음엔 늘 뼈다귀나 밥찌꺼기를 측간 뒤쪽 청미래덩굴 숲 너머로 던져 주곤 했다.

얼마 뒤 한밤중에 거무가 사는 마을 집으로 가는데 등 뒤에서 무슨 기척이 느껴졌다. 뒤돌아보니 그놈이 따라오고 있었다. 모른 체하고 걸었다. 얼마쯤 가다가 다시 뒤돌아보면 그놈은 일정한 거리를 두고 따라오고 있었다. 그놈이 뒤따라와 주어서 그 밤길이 두렵지 않았다. 다른 짐승들이 그를 해코지하는 것을 막아줄 듯싶었다. 그놈은 그가 마을 골목길로 들어서고 그의 발소리를 들은 관헌의 개와 마을의 개들이 껑껑 짖어 대자 어디론가 사라져 버렸다.

그놈과 그렇게 사귀고 있는 차에 아우 약용의 편지를 받은 것이었다. 몸을 건강하게 유지하는 길이 짐승의 고기를 먹는 것이라고는 하지만 어찌 그에게 정을 보이는 그놈에 대한 의리를 저버릴 수 있을 것인가.

그리하여 그는 그냥 거무가 차려 준 해채와 전복죽과 학부모들이 가져다준 구운 생선에 잡곡밥을 먹으며 술을 마셨다. 술이 최소한 아우 약용이 해배되어 형을 찾아올 때까지는 살아 있게 해줄 것이다. 그때까지 나는 고기들의 족보를 다 만들어야 한다.

서당으로 돌아온 그는 작은이에게서 얻어 온 상어고기를 거무에게 주고 안으로 들어가 곧 초록해 온 기름상어(膏鯊, 일명 곱상어)에 관한 것들을 정서했다. 그것을 끝냈을 때 그의 몸은 식은땀으로 흠뻑 젖어 있었다.

"나리, 진짓상 드릴랍니다이."

문밖에서 거무가 말했다. 그는 말없이 책상을 구석으로 밀어 놓고 이마와 목과 가슴의 허한을 씻으며 좌정했다. 밥상을 들고 들어온 거무가 그의 안색을 살피고 말했다.

"옥체가 많이 허해지신 것 같구만이라우. 인제 술은 그만 드시고 보신을 하세야 하겄습니다이."

밥상에는 죽이 놓여 있었다.

"허약해진 데는 피문어가 좋다고 해서 잡곡하고 푹 고았구만이라우."

숟가락을 들었다.

"피문어라니?"

"일반 문어보다는 조깐 더 작은디, 색깔이 약간 더 붉어라우."

"아아!"

그는 숟가락으로 죽을 뒤적거려 보았다. 그래, 문어에 대해서도 기록해야 한다. 배 속은 비어 있는데 식욕이 나지 않았다. 그렇지만 억지로 먹었다. 술을 한잔 마시면 식욕이 나지 않을까. 숟가락을 놓고 거무에게 술을 가져오라고 했다. 거무가 마뜩찮은 얼굴로 그를 건너다보았다. 마른 입술에 침을 바르면서 고개를 숙이고 기어들어 가는 소리로 말했다.

"나리께서 잡수시고 싶어 하는 것을 마련해 디리는 것이 이년이 반드시 해야 쓸 일이기는 하제마는, 술은 인자 더 디리기 싫사옵니다이. 담그는 것도 죄스럽고라우."

거무의 말뜻을 알 수 없는 바 아니었지만, 그는 "술을 한잔해야만 입맛이 날 것 같구나. 어서 가져오너라." 하고 재촉했다. 콩나물처럼 눌눌하게 뜬 듯한 그의 얼굴 살갗에는 암갈색 반점들이 생기고 있었다.

"술 잘 담그는 여자는 한 집안을 파문의 지경으로 이끌기도 한다고 들었구만이라우."

"아니다, 아니다. 니가 나를 살리고 양생하고 있느니라."

그는 고개를 저으며 말했다. 그는 운명에 이끌리고 있었다. 한번 그러기 시작하자, 그를 이끌고 가는 운명에서 헤어날 수가 없었다. 아우의 편지 속에 들어 있는 혜장 스님의 삶도 그랬을 듯싶었다. 술과 여자와 욕망은 악마다. 그 악마는 사람의 의지를 마비시키는 마력을 가지고 있다. 그것들은 사람의 고독과 운명을 업고 어슬렁어슬렁 걸어 다닌다. 고독과 운명은 그 사람에게 자기를 따라 함께 가자고 졸라댄다. 아니, 술과 여자와 욕망은 수렁이다. 한번 디딘 발을 빼내려 하면 할수록 그것은 더 물러지고 발을 더 깊이 빠져들어 가게 한다.

한참 동안 고개를 떨어뜨리고 있던 거무가 몸을 일으키고 나갔다. 잠시 후 호로병과 술 사발을 들고 왔다. 그는 술을 거듭 두 잔이나 들이켜고 나서 죽을 먹었다. 겨우 반 그릇쯤 먹었을 뿐이었다.

밥상을 옆으로 밀어 놓고 그는 거무에게 문어의 생태에 대해서 묻고 그녀가 대답하는 대로 기록했다.

이날 밤 그는 창대를 시켜 작은이를 서당으로 오게 했다. 상어에 대해서 아는 대로 이야기해 달라고 하여 적었다. 작은이는 상어에 대하여 박식했다.

"소인이 아는 것은 다 소인 놈의 할아부지가 말씀해 주신 것이구만이라우." 하고 나서 작은이는 참상어에 대하여 말했다. 창대가 "참상어는 다른 말로 별상어라고도 하지라우, 잉?" 하고 맞장구를 쳐주었고, 작은이가 고개를 끄덕거리며 "맞네." 하고 대꾸했다.

일이 잘 풀리자 신명이 났다. 신명이 술을 청했고, 그는 들뜬 목소리로 거무에게 술을 가져오라고 명했다. 작은이와 술을 권커니 잣거니 하며 붓을 놀렸다.

작은이는 게상어, 죽상어에 대해서도 말했다. 젊은 창대는 감수성이 예민하고 머리 회전이 빨라, 작은이가 말로 형용하지 못한 것들을 덧붙여 설명하기도 하고 비유해서 말해 주기도 했다. 약전은 금맥을 찾아 파 들어가기라도 하는 듯 흥분했다. 술을 들이켜면서 적었다.

작은이는 비근상어, 왜상어, 병치상어, 줄상어, 모돌상어, 저자상어, 귀상어, 사치상어, 은상어, 환도상어, 극치상어, 내안상어(호랑이상어), 철갑상어에 대하여 이야기해 주었고 그는 세세히 기록했다.

작은이는 한밤중에 돌아가기 전에, "그란디 그란 것들을 뭐 할라고 그르쿨로 아실라고 하십니껴?" 하고 물었다.

약전은 마땅하게 대답할 말이 없어 "글쎄!" 하고 나서 스스로에게 물었다. 나는 왜 이 일에 이렇듯 몰두하는가. 존재하는 모든 것은 자기 존재를 증명하려고 든다. 나는 이 일을 통해 나를 증명하려는 것이다.

아우 다산을 위하여

저녁 무렵 비낀 햇살이 몸살 앓을 때의 오줌 색깔로 변해 있을 때, 이장이 찾아왔다.

"진리 아전들 말이, 강진 정 승지 나리가 머지않아 해배될 것이라고 항만이라우."

"아하! 그거 참으로 잘됐소이다!"

약전은 하늘을 쳐다보면서 거듭 탄성을 질렀다. 흰 구름 한 장이 동북쪽으로 흘러가고 있었다. 그는 순간적으로 생각했다. 그렇다면 소흑산도로 옮겨 가서 살아야 한다. 아우 약용이 해배되면 형을 만나러 대흑산에까지 오려고 할 것이 분명하다. 강진 앞바다에서 소흑산도까지가 물길 몇백 리이고 거기에서 대흑산도까지가 또한 그에 버금가는 먼 길 아닌가. 소흑산도까지 오게 하는 것도 가슴 아픈 일인데 그 물길보다 몇 배 거친 뱃길을 더 오게 할 수는 없다.

"그렇다면, 나 우이도로 이사를 가야겠소. 배를 자주 타보지 않은, 하늘 같은 내 아우를 대흑산까지 오게 할 수는 없지 않소?

이장이 그 일을 좀 주선해야겠습니다."

약전은 간곡하게 말했다.

"나리 사정을 들어 본께 반드시 그르쿨로 하세야 할 것 같기는 합니다마는, 아이들이 기왕 읽고 있는 책들을 다 떼 주고 다음 해 봄에나 가세야지라우."

"내가 떼 주지 못한 것은 창대가 대신 가르쳐 떼 주면 될 것이오. 창대가 이미 『시경』, 『주역』까지도 다 읽었소이다."

이장이 도리질을 했다.

"나리, 정 승지 나리가 해배되었다는 기별이 온다 치로면 그때 우리 마을 사람들이 좌랑 나리를 소흑산으로 모시고 가서 상봉하실 수 있도록 해디릴 것인께 참고 여그서 기시면은 아짜겄습니껴? 나리께서 소흑산도로 가실란다고 하면은 동네방네 아주 난리가 날 것잉만이라우. 마을 사람들이 모두 나리하고 정이 아주 까빡 들어 뿌렀는디라우."

약전은 이장의 말에 더 대꾸를 하지 않았고 이장은 "어떠한 일이 있어도 강진 정 승지 나리께서 여기까지 안 오시게 하고 형제 상봉을 하게 해디릴 것인께 염려 마시고 여그 기시씨요이." 하고 돌아갔다.

하룻밤 사이에 약전이 소흑산도로 가려 한다는 말이 마을에 퍼졌고 이튿날 아침부터 마을 사람들이 하나씩 둘씩 몰려들었다. 그들은 서당 복성재의 댓돌 앞에 엎드려 통사정을 했다.

"나리, 소흑산으로 가시면은 우리 아이는 누가 가르칠 것입니껴?"

"미련하고 또 미련한 두억시니 같은 우리 아이 눈을 틔워 주고 귀를 밝게 뚫어 주셨는디…… 소흑산으로 가시다니 절대로 절대로 안 되옵니다이."

"나리가 우리를 베리시면은 우리는 끈 떨어진 뒤웅박 돼뿌러라우."

"나리께서 귀한 약을 알려 주세서 이르쿨로 지가 거짓말같이 좋아졌구만이라우. 섬 구석에 살아도 좌랑 나리께서 옆에 기신다고 생각한께 든든했는디……. 나리께서 가시고 나면은 우리 섬것들은 불안하고 막막해서 못 살어라우."

깡마른 천바우는 늘 가슴앓이에 시달려 온 남정네였다. 그가 해준 처방은 대마를 이용한 것이었다. 대마의 잎사귀로 누룩을 싸서 밀봉해 놓았다가 그것을 고두밥과 함께 술을 빚어 소주를 내리고 통증이 있을 때마다 한 사발씩 마시라는 것.

바우의 말을 듣는 순간 약전은 '아하, 그렇다' 하고 속으로 부르짖었다. 거무에게 대마 잎사귀로 누룩을 싸놓았다가 술을 담그라고 해야겠다는 생각이 들었다.

그가 대마 잎사귀로 싸둔 누룩의 효험에 대하여 안 것은 주어사에서 공부할 때 만난 한 무당에게서였다. 그 무당은 그것을 귀신이 가르쳐 준 처방이라고 했다. 나의 무력증도 그 술이면 신통하게 치유가 될 터이다.

내가 왜 그 처방을 진즉 생각하지 못했을까. 조바심이 일었지만, 그날 내내 거무에게 말할 틈을 내지 못했다. 하루 종일 사람들이 찾아와 통사정을 해댄 것이었다. 아낙이나 노인들까지 몰려와 소흑산도로 가면 안 된다고 울먹이면서 말했다.

"훈장 나리께서 귀양살이가 풀레 갖고 한양으로 올라가시기 전에는 소흑산으로 보내 디릴 수 없어라우."

"우리 사는 섬을 폴아서라도 나리를 사야 하는 판인디……."

약전은 마을 사람들이 와서 엎드려 고할 때마다 밖으로 나와서 그들을 달래 보냈다.

"알았습니다. 가지 않고 여기서 살 테니 어서 그만 돌아가십시오."

돌아가는 그들의 뒷모습을 보는 약전은 가슴이 쓰라렸다. 그들의 허락을 받고 소흑산으로 건너가기는 다 틀렸다고 생각됐다. 밤에 몰래 봇짐을 싸서 가는 수밖에 없겠다 싶었다.

무시로 찾아온 무력증이 그를 사로잡았고, 그로 인해 그는 절망했다. 그 증세가 일어나면, 입을 열어 말하기 싫고 손끝 하나 까딱하기 싫어졌다. 몸이 나른해지고 우울해지고 슬퍼졌다. 눈을 감은 채 누워 있어야만 했다. 몸이 천 길 아래로 가라앉는 듯싶었다. 의식이 아득해지면서 잠이 왔다. 꿈같기도 하고 꿈 아닌 것 같기도 한 상태 속에 머물러 있었다. 측간에 가려고 몸을 일으키면 아찔하게 현기증이 일었다. 조급증까지 생겼다. 얼른 소흑산도로 가서 기다리지 않으면 아우 약용을 만나지 못하게 될 것만 같은 생각이 들었다. 약전은 당장에라도 배를 마련하여 소흑산으로 건너가고 싶었다. 무를 시켜 창대를 불러오게 하고, 창대에게 자기 심사를 말했다.

창대는 신중했다. 한동안 고개를 끄덕거리고 나서 말했다.

"그 중대사를 소인 혼자 힘으로 하기는 어렵겄구만이라우. 이장 어른한테 가서 말을 해갖고 그르쿨로 하실 수 있도록 할랍니다이."

창대가 돌아간 다음 거무에게 대마 잎사귀를 넣고 술 담그는 법을 일러 주었다. 얼마 뒤 거무는 피문어 죽 한 사발이 놓인 소반을 들고 들어와 그의 앞에 놓고 "이년이 듣기로는 이 피문어 죽 이상으로 병약한 사람의 기를 살려 주는 약은 없다고 들었사옵니다이." 하고 간곡하게 말했다. 그는 술 한 잔을 청해 먼저 마신 뒤 숟가락을 들었다. 입념이 없었지만, 그 죽을 억지로 다 먹고 바람벽에 등을 기대었다. 거무는 바구니를 들고 사립을 나갔다. 뒷골 이장네 밭으로 대마 잎사귀를 따러 가는 것이었다.

그날 저녁 무렵에 찾아온 창대가 난처해하면서 고개를 살래살래 저으며 말했다.

"소인이 이장 어른한테 그 문제를 이야기했더니 이장 어른이 고개를 저었구만이라우. 동네 사람들이 나리를 소흑산 사람들한테 안 뺏길라고 야단들이랑만이라우. 소인 생각에도 가실 수 없을 듯싶사옵니다이. 우리 마을 사람들 보통으로 안 억셉니까이."

"그러면 밤에 몰래 건너가는 수밖에……. 무 에미보고 간단하게 이삿짐을 싸라고 해야겠다. 가서 얼마 살다가 아우가 다녀간 다음에 되돌아오면 되지 않겠느냐?"

"그것은 더욱 안 되옵니다이."

창대가 고개를 저었다.

"대흑산에서 배를 마련하면은 말이 안 날 수 없을 것이고, 그라면은 모래마을 사람들이 나리를 소흑산으로 가시도록 가만 안 보고 있을 것잉만이라우. 그란께, 은밀하게 소흑산 누구한테 배를 가져오라고 하는 것이 어짜겠습니껴? 소인 생각으로는 그곳

이장이나 순득이 아제한테 기별을 하는 것이 좋을 것 같구만이라우."

한밤중이었다. 앞산의 밤꽃 향기가 날아오고 있었다. 개구리들의 울음소리가 가짓빛 밤하늘로 날아갔고, 그 소리들로 말미암아 푸르고 노랗고 붉은 별들이 수런거렸다. 삼태성이 중천에 올라 있었다. 해조음이 검머리에 걸려 있었다. 무력증과 조급증이 일어났다. 그것을 가시게 하려고 대마 잎 넣은 술을 두 잔이나 마시고 앉아 창대를 기다렸다.

새벽녘이 되었을 때, 조심스러운 발소리가 골목 쪽에서 복성재 쪽으로 올라오고 있었다. 그것이 사립을 지나 댓돌 앞으로 다가왔다.

"소인 창대이옵니다이."

창대는 방 안으로 들어와 무릎을 꿇어 절하고 나서 낮은 목소리로 말했다.

"순득이 아제가 초야드렛날 한밤중이 조깐 지나 장굴샛개 모래밭에다가 배를 댈란다고 항만이라우. 소인이 그날 밤에 지 집 사람하고 미리 와서 이삿짐을 모래밭으로 옮겨 놓도록 할랍니다이."

밤도망 치듯이 이사 갈 날을 받아 놓은 뒤로 약전은 잠을 이루지 못했다. 가족들을 이끌고 소흑산도로 건너가면 해배 된 아우 약용과 상봉하게 된다. 그 생각을 하자 가슴이 두방망이질을 했다.

거무에게 소흑산도로 이사 갈 준비를 하라 이르고 그는 오른팔로 무를 안고 왼팔로 공을 안았다. 그 둘을 한데 아울러 안았다. 그들의 머리와 머리 사이에다가 코와 입을 대고 비볐다. 그들에게서 싱싱한 물의 향기가 났다. 허기진 듯 그 향기를 가슴 가득 들이켰다. 너희 작은아버지를 곧 만나게 된다. 하늘 같은 너희 작은아버지를……. 가슴이 화롯불을 끼얹어 놓은 것처럼 화끈거렸다.

이튿날 아침에 창대를 시켜 이장 김부칠을 불러오게 했다. 이장까지 속이고 한밤중에 소흑산으로 건너갈 수는 없는 일이었다. 이장이 배반감을 갖게 해서는 안 되는 것이었다. 이장을 달래야 했다. 전복과 해삼 안주를 놓고 술을 권하면서 사정을 말했다.

"이장이 양해해 주어야 할 일이 생겼소. 소흑산도로 이사를 가기로 했습니다. 초여드렛날 밤에 문순득이 배를 가지고 올 것이오."

이장이 소스라치게 놀라며 그를 건너다보았다.

"예감에 강진 아우가 곧 해배될 듯싶소. 그러니 내가 하루라도 빨리 소흑산도로 가서 기다렸다가 아우를 만나야겠습니다. 그리고 곧 다시 대흑산으로 건너올 터이니 그리 아시고 이장이 마을 인심을 좀 다독거려 주십시오."

이장은 한동안 고개를 숙인 채 말없이 안주만 씹어 먹다가 얼굴을 일그러뜨렸다.

"아이고, 난리는 나뿌렀구만이라우. 보나 마나, 마을 사람들이 모두 나서서 나리를 그쪽에 안 뺏길란다고 야단들일 것인디……. 소인 혼자 힘으로는 도저히 그것을 감당 못합니다이."

"아무래도 그럴 것 같아서……. 아무도 모르는 한밤중에 그리로 건너갈 계책을 꾸몄소. 미안한 일이지만, 이장은 그냥 모른 체하고 가만히 좀 있어 주시오."

"하아!"

이장은 난감해하였다. 술을 들이켜면서 이를 단단히 물고 고개를 양옆으로 흔들어 댔다.

"나리, 만일 소인이 알고도 눈을 감아 디다는 것을 우리 마을 사람들이 알면은 소인 맞어 죽습니다이. 아따, 어째서 이라시는 것이요, 잉? 강진 정 승지 나리가 소흑산으로 오신다는 기별이 오기만 하면은 우리가 배를 내갖고 나리를 모시고 가서 넉넉하게 형제 상봉하시게 해디릴 것인디이? 아니, 혹시 우리 마을 사람들이 뭣을 서운하게 했기 땜시 아주 떠나시려고 하시는 것은 아닌지, 소인은 참말이제 섭하고 또 섭항만이라우, 잉? 소인은 참말이제 나리나 가족들한테 잘해디린다고 지 성심성의껏 잘해디는디……."

약전은 이장의 손을 잡아 흔들면서 통사정을 했다.

"이장 마음을 내가 왜 모르겠소? 나는 모래마을 사람들이 나한테 섭하게 해서가 아니고, 아직 한 번도 큰 바다 뱃길을 왕래해 보지 않은 섬약하고 착한 아우를 이곳 대흑산까지 차마 오게 할 수가 없다는 마음뿐입니다이. 내 이장에게 분명하게 약조를 하리다. 내 아우가 다녀간 다음에는 반드시 이리로 건너와서 이 마을 총생들을 성심으로 가르치겠소이다, 잉?"

마침내 이장은 고개를 끄덕거렸다.

"그렇다면은, 알겄습니다이. 나리 가족이 몰래 이사를 가시는 그날 밤에, 소인 놈은 그냥 초저녁부터 무슨 일을 하나 만들어 갖고 몇 놈하고 어울려 술을 개떡이 되도록 마시고는 일찌감치 곯아떨어져 쿨쿨 자빨랍니다이. 소인 놈이 신신당부하고 잪은 것은 이 말이 절대로 아무한테도 새어 나가지 않게 하시고, 소인 놈하고 약조하신 대로 강진 정 승지 나리가 다녀가신 다음에는 반드시 이리로 건너와 주시기 바라옵니다이. 물론, 나리께서 정 승지와 함께 해배되어 가시게 된다 치로면은…… 시방 이것이 나리하고는 마지막이 될지 모르겄지마는……. 좌우간 소인은 참말이제 섭하고 또 섭합니다이."

이장의 말에는 목울음이 섞여 있었다.

한밤중의 도망

초여드레 달이 서산마루에 걸렸다. 스무사흘 밤에 달이 뜨면 한밤중이고 초여드레 밤에 달이 지면 한밤중이었다.

산 그림자에 묻혀 있는 모래마을에 잔잔한 해조음이 감돌았다. 마을 앞 샛개 연안에 중선 한 척이 그림자처럼 들어왔다. 노 젓는 소리나 닻 놓는 소리 하나 내지 않고 조용히 모래톱에 배의 고물을 댔다. 소흑산도 문순득의 배였다. 선원들은 황포 돛을 내려놓고 약전과 그의 가족이 나타나기를 기다렸다.

창대는 일찌감치 책 보퉁이와 양식 자루를 모래밭에 옮겨 놓고 기다리고 있다가 그 배를 맞이했다. 배에서 내린 순득이 창대 옆으로 다가와 말없이 손을 잡아 흔들었다. 창대의 아내가 발소리를 죽이며 이불 짐을 머리에 이고 나왔다. 선원들이 도둑처럼 소리 없이 이삿짐을 배에 실었다.

약전이 무를 앞장세우고 공을 품에 안은 채 모래밭으로 걸어왔다. 거무가 옷 보따리를 머리에 인 채 뒤를 따랐다.

순득과 선원들이 약전에게 엎드려 절을 하고 나서 무를 안아

다가 배에 태웠다. 한 선원이 거무에게서 옷 보따리를 받아다가 배에 싣고 물에 두 손을 짚은 채 꿇어 엎드리면서 약전과 거무에게 자기의 등을 밟고 배에 오르라고 속삭였다. 약전과 거무는 그 선원을 피해서 물을 철벅철벅 밟으며 배의 고물로 다가갔고, 순득이 공을 보듬고 있는 약전을 먼저 뒤에서 안아 올려 태우고 거무 또한 그렇게 했다.

배에 오른 약전을 향해 창대 부부는 모래밭에 엎드려 하직 인사를 했다. 약전은 그들을 향해 얼른 들어가라고 손을 내쳤다.

순득은 물에 젖은 모래톱을 디디고 선 채 배의 고물을 바다 쪽으로 힘껏 밀어 놓고 재빨리 몸을 날려 배 위로 올라탔다. 다른 선원들이 삿대를 짚었다. 배가 바다 한가운데로 두둥실 떠나갔다.

창대와 그의 아내는 계속 모래밭에 엎드린 채 거듭 머리를 조아렸고, 약전과 거무는 말없이 손을 내쳤다.

그때 마을 쪽에서 누군가의 외침이 아스라하게 들려왔다. 윔소리꾼의 소리였다.

“동네 사람들 다 들어 보시오이! 시방 소흑산 놈들이 샛개에다 배를 대고 우리 좌랑 나리를 몰래 빼내 가고 있다요이! 모두모두 싸게 쫓아가서 빼앗아 옵시다아이.”

그 외침 소리가 마을 앞산과 뒷산에서 메아리쳤다. 잠들어 있던 마을 사람들이 우당탕퉁탕 자기네 집의 방문을 박차고 뛰어나왔고 골목길을 내달려 샛개 연안으로 몰려나왔다. 모래밭에 있던 창대와 그의 아내는 황급히 청재미 쪽 숲 그늘로 몸을 피했다.

앞장서서 달려 나온 춘오가 소리쳤다.

“좌랑 나리를 되찾으러 가세에!”

"싸게싸게 서넛씩 군을 짜서 배를 타드라고이!"

판동이 소리쳤다.

모래마을 남정네들은 서너 사람씩 무리를 지어 각각 배 한 척씩 타고 노를 저었다. 모두 열한 척의 배가 떴다. 그 배들이 소흑산을 향해 가는 배를 뒤쫓았다. 오래지 않아 그들은 문순득의 배를 따라잡았고, 배를 빙 둘러쌌다. 흡사 해전海戰을 방불케 했다.

"이 무지막지한 소흑산 놈들아, 우리 좌랑 나리 내놔라."

모래마을 남정네들은 삿대를 들고 선원들을 두들겨 패려고 들었다. 약전은 낭패감을 어찌하지 못해 문순득에게 배를 멈추게 하고, 둘러싼 배 위의 모래마을 남정네들을 둘러보며 말했다.

"여러분, 이 일은 내가 시켜서 한 일이오. 모래마을 여러분들의 허락을 확실하게 얻지 않고 떠나온 잘못은 나에게 있으니 나하고 이야기합시다. 소흑산에서 온 사람들한테는 아무 잘못이 없소이다이."

모래마을의 남정네들은 대부분 서당의 학부형들이었다. 그들에게 해명하고 그들을 설득하지 않으면 그들이 소흑산 사람들을 삿대나 몽둥이로 두들겨 팰 것이 뻔했다. 약전은 둘러싼 배들 위의 모래마을 남정네들을 향해 말했다.

"사실은 여러분을 일일이 찾아가서 내 사정을 말하고 떠났어야 했는데, 이장이나 창대가 하는 말이 그 어떠한 말을 할지라도 여러분들이 나를 놓아주지 않을 거라고 해서 어찌할 수 없이 이렇게 밤 봇짐을 싸게 된 것이오. 모두가 내 옹졸한 생각으로 인한 것이니 용서하고 돌아가 주시오."

"그르쿨로는 못하겄구만이라우!"

"소흑산 홍어 좆대가리만 뽈아 처묵고 사는, 문순득이 너 이 놈!"

"이 때려죽일 놈, 너 우리한테 한번 죽어 봐라이!"

춘오가 삿대로 순득을 치려고 들었다. 순득의 배로 올라온 판동이 순득의 멱살을 잡고 흔들었다.

순득이 그들에게 통사정을 했다.

"판동이 아제, 춘오 아제 오해하지 마시고 지 말씀을 들어 보시요이. 지는 아무 영문도 모르고 나리께서 시킨 대로만 한 것이어라우."

약전은 재빨리 마음을 돌렸다. 이대로는 성난 모래마을 사람들을 달래서 돌려보낼 수 없음을 깨달았다. 소흑산도로 이사 가는 일을 뒤로 미루기로 작정했다. "여러분, 내 말을 들어 보십시오. 소흑산으로 이사 가지 않기로 하고, 모래마을로 되돌아가겠으니, 소흑산 사람들을 해하지 말고 그냥 고이 돌려보내 주시오." 하고 나서 거무에게 아이들을 데리고 춘오의 배로 건너가라고 말했다. 그의 말이 떨어지기 무섭게 모래마을 사람들은 아이들과 이삿짐을 자기네 배로 옮겼다. 거무도 부축을 받으며 옮겨 탔다. 약전은 소흑산에서 온 문순득과 선원들에게 "내 짧은 생각으로 그대들한테 헛고생만 시켰소. 조심해서 돌아가도록 하시오. 모래마을 사람들의 오해나 울화가 풀린 다음에 내가 한번 건너가도록 하겠소." 하고 말했다.

순득이 갑판에 두 손을 짚고 엎드리며 말했다.

"강진 정 승지 나리께서 해배되어 쇠섬으로 오시게 되면 소인이 나리를 다시 모시러 올랍니다이."

판동이 빈정거리듯이 말했다.

“강진 정 승지 나리가 그리로 오신다 치로면은, 홍어 좆대가리 같은 니놈이 안 모시러 와도 우리가 우리 좌랑 나리 모시고 그리로 갈 것인께 그런 걱정은 애초에 하들 말어라잉.”

약전과 그 가족을 빼앗아 실은 모래마을 사람들은 문순득의 배를 향해 모두 한마디씩 던졌다.

“이후로 또다시 요런 못된 짓거리를 하면은 빽다구도 못 추려 갈 것이다이.”

“우리 좌랑 나리 모셔 갈 생각은 애초에 하지를 말드라고잉.”

춘오가 말했다.

“쌀밥 한 끼니, 멸치 꼬랑지 한나, 탁배기 한 사발을 대접하드라도 니놈들보다는 우리가 훨씬 더 넉넉하게 잘한단 말이여. 알겄냐, 잉?”

판동도 말했다.

샛개 연안 모래톱에 배를 대자, 거기 이장과 창대가 기다리고 서 있었다.

“창대 니놈은 소흑산 놈이냐 우리 대흑산 놈이냐, 잉?”

판동이 창대를 향해 힐난했다. 춘오도 소리쳐 말했다.

“우리 창대 이 새끼를 아주 소흑산으로 쫓아내 뿔드라고! 잉?”

덩달아 다른 사람들도 한마디씩 뱉었다.

“우리가 장 화랭이 새끼 창대 니놈의 음흉한 속을 모를 줄 아느냐?”

“좌랑 나리가 쇠섬으로 가세 뿌러야 창대 니놈이 힘을 펴고 살 것 같은께 앞장서서 그랬지야, 잉!”

창대는 중구난방으로 터져 나오는 사람들의 말을 감당하지 못했다.

"저저…… 오해들 마시씨요이. 저는 다만 나리께서 시키시는 대로……."

약전이 나서서 마을 사람들의 오해를 풀어 주지 않으면 창대가 크나큰 곤경에 처할 듯싶었다.

"내 진정으로 말하는데, 오늘 밤의 일은 내가 시켜서 한 것이오. 창대를 미워하지 마시오. 여러분 가운데 어느 누구든 나한테 이런 부탁을 받았다면 창대처럼 거역하지 못했을 것 아니오? 내 기왕 여러분을 따라 순순히 돌아왔으니까, 오늘 밤 일은 없었던 것으로 하고 이후 전과 다름없이 지내도록 합시다."

어느새 나왔는지, 이장이 약전의 말을 받았다.

"좌랑 나리 말씀이 지극한께 그대로 따르십시다이. 솔직하게 고백을 하자면은, 사실 오늘 밤 이 일에 대해서는 소인이 나리께 백배사죄를 해야 쓰구만이라우. 소인이 좌랑 나리를 소흑산에 안 뺏길라고 동네 사람들한티 오늘 밤 한밤중에 이러저러할 것인께 모두들 나가서 소흑산 놈들을 쫓아 보내고 다시 모시고 들어오라고 술수를 부렸구만이라우."

판동이 목에 심줄을 팽팽하게 세우고 소리쳐 말했다.

"만일 이장 자네가 우리한티 귀띔을 안 해주었으면은 자네부터 쳐 죽였을 것이여."

사람들이 모두 판동의 말이 옳다고 말했다.

작은이가 말했다.

"좌랑 나리께서 해배되어 한양으로 가시기 전에는 우리 마을에서 계속 사심스롬 우리 아이들을 가르치세야 합니다이. 쇠섬보다는 우리 대흑산이 월등하게 좋지라우. 우리들이 그쪽 사람들보다는 고기 한 마리, 잡곡 한 됫박이라도 더 가져다 디리고……. 그렇게 사시다가 만일 강진 정 승지께서 해배되어 우리 좌랑 나리를 뵈러 오신다고 하면은 지가 지 배로 모시고 소흑산으로 가께라우."

"그때는 지놈이 앞장을 설랍니다이 흐흐흐흐……."

뒷목에 혹이 있는 돌석이 맞장구를 쳤다.

약전은 마을 사람들이 유배되어 온 그를 그렇듯 극진하게 받들어 주고 놓치지 않으려 하는 것에 가슴 뿌듯했다. 그것이 가슴앓이처럼 코끝을 시큰하게 했다.

한데 그것이 새까만 그을음 가루들을 눈앞에 쏟아져 내리게 했다. 절망감과 고독감이었다. 아무도 그의 깊은 속을 알아주는 사람이 없었다. 그는 언제부터인가 그의 곁을 얼씬거리는 사신을 보곤 했다. 어느 날 그는 자기도 모르는 사이에 쓰러져 누워 앓다가 죽어 가게 될 것 같았다. 소흑산도로 건너가지 못할 정도로 몸이 시들어질 것 같았다. 그 조바심이 한시라도 빨리 소흑산도로 건너가자고 들볶아 대는 것이었다. 그러나 그 죽음의 그림자가 얼씬거린다는 이야기를 어느 누구에게도 할 수 없었다. 거무에게도 말할 수 없었다.

마을 사람들을 돌려보내고 자리에 들었다. 앞으로 몇 달 더 모래마을에 머무르며 서당 아이들이 시방 읽고 있는 책들을 모두 떼어 준 다음 마을 사람들을 설득하여 떳떳하게 이사를 가야겠다고 마음먹었다. 개 짖는 소리가 그쳤다. 마을은 다시 잠잠해졌다. 해조음이 아련히 마을에 감돌았다.

마의 술(麻酒)

거무가 대마 비방의 술을 걸러 주었다. 그 술을 마시면서부터 신통하게 무력증이 덜하고 활기가 생기면서 입맛도 좋아졌다.

그는 술기운을 이용해 부지런을 떨었다. 한편으로는 물고기들의 족보 중에서 빠진 것들을 보완하고 정리하면서, 다른 한편으로는 아이들의 책 읽는 진도를 더 빨리 이끌었다. 전에는 하루 한 대목씩 읽히던 것을 이틀에 세 대목씩 읽게 했다. 물론 읽은 것은 모두 외워 바치게 하고 외워 쓰게 했다. 또 다른 한편으로는 학부형들을 불러 자기 속사정을 말하고 이해를 구했다.

"댁의 진평이가 아주 글공부를 잘합니다. 앞으로 몇 달 뒤에 내가 소흑산으로 건너갈 터인데 그때까지는 시방 읽고 있는 『소학』을 다 떼도록 하겠습니다. 물론 거기 가서 한 해쯤 살다가 제 아우가 다녀가면 곧 이리로 건너올 테니까 진평이 아버지께서 다른 사람들에게 제 사정을 잘 좀 이야기해 주십시오."

기석 아버지를 불러 이야기하고, 호동, 호철 아버지를 불러 이야기하고, 영득 아버지를 불러 당부했다.

학부모들은 한결같이 서운하지만 어떻게 하겠느냐고, 좌랑 나리 형제간의 지극한 우애에 감복하지 않을 사람이 어디 있느냐고, 우리 아이들이 지금 읽고 있는 책을 떼어 주고 가신다면 아무도 못 가시게 가로막으려 하지 않을 거라고들 말했다.

창대가 미리 와서 기다리고 있었다. 약전은 아이들에게 글을 암송하도록 일러 놓고 바짓가랑이에 행전을 쳤다. 고기 족보를 초록하기 위해 바다로 나가려는 것이었다. 사립을 나서려는데 무력증이 일었다. 얼핏 눈앞에 검은 그림자가 얼씬거렸다. 나를 저승으로 데려갈 놈이, 이놈이다. 대마 술도 그저 술일 뿐이었다. 마시고 나면 약간 정신이 맑아지고 몸이 거뜻해지는 듯싶을 뿐, 무력증을 근본적으로 치유해 주는 약은 되지 못했다. 부엌으로 들어가서 술 두 사발을 거푸 마시고 호로병에 술을 담아 들었다. 이제는 술기운이 떨어지면 수전증이 일어 글씨를 쓸 수 없을 뿐만 아니라 맥이 풀림과 동시에 숨이 가빠졌다. 이러다가는 아우의 편지 속 스님처럼 술병으로 죽게 될지도 모른다, 싶었다.

그러할지라도 술을 금할 수가 없었다. 그에게는 늘 술이 남아돌았다. 서당 훈장이 술 없이는 한시 반시도 살지 못한다고 하자 학부모들이 너도나도 술병들을 들고 왔다. 아이들을 서당에 보내지 않은 사람들까지도 술병과 안주를 보듬고 찾아왔다. 그에게서 단방약 처방을 받은 사람들도 그것을 안고 왔다. 거무는 그 술을 호로병에 담아 옹달샘 속에 넣어 놓곤 했다.

"비바람이 불겄구만이라우."

창대가 말했다.

먼바다에서 달려온 드높지 않은 파도가 여느 때처럼 모래톱과 갯바위에서 부서졌다. 약전은 하늘과 산을 둘러보았다. 무엇이 창대로 하여금 비바람을 예감하게 한 것일까.

창대가 손가락으로 모래 언덕 위쪽에 흩어져 기어 다니는 갯강구들을 가리키며 말을 이었다.

"저것들은 갯바위 근처에서 살다가도 비바람이 심하게 불 것 같으면은 저르쿨로 싹 모래 언덕 위쪽으로 기어올라 와뿝니다이. 사람들보다 날씨를 훨씬 더 잘 예측해라우. 지네나 청개구리나 민달팽이란 놈들도 비가 오기 전에 사람들 집 안으로 안 기어들던가라우? 미물들이 사람들보다 더 천기에 민감합니다이."

"아하, 그래. 오늘은 저놈에 대해서 기록하자."

약전은 나무 그늘에 자리를 잡고 앉았다. 창대가 얼른 갯강구 한 마리를 손바닥으로 덮쳐 잡아 가지고 왔다. 그놈을 약전에게 보여 주면서 구술했고 약전은 종이와 붓을 꺼내 그 말을 기록했다.

선두충(蟬頭) 속명 갯강구(開江鬼)

길이는 두 치쯤 되는데, 머리와 눈은 매미를 닮았다. 수염 같은 더듬이가 두 개 있고 등껍질은 새우와 비슷하다. 꼬리는 갈라져 있는데, 그 끝이 다시 갈라져 있다. 다리는 여덟 개. 배 쪽에서 또 두 개의 가지가 나와 있는데, 그 모양이 매미 주둥이와 비슷하다. 잘 달리고 헤엄도 잘 치므로 뭍과 육지에서 서식한다. 빛깔은 담흑색이고 광택이 있다. 항상 소금기 많은 곳의 바위틈에서 돌아다니는데, 큰바람이 불 조짐이 보이면 사방으로 흩어져 떠돌아다닌다. 이곳 주민들은 이를 보고 바람을 미리 점친다.

“천년 강구 만년 빈대라는 말이 있을 정도로 요놈들은 아주 오래 산당만이라우.”

“이놈들이 그렇게 장수하는 것을 어떻게 믿을 수 있느냐?”

“글쎄, 그냥 그러한 말이 있어라우.”

창대가 말한 천 년의 수명에 대해서는 기록하지 않았다. 그가 기록하는 것은 후세 사람들에게 대대로 전해질 것이었다. 허랑한 것을 기록해서는 안 되고, 실증된 것만 기록해야 한다.

처음 그는 물고기들의 족보에 일일이 그림을 그려 넣으려 했었다. 『기하원본』에서 공부한 것과 바늘구멍 사진기의 원리를 이용해서 아주 정확한 그림을 그릴 자신이 있었다. 그 뜻을 강진의 아우에게 전했더니, 약용이 ‘사람이 손으로 그린 그림이란 부정확한 것이고 그 부정확함이 오히려 어떤 사실을 잘못 전달할 수 있습니다.’ 하고 우려하면서 『산해경山海經』의 우스꽝스러운 그림들을 예로 들었다.

아우의 말에 따라 그림을 그려 넣지 않기로 했다. 자상하게 서술하되 육지에서 볼 수 있는 동물이나 곤충들의 형상에 비유해서 표현하기로 작정했다. ‘머리와 눈은 매미와 비슷하다.’ ‘등껍질은 새우와 비슷하다.’ ‘매미의 주둥이와 비슷하다.’ 와 같은 문장이 읽는 사람의 막막함을 해소해 줄 것이라고 그는 생각했다. 모르는 세계를 뚫고 나아갈 때는 아는 세계에서 경험한 것들을 연장 삼아 헤치고 나아가야 한다. 모르는 세계도 알고 있는 세계하고 그 무늬와 결과 냄새와 색깔이 비슷할 터이므로.

썰물이 져 있었다. 냇물하고 바닷물이 만나는 어름에 웅덩이가 있었다. 거기에 갈색 무늬의 물고기들이 있었다. 창대가 말했다.

"저것이 문절어라는 것인디라우잉, 저놈들은 지 어미를 잡아먹는 답니다이."

"하아, 제 어미를?"

그늘에 자리를 잡고 기록할 준비를 하는데 사다리질하러 갔던 석돌이 왔다. 사다리는 갯벌 밭 밑바닥을 더듬을 수 있도록 만든 부채꼴로 된 그물이었다. 석돌은 사다리를 땅에 놓고 약전을 향해 엉거주춤 허리와 머리를 숙여 절했다.

창대가 석돌에게 물었다.

"혹시 문절어 안 들었소?"

석돌이 구럭에서 문절어 다섯 마리를 내주며 말했다.

"자네가 가지고 가서 나리께 탕이나 끓여 드시라고 하소이."

석돌이 돌아간 다음 창대는 문절어에 대해 설명했고 약전은 기록했다.

대두어大頭魚 속명 무조어無祖魚

큰 것은 두 자가 조금 못 된다. 머리와 입은 큰데 몸은 가늘다. 빛깔은 흑황색이고 고기 맛은 달고 매우 고소하다. 바닷물과 민물이 섞이는 곳에서 돌아다닌다. 성질이 완강하여 사람들을 두려워하지 않으므로 낚시로 잡기가 매우 수월하다. 겨울철에는 진흙을 파고 들어가 겨울을 난다. 이놈은 어미를 잡아먹기 때문에 무조어라고 불린다. 흑산에도 나타나는데 많지는 않다. 육지 가까운 곳에서 잡히는 놈은 매우 맛이 좋다.

잠이 오지 않았다. 깊은 잠에 빠진 거무의 새근거리는 숨소리가 귓결을 어지럽게 했다. 거무의 젖가슴 너머에서 자는 두 아이의 숨소리는 제 어미의 숨결에 묻혀 들리지 않았다. 창문은 묽은 수묵색이었다. 마을의 개들도 짖지 않았다. 모든 것이 잠들어 있었다. 오직 그 혼자 깨어 있었다.

밖으로 나갔다. 삼태성이 중천에 올라 있었다. 저것이 저쯤 올라왔으니 한밤중이 이미 지났을 터이다. 초롱초롱 빛나는 북극성을 바라보았다. 해조음이 아련히 들려왔다. 견우성, 직녀성도 찾아보았다. 마당으로 나가려다가 부엌으로 들어가 술 두 사발을 들이켰다.

골목길로 나갔다. 그의 발소리를 들은 개 한 마리가 짖었다. 껑껑 소리가 마을 안을 울리고 메아리가 되어 앞산과 뒷산을 휘돌아 하늘로 사위어 갔다.

장굴샛개로 들어섰다. 모래밭이 다하고 자갈밭이 나왔다. 거기에서 발을 멈추고 강진 쪽을 바라보았다. 아우는 잠들어 있을까, 깨어 있을까. 요즘은 무슨 저술을 하고 있을까. 아우야, 내 아우야, 너라도 한시바삐 해배되어 고향으로 돌아가거라. 우리 집안을 일으킬 사람은 너뿐이지 않느냐.

한데 그때 바다 쪽에서 푸우후 하는 소리가 들려왔다. 밤안개 속에서 일렁거리던 수면이 거칠게 출렁거렸다. 거대한 물고기 한 마리가 연안으로 들어온 듯싶었다. 상어일까, 도깨비일까, 물귀신일까. 도깨비나 물귀신이 어디 있단 말이냐. 그렇다면 어떤 괴물 물고기가 아닐까. 머리끝이 곤두섰다.

거무스레한 그놈은 묽은 어둠에 덮인 수면을 헤치며 모래밭 가까이로 왔다가 몸을 돌려 깊은 바다로 돌아가고 있었다. 그놈이 헤엄을 침에 따라 양옆으로 헤쳐지는 타원형의 물살 무늬 속에서 푸르고 누르고 불그죽죽한 별빛들이 아롱졌다. 저놈의 크기는 최소한 장정 한 사람의 몸만 하지 않을까. 저 고기에 오래전에 물에 빠져 죽은 이 동네 누구인가의 넋이 씌어 있는 것 아닐까. 그놈의 음험한 정체를 좀 더 확실하게 살피기 위해 눈을 부릅떴다. 모든 신경을 곤두세웠다. 그놈은 점차 먼 바다 쪽으로 사라졌다. 먼바다는 밤안개에 덮여 있었다.

이튿날 창대에게 그 이야기를 하니, 해 질 무렵에 작은이를 서당으로 데리고 왔다. 작은이는 약전의 이야기를 다 듣고 나더니 말했다.

"쇠돌고래란 놈잉만이라우. 그놈은 크기가 대략 열서너 살짜리 아이만 합니다이."

약전은 지필묵을 꺼내 작은이가 구술한 것을 기록했다.

쇠돌고래(金石鯨) 속명 상쾌이(翔快夷 상괭이)

길이는 4척 혹은 6척쯤이다. 등은 회흑색이다가 성체가 되면 연한 청회색이 된다. 등지느러미가 없다. 머리와 꼬리에 이르는 등허리에 볼톡한 융기들이 있는데 많은 비늘 조각으로 덮여 있다. 앞머리는 둥글고 주둥이는 돌출되지 않았다. 작은 물고기, 새우, 오징어 따위를 잡아먹는다. 단독으로 다니거나 두 마리 혹은 세 마리가 다니기도 하고 서너 마리가 무리를 지어 다니기도 한다. 등과 허리를 구부린 채 헤엄칠 때 엉덩이가 드러나는 모습이 마치 멧돼지가 헤엄을 치는 듯싶다. 밤이면 혼자서 연안 모래밭까지 먹이를 쫓아오기도 한다. 장가 못 가고 죽은 총각 어부가 죽어서 되었다는 이야기가 전한다.

헛구역질이 나면서 배가 거북스럽게 불룩해지고 무력증이 더욱 심해졌다. 설사가 자주 나고 식욕이 없어지고 술만 당기었다. 얼굴을 씻다가 세숫물 그릇에 비친 얼굴을 내려다보면 거무칙칙해 보였다. 어지럼증이 심해지고 다리에 힘이 빠졌다. 어지럼증 속에서도 짙은 반물색의 어둠을 보곤 했다. 어둠이 나를 삼키고 있다. 머지않아 이 어둠 속으로 사라져 갈 것이다. 가슴 한복판이 오싹했고 그 파동이 온몸으로 퍼져 갔다. 얼른 소흑산으로 이사를 가자. 거기에서 아우를 기다려야 한다.

조바심이 일었다. 몸이 하루가 다르게 나빠지고 있다. 이러다가 시작해 놓은 고기 족보 만드는 일도 다 끝내지 못하고, 소흑산도로 건너가지도 못하고 죽게 되는 것 아닐까. 강진의 아우를 만나지도 못하고, 해배되어 고향으로 돌아가 아내를 만나 보지도 못하고 유배지에서 객사하게 된다면……. 슬프고 억울하고 분했다. 고개를 저었다. 이 슬픔과 억분이 나를 급속도로 더 마르게 할 것이다. 이를 물고 허공을 쳐다보며 속으로 소리쳤다. '이겨내야 한다.' 이겨 내기 위해 일에 몰두했다.

아침 일찍이 아이들에게 글을 읽히고 글씨를 받아 준 다음 창대를 앞세우고 바다로 나갔다. 조개와 해조류들에 대해서 초록했다. 무력증을 방지하기 위해 들고 온 술병을 나발 불듯이 거듭 마셔 댔다. 대마 술은 마시면 신통하게도 금방 힘이 솟는 듯싶었다. 대마大麻의 마麻는 마魔다. 껍질을 벗겨 길쌈을 하기 위해 키차게 자란 대마를 베러 들어가면 술에 취한 듯 어질어질해진다고 했다. 나는 지금 마의 기운으로 살고 있다.

떠나가는 배

추석이 지난 지 한 달쯤 뒤에 그는 이장을 불러 이사를 가겠다고 말했다.

서당 아이들 모두가 자기 읽던 책들을 떼었다. 흑산도에서 나는 고기들에 대한 것은 물론, 그 섬에 사는 사람들에게 물어서 초록할 수 있는 것은 다 했다. 소흑산도의 문순득에게서 들어 초록할 홍어만을 남겨 놓았다.

약전의 몸은 병색이 완연했다. 몸은 깡말랐는데 배만 불룩했다. 헛구역질이 심해졌고, 곡식이 든 음식은 속에서 받지를 않았다. 술로만 연명하고 있었다. 대마의 잎사귀로 감싼 누룩으로 빚은 술을 마시면서 그는 거듭 절망 속으로 빠져들곤 했다. 아, 나도, 아우가 편지에서 말한 그 스님처럼 죽어 갈 것이다. 죽더라도 아우 약용을 만나 보고 죽어야 한다.

작은이가 약조한 대로 자기의 중선으로 실어다 드리겠다고 나섰다. 마을 사람들은 부모나 동기간과 헤어지는 것처럼 그와의 이별을 서운해하였다. 서당에서 글공부한 아이들은 아이들대로,

그들의 학부모들은 학부모들대로 헤어짐을 아쉬워했다. 골목길이나 바닷가에서 겨우 인사말 한두 마디 건넸을 뿐인 사람들도 마을 앞 연안 모래밭으로 나와서 그를 배웅했다.

사람들은 약전의 건강을 걱정했다. 약전은 눈에 띄게 비틀거리거나 허우적거리면서 걸었다. 눈과 입이 전보다 더 커 보였다. 광대뼈가 튀어나온 얼굴 살갗은 흑갈색으로 변해 있었다. 걸어다니는 송장이었다. 마을 사람들은 그의 죽음이 머지않았음을 예감했다.

배에 오른 거무와 무와 공이 슬피 울어 댔다.

"좌랑 나리, 이제 헤어지면 언제 다시 뵙게 될께라우?"

이장 김부칠이 말했다.

"좌랑 성님, 우리가 한번 놀러 가께잉!?"

동갑내기 춘오가 말했고, 판동이 눈시울을 붉히며 소리쳤다.

"내가 옥돔 자반 갖고 갈랑께잉! 부디 아프지 마소잉!"

소흑산도까지 바래다 드리고 오겠다며 함께 배에 오른 창대가 마을 사람들을 향해 말했다.

"우리 좌랑 나리, 건강해져 갖고 금방 우리 모래마을로 다시 오세야지라우잉."

약전은 마을 사람들의 손을 일일이 잡아 흔들어 주고 맨 나중에 배에 올랐다. 그에게서 글공부를 한 아이들은 모래밭에 무릎을 꿇은 채 두 손을 짚고 엎드려 눈물을 흘렸다.

기석 아버지, 호동, 호철 아버지, 진평 아버지가 노를 저었다. 배가 깊은 바다로 두둥실 떠갔다. 약전은 배이물에 서서 모래밭에 서 있는 마을 사람들을 향해 손을 흔들어 주었다. 그는 이것이 그들과 마지막이라는 것을 잘 알고 있었다. 나 먼저 하늘나라에 가 있을 것이오. 착하게 사는 사람들이니까 당신들 모두 천국으로 오실 것이오. 거기에서 만납시다.

율구조栗毬鳥

하늘밖엔 길이 없어
하늘로 떠나지만
하늘길은 너무 넓어
나 혼자서는 못 떠나겠네

– 김형영의 「하늘길」 중에서

이틀 동안 마른 샛바람이 불더니 사흘째 되는 날 저녁부터 높새바람으로 돌아가면서 장대비가 내렸다. 청람색의 바다와 섬들은 비안개와 회색 구름에 덮였다. 먼바다로부터 달려온 거대한 황소 같은 파도들은 섬을 조각내 버릴 듯이 두들겨 댔다. 파도들의 머리에 허옇게 누엣결이 얹히어 있었다. 그것들은 모래톱을 물어뜯으면서 흰 거품을 뿜었고, 갯바위를 들이받으면서 하얀 물보라를 튕겨 날렸다. 그 흰 물방울들은 허공으로 흩어지면서 하나하나 새 생명으로 잉태될 정精들이 되고 그윽한 암컷(玄牝)들의 숨결이 되고 있었다.

자잘한 섬들, 둥글넓적한 흑돔 모양의 질마섬과 숭어처럼 길쭉한 동도와 서도를 에워싸고 있는 거대한 불가사리 모양의 소흑산도 주변의 해류는 사리 때 홍수 진 강물처럼 소용돌이치며 흐르곤 했다. 그것은 노랗고 푸르고 붉은 별들의 밤과 핏빛의 아침노을과 눈부신 흰 낮과 술 취한 자의 영혼 같은 황혼들을 관통하여 몇천만의 억겁을 흐르고 또 흘러온 준엄한 시간이었다. 그 시간의 수레바퀴 살 같은 파도 소리가 철그렁 철썩 소흑산도의 지축을 울렸다.

그 파도 소리에 비좁은 방 구들과 바람벽과 천장이 흔들렸다. 산기슭 밑에 있는 초가였다. 아전들의 관헌 뒤쪽에 토담을 쌓아 올리듯이 지은 방 둘, 부엌 하나인 허름한 초가는 비바람에 몸을 웅크리고 있었다. 비바람을 막아 주는 것은 처마 높이의 돌담이었다. 정교하게 축조한 거푸집 같은 돌담은 서너 칸 넓이의 마당 가장자리를 에두르고 있었고, 사립 바깥에 두 발 넓이의 돌담이 치마폭을 벌린 채 서서 마당 안으로 무엄하게 쳐들어오는 바람을 향해 가슴을 벌리고 서 있었다.

그 집은 거무의 아버지가 지은 집이었다. 그 집의 부엌 동편 방 아랫목 횃대 밑에 누운 약전은 가쁜 숨을 몰아 쉬고 있었다. 팔다리와 몸통은 깡마르고 찌들어 있었다. 상투를 틀고 망건을 쓴 얼굴이 부석부석했다. 헝클어진 반백의 상투 머리칼 여남은 오라기가 베개와 방바닥으로 흘러내려 있었고 몇 개의 오라기는 망건을 타고 넘어 이마와 볼에 걸쳐 있었다. 살갗은 황갈색이었고 군데군데 적갈색의 반점들이 깔려 있었다. 공기를 한껏 빨아들인 복어처럼 불러 있는 배는 무명베 바지 괴춤과 저고리 옷섶을 헤치고 있었다.

약전의 오른쪽 머리맡에 거무가 앉아 있었고 왼쪽 팔 옆에는 머리를 땋아 늘인 사내아이 둘이 앉아 있었다. 한 아이는 열한 살, 또 한 아이는 여섯 살이었다. 큰아이는 무(학소), 작은아이는 공(학매)이었다. 거무 옆에는 미음 사발이 놓여 있었고 그 사발에는 숟가락이 꽂혀 있었다. 윗목 구석에, 약전이 하루 전에 문순득의 구술을 따라 홍어에 대하여 쓴 종이와 붓과 벼루가 놓여 있었다. 얼굴이 가무잡잡하고 갸름한 거무는 죽음과 삶의 고통스러운 간극에서 몸부림치고 있는 약전의 임종을 지켜보고 있었다.

"어무니, 우리 아부지 안 아프시게 조깐 해디리시씨요."

무가 눈물을 훔치면서 말했다. 울음이 섞여 있는 목소리였지만 말씨는 분명했다. 그 목소리는 퉁소 소리를 연상하게 했다. 달 밝은 밤이면 나발재 마루의 수군들 중 누구인가가 애달프게 불곤 하는 퉁소.

거무는 슬픔으로 말미암아 일그러진 얼굴로 약전의 고통을 내려다보며 고개를 저었다. 작은아들 공이 겁에 질린 목소리로 "으으 흐흐……." 하고 울었다. 거무는 공을 보듬고 손바닥으로 눈물을 닦아 주면서 말했다.

"이 세상 어느 누구도, 느그 아부지가 당하고 기시는 저 일을 도와디릴 사람은 없단다."

거무의 말에는 한 많은 아낙들이 물레를 돌리거나 밭에서 김매며 슬프게 흥얼거리는 흥타령 가락이 실려 있었다.

약전이 한 손을 뻗어 거무의 손을 잡았다. 거무가 두 손으로 약전의 손을 감싸 끌어다가 자기의 두 젖무덤 사이에 묻으면서 중얼거렸다.

"나리, 지발지발, 얼른 그 고통스러운 육신에서 빠져나가 뿌시씨요이. 승률조개 속에 들어간 파랑새가 껍데기를 벗어 뿔고 날아가대끼 훨훨 날아가고 잪다고 늘 말씀하지 않으셌습니껴, 잉?"

쏙이라는 벌레가 있다. 해수면에 늘 몸을 담그고 있지 않으면 안 되는 목선들의 밑바닥은 쏙이라는 벌레의 공격을 받지 않을 수 없다. 목선의 밑바닥 두께는 한 치 오 푼쯤인데, 수만 마리의 쏙들이 한번 그 밑바닥을 파먹기 시작하면 한 해 안에 썩은 솜덩이처럼 부스러져 버린다.

어부들은 쏙을 예방하기 위해 한 해에 두 차례씩 배를 모래 언덕 위로 끌어올리고 이물과 고물 밑을 아름드리 통나무로 받쳐 괴어 놓고 횃불로 그슬려 주곤 한다. 밑바닥의 깊은 살 속으로 파먹어 들어가는 쏙들을 태워 죽이기 위해서다. 그리고 며칠 동안 건조시키고 표면에 관솔을 녹여 칠을 바른 다음 물로 끌어내려 타고 다닌다. 만일 한 해라도 그 작업을 하지 않으면 배의 수명은 쏙으로 말미암아 2~3년 안에 다하고 만다.

쏙은 우주의 시간과 같다고 약전은 생각했다. 이 세상에 존재하는 것들치고 그 시간 앞에서 부스러져 소멸하지 않은 것이 없다. 내 몸은 쏙을 제거하기 위해 횃불로 그슬려 주는 작업을 등한하게 한 낡은 목선처럼 부스러져 가고 있다.

그의 귀에 파도 소리가 들려왔다. 그는 고통을 주는 낡은 몸뚱이를 훌훌 벗어던지고 영혼으로 어디론가 떠나가고 싶었다.

"배 내서 태워다 줄란다고 하더냐?"

약전이 눈을 거슴츠레하게 뜬 채 거무에게 물었다. 그가 뱉어낸 말마디들은 가쁜 숨결과 숨결들 사이를 간신히 허우적거리며 날아가고 있었다.

약전은 뭍으로 나가려 하고 있었다. 강진에 가서 아우 약용을 만나고 싶었다. 소흑산도에 와서 두 해 반을 기다렸는데 약용은 아직 해배되지 않았다. 그는 아우 약용을 보지 못하고 죽게 될 거라는 것을 진즉 예감하고 있었다. '내 이렇게 죽어서는 안 되는데, 정말 이래서는 안 되는데……. 강진으로 건너가서 아우 약용에게 거무와 두 아들의 앞날을 부탁하고 나서 죽어야 하는데…….'

"나리, 조끔만 기다리시씨요이. 바람이 자면 곧 배를 내줄란다고 했응께라우."

거무가 목멘 소리로 말했다. 그것은 거짓말이었다.

밖에는 장대비가 쏟아지고 있었다. 거무는 배를 마련하기 위해 사립 밖으로 한 발짝도 나간 적이 없었다. 죽어 가는 약전을 달래려는 것이었다. 유배가 아직 풀리지 않은 사람을 관헌의 아전이 뭍으로 나가라고 허락할 리도 없고, 이 바람을 뚫고 가라고 배를 마련해 줄 사람도 없을 터였다.

약전은 거무가 거짓말을 하고 있다는 것을 이미 알고 있었고, 그녀를 더 채근하지 않았다. 만일 그가 국법을 어기고 강진으로 가서 약용을 만난다면 그 화가 약용과 고향에 있는 아내와 거무와 어린 두 아들에게 미칠 것이었다.

거무는 거짓말한 것을 사죄하기라도 하듯이 무릎을 꿇은 채 약전의 손 하나를 두 손으로 부여잡았다. 약전은 그런 거무를 가엾게 생각했다. 거무는 수시로 그를 속이고 있었다. 마음을 속이고 운명을 속였다. 저 높은 곳에 계신 그분이 그녀에게 짐 지어 준 운명으로 여기고 헌신하며 살아오고 있었다. 물에 빠져 허우적거리는 사람에게 손을 내밀어 주듯이 거무는 그의 운명을 동정하고 품어 주었다. 그것은 성스러운 존재에게서 받은 은혜처럼 황감한 일이었다. 그렇지만 남녀 사이에 놓여 있는 운명이란 것은 어찌할 수 없이 껄끄러운 이물질이었다. 그와 거무 사이는 늘 껄끄러웠다. 그와 거무는 한 지붕 밑에서 살아왔지만 한 몸 한마음이 될 수 없었다. 그들은 서로의 운명을 마주하고 살 뿐 서로의 참 얼굴과 참마음을 대면하지 못했다. 때문에 그들은 무시로 절망했다. 서로를 수시로 등지고 배반하는 자기 모습을 대하고는 슬퍼했다. 혼자서 슬퍼하고 괴로워하고 외로워했다. 그 슬픔, 괴로움, 외로움을 서로에게 말하려 하지 않았다. 말한다고 해서 그것이 해소되고 홀가분해지리라고 생각하지 않았다. 다만 그러한 스스로의 마음을 참회하기 위해 높은 곳의 그분을 향해 하소연할 뿐이었다. 상대의 외로움을 해소시켜 달라고 빌고, 그렇게 혼자서 외로움을 감추고 살 수밖에 없는 상대의 처지를 용서해 주고 포용해 주고, 대신 자기를 벌해 달라고 빌 뿐이었다.

약전은 풀어 버릴 수 없는 회한을 품은 채 이승을 떠나려 하고 있었다. 그는 거무와 두 아들의 앞날을 책임질 수 없었다. 앞날을 책임질 수도 없는 첩을 얻어 살고 그 첩과의 사이에 두 소생을 둔 것은 죄였다. 벼슬살이도 할 수 없고 늘 천대만 받아야 하는 운명의 서자를 둘씩이나 태어나게 한 것은 죄였다. 가뜩이나, 죽은 다음 거무가 어린 두 아들과 함께 먹고살 재산을 물려주지도 않았고 그들을 도와줄 만한 형제들이 옆에 있지도 않다. 거무는 그가 소흑산과 대흑산에 살며 서당 훈장을 하여 학부모들로부터 받은 잡곡 몇 됫박과 고기 자반과 그녀가 손수 물질하여 잡은 조개와 해초들로써 유배된 그를 도와 살림살이를 꾸려 온 순박한 슬픈 운명의 청대나무처럼 풋풋한 여자였다.

"아, 아아!"

그는 마음속에 옹이처럼 박힌 한이 걸레처럼 망가진 몸의 아픔보다 더 고통스러웠다. 절해고도에서 유배살이 하는 동안 자기의 편의를 위해 거무를 이용하기만 하고 무책임하게 혼자서 이승을 떠나려 하고 있었다. 회한이 부풀어 올라 아픈 그의 배를 더욱 불러 터지게 하고 있었다.

약전은 감은 눈꺼풀에 힘을 주었다. 반물색의 어둠 속으로 빠져들었다. 몸뚱이가 죽을지라도 자기 영혼은 죽지 않을 거라고 자기를 달랬다. 어느 한순간 육신을 벗고 한 마리 새가 되어 뭍으로 날아갈 거라고, 율구조라는 새가 되어 자유자재의 길을 갈 거라고 생각했다.

윗목 구석에 체구 자그마한 젊은 남정네가 앉아 약전을 내려다보고 있었다. 테 좁은 갓을 쓴 창백하고 동글납작한 얼굴에는 까만 턱수염과 코밑수염이 보기 좋게 나 있었다. 눈썹 밭이 넓고 눈이 동글동글한 젊은 남정네의 입술은 두꺼웠고 목이 자라처럼 짧았다. 그 남정네는 약전이 위독하다는 기별을 받고 하루 전에 대흑산에서 건너왔다가 돌아가지 않고 있는 창대였다.

약전은 한 손을 창대에게로 뻗었다. 창대가 말없이 약전의 손에 한 손을 잡혀 주었다. 자기 손을 잡은 약전의 손을 다른 손으로 감싸 쥐었다. 창대가 손아귀에 힘을 주었다.

창대와 이미 죽은 그의 선친 장성호는 유배살이를 하는 약전에게 없어서는 안 될 사람들이었다. 약전은 가쁜 숨을 쉬면서 창대를 향해 말했다.

"나, 네가 말한 그 새가 되어서 패각처럼 나를 담고 있는 흑산 섬을 보란 듯이 벗어날 것이다. 훨훨 날아가서 내 아우를 만날 것이다. 약용에게 가엾은 거무하고 무하고 공을 돌봐 달라 부탁하고, 내가 그윽하고 드넓은 자유자재의 세상으로 날아가게 된 것, 금강산에도 가고 중국의 소주, 항주, 계림, 장가계, 원가계, 무릉도원에도 가고 하느님이 사는 곳에도 가게 된 것을 증명받을 것이다."

창대는 이마를 약전의 손에 대고 비비며 눈물을 흘렸다.

문이 열리고, 그 문에 꽉 찰 듯싶게 체구가 큰 데다 얼굴이 거무튀튀하고 말상인 남정네가 들어왔다. 흰 바지저고리 차림인 데다 망건에 탕건만을 쓰고 있었다. 이장 윤강순이었다.

이장은 오랫동안, 아랫목의 서쪽 구석을 등지고 앉은 채 약전을 내려다보고 있었는데, 잠깐 밖엘 나갔다가 다시 들어오고 있었다. 관헌에 갔다가 온 터이다.

'악연이다.' 하고 약전은 생각했다. 따지고 보면 거무를 만난 것도 악연일 터이다. 거무는 악녀가 아니라, 그를 먹이고 입히고 사랑해 주고 아들 둘을 낳아 주고 불안함과 두려움에서 벗어나게 해준 구원의 여자였다. 아직까지 한 번도 약전의 말을 거역한 일이 없었다. 양처럼 순하기 이를 데 없는 여자였다. 한데 그 순함 속에 독이 숨어 있었다. 약전은 지금 그녀가 빚어 준 술 때문에 죽어 가고 있었다. 잘 마신 술은 마신 사람을 구제하는 신약이지만 지나치게 마신 술은 마신 사람을 파괴하는 독일 수도 있다. 그리하여 예로부터 술 잘 빚는 며느리는 치하해 주지 않는다는 말이 있어 왔다. 술 잘 빚는 며느리는 향기로운 술로써 집안을 파문의 지경으로 몰아넣는 것이므로.

거무는 영리한 여자였다. 자기가 빚은 술이 그를 일순간 구제하기도 하지만 죽일 수도 있다는 것을 오래전부터 알고 있었다. 그럼에도 불구하고 그녀는 술을 빚어 바치지 않을 수 없었다. 술을 마시고 싶어 안달을 하고 성화를 부리는 그를 다른 방도로는 감당할 수 없었다.

그는 날이면 날마다 술을 마시고 취했다. 절대 고독과 절망과 슬픔이 그를 술에 빠져들게 했다. 바닷물고기 족보 만드는 일을 했지만, 그것이 그를 온전히 정심에 이르게 하지는 못했다. 직면한 절대 고독과 죽음에 대한 공포와 불안을 맨정신으로는 감당할 수 없었다. 그것을 극복하기 위해 술의 도움을 빌리곤 했다. 그는 취하지 않고는 하루도 살아 배길 수가 없었다. 그 술로 말미암아 몸이 황폐해질 대로 황폐해져서 이제 죽음을 앞두고 있었다.

소흑산도로 돌아온 다음에는 더 많은 대마 잎사귀를 뜯어다가 술을 담그게 했다. 그 술은 가슴과 머릿속과 온몸을 불처럼 환하게 밝혔다. 그것을 마시면 답답하던 가슴이 트이고 멍멍하던 머리가 맑아졌다. 그것은 환희였다. 그러나 그 술이 깰 때는 더 짙은 어둠이 그의 의식을 덮곤 했다.

눈을 감은 채 '천주님!' 하고 속으로 불렀다. 진저리를 쳤다. 그의 아우 약종을 죽게 하고 그를 이 절해고도에 갇히게 하고 막내아우 약용을 강진에 갇혀 살게 한 것이 천주였다. 한데 지금 죽음을 앞둔 그는, 드높은 곳에서 그를 내려다보고 있을 듯싶은 그분을 부르고 있었다.

'천주님, 이 죄 많은 저를 가엾게 여기시고, 죽어 산화되기 전에 한 마리 새가 되어 날아가게 해주시옵소서. 저로 말미암아 이 세상에서 숨 쉬며 살게 된 거무와 두 자식을 데리고 강진으로 날아가서 사랑하는 아우를 만나 그동안의 회포를 풀고, 이들의 앞날을 부탁하고 난 다음 당신의 품으로 들어가 안식하게 하시옵소서. 저는 이제껏 검은 섬에 갇혀 저의 원죄를 갚을 만큼 갚지 않았사옵니까?'

눈부시게 흰 백사장이 아득하게 펼쳐져 있었다. 돈목에서 진리 쪽으로 넘어오는 초입의 모래산 같은 백사장이었다. 그 백사장 건너에 쪽빛 강물이 흐르고 있었다. 강 건너에 바위산이 있고 그 산에 무지개가 떠 있었다. 물 위에는 배 한 척이 떠 있고, 그 배를 향해 사람들이 가고 있었다. 그는 그들을 따라잡기 위해 허위허위 달려갔다. 그의 걸음은 느린데 앞에 가는 사람들은 바람처럼 빨랐다. 그들과 그의 간격은 점점 벌어졌다. 그렇지만, 앞에 가는 사람들의 얼굴이 눈에 익었다. 이승훈, 이벽, 이가환, 정약종, 황사영, 윤지충……. 중국인 신부도 보였다. '같이 가자.' 하고 그가 소리쳤다. 소리가 목구멍으로 넘어오지 않았고 혀도 굳어 있었다. 다리가 말을 들어주지 않았다. 안간힘을 쓰면서 걸었다. 배 창자에 잔뜩 힘을 주면서 '아우야아!' 하고 소리 질렀다. 그 소리가 그의 귀에 들렸다. 그런데 동시에 그의 등 뒤에서 약용 아우의 외침 소리가 들렸다. '형님! 형니임! 그 사람들 따라가면 안 돼요오!' 소스라치게 놀라 돌아보았다. 약용이 하얀 도포를 입고 달려왔다. 풀린 상투 머리가 쑥대처럼 헝클어져 있었다. 약용은 두 팔을 내저으면서 그에게 다가왔다. 약용이 그를 얼싸안았다. '형님, 안 돼요. 안 돼요. 저하고 함께 살아야 돼요.' 하며 약용이 울부짖었다. '오냐, 내 아우야, 내 아우야.' 하고 말하려는데 그의 혀는 말을 들어주지 않았다.

그는 "어어! 어어!" 하고 앓으면서 몸부림쳤다.

"나리!" 하는 거무의 목소리가 들려왔다.

"아부지이!" 하고 나서 무가 어흑어흑, 하고 울었다.

눈을 떴다. 파도 소리가 들려왔다. 공은 말없이 눈물을 흘리고 있었다.

"목이 밭으신 모양입니다이. 물을 조깐 떠 넣어 드리시씨요이."

그의 얼굴을 들여다보고 있던 창대가 말했다. 거무가 곧 숟가락으로 물을 떠서 그의 입에 대주었다. 물을 삼켰다. 배가 터질 듯 부풀었다. 가슴이 답답했다. 몸이 허공으로 둥둥 떠가고 있는 듯싶었다. 어지러웠다. 거무가 다시 물을 입에 떠 넣으려고 했지만, 그는 입을 다물고 고개를 저었다. 눈을 감은 채 울고 있는 무와 공에게로 손을 뻗었다. 거무가 그들의 손을 한데 모아 잡혀 주었다. 그들의 손은 부드럽고 따스했다.

그는 술에 취하면 늘 무와 공을 안은 채 속으로 말하곤 했다.

'경기도 말재 밑에 너희 할아부지가 사시던 집이 있다. 해배되면 우리 거기에 가서 살자. 고대광실 높은 집에서 살지 않고 비단옷 입지 못하고 거친 나물밥을 먹더라도 집안 식구들이 한데 모여 오순도순 살면 되는 거야. 무야, 공아, 우리 그리로 가서 살자, 응?'

처마 끝에서 빗방울 듣는 소리가 방 안에 울렸다. 약전은 앓고 있었다. 그의 모든 근육 모든 마디 모든 살갗은 아리고 쓰라렸다. 거무가 발과 다리를 주물렀다. 약전은 몸을 모로 뒤치었다. 거무가 그의 속뜻을 알아차리고 부축해 일으켰다. 문 옆으로 앉은걸음을 쳐 나아갔다. 거무가 부축해서야 그 뜻이 이루어졌다. 거무가 문을 열쳐 주었다.

빗줄기가 세차졌다. 약전은 빗줄기 쏟아지는 밖을 내다보았다. 오른쪽 문설주는 정교하게 쌓은 돌담 가장자리에 닿아 있는 장독들을 막아서고 왼쪽 문설주는 뒤로 넘어져 있는 대사립문 한가운데를 갈라치고 있었다. 두 문설주 사이에 늘어서 있는 돌담의 불규칙한 연속 무늬가 아름다웠다. 저것을 쌓은 사람은 그것을 쌓는 순간순간 어떤 생각에 잠겨 있었을까. 돌멩이들 한 줄은 오른쪽으로 기울어져 있고 다른 한 줄은 왼쪽으로 기울어져 있었다. 두 문설주가 잘라 놓은 직사각형의 돌담 중간에서 사립 쪽으로 약간 치우친 곳에 치자나무 한 그루가 서 있었다. 치자나무 서 있는 자리가 예사로운 곳이 아니었다.

큰 남자가 두 팔과 두 다리를 큰대(大)자로 벌리고 반듯이 누워 있다면 생식기 있는 자리가 그 사람의 한가운데일 터이고 생식기 위쪽에 있는 배꼽은 그 몸의 형이상과 형이하가 갈리는 곳이다. 치자나무가 서 있는 자리는 돌담의 배꼽에 해당되는 곳이다. 그 치자나무 맨 위쪽의 잎사귀들도 돌담 높이의 한가운데에 있지 않고 그 배꼽에 해당하는 자리에 닿아 있다. 그놈은 흰 꽃들을 달고 있다. 그 나무를 빗방울들이 두들겨 댄다. 그 돌담에 장대처럼 비껴 내리치는 빗줄기가 기하학적인 어떤 의미인가를 담고 있다.

내가 지금 누워 있는 자리가 이 섬의 배꼽에 해당되는 곳이고, 이 섬이 이 바다의 배꼽에 해당되는 곳이다. 그 배꼽을 통해 나는 이 우주의 기를 받고 있다. 그러므로 죽지 않는다. 아우 약용을 만나 보기 전에는 죽지 않는다. 죽더라도 하늘나라에서 다시 태어날 것이다. 성호 선생은 『천주실의』의 발문에서 천당과 극락을 믿지 않는다고 했지만 나는 믿는다.

"거무야, 술상을 좀 봐 오너라."

약전이 눈을 감은 채 말했다. 거무는 말없이 눈물만 흘렸다.

"나리, 마실 수 있으시겄습니꺼?"

창대가 목멘 소리로 물었다. 약전은 고개를 끄덕거렸다. 이장이 거무의 등을 쿡 찔렀다. 나리의 소원대로 술상을 봐 오라는 뜻이었다. 거무가 술상을 들고 왔다. 술상에는 전복죽 한 그릇과 호로병이 놓여 있었다. 한가운데 장 종지가 있었고 그 옆에 미역나물, 청각무침이 있었고 순은의 젓가락과 숟가락이 놓여 있었다.

"따르거라."

약전의 말에 따라 거무는 울면서 사발에 술을 따랐다. 대마 술이었다. 그 술로 가슴과 머리와 온몸 속에 환한 불을 밝히고 싶었다. 약전은 말없이 술 사발을 들었다. 손이 부들부들 떨려 술 사발이 기울면서 넘치려고 했다. 그것을 거무가 두 손으로 받쳐 주었다. 약전의 입술로 술 사발의 시울이 다가갔다. 그는 숨을 가쁘게 쉬면서 한 모금 들이켜고 다시 한 모금 들이켰다. 거무가 전복죽을 숟가락으로 떠서 입에 넣어 주려고 했지만, 고개를 저었다.

그는 다시 반듯하게 드러누웠다. 눈을 감은 채 어눌한 소리로 말했다.

"나 숨 끊어지면 여기 이 자리에 없을 것이다. 한 마리 파랑새 되어 훨훨 날아가 버릴 것이다. 내 주검, 구태여 저 머나먼 경기 땅까지 떠메고 가려 하지 마라."

거무는 말없이 고개만 끄덕거렸다. 약전이 모기만 한 소리로 말했다.

"창대야, 그것 찾아서 좀 읽어 다오, 승률조개."

창대가 서둘러 고기들의 족보 『현산어보』를 찾아 들었다. 그 가운데서 승률조개 대목을 찾아내 목멘 소리로 읽기 시작했다.

"밤송이조개에 비하여 털이 짧고 가늘며 빛깔은 노랗다. 창대의 말에 의하면, 갯벌 밭에서 얼마 전에 조개 하나를 보았는데, 입속에서 새가 나왔다고 한다. 머리와 부리가 이미 형성되어 있고, 머리에 이끼 같은 털이 나려고 한다. 그게 이미 죽은 것인가 하고 만져 보니, 움직이고 있다. 그 껍데기 속의 모양을 보지는 않았지만, 이것이 변해서 파랑새가 되는 것이라는데, 흔히 말하는 율구조栗逑鳥라는 것이 그것이다. 내가 경험해 본바, 과연 그러하다."

그는 하늘로 날아갔다. 얼핏 보면 황금색인데 깊이 들여다보면 검은 남색인 노을이 피어오른 허공이었다. 그 허공은 어지럽게 율동하는 궁형의 시공이었다. 거기에 길이 있었다. 먼바다에서 달려와 대팻밥처럼 말리는 거대한 파도처럼 휘어진 태극의 길, 영원으로 가는 길이었다. 그는 그 길을 따라 날아갔다. 그 길로 들어서면서 그의 형체는 수억만 알맹이의 검은빛을 띤 청람색의 공기 방울로 변했다. 그 공기 방울로 변하는 것이 하느님의 뜻이라고 누군가 말했다. '여기가 천국이다.' 라고 다시 누구인가 말했다. 머지않아 비가 되어 지상에 뿌려질 것이다. 그때 푸나무나 들꽃잎 속으로 들어가고 강물이나 지하수에 섞이어 사람들이나 짐승이나 벌레들의 몸속으로 들어갔다가 흘러나와 하수구를 따라 강으로 바다로 흘러가 출렁거리다가 고기들의 배 속으로 들어가기도 하고 다시 하늘로 날아가기도 할 것이다. 하늘을 떠도는 동안 얼마든지 자유자재함을 맛볼 수 있을 것이다. 그 자유자재함은 우주의 율동에 다름 아니다. 한줄기의 바람처럼 한 장의 구름장처럼 강심이나 해저를 흐르는 물줄기처럼 달려가는 파도처럼.

| 손암 정약전 인터뷰 |

| 손암 정약전 인터뷰 |

흰 구름 한 장이 지나가고 있었다

썰물 밀물이 홍수 진 강물처럼 비등하게 흐르는 진한 쪽빛 바다 한가운데 떠 있는 섬, 전라남도 신안군 도초면 우이도에서 그를 만났다. 우이도는 목포에서 12시 20분에 뜨는 보통 여객선으로 세 시간 반쯤 달리면 이르게 되는 섬이다. 여러 개의 부속 도서를 거느리고 있는 그 섬의 서남쪽에 돈목이라는 곳이 있는데 그 북쪽 연안에 드넓은 모래밭이 있고 동북쪽을 향한 산기슭엔 모래밭 잔등이 펼쳐져 있다. 밀가루처럼 미세한 미색의 모래밭이 산기슭과 산마루 하나를 잠식하고 있는 그 잔등은 마치 사막의 모래산 일부를 옮겨 놓은 듯하다.

우이도는 멸치와 젓갈 새우가 많이 잡히는 곳이고 손암 정약전 선생이 유배살이를 하다가 운명한 곳이다.

〈대동여지도〉에는 '소흑산도'로 표기되어 있고, 그 밑에 '본우이도'라고 쓰여 있다. 지금의 흑산도는 '대흑산'으로 기록되어 있다.

정약전 선생은 우이도에서 9년 대흑산에서 7년을 갇혀 살았던 것이다.

나는 돈목의 민박집에서 하룻밤을 묵고 섬의 동북쪽에 위치한 '진리'라는 마을로 가기 위해 길을 나섰다가 드넓은 모래밭에서 그를 만났다. 때마침 썰물이 져 타원형의 거대한 갯벌 밭이 드러나 있었다. 그것은 월드컵 축구장 두세 개를 합쳐 놓은 것만 해보였다. 그 갯벌 밭은 특이했다. 모래와 진흙의 비율에서 가는 모래가 차지하는 비율이 90퍼센트 이상인 듯 등산화를 신고 들어섰는데도 밑창이 빠지지 않았다. 산기슭의 모래 잔등은 돈목 연안의 특이한 궁형의 지형과 모래 많은 갯벌 밭과 그 섬을 비등하며 감돌아 흐르는 해류와 매서운 계절풍이 만든 작품이었다.

그는 텅 비어 있는 그 갯벌 밭을 바장이고 있었다. 하얀 한복 바지저고리 차림이었고, 알 상투를 한 머리에 망건만 쓴 채였다. 나는 첫눈에 그가 손암 정약전 선생임을 알아보았다. 59세의 나이답지 않게 피부가 맑고 깨끗했다. 죽어 저승에 간 사람의 나이는 죽은 해까지 그가 먹었던 나이로 영원히 살게 된다는 말을 들었는데, 그를 보니 과연 그 말이 참이었다. 크지도 작지도 않은 체구에 얼굴은 갸름했는데 코의 운두는 부드럽고 안존하게 솟아 있었고, 입은 굳게 다물고 있었고, 눈은 혼자 사는 수사슴의 눈처럼 슬퍼 보였지만 고전적인 서책들을 많이 대하고 사색을 많이 한 만큼 그윽하고 향 맑았다. 흰자위는 많고 검은자위는 흑진주처럼 영롱했고 무엇인가를 생각하고 있거나 그윽한 어떤 세계를 동경하고 있는 듯싶었다. 얼굴에는 해 질 무렵 산그늘이 서려 있는 포구처럼 우울한 기운이 느껴졌다. 머리털과 구레나룻과 수염은 반백이었는데 결이 부드럽고 고왔다.

나는 그를 향해 허리와 머리를 깊이 숙여 절을 하고 나서 말했다.

"여기서 손암 선생을 뵙게 되다니 감개가 무량합니다."

그는 눈을 거슴츠레하게 뜨고 나를 건너다보며 고개를 끄덕거렸다. 내가 어디 사는 누구며 무얼 하고 사는 사람이고 또 그 섬에 왜 나타난 것인지를 이미 알고 있었다. 그는 자유자재한 하늘 혼령이었다.

그렇지만 나는 그가 나를 현상적으로 알고 있으리라 생각하고 나의 글쓰기의 삶에 대하여 설명했다. 설명이란 것은 설명하려고 하는 실체를 더욱 멀리 느껴지게 하기 마련이다.

나는 우주에 뻗은 나의 머리털 같은 비가시적인 뿌리들을 통해 얻은 이런저런 자잘한 이야기들을 날줄 씨줄로 직조하여 전혀 새로운 큰 비유 덩어리를 만들어 냄으로써 '진리'에 접근하는 일을 하며 산다고 말했다. 그는 잠시 내 얼굴을 뜯어보고 나서 다시 고개를 끄덕였다.

내가 진리로 가려고 길을 나섰다고 말하자 "나도 그리로 가야 하네." 하고 그가 말했으므로, 우리는 함께 산길로 들어섰다.

"처음 길인가?"

내가 그렇다고 하자 "높은 고개 둘을 넘어가야 하니까 지금 자네 예순다섯의 나이로는 좀 힘이 들 걸세." 하고 말했다. 그의 목소리는 푸른 계곡의 시냇가에서 조용히 부는 대금의 저음이 일으킨 메아리 같았다.

"이 섬에서 귀양살이 하신 손암 선생께서 다니시던 길을 알기 위해 나선 걸음이므로 힘들더라도 참아야지요. 저는 가파른 길을 갈 때 절대로 한꺼번에 많이 걷지 않습니다. 한 십 미터쯤 걷고는 최소한 오 분 이상을 넉넉하게 쉬었다가 다시 십 미터쯤 가곤 합니다. 노루뼈 삼 년 고아 먹듯이 더듬어야 할 선인들의 책을 대할 때나 소설을 쓸 때처럼 그렇게 가곤 합니다."

"그래, 남을 깊이 읽으려는 사람은 성질이 급하면 안 되네. 내가 자네 걸음에 보조를 맞추어 줄 테니 천천히 가도록 하세."

그가 앞장서고 내가 뒤를 따랐다. 길은 동쪽 산마루를 향해 뻗어 있었다. 첫 번째 고갯마루에 올라섰을 때 그가 말했다.

"자네도 참으로 공허한 짓거리를 하고 사는 사람이로군. 왜 단박에 몇 마디로 사실을 말하려 하지 않고 거짓말을 얽어 큰 이야기 덩어리를 지어내는 짓거리를 평생 하고 사는가? 참말도 다 하지 못하고 죽어 갈 짧은 인생인데?"

한심스럽다는 듯한 말투였다. 그의 생각은 역시 실사구시의 삶을 산 사람다웠다. 나는 잠시 숨을 멈춘 채 마른침을 울구어 삼켰다. 너무 실다운 삶을 사는 사람들을 만나면 답답해진다. 견고하고 드높은 성벽이 느껴지는 까닭이다.

대개의 경우, 신화에 대한 그들의 인식이 나를 답답하게 한다. 그들은 사실에 근거하지 않은 것을 인정하려 하지 않으므로 신화를 무시하기 마련이다. 신화의 시간은 역사의 시간이 아니고, 신화는 보통의 말로 표현할 수 없는 엄청난 진리를 표현하는 특수양식이고, 진리 그 자체라기보다는 진리를 담아 키워 내는 자궁이고, 우리가 궁극적으로 추구해야 할 우주 시원의 참모습을 암시하는 것인데, 그들은 그것을 허황된 것이라고 일축한다. 소설이란 것도 실없는 놈들이 지껄이는 허황된 거짓말이라고 폄하할 수도 있을 터이다.

"손암 선생께서는 제 삶이 실답지 못하다고 느낄 수밖에 없으실 터입니다. 제가 제 소설 속에 갇혀 살기 때문에. 저는 우주를 읽어 낸 결과로써 비유 덩어리 이야기를 빚어 세상에 내놓곤 합니다. 우물 안 개구리 같다고 저를 우습게 여기지 마십시오. 사람들은 누구든 자의나 타의에 의해 갇혀 살기 마련입니다. 손암 선생께서도 타의에 의해 흑산도에 갇혀 사시다가 돌아가시지 않았습니까?"

그는 고개를 저었다.

"나는 그대와 다르네. 어찌할 수 없이 이 섬에서 갇혀 살긴 했지만, 사실은 갇혀 살지 않았네."

"선생께서는 모순된 말씀을 하고 계십니다."

그는 나의 얼굴을 돌아보지 않고 차갑게 말했다.

"자네는 나 갇혀 사는 모습을 구경하려고 왔군, 그래."

"구경이라니요? 저는 선생을 인터뷰하러 왔습니다. 인터뷰란 취재의 대상이 되는 사람과 이런저런 이야기를 나눔으로써 그 사람의 깊은 삶을 측량하려는 것입니다."

"대담이건 취재건 그것은 결국 한 섬에 갇혀 사는 사람을 구경하는 것 아닌가. 사람도 한 개 한 개의 섬이야. 아니, 혼자 있는 것들은 다 섬이야. 정현종이란 시인이 재미있는 시를 썼더군. '사람들 사이에 섬이 있다. 그 섬에 가고 싶다.'"

"죄송합니다만, 저의 취재에 응해 주십시오."

"응하고 말고 할 것이 뭐 있는가? 사람과 사람 사이에는 시퍼런 바다나 강이 흐르네. 그 바다나 강에는 풍랑이 일기도 하고 짙은 안개가 끼기도 하지. 그래서 우리는 의사소통을 위해 상대의 섬 가까이 다가가려 하기도 하고 소리쳐 말을 하기도 하네."

"상대의 섬을 바라볼 수는 있지만 건너갈 수는 없으므로 우리는 그리워하거나 절망하면서 살지 않을 수 없다는 말씀으로 이해해도 좋겠습니까?"

그는 대답을 하지 않은 채 서남쪽 산봉우리를 향해 돌아앉았다.

말을 신뢰할 수 없다는 것인지도 모른다. 그렇다. 말은 우리를 절망하게 한다. 말은 그것을 뱉어낸 사람의 의지를 배반하고, 그 배반을 만회하려고 새로이 뱉어낸 말은 앞에 뱉어낸 말을 다시 배반한다. 의지와 그 의지를 드러내기 위해 뱉어낸 말은 서로 늘 괴리된다. 선승들은 말이 주는 절망 때문에 주장자를 내리치며 악! 소리를 지르곤 했다. 소설가는 그 괴리가 가져다준 절망을 극복하기 위해 이야기라는 비유 덩어리를 동원한다. 비유는 강을 건널 때 사용하는 뗏목하고 같다. 저편 언덕으로 건너가다가 빠져 죽지 않기 위해 뗏목을 타고 노를 젓는다. 선승들의 방법으로 해체 논리를 만든 '자크 데리다'는 참 영리한 사람이다.

이윽고 그가 말했다.

"몸은 흑산에서 살았지만, 마음은 현산玆山에서 살았다는 것이네."

"아, 네. 선생의 유배지인 흑산을 현산으로 명명한 것은 누구입니까?"

"우리 형제는 그때 한양에서 나장 하나와 나졸 둘의 감시를 받으며 내려오다가 나주 율정에서 하룻밤을 지내고 헤어졌지. 그 자리에서 아우가 나를 '현산'이라 부르겠다고 하더군. 흑산은 무섭다고 말일세. 그 말은 자기 형이 흑산으로 가는 게 아니고 현산으로 간다고 생각하고 싶다는 뜻이었겠지."

"흑黑 자도 검다는 뜻이고 현玆 자도 검다는 뜻인데, 왜 흑산은 무섭고 현산은 무섭지 않다는 것입니까?"

"흑黑 자는 밑에서 불(灬)을 지피자 굴뚝에 새까만 그을음이 생긴 모양을 나타낸 글자이고, 그것은 가시적이고 현실적인 어둠이나 검음을 나타내는 글자 아닌가. 그러므로 그것은, 흑심 흑막 흑색선전에서와 같이 일차원적인 더러움과 무서움과 어두움을 뜻하게 되지. 그런데 현玆은 검음을 뜻하기는 하지만 '흑'과는 다르네. 오래전부터 사람들이 우리 형제가 말한 현산玆山을 오독하고 있네. 내가 흑산 지방에서 나는 고기 무리를 중심으로 해서 만든 『현산어보』를 『자산어보』라고 오독하고 있어. '玆'은 대명사 '이'로 쓰일 때나 '흐리다'는 뜻으로 쓰일 때는 '자'로 읽네. 최남선이 쓴 〈독립선언문〉이 '우리들은 자玆에 우리나라가 독립국임과……' 이렇게 시작되지 않는가. 거기서 '玆'은 '이에'나 '이로써'로 번역해야 하네. '玆'은 검을현(玄) 자 둘을 병기한 글자 아닌가. 玄은 노자가 '우주를 구성하고 있는 비가시적인 신비하고 그윽한 원소'의 뜻으로 사용한 글자네. 그 '玄'이 가시적으로 나타난 것이 도道라고 노자는 말하지 않았는가? 내가 생각하기로, '玄'은 다만 자전에서 말한 대로 '검다' '검붉다'는 뜻만이 아니고 감색, 진한 쪽색이나 하늘색의 뜻을 내포하고 있는 듯싶네. 중국 사람들의 색깔 감각과 우리 민족의 색깔 감각이 다르네. 우리 선인들은 어린 시절 '천자문' 공부를 할 때 '하늘 천, 따 지 가마솥에 눌은밥' 하고 우스갯소리를 하곤 했지. 그것은 '玄'을 '검을현'이라고 공부하지 않고 '감을현'이라고 공부했음을 말해 주는 것이네. '감색'은 반물색, 즉 검은빛을 띤 짙은 남색을 말하네. '곤색'이란 일본 말이 들어오면서 감색이나 반물색은 뒷전으로 밀려났네. 또 '玄'을 '하늘 현'이라고도 하지 않는가. 자전에서 '검을 현'의 '검음'은 아마 감색으로 인식해야 할 것이네. 그러니까 '玆'은 '현묘하고 또 현묘한 검음'이라는 뜻의 글자이므로 '현산'은 고차원의 신비하고 그윽한 시간과 공간을 뜻하네."

"매우 현학적이군요. '흑산'을 일차원적인 더러움의 세상, 혹은 지옥처럼 사람을 가두는 어둠의 세상이라고 이해하고, 그리고 '현산'을 그윽한 하늘 세상이나 극락 같은 고차원적인 경지나 밝음의 시공으로 이해해도 좋겠습니까?"

"매우 가까운 접근이네."

"그렇다면, 혹시 나주 율정에서 헤어질 때 선생께서 약용 아우에게 앞으로는 '다산茶山'이라 부르겠다고 하셨던 것 아닙니까? 현산에 대한 공부를 하고 나니까, 다산이 현산과 상응하는 '그윽하고 향기로운 세상'으로 이해되는데요. '초의 스님' 이야기를 소설로 쓰면서 '차와 선은 한가지 맛'이라는 것을 공부하다가 생각한 것인데요, 차의 향기를, 저 쪽빛 하늘이나 초록색의 그늘 어린 산골짜기 시냇물 소리, 꾀꼬리나 휘파람새나 풀벌레들의 노랫소리와 풋풋한 풀꽃 향기 어우러진 세상, 혹은 우주적인 시원, 혹은 신화 그 자체라고 읽었는데, 다산이 바로 그러한 시공 아니겠습니까?"

그는 내 말에 대꾸하지 않고 하늘을 쳐다보기만 했다. 내가 말을 이었다.

"현학적이라는 말을 하고 나서 생각하니까, 선생의 삶 모두가 현학 그 자체인 듯싶습니다. 손암巽菴이란 호는 선생께서 흑산도로 들어가시면서 스스로 붙인 것으로 알고 있는데, 그 손은 '주역'의 손괘巽卦에서 가져오지 않았습니까? '손'은 '들어간다'는 것인데, 그 속에는 들어가면 오래지 않아 나오게 된다는 뜻을 내포하고 있습니다. 사람에게 이름이 운명에 큰 작용을 한다고 믿고 있는 것도 따지고 보면 대단한 현학입니다. 그러고 보면 선생의 아버님이신 정재원 어르신께서도 매우 현학적인 분이셨던 것 같습니다. 첫째 부인 소생이신 큰 아드님을 약현若鉉, 그 부인과 사별하고 얻은 둘째 부인 소생인 둘째 아드님을 약전若銓, 셋째 아드님을 약종若鍾, 넷째 아드님을 약용若鏞이라 한 것이 그것입니다. 약若은 '비슷하다' '같다'는 뜻이고, 현鉉은 '황색의 솥귀'를 말하는데 그것은 '주역'의 원형이정元亨利貞 가운데서 '이정'을 말합니다. 이정은 '순조롭게 올바름을 굳게 지켜 함부로 동요하지 않음'을 의미합니다. 또 손암 선생의 이름 '정약전'의 '전銓' 자는 저울질함을 뜻합니다. 선생이 젊으셨을 적에 중국에서 들어온 『기하원본』에 심취하시고, 매사를 실사구시적인 시각으로 판단하신 것이라든지, 물고기의 족보를 과학적으로 기술하신 것은 아버님께서 지어 주신 그 이름으로 말미암았다고 말할 수도 있습니다. 선생의 바로 손밑 아우의 이름 '정약종'에서 '종鍾' 자는 '거문고 종' '음률 이름 종'이기도 합니다. 한데 '눈물 흘릴 종'이라 말하기도 합니다. 그분이 천주학에 깊이 빠져들어 갔다가 순교를 하게 된 것은 그 이름 때문인 듯싶습니다. 그다음 아우의 이름 '정약용'에서 '용鏞' 자는 '큰 쇠북 용'입니다. 산속의 절에 있는 큰 쇠북은 크게 울음 울어서 중생들을 미망에서 깨어나게 합니다. 다산 선생이 세상에 영원히 사라지지 않는 현란한 빛무리를 폭죽처럼 쏘아 올려놓으신 것이 그 이름 때문일 것이라고 말해도 억지는 아닐 듯싶습니다."

"인간이 원래 현학적이네. 신이나 부처를 신앙하고 절이나 교회나 사당을 짓고 탑 쌓고 철학하고 시 짓고 노래하고 악기 연주하고 춤추고 풍수지리설에 따라 집 짓고 무덤을 만들고 비석 세우고 제사 지내면서 축문 읽는 일들이 다 현학적이야. 기왕 현학 이야기가 나왔으니까 아주 이것을 말해 주어야겠네. '골짜기의 신은 영원한데 그것을 그윽한 암컷이라고 한다. 그윽한 암컷의 문은 천지의 뿌리다. 골짜기의 신의 작용과 조화는 무궁무진하다.' 이것은 노자가 한 말이네. 골짜기의 신(谷神)을 여성의 성기에 비유하여 말하는 것이 이해하기 편할 듯싶네. 골짜기는 음인데 그것은 자궁을 뜻하고, 신은 질과 음핵을 말하는데 그것은 양이네. 자궁이란 것은 미련하고 둔하고 바보 같은 기관이네. 아기를 열 달 동안 담아 키워 내면서도 힘들다는 말 한마디 하지 않지. 그것은 아기를 담고 있는 동안 온몸으로 영양을 섭취하도록 촉구하지. 암세포가 퍼져도 느끼지를 못하고 있다가 그것이 곪아 터지려 하고 다른 부위로 전이되려 할 즈음에야 어렴풋이 아픔을 느끼게 하네. 자궁이 그러한 데 비하여 질과 음핵은 성감대가 가장 발달해 있는 곳이고, 여성들에게 환희를 느끼게 하는 감성적인 부위네. 자궁이 여자를 어머니이게 하는 곳이라면, 질과 음핵은 여자를 요염한 여성이게 하고 성행위를 함으로써 쾌감을 느끼게 하면서 정자를 자궁 속으로 받아들여 잉태를 유도하는 신비한 부위 아닌가. '주역'에서, '한 음에 한 양이 보태진 것을 도道라

이른다'고 하지 않았는가. 우주의 자궁 그리고 질과 음핵, 그것의 작용(조화)은 우주를 늘 새롭게 거듭나게 하고 무궁무진하게 하네. 현산이 바로 그곳이네. 현산은 그윽한 암컷의 문(玉門)처럼 거기 들어온 사람을 다시 태어나게 하는 곳이네."

"그 말씀을 부활, 혹은 거듭난 삶이라고 이해해도 좋겠습니까?"

"자궁은 고향과 같고 바다하고 같네. 존재하는 것들은 다 물처럼 순환하네. 바닷물은 증발하여 구름이 되고 그것은 비가 되어 산과 들에 뿌려진 다음 바다로 되돌아가지 않는가. 자궁은 여자의 몸속에만 있는 것이 아니고, 바깥에도 있네. 남자들이 여자의 품속에서 포근함을 느끼는 것은 제 고향으로 돌아가는 까닭이네."

"그럼 여성이 남성의 가슴에 얼굴을 묻으면서 행복해하는 것은 무슨 까닭일까요?"

"여성은 물인데 남성을 만나면 그의 불씨로 말미암아 타오르게 되네. 그것은 승화야. 여성은 늘 자기를 있게 한 불씨 옆에 있으려고 하네. '우주를 구성하고 있는 비가시적인 현玄이 가시적으로 드러난 것이 도道'라고 한 노자의 말 속에 들어 있는 현玄을 남성의 정자하고 똑같다고 말한 학자도 있지 않은가."

그는 우이도에서 앳된 첩을 얻어 살았고 그 첩과의 사이에 아들 둘을 두었다. 첩 얻어서 산 삶을 합리화시키려는 저의가 그의 말 속에 들어 있다고 나는 생각했다.

"선생께서 사귄 분들은 대개 실사구시의 정신으로 세상을 산 지성인들이었고, 서양의 새 문물을 받아들였습니다. 선생이나 선생의 아우 다산은 천주학을 그런 차원에서 읽었으리라 생각합니다. 서양 신부 '빤또하(J. pantoja)'가 천주학과 중국의 사상을 기조로 해서 저술한 『칠극』이란 책 속에 '마귀들이 사람들이 지키려는 도를 공격하기 위해 타고 오는 수레 가운데 하나가 음란이라는 것이다. 여색을 탐하는 것은 입구가 좁은 우물과 같아서 들어가기는 쉬우나 나오기는 어렵다.' 라고 한 대목이 있습니다. 또 하느님이 세상을 처음 열 때 아담과 이브를 만드시고 '너희는 한 몸이다.' 라고 하셨다는 대목도 있습니다. 한 지아비는 오직 한 지어미만을, 한 지어미는 한 지아비만을 가지게 했습니다. 한데 선생께서는 경기도에 부인을 두셨으면서 왜 유배 중에 첩을 얻어 사셨습니까?"

나의 물음에 그는 빙그레 웃었다.

"자네는 장흥의 바닷가에 지은 작가실 앞에 연못을 팠네. 물은 서편 골짜기에 있는 샘에서 플라스틱 대롱을 이용해 끌어들이고 어디선가 수련을 분양해다가 심고 비단잉어를 놓아 기르고 있지 않은가? 내가 보기로 그 연못은 凹 모양새인데, 그것의 모든 각을 두루뭉수리하게 깎아 내고 동그랗게 만들었네. 첫눈에 이것은 자궁과 한가지다, 하고 느껴졌네. 나는 자네가 토굴이라 이름 붙인 작가실 앞에 왜 그것을 팠는가 짐작하고 있네. 바닷가에서 농로를 타고 자네 토굴을 향해 가면서 보면, 뒷산은 남자가 드러누운 채 가랑이를 벌리고 있는 형국이야. 가랑이 한가운데는 무성한 대밭이 있는데 그것은 발기한 남근하고 비슷하네. 자네 토굴은 바로 그 남근 끝에 우뚝 서 있단 말일세. 자네는 그래서 그 남근 앞에 자궁을 파놓은 거야."

나는 얼굴이 뜨거워졌다. 현학적인 사람의 눈에는 모든 것이 현학적으로만 보인다.

"사람들은 지금의 흑산도 모래마을에 선생을 위해, 선생께서 당시 아이들을 가르치던 서당 복성재를 복원하고 그 옆에 천주교회를 세워 놓았습니다. 선생께서는 그 교회가 부끄럽고 부담스럽지 않습니까? 사실 선생께서는 생전에 배교하시지 않았습니까?"

그는 고개를 끄덕였다. 아주 쉽게 내 말을 시인하고 있었다. 살아 있는 자와 죽은 자를 비교한다면 죽은 자가 훨씬 솔직한 모양이다.

"나는 하느님을 버렸다, 이후로 하느님에 대한 신앙 행위를 일절 하지 않겠다. 예전처럼 조상신만 숭상하고 그분들에게 제사지내는 일을 소홀히 하지 않겠다. 그러니 나를 의심하는 눈으로 보지 말아 달라……. 이런 것이 배교 아닌가? 당시에 배교를 한 것은 나뿐만이 아닐세. 내 자형 이승훈, 벗 이가환, 내 아우 약용이 다 배교를 했지. 이가환은 세례를 받지는 않았지만, 주위 사람들에게 신앙생활을 권했네. 그 결과 그의 친척들 대부분이 하느님께 귀의했지. 그러나 진산에서 일어난 일 하나가 우리를 견디지 못하게 했어. 진산 사는 윤지충이 내 외사촌 형인데, 그분이 당신 어머니 신주를 불태워 버린 일 때문에 세상이 발칵 뒤집혔네. 나라에서는, 천주학은 '효'라는 기강을 무너뜨리고 풍속을 문란하게 하는 못된 학문이라고 몰아붙였네. 효의 뿌리가 흔들리면 '충'도 흔들리게 된다는 논리였지. 그리하여 나라에서는 천주학쟁이들을 줄줄이 잡아들여 목을 베었네. 오죽하면, 제일 먼저 중국에 들어가 영세를 받고 들어온 내 자형 이승훈이 배교를 했겠는

가. 사리 판단이 빠르고 적확한 내 아우 약용은 상감께 자척自斥 상소를 올리기까지 했네. 과거 잘못과 그것에 대한 참회와 다시는 그러한 일을 하지 않겠다는 각오를 말하고, 그 잘못에 대한 벌을 내려 달라고 청하는 상소 말일세. 아마 자네가 그 형편이 되었더라도 배교하지 않고는 못 견뎠을 것이네."

"이가환이란 분은 광주 부윤과 충주 목사 시절에 천주학쟁이들을 줄줄이 잡아다가 문초하고 곤장을 치거나 고을 밖으로 내치지 않았습니까? 그런 포악한 다스림으로써 자기가 천주학에서 완전히 떠났음을 증명하려는 것이 아니었을까요? 그것은, 한때 하느님을 숭앙했던 사람으로서 너무 잔인한 일이지 않았습니까? 자기 한 사람 살기 위하여 그렇게 하기는 했지만, 이가환은 그 뒤 신유년에 붙잡혀 들어가 모진 고문을 당하고 감옥에서 숨을 거두었습니다. 기록을 보면, 그때는 불지짐 형벌을 당하면서도 신앙심을 굽히지 않았다고 되어 있습니다. 선생의 자형 이승훈은 1791년 교난(신해박해)이 일어나기 두 해 전에 평택 현감이 되었고, 교난이 일어나던 해에는 교회를 공격하는 글을 지어 배교를 선언했습니다. 한데 주문모 신부가 입국했을 때 다시 참회하고 성사 받을 준비를 하던 중에 교난을 만나 예산으로 귀양 갔고, 또 다시 교난(신유박해)이 일어났을 때 잡아 올려 고문하자 그는 배교를 또 선언했지만, 허위 선언이라며 목을 잘라 죽였습니다. 그 일에 대해서는 어떻게 생각하십니까?"

그는 곤혹스러워하였다.

"이가환은 내 절친한 벗으로 나 때문에 심한 곤욕을 당한 사람이네. 내가 과거 시험을 볼 때 시험관이었는데, 나를 장원 급제

시켰지. 그 일에 문제가 있다고 당시 정적들은 이가환을 모함하는 상소를 올렸어. 목만중의 사주를 받은 박장설이 앞장을 섰지. 시험 문제가 '오행五行'이었는데, 내가 쓴 답안이 천주학에 뿌리를 두고 있는 사행四行을 기조로 논리를 전개시켰다는 것이었네. 오행은 화 · 수 · 목 · 금 · 토이고 중국 사상의 근본 원리이지 않은가. 만일 오행이 흔들린다면 그 사상의 뿌리가 흔들리는 것 아닌가. 그렇게 되면 주자학이 무사할 리 없겠지. 우리 실사구시파 젊은이들을 아끼고 사랑하는 정조 임금은 황공하옵게도 몸소 나서서 그 공격을 이렇게 차단하셨네. '사행을 기조로 시험 답안을 작성했다고 하는 모함은 한 구절만 조사해서는 판단할 수 없다. 오늘 과거 답안지 전체를 보았다. 위아래로 여러 번 구절마다 자세히 보았지만 공격하는 자들이 말한 것처럼 애초에 의심할 바가 없고 오히려 그럴싸하기만 했다.' 자네도 역사를 읽고 알았겠지만, 정적들의 공격 표적은 사실은 내가 아니고 이가환이었네. 나는 이가환이 배교한 심정을 이해하네. 오죽했으면 그랬을까. 이가환이 누구인가. 성호 이익 선생의 종손 아닌가. 이승훈은 또 누구인가. 이가환의 생질이고 꿋꿋하게 순교한 약종과 나의 자형이네. 이승훈은, 거짓으로 천동설이 옳다고 말하고 살아 나온 다음 구경꾼들에게 '내가 하늘이 돈다고 거짓말을 했음에도 불구하고 지금 지구가 돌고 있는 것을 어찌하겠소!' 하고 말한 사람처럼 살아남아 하느님의 존재를 사람들에게 증명하기 위해 배교 선언을 한 것이었을 거야. 예수의 제자 가운데서도 하룻밤 사이에 예수를 세 번이나 배반한 분이 있었네. 물론 이승훈의 배교를 전혀 달리 해석하는 측면도 있을 터이네. 개똥밭에 뒹굴어도 이승이 낫다고, 더러운 한목숨 비굴하게 살아 배기려고 그랬다는……. 그러나 나는 내 자형 이승훈이 성스럽게 순교했다고 생각하고 있네."

"선생께서는 과거 시험에서 오행의 논리를 어떻게 전개하고 결론은 어떻게 맺었습니까?"

"『주역』을 통해 이미 공부 한 바 있었으므로 나는 내 나름의 논리를 가지고 있었네. 거기다가, 나와는 사돈 간인 이벽에게서 빌려다 본 『천주실의』와 홍대용 선생의 저술을 통해 불, 물, 흙, 공기(사행)에 대해 공부 한 바 있었네. 일찍이 홍대용 선생은 사행이 옳다고 말했지. '쇠와 나무는 불과 땅과 물에서 생성된 것이므로 기본 원소에서 제외되어야 한다. 하늘은 기氣이고, 만물은 기의 찌꺼기이고, 불의 조화로 만든 것이 땅이므로 사행은 불, 물, 땅, 공기이어야 한다.' 중국의 오행설이 나름대로의 탄탄한 의미를 가지고 있다면 서양의 4원소설도 그 나름의 합리성을 가지고 있네. 나는 4원소설을 응용하여 오행의 논리를 남다르게 피력해야겠다고 마음먹었지. 먼저 음양오행의 상생과 상극으로 말미암아 운행되는 우주 질서에 대한 생각을 진술하고, 그것을 바탕으로 하여 다음과 같이 기술했네. '나무의 기氣는 어짊(仁)을 책임지고 맡아서 처리하며, 불은 예禮를 책임지고 맡아서 처리하며, 흙은 믿음(信)을 맡아 처리하고, 쇠는 의義를 또한, 그렇게 하고, 물은 지智를 마찬가지로 그렇게 한다. 그러나 실사구시적인 시각으로 판단하여 나는 이렇게 말한다. 우주의 생성 처음에는 불과 물을 머금은 뜨거운 공기가 있었을 뿐이었는데, 그것이 냉각되면서 땅이 되었다. 쇠와 나무는 그 땅에서 생긴 것이다.'"

흥분된 어조였다. 숨결이 가빠져 있었고, 얼굴은 사과 빛으로 상기되었고 콧구멍은 벌름거렸다. 그는 잠시 말을 멈추고 씨근덕거리다가 말을 이었다.

"『주역』을 깊이 읽어 보면, 오행이 물과 불과 땅(삼행)에서 나온 것임을 말해 주네. 그러한 생각을 바탕으로 해서 나는 우주의 원리를 나무와 쇠에서부터 땅과 불과 물로 거슬러 따지고 논해갔고, 이렇게 결론지었네. '내가 오행을 통해 논하고 결론을 내리려는 것은 어짊(仁)이다. 인간은 왜 어질게 살지 않으면 안 되는 존재인가. 그것은 물과 불과 땅, 즉 한 가지 음, 한 가지 양의 조화에서 인간의 몸과 마음이 났기 때문이다. 우주 시원인 물과 불은 땅을 만들고, 땅은 푸나무를 기르고, 푸나무는 동물을 키우고, 푸나무와 동물은 만물의 영장인 인간을 기른다. 먹이 사슬의 꼭짓점에 자리한 인간은 두 발로 땅을 디디고 머리를 하늘로 두르고 산다. 땅을 디디고 산다는 것은 삼라만상 가운데 으뜸 존재이면서 땅의 기운을 빨아들이며 산다는 것이고, 하늘로 머리를 두르고 산다는 것은 하늘의 기를 빨아들여 신(완성)을 지향한다는 것이다. 인간의 육체와 정신 속에 들어 있는 기운은 애초에 인간을 만든 물과 불의 뜻을 향해 뻗어 가지 않으면 안 된다. 그것은 현묘한 하늘 세계에 있고 하늘의 뜻은 어짊에 있다. 어짊이란 것은, 위로는 효도하고(孝) 아래로는 사랑하고(弟) 가엾은 사람들을 불쌍하게 여기는 마음(慈)인 것이다. 인간은 어짊으로써 새 세상을 열어 가야 한다고 가르친 성인의 뜻이 거기에 있다. 모름지기 뜻있는 유학 선비의 사업은 정심(깨달음)에 이르기 위한 것이어야 하고, 정심은 효, 제, 자를 달성하기 위한 것이어야 한다.'"

그의 말은 내 가슴속에 뜨거운 기운을 불어넣고 있었다. 나는 달뜬 목소리로 말했다.

"식물의 몸과 인간의 몸은 정반대로 짜여져 있습니다. 식물의 뿌리는 땅 아래쪽을 향해 있으면서 수분과 무기물을 빨아들이고 꽃은 하늘을 향해 핍니다. 인간의 머리털은 식물의 뿌리에 해당하는데, 그것은 하늘로부터 신적인 그윽함을 받아들이고, 식물로 치자면 꽃에 해당하는 생식기는 땅을 향하고 있습니다. 때문에, 사람은 하늘과 땅의 기운을 받아 어질게 살아야 합니다."

"자네야말로 진짜 현학적이구먼."

"그것은 모두 선생에게서 배운 것입니다. 선생의 가족사를 보면, 아주 많은 가족과 친척들이 천주학에 연루되어 죽거나 유배되고 벼슬살이에서 멀어지게 되어 파문의 지경에 이르렀습니다. 손위 형인 약현의 사위는 황사영입니다. 중국에 보내려다가 들통난 백서로 말미암아 신유년의 엄청난 비극을 가져온 사람입니다. 자형 이승훈과 아우 약종은 목이 잘려 죽었고 그의 아내와 자식들은 유배되었습니다. 아우 약용은 강진으로 유배되었다가 풀려난 뒤에 벼슬길에 나아가지 못하고 죽었습니다. 선생께서는 유배지인 절해고도를 벗어나지 못하고 운명하셨습니다. 그 삶을 후회하십니까? 그 삶에 대하여 '이제는 말할 수 있다'는 식으로 솔직히 말씀해 주실 수 없습니까?"

"한 성인이 이렇게 말했네. 자연은 어질지 않다고."

"그 말은 노자가 한 말로, 공자의 어짊에 대하여 공격하고 자기의 무위자연의 도를 이야기하기 위한 것이지 않습니까?"

"하느님이 우주를 창조한 의지와 성인의 뜻은 물론 어짊에 있네. 하느님은 넉넉히 그러할 권능이 있음에도 불구하고 이 세상의 사악함을 보이는 대로 금방 징치하고 바로잡아 선으로 만들어 놓으려 하지 않네. 빛과 어둠이 서로 다툼으로써 교번하듯이 선과 악, 부자와 가난, 강함과 약함도 그렇게 서로 다툼을 통해서 교번하도록 창조되었네. 진짜로 교활한 악(마귀)은 선(천사)이나 도(진리 아닌 진리나 정의)라는 가면을 쓰고 세상에 나타나 세상을 어지럽게 하는데, 그 악은 아무런 인위적인 힘을 가하지 않더라도 결국에 가서 진짜 선에게 자리를 내주게 되네. 그것이 무위자연이네. 일견 노자는 매우 잔인한 사람으로 생각될 수도 있네. 하느님도 그러한 분으로 여겨질 수 있을 것이고……. 사악한 자들에게 처참하게 당하는 선하고 약한 자를 금방 구원하지 않고 바라보고만 있는 하느님은 얼마나 냉혹한 분인가. 한데 우리는 그분을 냉혹하다고 말하고만 있을 일이 아니고, 우리들의 의지, 어짊 혹은 선의지로 그것을 이겨 내야 하네."

"저는 선생의 형제 사이의 우의에 대해서 저 나름으로 많은 생각을 했습니다. 이복형인 약현과의 사이에는 강줄기 하나가 놓여 있으므로 젖혀 놓겠습니다. 약전, 약종, 약용, 삼 형제 사이를 정신 분석학적으로 파헤쳐 보면 미묘한 것을 발견하게 됩니다. 세상에 태어난 모든 것들의 경쟁은 둥지 안에서부터 시작된다고 들었습니다. 형제들 간의 경쟁은 어머니의 품에서부터 시작됩니다. 약전 선생이 먹던 젖을 두 해 뒤에 태어난 약종 아우가 빼앗아 먹었습니다. 다시 두 해 뒤에 태어난 약용이 약종에게서 그 젖을 빼앗았습니다. 약전의 가슴에 쌓여 있던, 어머니의 젖을 상실함으로써 말미암은 분함을 복수해 준 아우가 약용입니다. 그러므로 약전과 약용은 우군이 되는 것이고 약종은 두 연합 세력 사이에서 소외되지 않을 수 없고 외로워질 수밖에 없었습니다. 그래서 약전과 약용은 실체와 그림자처럼 세상을 살았습니다. 사람들은 자기 얼굴 이외에 또 하나의 얼굴을 가지고 사는 동물입니다. 사람들은 필요한 때에 감추어 놓았던 또 하나의 얼굴을 쓰고 자기가 그 사람이라고 착각하며 살기도 합니다. 약전과 약용은 서로를 천재라고 생각하며 살았습니다. 약용은 약전에게서 삶을 제대로 살았는지 어쨌는지 증명받으려 하고, 약전 또한 자기 삶을 약용에게서 증명받으려 했습니다. 그렇기 때문에 강진에서 유배살이를 한 약용은 흑산도에서 유배살이 하는 약전에게 저술한 것을 그때마다 보내 증명받으려 했고 약전 또한 마찬가지로 그렇게 했습니다. 약전은 처음에 물고기들의 족보를 만들려고 계획할 때 고기들의 그림을 일일이 그려 넣으려 했는데 약용이 그렇게 하지 말라고 해서 글로만 썼습니다. 약종은 그 두 형제 사이에서의 소외로 말미암은 고독을 하느님과의 만남을 통해 해소했습니다. 약종이 천주학에 남달리 깊이 빠져 든 것은 소외와 고독 때문이었습니다. 천주교 박해가 심해지자, 이승훈, 정약전, 이가환, 정약용 등이 모두 배교한 것에 비해 정약종이 순교의 길을 택한 것은 그러한 까닭이었습니다.”

그는 허공을 쳐다보면서 한동안 너털거리고 나서 말했다.

“자네는 마치 자네가 울타리 안에 가두어 놓고 기르는 가축들의 살아가는 모양새를 내내 관찰하고 그 결과를 보고하듯 자신만만하게 말하고 있군, 그래.”

“죄송합니다. 요즘 선생 이야기를 장편소설로 쓰느라고 선생과 선생 주변 사람들의 삶을 깊이 읽다 보니 그렇게 되었습니다."

"어째서 하고많은 사람 중에서 나를 소재로 선택한 것인가. 자넨 한동안 불교 쪽에서 소재를 구하더니…… 이제는 천주학쟁이를 소재로 쓰려 하는데, 그와 같은 태도를 소재주의라고 말하지 않는가?"

"다른 일들은 거들떠보지 않고 열심히 소설만 쓰며 살아오다 보니 저는 갇혀 살고 있었습니다. 저의 소설에 갇히고 제 이념이나 사상에 갇히고 제 신앙에 갇혀 있습니다. 그렇게 갇혀 살고 있다는 생각이, 하필 강진과 흑산도에 갇혀 사신 정약용, 정약전 두 선생을 동정하게 된 모양입니다."

"그렇다면 요즘 자네가 쓰는 소설들은 모두 갇혀 사는 것들에 대한 이야기라는 것인가?"

"그렇게 말씀하셔도 될 것 같습니다."

"일리가 있는 말이군. 예로부터 권력을 잡은 자들은 자기들과 뜻을 달리하고 반대하고 저항하는 사람들을 어떤 죄목인가를 씌워 가두어 놓고, 그들을 미친 사람이라고 몰아붙이고 그들이 몸부림치고 발버둥치는 것을 구경하면서 히들거리네……. 사람은 천성이 가두어 놓고 살기를 좋아하는 동물이네. 들이나 산에 살던 동물을 끌어다가 울안에 가두고 길들여서 가축으로 만들지 않았는가? 남자들은 밖에서 한 여자를 데려다가 집 안에 가두어 놓고 자기 전용 성행위 대상으로 길들이고 반드시 자기 유전자를 내포한 자식을 낳게 하고 또 그녀가 낳은 자식들을 가두어 놓고 기르고 자기 설계에 따라 길들이고 키우려 드네. 여자들은 한 남자에게, 오직 네 유전자를 내포한 자식을 낳아 주겠다고 꾄 다음 잘 길들여서 밖으로 내보내 사냥을 해오게 하는데, 그 남편이라는 동물은 다른 곳으로 도망치지 않고 사냥을 해가지고 반드시 자기 여자에게로 오네. 가정을 가지고 산다는 것은 소속감을 가지고 산다는 것이고, 그렇지 않으면 고독해하고 흔들리면서 표류하네. 구성원과 대판 싸우고 가정을 뛰쳐나간 자는 얼마 뒤 다시 그 노예의 삶이 그리워서 되돌아오네. 인간은 노예근성을 가진 동물이네. 사법 고시를 보려고 작정한 사람은 자기를 그 시험에다가 가두네. 공자를 읽는 사람은 공자의 말씀 속에 자기를 가두고, 노자나 장자를 읽는 사람은 노자나 장자의 세계에다가 가두지. 부처님이나 하느님을 믿는 사람은 부처님이나 하느님의 세계에다가 자기를 가두고, 자기 속에다가 부처님과 하느님을 가두네. 그렇게 가두고 갇혀 살지 않으면 불안해지는 것이 사람이네. 동갑계를 조직하여 거기에 자기를 소속시키고 문중에다 가두고 동창회에다 가두고 마을에다가 가두고 향우회에다 가두고 고을에 성을 쌓아 가두고 또한 나라 안에다가 가두고 절이나 교회나 성당에다 가두네. 부처님은 중생 속에 자기를 가두고 하느님은 자기가 창조한 삼라만상 속에 자기를 가두네."

"그렇다면 하느님이나 부처님도 사람하고 똑같다는 이야기네요?"

"아, 그러고 보니 그렇네. 노예근성을 가진 사람들이 생각해낸 것이니까 그렇기도 하겠지……. 좌우간, 타의에 의해서 갇히는 것이 동물이고, 자기를 가둘 줄 알고 자기 속에 갇힐 줄 아는 것이 사람이네. 동물들은 자기를 가죽 속에 가둘 뿐이지만 사람은 옷과 숭고한 생각 속에 자기를 가두고 자기를 신神으로 기르는 동물이네."

"그렇습니다. 성인의 말씀 속에 자기를 가두고 길러야 군자가 됩니다. 저는 정약용 선생과 정약전 선생이 각각 강진과 흑산도에 유배살이를 한 까닭으로 오늘의 정약용과 정약전이 되었음을 압니다. 만일 두 선생의 벼슬길이 벌판 한가운데의 탄탄대로처럼 트였더라면, 그리하여 정승까지 순탄하게 지내시면서 누릴 광영 다 누리고 사셨다면 그 많은 저술을 남기지 못했을 것이라 생각됩니다. 정약전 선생께서도 흑산도에 유배되지 않았다면 어떻게 『현산어보』라는 책을 지으셨겠습니까? 제가 싸움 개들의 짖는 소리 요란한 서울을 버리고 장흥 바닷가 마을에 토굴을 짓고 그 속에 저를 가두기로 작정한 것은 감히 두 분 선생님을 거울로 삼고 따르려 한 까닭입니다."

그는 고개를 끄덕거렸다. 그의 얼굴은 쓸쓸해 보였다. 눈길은 한없이 깊고 푸른 창공으로 뻗어 가 있었다. 그 눈길 속에는, '네 스스로가 스스로를 가두고 산다고는 하지만 네가 우리 형제의 죽음을 눈앞에 둔 채 짊어지고 산 참담한 절대 고독을 어떻게 감히 짐작이나 할 수 있단 말이냐.' 하는 뜻이 담겨 있었다.

"결국 따지고 보면, 그대도 이 섬에 갇혀 사는 나를 구경하러 온 것일 거야. 방죽 연 잎사귀 위에 앉아 있는 개구리에게 돌멩이를 던져 희롱하듯이 자네는 지금 나에게 이런 말 저런 말을 던져 보고 있지 않은가."

"희롱하듯이 질문을 던지고 있다고 하심은 지나치십니다. 상처받은 조개가 진주를 만들듯이 사람의 무게와 값은 아픈 시대가 만들 터입니다. 아픈 시대로 말미암아 진주가 되신 선생님을 공부하러 온 저를 가상하게 여기시고 깊이 감추어 두신 말씀을 허심탄회하게 들려주십시오."

그는 거듭 고개를 끄덕거렸다. 내가 물었다.

"선생의 아우 약용이 전라도로 가족을 이사시키겠다는 뜻을 전해 왔을 때 선생께서는 장문의 편지를 써서 막으셨습니다. 그 편지에, 전라도에서 나고 자란 저로서는 이해할 수 없는 부분이 있습니다. '너는 호남의 양반 씨족 가운데 쇠미한 형편을 떨치고 일어서는 집안을 몇이나 보았는가. 전라도는 살 만한 곳이 아니라는 것을 평일에 보고 들어 잘 알고 있었는데, 소흑산도에 와 살면서 더욱 권모술수, 음양 향배의 풍속이 있어 자손을 기를 만한 곳이 아님을 분명히 알았다. 천하에 부자가 될 사람은 있어도 반드시 부자 되는 땅은 없는 법이다. 전라도에는 거지가 없고 경기도에는 넉넉하게 사는 집안이 없더냐.' 선생의 편지로 미루어 보건대, 선생이 정치판에 계실 당시에도 '호남의 똑똑한 놈들 무릎 꺾어 주저앉히기' 같은 것이 있었던가요? 예로부터 호남은 팔도 사람들이 다 미워한 곳 아니었습니까? 고려 태조가 호남에서 인재 등용을 하지 말라고 한 후 조선 시대에서도 그랬던 것 아닙니까? (일설에 의하면, 고려 태조는 호남에서 인재 등용을 하지 말라고 명한 바 없는데, 그의 사후 어느 왕 때 누군가가 정적을 몰아내기 위해 조작했다고 합니다.) 정여립 사건은 일종의 호남 인물 쓸어 내기 아닙니까? 만일 선생께서 요즘의 정치판에 계신다면 그러한 일에 동참하지 않았을까요?"

"개 짖는 소리 시끄러워 바닷가로 내려와 자기를 철저하게 가두고 도인처럼 살겠다고 한 사람이 왜 바글바글 끓는 시장 바닥 사람들의 일에 그렇게 신경을 쓰는가? 지긋지긋하니 정치판 이야기는 더 하지 말세. 역사적으로 볼 때, 이 한반도 정치판의 밀어내기는 삼족을 멸해서 싹 쓸어 내버리는 잔혹한 전통을 가지고 있네. 오죽 지긋지긋했으면 내 아우 약용은 자식들 가운데 한 놈도 벼슬길에 나아가지 못하게 막았겠는가……. '호남이 자손 기를 만한 곳이 아니라'고 한 내 말이 자네를 비롯한 많은 사람들의 속을 상하게 했다면 용서하게나. 이제 이승을 하직한 나로서 생각하니 살아 있을 때 내 마음이 매우 소졸했네. 우주는 한 구덩이인데 어떻게 전라도와 경기도와 경상도와 충청도와 함경도와 평안도에 차별이 있을 수 있겠는가."

"흑산도에 사시면서 물고기들의 족보를 만드셨는데, 그것들 하나하나를 읽어 보면 선생께서 그 일을 아주 즐기면서 하셨구나 하는 생각이 들더군요. 한데 그것들 가운데서 선생님을 가장 흥분하게 했던 것, 가장 신명 나게 했던 것은 무엇이었습니까?"

"승률조개네."

"아, 역시 그렇네요. 저는 그것을 외워 버릴 정도로 읽고 또 읽었습니다. '밤송이조개에 비하여 털이 짧고 가늘며 빛깔은 노랗다. 창대가 말하기를, 갯벌 밭에서 얼마 전에 조개 하나를 보았는데, 입속에서 새가 나왔다고 한다. 머리와 부리가 이미 형성되어 있고, 머리에 이끼 같은 털이 나려고 한다. 그게 이미 죽은 것인가 하고 만져 보니, 움직이고 있다. 그 껍데기 속의 모양을 보지는 않았지만, 이것이 변해서 파랑새가 되는 것이라는데, 흔히 말하는 율구조栗逑鳥라는 것이 그것이다. 내가 경험해 본바, 과연 그러하다.' 저는 그 대목을 읽으면서 '아, 이런 일이 있었구나' 하고 소리쳤습니다. 그리고 〈산해경〉을 떠올렸습니다."

그는 한동안 고개를 끄덕거리고 나서 목소리를 높여 말했다.

"그 조개를 살피러 다니는 내내 나는 흥분에 휩싸여 있었네. 시詩를 생각했고 『예기禮記』의 〈악기편〉 한 대목을 떠올렸네. '깨끗하고 현명한 사람의 노랫소리는 하늘을 본뜬 것이고, 종소리 북소리 따위의 광광하고도 장엄한 소리는 땅을 본뜨고, 오음의 마지막과 처음은 네 계절을 본뜬 것이며, 춤추는 자가 빙글빙글 도는 것은 바람과 비의 변화를 본뜬 것이다.' '땅의 기운은 올라가고 하늘의 기운은 내려와서 서로 절차탁마하고 감동하여 만물의 싹을 생기게 하는데, 이를 고동시키기 위해 뇌성벽력을 일어나게 하고 비바람과 사철을 흐르게 하며, 해와 달의 빛을 따뜻하게 하고 만물의 화성을 이루어지게 한다…….' 대지에 살고 있는 모든 것들, 그리고 우리들의 삶은 시를 향해 날아가고, 시는 음악을 향해 날아가고, 음악은 우주 근원의 시공으로 날아가네. 우주 근원의 시공은 무용無用 그 자체야. 노자가 말한, 인간을 거듭나게 하는 우주의 자궁 말이야. 음악이 우주 시원을 향해 날아가는 것은 성인의 어짊, 즉 하느님의 원융한 의지 속으로 날아가는 것이네."

나는 맞장구를 쳤다.

"파랑새가 어느 날 문득 조개(흑산) 밖으로 날아가는 그 황홀한 자유자재! 그 파랑새가 날아가는 곳이 선생님께서 살고 계시는 현산입니다. 제 말이 맞습니까?"

그의 얼굴은 상기되어 있었다. 그는 고개를 몇 차례 끄덕거리고 나서 말을 이었다.

"그렇네. 승률조개의 삶은 아름답고 성스러운 음악과 무용의 뜻을 가장 잘 함축하고 있네. 나는 몇 날 며칠 동안 썰물이 질 때마다 갯벌 밭으로 나가 그 조개를 살펴보곤 했네. 위에서 내려다보고 손바닥 위에 올려놓고 보고 엎어 놓고 보았어. 조개 아래쪽에 밑구멍이 뚫려 있었는데 그것이 입이고 항문인 듯싶었지. 새가 되어 나오고 들어갈 때는 필시 그 구멍을 통했을 테지."

"요즘 어패류 학자들의 눈으로 볼 때 그것이 과연 합당한 것인지 어쩐지 알 수 없지만, 저는 '승률조개'라는 제목으로 시 한 편을 썼습니다."

"한번 읊어 보시게."

내가 읊었다.

그 파랑새는
심연 속에 둔 자기의 밤송이 같은 조개 속으로 들어가기도 하고
바다를 버리고 창공으로 날아가기도 한다
나도 그러고 싶다.

"그 시 대부분이 내 『현산어보』에 기술되어 있는 것을 차용하고 있고, 맨 끝에 '나도 그러고 싶다'는 것만 자네 말이로군."

"오해하지 마십시오. 그 승률조개가 선생님의 삶과 꿈, 구속과 초월, 일차원적인 삶과 해탈에 대하여 다 말해 주고 있다고 읽은 저의 독법 자체가 시인 것입니다."

그는 한동안 고개를 끄덕거리고 나서 말했다.

"갇혀 사는 사람은 하느님으로부터 축복받은 사람이네. 꿈꿀 수 있으므로."

그의 얼굴에 해저물녘의 산 그림자 같은 그늘이 어려 있었다.

"아, 네!" 하며 나는 그의 슬픈 표정과 꿈꾸는 듯한 형형한 눈을 건너다보았다.

그가 말을 이었다.

"나는 상어기름에 불을 붙이고 살았는데, 그 기름을 접시에 부어 놓고 불을 붙이려면 심지가 있어야 하네. 꿈꾸는 데도 심지가 필요하네. 나는 그 섬에서 세 가지 심지를 가지고 있었는데, 하나는 우렁이 각시 같은 앳된 첩이고 다른 하나는 잡곡으로 빚은 술이고 또 다른 하나는 사업, 말하자면 물고기 족보 만드는 일이었어."

"첩이 어떻게 꿈꾸게 했습니까?"

"나는 흑산도에 들어서는 순간부터 공포와 불안에 떨었네. 내 뒤를 따라 금방 내 정적들이 보낸 사약이 당도할 것만 같은 불안과 공포를 그 여자가 해소해 주었어. 그녀 품속에 얼굴을 묻으면 자궁속에 들어간 것처럼 편안해졌고, 곤히 잠들 수 있었네. 한데 낮에는 술이 있어야 했지. 그래서 그 여자에게 술을 빚으라고 했어. 그 여자는 술을 아주 잘 빚었고 나의 보신을 위해 물질을 하여 전복이나 문어 따위를 잡아다가 밥상에 올렸네. 술에 취하면 갇힌 삶을 즐길 수 있었어. 한데 어느 날 강진의 아우가 술병으로 죽은 한 스님 이야기를 편지에 담아 보냈지. 그때부터 나는 가능하면 술을 절제하면서 일을 하기 시작했네. 물고기들의 족보를 만들기 시작한 거야. 스님들은 정심(깨달음)에 이르기 위해 좌선을 하지만 유학 선비는 일을 통해 정심에 이르고 정심에 이르기 위해 일을 하는 법이니까. 일을 하되 그 일을 즐겨야 하네. 어부들이 고기잡이를 즐기고 자네 같은 소설가가 소설 쓰기를 즐김으로써 그 소설을 통해 정심에 이르듯이."

"선생께서는 우이도에서 첩을 얻어 6년간 사시다가 7년째 되는 해에 멀고도 험한 바다를 건너 대흑산으로 들어가셨고, 거기서 7년을 사시다가 그 대흑산을 버리고 다시 우이도로 되돌아와서 3년을 더 사시다가 거기에서 운명하셨습니다. 그렇게 옮겨 사신 까닭이 있으십니까?"

"순조 새 임금님이 친정하자마자 대사면령이 내려져 나는 해배될 줄 알았지. 한데 해배가 절망적이라는 아우의 편지를 받고 더 깊이 들어갈 결심을 했네."

"더 깊이 들어가면(巽卦) 더 빨리 해배될 것이라는 '주역' 원리에 대한 믿음 때문이었습니까?"

"그런 생각이 깔려 있기도 했지만, 내 정적들로부터 멀리 달아나야겠다는 생각이 더 많이 작용했네."

"그럼 왜 다시 우이도로 나오실 생각을 하였습니까?"

"강진 아우의 죄가 더 가벼우니 나보다 빨리 해배되리라 여겼네. 해배된 아우가 나를 만나기 위해 강진 구강포에서 배를 타고 대흑산까지 험하고 먼 뱃길을 달려올 것을 생각하니 견딜 수가 없었어. 배를 한 번도 타보지 않은 아우가 멀미를 심하게 하는 모습, 미친 불바람으로 말미암아 난파를 당할지도 모른다는 불안이 날마다 불지짐 고문을 했네."

"대흑산 모래마을 사람들은 선생을 우이도에 빼앗기지 않으려고 잠을 사로자며 지켰다고 들었습니다. 대흑산에서의 삶이 어떠했는데 그곳 사람들이 그렇게 선생을 좋아했습니까?"

"소흑산(우이도)과 대흑산, 두 곳에서의 내 삶은 많이 달랐네. 우이도에서의 삶은 병조 좌랑을 산 양반 선비로서 훈장 노릇을 하며 살았고, 때문에 무척 외로웠네. 섬사람들이 접근하려고 하지 않아서 말이야. 그래서 대흑산에 가서는 우이도에서 외롭게 살았던 것을 거울삼아 갯투성이들하고 그냥 터놓고 살았어. 물론 거기서도 우이도에서처럼 훈장질을 하기는 했지. 그런데 거기서는 초상이 나면 조문을 가고 혼례식에는 부조를 갔지. 마을 사람들하고 마주 앉아 술도 마시고 윷놀이도 하고 갯제를 지낼 때는 풍물을 치면서 보릿대춤을 추기도 하고 멸치잡이 배를 타고 뱃전을 두들기면서 멸치 떼를 몰아 주기도 했어. 모래밭에서 씨름도 하고 술에 취하면 엎드려서 팔뚝 씨름도 했어. 태풍이 올 때 배 끌어올리는 울력이 나면 나가서 같이 그 힘든 울력을 했어. 배를 끌어올릴 때는, 양쪽 뱃전 밑으로 사람들 칠팔 명씩이 엉덩이를 들이밀고 들어가 누워서 두 발바닥으로 뱃전 시울을 걷어 올리면서 배를 뭍 쪽으로 미는데, 나도 사람들하고 함께했네. 이장이 말렸지만, 기어이 했어. 그렇게 격의 없이 지내자 사람들이 너도나도 고기 잡아다가 주고 술 걸러다 주고 생일 지냈다고 초대하고, 이런저런 다툼이 일어나면 판결해 달라고 나를 데려가고……. 대흑산에 와서는, 병조 좌랑 벼슬한 것을 앞세워 그 어떤 사람한테도 하대하지 않고 꼬박꼬박 경어를 썼지. 동갑내기들하고는 서로 말을 트기도 했어. 동갑내기들은 나를 향해 '어야, 좌랑 성님, 자네가 이러고저러고 안 했는가잉.' 하고 말하곤 했어. 그렇게 살던 내가 우이도로 가겠다고 하니까 동네 사람들이 모두 나서서 막았지. 그래 꾀를 냈네. 창대를 시켜서 우이도 문순득한테 한밤에 실으러 오라고 통기를 했어. 그래 가지고 도망치듯이 밤배를 탔네. 바다 한가운데까지 갔는데 마을 사람들이 뒤쫓아 왔어. 내 동갑내기들이 앞장서서 우리 가족이 탄 배를 대흑산으로 끌고 갔네. 내가 그들에게 통사정을 했지. '내 사정 좀 봐주소. 금방 강진 아우가 해배되어 이 못난 형을 만나러 올 터인데, 그 아우는 아직 배를 한 번도 타보지 않아서 멀미를 지독하게 할 것이고, 그때 기상이 나빠서 불바람이 불지도 모르고, 그 아우가 불상사를 당할까 염려되기도 하고…… 그 아우를 우이도까지 오게 할 수는 있어도 대흑산까지 오게 할 수는 없어서 내가 그리로 이사하려는 것이네.' 그렇지만 동네 사람들은 내 말에 아랑곳하지 않고 우리 식구가 탄 배를 끌고 갔네."

"그래도 결국에는 우이도로 이사를 하시지 않았습니까?"

"이튿날부터 나는 동네를 돌아다니면서 한 사람 한 사람을 만나 내가 어째서 우이도로 이사 가려 하는가를 말하고 허락해 달라고 통사정을 했지. 그랬더니 강진 아우에 대한 나의 사랑에 감복한 사람들이 그로부터 6개월 뒤 마을 회의를 한 다음 나를 보내 주었네. 그때 마을 사람들은 나를 보내면서 모두 울었어. 아낙네들은 서운하다고 호박 주고, 자반 주고, 콩 주고, 미역 주고……."

"그런데 지금 선생께서는 왜 흑산도에서 사시지 않고 우이도에서 살고 계십니까?"

"이제 고백하건대 내가 우이도에서 만난 첩이 천주학쟁이의 딸이었네. 내가 처음 우이도에 들어섰을 때 첩은 고아였지. 아버지는 농어잡이 배를 타다가 죽고 어머니는 물질을 하다가 죽었다더군. 그녀의 아버지는 한 집에서 머슴살이를 했는데, 은밀하게 천주님을 함께 믿으면서 양반집 청상과부와 정분이 나서 우이도로 도망쳐 들어온 것이었어. 이 섬에서 첩과 나의 만남은 그 마을 이장의 중매 때문이긴 했지만, 사실은 그 아이가 먼저 제 발로 나를 찾아왔었네. 물질한 것을 밤마다 몰래 가져다주곤 했어. 한데 그곳 이장이 눈치를 챈 것인지 어쩐 것인지 중매 절차를 밟아 주었고 우리는 그 아이의 집에서 살림을 차렸네. 그 아이와 나의 만남은 하느님의 뜻인 듯싶어. 내 감히 말하건대, 그 아이의 품이 숫처녀 몸으로 그 위대한 분을 낳으셨다는 마리아의 품처럼 그렇게 고귀하게 느껴졌네."

"선생께서는 왜 천국에 가 계시지 않고 이 섬에 계십니까? 한때 배교했을지라도 흑산에 와 사시는 동안 참회하고 다시 하느님께 귀의하신 셈이지 않습니까?"

"천국은 우주 그 자체이고, 그곳에서의 삶은 자유자재하네. 나는 우이도에서 죽었고 강진 아우의 뜻에 따라 경기도로 시신이 옮겨 갔지만, 내 영육은 수억 천만 개의 원소(玄)가 되어 이 우주 안 모든 곳에 고루 흩어져 있네. 공기 중에 흩어지고 비 되어 뿌려져 강물 되어 흐르고 지하수로 흐르고 꽃으로 피어나고 곡식과 채소 속으로 슴배여 들어가네. 자네가 나의 삶에 대하여 관심을 가진 것은 내 원소를 먹고 마신 탓이야."

"선생이 천국에서 자유자재한 것을 보니까, 하느님께 귀의한 사람이 가난한 마음이 되어 천국에 이른다는 것과 석가모니에게 귀의한 사람이 해탈하여 극락에 이른다는 것은 결국 같지 않겠는가 하는 생각이 드는데 제 말이 맞습니까?"

"세상 모든 진리는 여러 얼굴을 가진 것처럼 보이지만 결국 하나로 돌아가는 것일세. 수천 개의 강물이 바다로 흘러들지만 결국 똑같은 바닷물이 되어 버리는 것처럼."

나는 짙푸른 하늘을 쳐다보며 생각했다. 현玄자는 '하늘 현'이라고도 한다고 자전에 쓰여 있다. 한데 정약전과 정약용이 사용한 '현산玆山'이란 말에서는 하늘현(玄) 자 두 개가 나란히 붙어 있다. 그 현산은 '깊고 깊고 드높고 드높은 하늘'에 있는 산이다. 하늘 한가운데 눈길을 묻은 채 소리쳐 물었다.

"결국 하나로 돌아가는 것이 현산이라는 것입니까?"

한데 그는 대답하지 않았다. 나는 그의 표정을 살피기 위해 하늘에 묻고 있던 눈길을 그에게로 던졌다. 그는 어디론가 사라지고 없었다. 그가 엉덩이를 걸치고 있던 바위 엉서리 밑의 마른 풀숲에서 자줏빛 오랑캐꽃 한 송이가 나를 향해 웃고 있었다. 가까이 가서 들여다보자 그것이 에밀레종처럼 커지더니 하늘 쪽에서 메아리처럼 새벽 산사의 쇠북소리 같은 긴 울음이 들려왔다. 그 울음에 취한 채 고개를 들자 바야흐로 산봉우리 저쪽으로 흰 구름 한 장이 지나가고 있었다.

참고 자료

『광기의 역사』 미셸 푸코, 김부용 역, 인간사랑.

『그리스도 인의 윤리』 니이버, 박봉배 역, 삼성출판사.

『그림자』 이부영, 한길사.

『기하학의 신비』 로버트 롤러, 박태섭 역, 안그라픽스.

『남도민속고』 최덕원, 삼성출판사.

『남도의 민속문화』 최덕원, 밀알.

『노자 장자』 장기근 외 역, 삼성출판사.

『논어 중용』 주희, 한상갑 역, 삼성출판사.

『다산 산문선』 정약용, 박석무 역, 창작과 비평사.

『다산 시문집 1～10』 정약용, 민족문화추진회 편, 솔출판사.

『대동여지도』

『동국여지승람』

『동양전통약물 원색도감』 김재길, 영림사.

『동의보감』 허준, 법인문화사.

『맹자 대학』 주희, 한상갑 역, 삼성출판사.

『명리정설明理精說』 이준우, 명문당.

『문헌과 해석 20(송정사의 해석)』 문헌과 해석사.

『민족생활어사전』 이훈종, 한길사.

『민의民醫와 무의巫醫』 류상채, 서해문집.

『바다는 왜?』 장순근 · 김웅서, 지성사.
『사람과 상징』 칼 구스타프 융, 정영목 역, 까치.
『산해경』 정재서 역, 민음사.
『시경』 리가원 · 허경진 역, 청아출판사.
『신원색 한국패류도감』 권오길 외, 민 패류박물관.
『어촌속담집』 전라남도.
『예기禮記』 권오돈 역, 홍신문화사.
『유배지에서 보낸 편지』 정약전, 박석무 역, 시인사.
『자산어보』 정약전, 신안군청.
『자산어보』 정약전, 정문기 역, 지식산업사.
『전라도 씻김굿』 열화당.
『정다산의 대학공의』 정약용, 이을호 역, 명문당.
『정약용과 그의 형제들 1~2』 이덕일, 김영사.
『주역』 남만성 역, 현암사.
『주역 왕필주』 왕필, 임채우 역, 길.
『천주실의天主實義』 마테오 리치, 송영배 외 역, 서울대학교출판부.
『칠극七克』 빤또하, 박유리 역, 일조각.
『한국기독교전래사』 김광수, 기독교문사.
『한국사』 진단학회 편, 을유문화사.

『한국사 연표』 진단학회 편, 을유문화사.
『한국유학연구』 유명종, 이문출판사.
『한국천주교회사』 류홍렬, 가톨릭출판사.
『한국패류도감』 유종생, 일지사.
『해양과 문화』 해양문화사.
『해양과 인간』 한국해양연구소.
『해양과학』 양성기 · 서해립 · 윤양호, 문운당.
『해양생물의 세계』 한국해양연구소.
『현대 물리학과 동양사상』 프리초프 카프라, 이성범 · 김용정 역, 범양사.
『현산어보를 찾아서 1~5』 이태원, 청어람미디어.
『흑산도 삼라산성연구』 목포대학교 도서문화연구소.

흑산도 하늘길

초　판　1쇄 발행일 • 2005년　5월 30일
초　판　5쇄 발행일 • 2007년　2월 28일
개정판　1쇄 발행일 • 2024년 11월 20일

지은이 • 한승원
펴낸이 • 임성규
펴낸곳 • 문이당

등록 • 1988. 11. 5. 제 1-832호
주소 • 서울특별시 강북구 미아동 126-1
전화 • 928-8741~3(영)　927-4990~2(편)
팩스 • 925-5406

전자우편 munidang88@naver.com

ISBN 978-89-7456-588-6 03810

값은 뒤표지에 표시되어 있습니다.